LA BELLE IMPARFAITE

DU MÊME AUTEUR

Rosa et son secret, L'Archipel, 2013.
Le Don d'Anna, Archipoche, 2012.

CECILIA SAMARTIN

LA BELLE IMPARFAITE

traduit de l'anglais (États-Unis)
par Mélanie Carpe

ARCHIPOCHE

Ce livre a été publié sous le titre
Tarnished Beauty, par Atria Books,
New York, 2008.

www.archipoche.com

Si vous désirez recevoir notre catalogue
et être tenu au courant de nos publications,
envoyez vos nom et adresse, en citant
ce livre, aux Éditions Archipoche,
34, rue des Bourdonnais 75001 Paris.
Et, pour le Canada, à Édipresse Inc.,
945, avenue Beaumont,
Montréal, Québec H3N 1W3.

ISBN 978-2-35287-492-8

1

Ce n'était pas la première fois qu'une jeune fille criait au viol en voyant son ventre s'épanouir, pourtant nul ne douta de la parole de Lorena. Elle était depuis toujours d'une nature paisible et pudique, qui, lorsque la puberté la transforma en beauté enchanteresse au regard sombre et mystérieux, se révéla sincère dans son humilité. Nullement émue par les compliments que lui prodiguaient, au même titre, proches et inconnus, elle se contentait d'accueillir les louanges avec, tout au plus, une légère inflexion de la tête.

Au village, les mères la donnaient en exemple à leurs filles, qui taquinaient leur sexualité naissante comme si elles avaient découvert l'interrupteur du soleil et n'entendaient pas renoncer au plaisir d'y toucher. Les filles, elles, tentaient de l'associer à leurs petits jeux dans l'espoir de convaincre leurs mères que la Sainte Vierge n'avait pas élu domicile parmi elles. Force était de constater que les atouts de Lorena laissaient présager du grand spectacle, car elle n'avait besoin, pour attirer les regards, ni de défaire le troisième bouton de son corsage, ni de chiper le rouge à lèvres de sa mère. Elle était tout simplement belle, comme l'aube est belle, sans ornement ni orgueil.

On racontait que du sang royal coulait dans ses veines et qu'elle avait traversé l'océan jusqu'aux côtes mexicaines dans un panier, comme Moïse sur le Nil en Égypte. Naturellement, nul ne concevait de destinée digne d'une tête couronnée dans le village poussiéreux de Salhuero, aux abords de Guadalajara, aussi, lorsque l'imagination succomba à la jalousie, les mêmes pipelettes se firent-elles un devoir de rappeler à tous les intéressés, et plus particulièrement aux jeunes hommes, que Lorena et sa sœur aînée, Carmen, avaient vu le jour dans un lupanar du village voisin avant d'être recueillies par la dévote veuve Gabriela. Personne ne savait vraiment ce qu'il était advenu de leur mère, si elle était morte en couches ou avait abandonné ses enfants, à l'instar de tant d'autres femmes dans sa situation.

Si une parenté aussi indésirable aurait d'ordinaire découragé les meilleurs partis, d'innombrables prétendants, intrigués par la belle pudique, fermèrent les yeux sur ses origines pour se déclarer en tout honneur, toute ferveur. Et lorsque vint le temps de songer au mariage, Lorena supporta d'intarissables suggestions et recommandations de sa mère adoptive et de sa sœur sur la meilleure alliance, celles-ci y voyant une chance unique d'améliorer la condition de la famille grâce à un heureux arrangement.

Lorena, quant à elle, se prit d'affection pour le fils d'un riche négociant exportateur de fruits tropicaux en Amérique, un doux jeune homme aux yeux clairs qui leur rendait visite le dimanche après la messe. De l'avis de Carmen, d'une muflerie et d'une corpulence sans comparaison possible avec sa sœur, la jeune fille aurait gagné à oublier ce jouvenceau à la virilité mal assurée au profit du fils du boucher, un mâle au teint bistré dont les yeux s'égaraient sans vergogne dans le corsage de toute femme ayant le malheur de se tenir devant lui. Avec un joyeux gloussement, qu'elle accentuait d'une claque sur sa cuisse prodigieuse, Carmen affirmait qu'un homme de cette trempe saurait y faire avec la gent féminine. Cependant, Lorena confirma son choix et les deux familles entreprirent bientôt les préparatifs des noces.

Corroborée par de minutieux calculs, la rumeur situait le viol à la mi-décembre, à l'époque de la *posada*. Au village, on nourrissait d'ailleurs peu de doutes sur l'identité de l'agresseur. On l'avait vu à plusieurs reprises lors de grands événements, mariages et enterrements, autant d'occasions de jouer les pique-assiettes en toute discrétion. C'était un vagabond à la recherche d'un coup à boire et d'un endroit où s'asseoir pour regarder les jeunes filles virevolter comme des colombes sur la place du village. Il avait été beau autrefois, en témoignaient sa solide charpente et ses traits réguliers, mais le temps et l'alcool l'avaient à ce point ravagé que seul un fin observateur pouvait soupçonner sa gloire passée.

On racontait que Lorena se rendait aux festivités lorsqu'il l'attira dans une maison abandonnée en feignant de s'être blessé à la jambe. Nourrie au lait de la religion maternelle, la jeune fille n'hésita pas une seconde à lui porter secours et, dès qu'elle fut à portée de main, il lui infligea les derniers outrages avec autant de célérité que d'efficacité. Lorena n'avoua l'incident à personne et la sagesse de ses tenues lui permit de dissimuler à tous, y compris à elle-même, la dilatation de sa taille. Mais deux semaines avant les noces, Gabriela, la surprenant au milieu de sa toilette, manqua défaillir à la vue de son ventre et de ses seins, aussi lourds que des sacs de piments séchés prêts à partir pour le marché.

Malgré l'insistance du jeune promis, follement épris, pour maintenir le mariage envers et contre tout, ses parents s'y opposèrent et, pour faire bonne mesure, quittèrent le village, au cas où ce fils se révélerait plus têtu qu'ils ne le soupçonnaient. Lorsque, quatre mois plus tard, Lorena apprit qu'il en avait mené une autre à l'autel, elle ne trouva la force ni de pleurer, ni de commenter la nouvelle, ni même de se lever de sa chaise. L'enfant était attendu d'un jour à l'autre.

Maintes prières furent prononcées et maints cierges allumés à l'annonce de cette atrocité. Dans cet humble village où chaque naissance était accueillie comme une bénédiction, on nourrissait même le secret espoir que Lorena perdrait l'enfant et se verrait épargner le paroxysme de ce crime abominable. Mais la grossesse se déroula sans complication et, à neuf mois et deux semaines, la jeune fille aurait été bien incapable de songer à son honneur perdu tant une douleur atroce la déchirait de part en part, plus insoutenable que tout ce qu'elle avait jamais connu.

Le travail fut bref et l'enfant se glissa si vite dans le monde que la sage-femme faillit le laisser tomber sur le sol de terre. D'ordinaire, elle aurait grimacé à cette bourde indigne d'une femme de son expérience, mais elle rit. Elle avait beau exercer depuis plus de cinquante ans, elle appréhendait plus que toute autre cette naissance dont nul n'ignorait la genèse.

— C'est une fille, annonça-t-elle quand elle eut retrouvé son sang-froid.

L'enfant geignit au lieu de brailler à pleins poumons, mais elle respirait bien et, les yeux plissés dans les faibles lumières, répondait aux voix autour d'elle par de légers spasmes de ses jambes et de ses bras potelés. C'était une belle petite fille, parfaitement formée, et même angélique dans la pureté de ses traits. Jamais la sage-femme n'avait vu d'enfant avec des yeux aussi limpides si tôt après la délivrance. Son teint de miel ne ressemblait en rien au vilain rouge violacé si commun chez les nouveau-nés. Le regard scrutateur de l'accoucheuse s'adoucit pour se changer en sourire éclatant, comme si cette petite devait sa perfection à ses seuls efforts, et, oubliant un instant la fâcheuse origine de cette naissance, elle ne contempla plus que la splendeur de la vie nouvelle qui gigotait entre ses mains.

Presque inconsciente d'épuisement, Lorena s'endormit tandis que ses aînées portaient sa fille à la bassine. Humectant un linge d'eau chaude, la sage-femme entreprit de laver le petit visage, les bras, le ventre, l'adorable entrejambe, discret et sage à souhait, puis les cuisses et les pieds. Mais alors qu'elle retournait l'enfant pour terminer sa toilette, Gabriela étouffa un cri étranglé à côté d'elle et elle manqua, encore une fois, laisser tomber le nouveau-né.

Une marque rouge et charnue recouvrait comme une plaie béante les épaules et le dos minuscules pour s'étirer sur les fesses, jusqu'aux genoux. Les doigts tremblants, l'accoucheuse tamponna la peau à petits gestes rapides dans l'espoir de voir disparaître d'inoffensifs résidus de placenta, mais elle ne pouvait pas plus effacer cette trace sanglante d'un coup de linge que les yeux brillants et la petite bouche qui s'arrondissait pour réclamer le sein.

Elle posa l'enfant sur la table avec précipitation.

— J'en ai vu, des taches de naissance, de toutes les formes et de toutes les couleurs, mais je n'ai jamais rien vu de tel, déclara-t-elle. C'est… on dirait que cette enfant s'est assise sur la main du diable en personne.

Après avoir empoché sa modeste rétribution, elle partit sans soulager les petits maux de la jeune mère ni lui prodiguer ses recommandations habituelles sur l'allaitement ou d'autres remèdes de sa connaissance. Gabriela acheva seule la toilette de sa petite-fille et l'emmaillota douillettement dans une couverture, déterminée à ce que le premier regard de Lorena pour son enfant saisît son beau visage immaculé, si semblable au sien. Le lendemain matin, la veuve se traînerait à genoux de la fontaine du village au maître-autel de l'église, et inversement, priant inlassablement le Seigneur de faire disparaître la marque. Pour son jeune âge, Lorena avait déjà connu son lot de tourments, elle qui avait dû renoncer à son unique chance de bien se marier après avoir commencé sa vie en orpheline. Aucune femme, aussi forte fût-elle, ne pouvait supporter impunément une telle épreuve, et, malgré son éternelle discipline, Lorena était devenue aussi fragile que du petit bois sec menaçant de s'enflammer au premier souffle de vent chaud. Au point que Gabriela, craignant de ne pas la voir survivre à sa grossesse, demandait tous les matins à Carmen de vérifier que sa sœur respirait encore dans son lit.

— Dors, mon enfant, dit-elle en entendant Lorena remuer. Ta petite va bien, tu la verras plus tard.

— Je ne l'ai pas entendue pleurer.

— Elle va bien. Repose-toi maintenant, insista Gabriela, consciente qu'il faudrait à sa fille plus que du repos pour survivre à ce qui l'attendait.

— Elle s'appellera Jamilet, déclara Lorena avec une conviction surprenante, elle qui avait refusé pendant toute sa grossesse de discuter du prénom de l'enfant. Ça m'est venu à l'instant où elle est née, comme un chant lointain qui me remplissait de paix.

— Dans ce cas, Jamilet ce sera, conclut Gabriela.

Et elle déposa le nouveau-né endormi dans son berceau.

Malgré les meilleures intentions de Gabriela et le soin mis à éviter toute mention incongrue de la marque, Jamilet devint pour l'ensemble du village «l'ange à l'empreinte du diable». Elle s'accoutuma à la révérence inquiète qu'elle lisait dans les yeux qui se posaient sur elle, tantôt avec des regards francs, tantôt avec des coups d'œil furtifs lancés d'un coin de rue ou jetés par des visages évanescents évoquant un défilé de spectres effarouchés par les vivants. Ses larges prunelles se mirent à refléter une certaine tendresse nourrie de pitié, si bien que, à trois ans, elle retournait aux étrangers qui la dévisageaient bouche bée un regard empreint de la sérénité et de la sagesse d'un prêtre initié aux mystères de la vie et de la mort.

Il n'en fallait pas plus pour accroître la crainte que les villageois éprouvaient envers cette enfant qui, incarnation du parfait visage, dissimulait dans son dos une hideuse volute de sang, une monstruosité que peu avaient aperçue mais dont tous avaient entendu parler. Certains la comparaient à une vache étripée, d'autres à une fosse de sang grouillante de serpents, mais, pour les rares à l'avoir vue, de leurs yeux vue, aucun terme ne pouvait décrire cette chose qui les avait privés de sommeil pendant plusieurs jours.

Lorena subit son sort comme une maladie chronique dont les élancements ne faiblissaient pas au fil des ans, la vidant du peu d'énergie qu'il lui restait. Elle portait néanmoins son martyre comme une couronne et gardait la tête haute lors des rares occasions où elle s'aventurait hors des murs de la maison. Déjà admirée, elle fut vénérée pour son courage extraordinaire face à la malédiction de son enfant, qu'elle endurait avec une dignité et une grâce incommensurables.

— Elle fait bien de la laisser à la maison, remarquait-on en la voyant descendre seule la route où tout avait commencé.

— Si jeune et si belle ! Elle pourrait encore trouver un mari si elle n'était pas obnubilée par cette enfant. Elle ferait mieux de l'abandonner. C'est bien ce que sa mère a fait avec elle.

Et les têtes de fléchir comme de lourds fruits près de tomber de la branche.

— Elle n'en a que pour elle. Elle dépense le peu de sous qu'elle a pour essayer de la débarrasser de l'empreinte du diable. Des individus louches lui rendent visite à toute heure du jour, et même de la nuit ! Mais les fenêtres sont fermées, je n'arrive pas à voir à l'intérieur.

Et tous de reprendre en chœur :

— Pauvre Lorena ! Pauvre, pauvre Lorena !

Quand Jamilet atteignit l'âge d'entrer à l'école, la pauvre Lorena retrouva une once d'espoir, elle qui savait sa fille dotée d'un esprit exceptionnel. À deux ans, la petite s'exprimait déjà par des phrases complètes et elle ne tarda pas à raconter des histoires incroyables sur toutes les rencontres qu'elle faisait au détour du quotidien. Les insectes qu'elle dénichait dans la parcelle de piments rouges derrière la maison, si timides qu'ils se réfugiaient à l'ombre des cailloux, l'aidaient à labourer la terre ; les oiseaux qui se posaient sur le rebord de la fenêtre cancanaient au sujet du voisin qui avait passé la nuit à se soulager des affres d'un excès de tequila dans le cabanon des toilettes ; la lune rageait contre ses enfants qui, dispersés aux quatre coins du firmament, refusaient de l'aider à la maison.

— Tu vois, tu ne devrais pas être fâchée contre moi, *mamá*, remarquait Jamilet. Je suis plus sage que les étoiles.

À ces récits, la contrariété de Lorena se dissipait et elle s'autorisait l'un de ses rares sourires. Sans doute les dons de sa fille, une fois connus, éclipseraient-ils le reste et détourneraient les esprits de la marque, s'ils ne l'en effaçaient complètement. Puis, au moment opportun, elle trouverait le courage de confesser la vérité à Jamilet. Pour l'heure, elle donnait à tous les *curanderos* la consigne de ne mentionner sous aucun prétexte la marque devant la fillette. Ils devaient justifier leurs traitements par le besoin de la protéger contre la maladie et lui expliquer, si ceux-ci se révélaient douloureux, que le mal piquait toujours quand il libérait le corps.

Bien qu'il fît plus de vingt-cinq degrés le jour de la rentrée, Lorena insista pour que Jamilet portât des manches longues et un pull-over, qu'elle lui fit promettre de ne pas quitter avant de revenir à la maison à midi. La fillette serrait contre son cœur son unique livre de classe. Lui non plus, elle ne devait pas s'en séparer. À en croire les récriminations de sa grand-mère, la famille avait dépensé pour ce petit manuel plus d'argent qu'il n'en fallait pour nourrir la maisonnée une semaine entière.

Jamilet s'accorda un instant pour en admirer la couverture. Un petit garçon et une petite fille y prenaient le chemin de l'école, des livres à la main. Avec un sourire, elle songea qu'elle leur ressemblerait bientôt. Elle rêvait de la compagnie des autres enfants et regardait chaque jour les écoliers passer devant la fenêtre comme un fleuve de rire et de liesse, coloré et bruyant.

Jamilet aurait préféré se joindre seule au cortège, mais elle se gardait bien de contester les décisions de Lorena, qui s'assurait son obéissance non par la colère ni la punition, mais par une tristesse dont l'ombre large et lourde sourdait dans ses yeux. Jamilet évitait de trop regarder sa mère sous peine de se retrouver sans énergie pour jouer, rire, ni même soigner les piments derrière la maison. Cette tristesse ne se dissipait que lorsque Lorena dormait, si bien que c'était au plus profond de la nuit, à l'heure où les cauchemars réveillaient les autres enfants, que Jamilet éprouvait la plus grande paix intérieure et trouvait, blottie contre sa mère, le réconfort dont elle avait tellement besoin.

En ce premier jour de classe, Lorena prit donc la main de sa fille pour franchir le seuil et s'engager sur la route, où les enfants tombèrent dans un brusque silence. Son étreinte se resserra lorsque certains traversèrent de l'autre côté. Le temps qu'elles atteignent le virage à quelques centaines de mètres de la cour de l'école, les doigts de Jamilet lui faisaient mal.

— Vas-y, Jamilet, lui ordonna Lorena. Je te regarde d'ici.

Jamilet obéit sans se retourner pour jeter un dernier regard à sa mère, même si, pour la première fois de sa courte existence, elle en mourait d'envie. Mais elle sentait sur elle les yeux des autres enfants qui l'observaient, qui détaillaient sa façon de marcher, de tenir son livre devant elle comme un bouclier. Sans tourner la tête ni à droite ni à gauche, elle riva ses pupilles sur ses pieds, hypnotisée par les boucles brillantes de ses nouvelles chaussures qui lançaient des éclairs à chacun de ses pas. Les enfants se mirent à chuchoter, mais leurs conversations ne ressemblaient en rien aux joyeuses messes basses de plaisanteries inoffensives ou de jeux en gestation. Jamilet ne connaissait que trop bien le murmure étouffé de la peur.

De ses yeux toujours baissés, elle vit de minuscules cailloux rebondir sur le sol. Cela lui rappela le mouvement du vent qui balayait la terre dans la parcelle de piments et qu'elle comparait à de la pluie montant au paradis. Sa grand-mère, qui ne se laissait pas aisément distraire de sa besogne, s'était redressée pour observer le nuage noir qui s'élevait vers le ciel quand elle lui avait raconté son histoire de pluie à l'envers et de souffle de Dieu accordant vie à la terre. Jamilet savait que Gabriela l'écouterait d'une oreille plus attentive si elle donnait à son récit un tour religieux, mais elle proposerait aux enfants une version plus à leur goût. Elle méditait son entrée en matière quand elle s'aperçut que les petits cailloux s'étaient transformés en pierres grosses comme sa paume, bien trop lourdes pour être soulevées par le vent. L'une d'elles lui percuta la cheville, et elle trébucha.

Ce fut alors qu'elle entendit le cri affolé de sa mère et avisa les enfants alignés en travers de la route. Certains serraient des pierres dans leur poing pendant que d'autres fouillaient la terre pour en dénicher. Lorena accourait avec, dans les yeux, une terreur qui en avait chassé la tristesse. Jamilet s'était mise à courir, elle aussi, poussée par le besoin pressant de retrouver la sécurité du giron maternel, quand un coup assourdissant sur la tempe lui ôta toute force des bras. Avant d'être engloutie par les ténèbres, elle sentit l'écoulement chaud du sang dans son oreille et perçut un tintement si fort qu'elle n'aurait su dire si les enfants la raillaient ou riaient, comme lorsqu'elle les regardait passer devant la fenêtre.

Quand elle ouvrit des yeux troubles, Jamilet découvrit le visage de sa mère, à nouveau brouillé de tristesse tandis qu'elle lui appliquait une compresse froide sur le crâne. Elle entendit ensuite Gabriela s'affairer dans la cuisine, dans le tintamarre de marmites et de casseroles qui servait d'ordinaire de fond sonore à ses plaintes sur le maigre secours que lui apportaient ses filles et son unique petite-fille dans les corvées ménagères. Ce jour-là, cependant, son tapage avait une tout autre raison.

Le fracas arracha une grimace de douleur à Jamilet, qui tendit la main vers sa mère.

— *Mamá*, pourquoi les enfants m'ont jeté des pierres?

Lorena repoussa tendrement la main de sa fille vers le lit.

— Tiens-toi tranquille, je viens juste d'arrêter le saignement.

Jamilet éleva la voix afin d'être entendue de sa grand-mère.

— J'allais leur raconter l'histoire de la pluie à l'envers, *abuela*, mais je n'ai pas eu le temps.

— C'est une histoire très ingénieuse, Jamilet, répondit Gabriela, laconique, en laissant tomber une grosse marmite dans l'évier, puis une autre par-dessus.

Un violent élancement traversa le crâne de Jamilet. Elle retint son souffle le temps qu'il se dissipât, remplacé par une douleur sourde. Alors elle se tourna de nouveau vers sa mère.

— *Mamá*, pourquoi ils m'ont jeté des pierres?

Lorena plaça la main de sa fille sur la compresse, puis quitta son chevet sans un mot. Lorsqu'elle réapparut, elle portait le grand miroir qui trônait dans la pièce de devant sous un bras et un autre plus petit dans la main. Après avoir ordonné à sa fille de se coucher sur le flanc, elle remonta sa chemise de nuit jusqu'à son cou et disposa la glace dans son dos.

— Gare à ce que tu fais, Lorena ! intervint Gabriela.

Mais, sans une seconde d'hésitation, Lorena tendit le miroir à main à Jamilet et l'orienta pour que la fillette pût saisir du regard l'intégralité de la marque. Lorsqu'elle avisa l'image que lui renvoyait la surface polie, Jamilet crut qu'elle découvrait sa blessure à la tête.

— Je saigne encore ? s'enquit-elle, alarmée.

— Ce n'est pas du sang, répondit Lorena d'un ton qu'elle s'efforça de garder ferme, comme si elle annonçait le décès d'un membre de sa famille. Tu es née avec cette marque dans le dos. Les enfants le savent sûrement, ils ne comprennent pas...

Comme elle hésitait, sa voix faiblit, mais elle recouvra très vite son sang-froid pour ajouter :

— La sage-femme qui t'a mise au monde n'était pas discrète.

Carmen, qui avait appris les mésaventures de sa nièce, s'était glissée dans la pièce, où elle barbouillait de beurre une *tortilla* chaude.

— Discrète ? répéta-t-elle en enfournant la crêpe. Quand cette vieille garce a calanché, les rats n'en ont fait qu'une bouchée, mais on a retrouvé une langue noire au milieu d'un tas d'os et de cheveux. Même eux n'avaient pas voulu de ce machin infect.

— Carmen ! souffla Gabriela.

— Quoi ? C'est vrai, *mamá*. Pourquoi je me tairais alors que c'est la vérité ?

D'ordinaire, Jamilet aurait bombardé sa tante de questions sur les rats, la découverte du cadavre et tout un tas de détails sordides, mais elle n'arrivait pas à détacher le regard de l'épouvantable paysage sanglant qui se déployait sur ses épaules. Elle ne pouvait pas croire que cette chose était accrochée à son corps. Elle passa une main prudente dans son dos pour tâter du bout du doigt les bords rougeâtres qui se découpaient sur son épaule. Épaisse et insensible au toucher, sa peau se boursouflait et se plissait comme une *tortilla* trop cuite. Elle n'avait jamais rien vu d'aussi ignoble. Ni les rats, ni les serpents, ni les bestioles visqueuses qui s'abritaient sous les pierres, provoquant les cris d'horreur des femmes et des enfants et les démonstrations de bravoure faciles des hommes.

— Ça va partir, *mamá* ? trouva-t-elle enfin la force de demander.

Lorena lui ôta le miroir des mains et lissa sa chemise de nuit sur son dos le temps de peser sa réponse. Alors ses yeux s'éclairèrent et sa mâchoire se crispa.

— Bien sûr que ça va partir. Nous n'avons pas encore découvert comment, voilà tout.

— Gare à ce que tu dis, Lorena ! l'avertit encore Gabriela.

Mais la veuve avait trop souvent tenu cette conversation avec sa fille pour espérer obtenir gain de cause.

Lorena jeta un regard en coin à sa sœur aînée, qui tartinait une seconde *tortilla*.

— Quoi? C'est vrai, *mamá*, déclara-t-elle avec un mouvement de tête indocile qui ne lui ressemblait pas. Pourquoi je me tairais alors que c'est la vérité?

Une ou deux fois l'an, Jamilet descendait son livre de classe de la haute étagère de la cuisine où étaient conservées les épices pour en contempler la couverture. Le sang séché s'était estompé, jetant une ombre pâle sur l'univers des deux écoliers. Quand elle tournait les pages du livre et étudiait leurs caractères sibyllins, y reconnaissant le code mystérieux à l'origine des mots et des histoires, elle ressentait, tout au fond de son cœur, un frémissement de tristesse qu'elle n'osait partager. Dans son petit monde, on s'accommodait fort bien de l'analphabétisme ; on se débrouillait en demandant de l'aide aux voisins, quand ce n'était pas au premier venu qui frappait à la porte pour vendre des graines, du grillage ou d'autres produits. Un jour, Gabriela avait acheté un balai à poils en plastique souples complètement inefficace sur ses sols raboteux à seule fin de se faire déchiffrer une lettre arrivée de Mexico, pour finalement découvrir que le courrier avait été livré à la mauvaise adresse.

Aux heures calmes, une fois terminées leurs besognes, les femmes de la famille se réunissaient souvent autour de la table de la cuisine pour repriser des vêtements ou travailler à leur ouvrage. Jamilet demandait alors d'une voix basse, à peine plus forte que la stridulation d'un criquet afin de ne pas troubler la paix ambiante, la permission de retourner à l'école. Mais sa requête n'était jamais étudiée sérieusement avant d'être rejetée sans autre forme de procès. Il ne lui restait plus rien à quoi se raccrocher que la tristesse résignée dans les yeux de sa mère. À cette heure où les femmes, lasses et indifférentes, cherchaient le repos, seuls les derniers commérages sur le troisième enfant illégitime du fils du laitier ou une nouvelle recette de haricots rouges glanée au marché pouvaient susciter un intérêt sincère de leur part. Il leur arrivait cependant d'aborder des affaires plus pragmatiques, comme le besoin d'embaucher un homme à tout faire.

— Si mon père était encore en vie, on n'aurait pas à s'embêter à payer quelqu'un, remarquait alors Jamilet.

Son père lui offrant le seul autre sujet susceptible d'éveiller l'attention générale, elle ne manquait jamais une occasion de l'évoquer, intriguée par les regards furtifs qu'échangeaient les femmes avant de s'absorber avec une concentration accrue dans leur ouvrage. Au bout d'un moment, l'une des trois finissait par prendre la parole pour lui rappeler que son père n'était plus de ce monde depuis très longtemps et qu'il était bien dommage qu'il eût été piétiné par six chevaux qui l'avaient réduit en bouillie. L'année d'avant, il était mort noyé, et l'année d'avant encore, au cours d'un tragique affrontement avec des bandits qui, allez savoir pourquoi, avaient, comme un seul homme, déchargé leurs cartouches sur son entrejambe.

2

Carmen partit pour l'Amérique peu après le septième anniversaire de Jamilet. Ce ne fut une surprise pour personne. Depuis des années, elle pestait contre la pénurie d'emplois et l'arriération mentale des villageois, clamant son désir de vivre dans un monde moderne dont les habitants se préoccuperaient moins de compter ses cavaliers le samedi soir et de s'interroger sur le grain de beauté en forme de faucille qu'on lui prêtait sur le croupion. À ces mots, Gabriela ne manquait jamais de la houspiller pour avoir livré les coins et recoins de sa généreuse anatomie à la notoriété publique, avant de l'avertir qu'une mauvaise réputation la suivrait comme les relents nauséabonds de la populace. Pis encore, car il ne suffirait pas d'un bon bain chaud pour l'en débarrasser. Carmen se lançait alors dans un récital de grossièretés qui retentissait à près d'un kilomètre à la ronde.

À son départ, elle laissa derrière elle une accalmie et plus de travail qu'il n'en fallait pour occuper tout un chacun. Il y avait le linge à laver, les poules à nourrir, les piments, qui poussaient comme des décorations de Noël à longueur d'année, à soigner. On devait aussi balayer la terre que le vent ramenait à l'intérieur de la maison et aider Gabriela à la cuisine. La veuve, qui prenait de l'âge, peinait à hacher les oignons et à broyer l'ail et les piments pour confectionner la purée qui servait de base à tous leurs repas.

Lorsqu'elle ne s'occupait pas des cultures, Jamilet appréciait tout particulièrement les tâches culinaires, si bien qu'elle devint relativement bonne cuisinière. Ce fut cette aptitude qui, lorsque l'argent vint à manquer, la conduisit à accompagner tous les jours sa mère chez une famille américaine en ville. Les Miller habitaient un quartier huppé de Guadalajara aux rues nettoyées quotidiennement et aux fenêtres ornées de rideaux de dentelle et de fleurs. Les enfants allaient à l'école avec des nounous pendues à leur main comme des toutous et rentraient chez eux tous les midis pour savourer les mets délicats concoctés par les cuisiniers de la maison. Bien que Lorena eût postulé sans références ni lettre de recommandation, les Miller lui donnèrent sa chance. Ils trouvaient cette charmante femme aux yeux tristes et sa fille d'un raffinement peu commun pour de quelconques paysannes de Salhuero à la recherche d'un emploi et voyaient dans la fillette, aussi délicieuse que sa mère, une parfaite compagne de jeux pour Mary, leur fille unique. Elles furent engagées sur-le-champ et ce fut ainsi que, six jours par semaine pendant cinq ans, elles prirent l'autobus du village aux aurores afin d'embaucher à 7 heures précises pour servir le petit-déjeuner avant le départ de M. Miller pour le travail.

Jamilet se lia d'amitié avec Mary, de seulement quelques mois sa cadette. Elle aimait la façon dont elle riait sans raison, comme si la joie se posait sur elle avec la légèreté d'un papillon pour la chatouiller sans relâche jusqu'à ce qu'elle s'y soumît, avec une farce bon enfant ou un jeu. Les deux fillettes passaient ensemble d'innombrables heures, qu'elles occupaient à pêcher des poissons imaginaires dans la fontaine de la cour ou à jouer à la marelle sur le carrelage de céramique poli que Lorena récurait à quatre pattes tous les matins. Elles se tressaient mutuellement les cheveux et les paraient de fleurs pour se changer en fées ou en reines. Mais rien ne plaisait plus à Jamilet que d'apprendre les refrains américains que Mary tenait à ce qu'elle mémorisât pour les entonner avec elle. Mary lui disait que ces chansons aux titres étranges, comme « Jailhouse Rock » ou « Blue Suede Shoes », étaient très populaires dans son pays et que, là-bas, tous les enfants possédaient un tourne-disque.

Mary disait à Jamilet bien d'autres choses sur sa terre natale. Elle lui parlait des routes dures et pavées que l'on trouvait partout, y compris à l'extérieur des villes et dans les quartiers pauvres. Elle lui décrivait les immeubles, bien plus élevés que ceux de Guadalajara, tout en verre et aussi brillants que des miroirs.

— Ils sont aussi hauts que les montagnes qui vont jusqu'au ciel, lui racontait-elle, ses yeux bleus écarquillés, en mâchouillant un chewing-gum dont elle faisait éclater les bulles. C'est pour ça qu'on les appelle gratte-ciel.

Après un an chez les Miller, Jamilet s'exprimait correctement en anglais, aussi les parents de Mary furent-ils consternés de constater que leur fille n'avait pas accompli les mêmes progrès en espagnol. Lorsqu'ils suggérèrent aux petites de communiquer dans cette langue, Mary leur opposa un refus catégorique.

— J'aime être la maîtresse, rétorqua-t-elle. Et puis d'abord, Jamilet sait pas lire. Elle peut pas être la maîtresse vu qu'elle sait pas lire.

Jamilet admit la honteuse vérité tête baissée et l'affaire en resta là.

Un matin qu'elle entrelaçait des pâquerettes dans les cheveux de Jamilet, Mary remarqua la marque, qui pointait du col de son amie. Elle passa le doigt dessus pour voir si elle changeait de couleur à ce contact et, voyant qu'elle demeurait intacte, laissa échapper les fleurs.

— C'est quoi, ce machin? s'enquit-elle en pointant la tache de l'auriculaire, comme si elle craignait qu'elle ne lui bondît au visage pour la mordre.

Les joues de Jamilet s'enflammèrent. Elle lissa ses cheveux sur son col tout en faisant tourner sa cervelle à plein régime, paniquée à l'idée de perdre sa seule et unique amie.

— C'est une histoire qui donne un peu la frousse, tu sais, dit-elle en se retournant, soulignant ses propos par un regard écarquillé. Si je te la raconte, tu risques de ne plus dormir la nuit.

Mary se mordilla la lèvre, pensive.

— C'est pas grave, décréta-t-elle au bout d'un moment. Je regarde tout le temps des films d'horreur et ça m'empêche pas de dormir tant que je laisse la lumière allumée.

Elles s'installèrent donc dans un coin tranquille de la cour, où Jamilet se lança dans un récit fantastique peuplé de sorcières et d'infâmes *cucuys* qui, nichés sous le lit des enfants, attendaient que les pauvres innocents dorment à poings fermés pour ramper hors de leur cachette et tenter de les dérober à leurs parents. Les monstres les saisissaient alors entre leurs mâchoires, comme les chiennes avec leurs petits, et s'enfuyaient avec eux par la fenêtre avant leur réveil.

— J'ai eu de la chance, conclut Jamilet en notant le tremblement qui s'était emparé de la lèvre inférieure de Mary. Je me suis réveillée avant que la méchante sorcière atteigne la fenêtre, mais j'ai gardé son empreinte.

Mary digéra le récit, se remettant rapidement de sa terreur. Son visage pâle s'élargit alors pour révéler deux incisives emprisonnées dans du fil métallique.

— Fais-moi voir, dit-elle en tendant la main vers le col de son amie.

Jamilet l'arrêta dans son geste.

— C'est intime.

— C'est pas intime ! répliqua Mary avant de pointer un doigt aussi prude que possible sur son entrejambe. Ça, c'est intime !

— Eh bien, ça l'est pour moi, répliqua Jamilet avec stoïcisme et sans grande conviction. C'est ce que j'ai de plus intime.

Jamilet se demanda comment réagirait son amie si elle découvrait que la marque s'étendait de ses épaules à ses genoux. Sourirait-elle encore ? Elle jugea plus sage de ne pas mettre la bonne humeur de Mary à l'épreuve. Mieux valait ne pas partager ce secret, pas même avec sa seule amie, comme elle en était convenue avec sa mère avant d'entrer au service des Miller.

— Les gens ont peur de ce qu'ils ne comprennent pas, Jamilet, lui avait expliqué Lorena. Et il y a déjà assez de raisons d'avoir peur dans cette vie sans en rajouter.

Ce fut pourtant Lorena qui rompit leur vœu de silence quand M. et Mme Miller l'interrogèrent sur la cicatrice que leur fille avait entrevue. Jamilet crut d'abord mal comprendre lorsque, convoquée dans le bureau, elle reçut de sa mère l'ordre de faire volte-face et de soulever son chemisier jusqu'en haut pour montrer la marque au couple. Mais, lorsqu'elle étudia les yeux de Lorena, elle y décela un pétillement de vie qu'elle leur avait rarement vu. Aussi s'exécuta-t-elle lorsque sa mère renouvela son injonction, guettant l'inévitable suffocation d'horreur qui suivrait la révélation. Elle ne distingua cependant que le silence, seulement troublé par le gargouillis distant de l'eau qui dansait dans la fontaine près de laquelle l'attendait Mary. Elle se demanda si les Américains exprimaient leur choc différemment des Mexicains, qui avaient tendance, face à la maladie ou à la difformité, à invoquer à grands cris la Vierge Marie et tout un cortège de saints. Un instant, elle crut que les Miller s'étaient évanouis debout, mais elle n'osa pas se retourner pour vérifier.

M. Miller inhala bruyamment, comme s'il se rappelait soudain comment respirer. Puis il s'éclaircit la gorge pour masquer sa réaction.

— Nous connaissons un médecin, dit-il avec un effort manifeste pour calmer sa voix. Il a été formé aux États-Unis, mais il exerce ici, à Guadalajara.

— Je n'ai pas d'argent pour ce genre de médecin, monsieur, remarqua sans un soupçon de gêne Lorena, parfaitement consciente de ce qu'elle faisait.

La réponse de Mme Miller, stridente, ne se fit pas attendre :

— Nous en faisons notre affaire. Maintenant, tu peux baisser ton corsage, petite.

Puis elle murmura à son mari des paroles que Jamilet ne put saisir.

Lorena n'avait jamais cessé de dire à sa fille qu'il existait forcément, quelque part en ce bas monde, l'espoir d'un miracle et que l'Amérique lui paraissait un endroit aussi propice qu'un autre où le chercher. Si l'on construisait là-bas des tours de métal scintillant qui grimpaient jusqu'au ciel, sûrement s'y trouvait-il quelque médecin capable de soigner la marque. Elles avaient depuis longtemps perdu la foi qu'elles accordaient autrefois aux guérisseurs. Ils n'étaient bons qu'à brandir des feuilles et allumer des bougies tout en récitant des psalmodies et en arrosant la peau de Jamilet de remèdes acides, sans autre résultat que d'insupportables douleurs et des cloques qui l'enlaidissaient davantage.

Jamilet terminait chaque séance exténuée, bandée et en sang dans son lit, incapable de s'allonger sur le dos pendant plusieurs nuits. Elles s'entendaient dire que, si la marque n'avait pas disparu au bout de trois jours, elle ne disparaîtrait jamais. Et trois jours s'écoulaient toujours sans qu'elles constatent d'autre changement qu'une rougeur et une inflammation plus vives.

À la veille du rendez-vous avec le médecin des Miller, un espoir inaccoutumé avait chassé la tristesse des yeux de Lorena.

— Je ressens dans mon cœur quelque chose de merveilleux, quelque chose que je n'ai jamais éprouvé auparavant, confia-t-elle en se couchant, bien qu'elle fût plus pâle que jamais.

Jamilet suivit du doigt les minuscules perles de transpiration qui pointaient sur son front.

— Ça fera mal, *mamá* ? demanda-t-elle, même si elle savait la question vaine.

Lorena ne répondit pas. Elle s'était déjà endormie, une prière silencieuse encore sur les lèvres.

Jamilet et Lorena patientèrent dans le hall d'entrée d'un élégant immeuble au sol couvert de moquette et aux murs ornés de photographies de fruits d'une perfection immaculée. Assises au bord d'un petit canapé, elles regardèrent, mal à l'aise et dépaysées, des patients cossus, vêtus à la dernière mode, annoncer leur arrivée à une secrétaire qui les connaissait tous par leur nom. Jamilet entendit plusieurs fillettes de son âge se plaindre d'éruptions d'acné sur les joues, mais elle eut beau les dévisager, elle ne discerna pas ce qui les gênait tant.

Elle remarqua toutefois un garçon qui souffrait d'un problème plus grave et s'efforça de ne pas fixer avec trop d'insistance les boursouflures rouges pareilles à des volcans miniatures qui lui parsemaient le visage et le cou. Elle ne comprenait que trop bien cette expression renfermée et abattue avec laquelle il cherchait refuge dans un univers intérieur qui n'appartenait qu'à lui, un lieu secret où il pouvait transformer les battements de son cœur en symphonie, n'importe quoi pour ne pas voir les regards critiques et les réactions des gens autour de lui. Elle se demanda comment il réagirait si elle venait à engager la conversation avec lui. Lui répondrait-il? S'autoriserait-il seulement à l'entendre? Elle s'interrogea jusqu'à oublier le lieu où elle se trouvait. Jusqu'à ce que, emportée par son imagination, elle ne sentît plus la main moite de sa mère sur son genou.

— C'est la première fois que tu viens?

— Non, ça fait longtemps que je suis suivi par le Dr Martínez, répond le garçon. Mais ça n'a pas donné grand-chose, comme tu peux le voir.

— C'est la première fois pour moi, j'ai un peu peur.

Il scrute son visage du front au menton.

— Il n'y a rien qui cloche chez toi.

— Si tu voyais mon dos, tu ne dirais pas ça. Depuis que je suis toute petite, les *curanderos* et les médecins du village me brûlent et m'étrillent, mais aucun n'a réussi à faire partir la marque. Ils disent qu'ils n'ont jamais rien vu de pire. Ils en ont tous peur, même ceux qui prétendent détenir des pouvoirs sur les esprits malins.

Il secoue la tête.

— Si c'est aussi terrible que tu le dis, tu ferais mieux de ne pas moisir ici. En fait, je mettrais bien les voiles, moi aussi.

— Il paraît que les meilleurs médecins sont en Amérique, lui chuchote Jamilet pour ne pas être entendue de la secrétaire.

— C'est ce qu'on dit, réplique-t-il à voix basse. Le pire, c'est que j'ai assez d'argent pour y aller, mais je ne parle pas un mot d'anglais.

Jamilet manque tomber de sa chaise.

— Figure-toi que je parle parfaitement bien anglais, moi. C'est ma meilleure amie qui m'a appris. Et je connais aussi plein de chansons américaines.

Ils se considèrent un instant, convaincus de ce qu'il leur reste à faire mais trop apeurés pour l'énoncer tout haut.

— Quand est-ce qu'on part? finit par lui demander Jamilet.

— Que dirais-tu de tout de suite? Avant d'être appelés?

La voix de la réceptionniste retentit dans le hall, tirant brusquement Jamilet de sa rêverie.

— Jamilet Juárez. Le docteur va vous recevoir.

Le Dr Martínez était un homme petit mais imposant, doté de mains épaisses et douces. Après les civilités d'usage, il leur expliqua que ses bons amis les Miller lui avaient décrit la nature du problème de Jamilet lorsqu'ils l'avaient prié de l'examiner.

— Ce sont des gens bien, remarqua-t-il en s'approchant de sa jeune patiente. Ils vous aiment beaucoup, vous et votre fille.

— Nous ne pourrons jamais assez les remercier, balbutia Lorena. Ni vous, d'avoir accepté de nous recevoir.

Le Dr Martínez demanda à Jamilet de s'étendre à plat ventre sur la table d'examen avant de lui préciser qu'il se bornerait à observer la marque et qu'il la préviendrait s'il devait la palper, mais qu'en aucun cas il n'utiliserait d'instrument ni d'aiguille. Si Jamilet se détendit considérablement à ces mots, elle pouvait voir, de là où elle se trouvait, les mains de sa mère nouées sur ses genoux.

Le Dr Martínez releva son chemisier sur ses épaules et sa jupe sur ses hanches pour mesurer l'étendue de la marque tandis que, immobile, elle écoutait sa respiration aller et venir dans ses poumons, régulière et basse, et sentait la brûlure de son regard sur sa peau. Au bout de quelques minutes, elle s'étonna d'entendre non pas de la dérision, mais de la fascination dans sa voix.

— Je n'ai jamais rien vu de pareil, murmura-t-il. Cette marque, comme vous l'appelez, porte le nom d'hémangiome dans le langage médical. C'est une malformation relativement commune. Environ un enfant sur cent naît avec une tache de naissance, mais celle-ci…

Visiblement à court de mots, il tâta la protubérance à la base du cou de Jamilet, où apparaissait un réseau dense de veines semblable à des vermicelles dans un fond de bouillon.

— Celle-ci est tout à fait extraordinaire !

Il étudia encore la marque de longues minutes avant d'autoriser Jamilet à se rasseoir, annonçant ainsi la fin de l'examen.

— Tu peux t'estimer chanceuse à bien des égards, déclara-t-il. Bon nombre d'hémangiomes de ce type apparaissent sur le visage. J'ai même lu des articles sur certains cas, quoique bien plus rares, qui touchent l'ensemble du corps. D'autres complications surviennent alors, mais j'imagine que tu n'as jamais eu d'ennuis… de cœur ou de foie, par exemple? Ni de crises d'épilepsie?

— D'épilepsie? Qu'est-ce que c'est? demanda Lorena, ses mains blanchies et raidies sur son giron.

— Un problème neurologique, expliqua le médecin en cherchant des mots compréhensibles à ses modestes patientes. Un dysfonctionnement qui se produit dans le cerveau. Il y a une interruption des impulsions électriques et…

— Jamilet a une santé de cheval, docteur, lui assura Lorena. Elle n'est jamais malade, même pas des petits rhumes de rien du tout.

Elle baissa la tête et déploya ses doigts devant elle comme si elle les observait pour la première fois, s'émerveillant de leur capacité à se mouvoir indépendamment les uns des autres.

— Mais… il lui arrive de rester les yeux dans le vide et de ne pas me répondre quand je lui parle. Je crois qu'elle rêvasse.

— Tiens donc?

Le Dr Martínez pivota pour faire face à Jamilet et sortit de la poche de sa veste une lampe torche miniature, dont il promena plusieurs fois le faisceau sur les pupilles de sa patiente.

— Entends-tu ta mère quand tu rêvasses, comme elle dit? l'interrogea-t-il en posant ses mains sur ses hanches.

— J'aime bien m'inventer des histoires et parfois je n'entends plus rien, que ma voix dans ma tête.

Le front du Dr Martínez se plissa.

— Depuis quand inventes-tu des histoires?

— Depuis toute petite, je le faisais déjà avant de savoir parler.

— Entends-tu seulement ta voix ou également d'autres voix?

Jamilet se rapprocha du bord de la table d'examen.

— J'entends des tas de voix. C'est comme une pièce de théâtre dans ma tête, comme celles qu'on voit à l'église pour Pâques, sauf que c'est moi qui choisis tous les mots. Et si la pièce est vraiment bien, j'arrive à la voir aussi.

Le Dr Martínez sourit de la curiosité de cette enfant simple qui parlait avec tant de zèle de ses inventions.

— Je ne crois pas qu'il y ait d'inquiétude à se faire, conclut-il en lui tapotant doucement le front avec l'index. Cette jolie tête renferme un très bon cerveau.

Il se tourna vers Lorena.

— Je dois vous informer que certains éléments pointent dans la direction d'une malformation liée à des facteurs héréditaires. Cela signifie qu'elle peut être transmise par les parents, précisa-t-il face à l'expression déconcertée de son interlocutrice. Comme la couleur des yeux et la taille. J'imagine que vous n'avez rien...

Lorena secoua la tête, lèvres pincées, tandis qu'elle se préparait à l'inévitable question.

— Et le père? Savons-nous...?

— Mon mari est mort il y a des années, docteur, et il n'avait pas cette marque, ou le nom que vous lui donnez.

— Il a été assassiné par des bandits, ajouta Jamilet, qui jugeait cette version du trépas paternel la plus digne d'être relatée. Ils l'ont abattu à coups de pistolet entre les jambes.

Les sourcils du Dr Martínez tressaillirent de surprise. Il toussa poliment avant d'attraper une feuille de suivi.

— Et pour ce qui est d'un traitement, docteur? s'enquit Lorena d'une voix anormalement aiguë.

— Pour faire disparaître l'hémangiome?

Lorena acquiesça d'un hochement de tête fébrile avant d'ouvrir son sac à main à la recherche d'un mouchoir, les yeux embués.

Le doute voila l'expression jusque-là si confiante du Dr Martínez.

— Je suis navré de vous décevoir, mais je crains qu'il n'y ait, à ce stade, pas grand-chose que nous puissions faire dans le sens d'une ablation chirurgicale. Nous aurions peut-être pu envisager un traitement agressif quand Jamilet était plus petite, mais il nous est maintenant impossible de retirer l'hémangiome sans risquer de lui infliger de graves blessures.

Des larmes se mirent à ruisseler sur les joues de Lorena.

— Ce n'est pas grave, *mamá*, la réconforta Jamilet.

— Mais docteur! implora Lorena, oubliant toute prétention de calme ou de civilité. Comment peut-elle traverser la vie avec cette horrible chose accrochée à son dos? Regardez-la! C'est une belle fille, ma Jamilet! Il doit bien y avoir une solution, un endroit où nous adresser.

— Je comprends votre préoccupation, répondit le Dr Martínez, dont les yeux se froncèrent d'une compassion soigneusement étudiée. Il existe de nouveaux traitements dont je ne suis pas très familier, au moyen de lasers, une lumière très intense. Les études sont prometteuses, mais je doute sincèrement que dans le cas de votre fille…

— Où pouvons-nous trouver ces traitements? l'interrompit Lorena.

— Aux États-Unis. Je crois que certaines cliniques de Los Angeles commencent à utiliser le laser sur des taches de naissance plus superficielles.

Lorena s'essuya le front pour la troisième ou quatrième fois. Elle respirait bruyamment et ses yeux semblaient flotter, détachés de leur orbite.

— Tout va bien, *señora* ?

— Oui, oui, assura-t-elle tandis que sa tête s'affaissait sur sa poitrine. Juste un peu fatiguée.

Jamilet bondit soudain de la table d'examen.

— *Mamá !*

Lorena venait de glisser de sa chaise et de s'effondrer sur le sol.

Lorena fut hospitalisée plusieurs jours pour troubles cardiaques. Lorsqu'elle fut autorisée à sortir, elle ne pouvait plus travailler, ni chez les Miller ni ailleurs. Il lui fallait avant tout ménager son cœur et se voir épargner toute mauvaise nouvelle. Elle passait ses journées sous le porche quand le temps le lui permettait, ou couchée dans son lit en face de la fenêtre qui donnait sur l'arrière de la maison, pour regarder Jamilet jouer ou s'occuper des plants de piment.

Les Miller lui rendirent visite deux ou trois fois, les bras chargés de cartons remplis de conserves de haricots, de légumes et, luxe rare, de viandes cuites. À défaut de posséder un ouvre-boîtes, Gabriela prouva sa dextérité à manier le marteau et le couteau, si enchantée par ces cadeaux qu'elle ne broncha pas lorsque la lame ripa, lui creusant une profonde entaille dans le doigt.

Jamilet profita de l'occasion pour montrer à Mary le jardin qu'elle entretenait depuis tant d'années. Devant les piments brillants et charnus, elle informa avec fierté son amie que sa production passait pour la meilleure du marché. Accordant aux piments un bref regard, Mary convint qu'ils étaient beaux, même si elle se moquait bien de ces fruits qui lui brûlaient la langue et la faisaient transpirer à grosses gouttes. Jamilet porta alors son attention sur le ruisseau qui courait à quelques mètres de leur maison, plus exiguë que la remise où les Miller rangeaient leur voiture et leurs outils de jardinage.

— De l'autre côté du fleuve, c'est le bout du monde, expliqua-t-elle avec conviction, car jamais elle ne s'était aventurée plus au nord que le cours d'eau.

Mary hocha la tête, guère impressionnée et visiblement bien plus préoccupée par l'état de ses nouvelles chaussures, dont le satin s'était moucheté de boue lorsqu'elle avait marché dans la terre meuble tout juste retournée et arrosée par Jamilet.

— Ça, c'est pas un fleuve ! répliqua-t-elle en frottant ses souliers du plat de la main. Si tu veux voir un vrai fleuve, il faut que tu ailles au Rio Grande. Il est cent fois plus gros que ça !

Elle se redressa, irritée par ses vains efforts pour retirer les particules de boue.

— Tu n'aurais pas une serviette ou quelque chose pour essuyer mes chaussures ?

Jamilet chercha du regard de quoi satisfaire son amie, prise de court.

— C'est pas grave, se résigna Mary. T'as qu'à me dire où est la salle de bains.

Cette fois, Jamilet sourit, l'index pointé sur la rivière.

Elle ne revit plus jamais Mary. Plusieurs mois plus tard, elles apprirent que les Miller étaient retournés au Texas. Jamilet s'imagina la petite Américaine en train de fouler d'interminables rues pavées aussi lisses que des plaques de métal, sa queue-de-cheval blonde cinglant l'air. Mary riait. Mary admirait son reflet dans les vitres d'immeubles aussi hauts que des montagnes. Et Mary était heureuse, heureuse de porter aux pieds des chaussures propres.

Les troubles cardiaques de Lorena, longtemps muselés à force de repos et de conversations ineptes, finirent par s'aggraver. Confrontée à la mort imminente de sa mère, Jamilet, alors âgée de dix-sept ans, prit la mesure d'un esprit pratique pour le moins perturbant. Elle aurait dû être anéantie à l'idée de perdre l'être qui lui était le plus cher au monde, pourtant sa tristesse flottait hors d'atteinte, en suspens, et elle se sentait fortifiée par une aspiration qu'elle n'aurait su expliquer, ni à elle-même ni à d'autres.

Elle avait pris conscience de cet élan quand elle avait posé les yeux sur la marque pour la première fois. Il lui avait alors semblé que ses entrailles se ficelaient aux colonnes du lit pour l'empêcher de s'élever dans les airs et de crever le toit de la maison dans sa fuite. Elle avait également senti cette force furieuse s'amasser en elle lorsqu'elle s'était résignée à ne jamais s'asseoir sur les bancs d'une école et à devoir se contenter, de la part des villageois, d'un respect contraint né, au mieux, de la pitié et, au pis, d'une répugnance contenue. Elle avait appris à ses dépens que les hommes ne se complaisent pas seulement dans leurs peurs, mais qu'ils se délectent du divertissement perpétuel et indéfectible qu'elles leur offrent. Lorsqu'elle se rendait au marché ou s'aventurait dans la rue pour faire une course, elle leur rappelait que, riches ou pauvres, ils pouvaient s'estimer heureux car quand ils se lavaient au ruisseau ou au puits à la fin de la journée, qu'ils profitent des bienfaits du savon ou d'une simple friction à l'eau, ils terminaient leur toilette propres de la tête aux pieds, de face comme de dos.

— Sa mère rend l'âme et elle ne verse pas une larme, murmurait-on au village. Son visage est intact. Une vraie statue.

— Ça vous surprend, vous? C'est le cœur du diable qui bat dans cette fille. Le diable ne pleure pas la mort.

— Le bruit court qu'elle partira pour l'Amérique quand sa mère aura rendu son dernier souffle.

— Des années que je prie pour ça! Depuis sa naissance, mes champs rendent beaucoup moins alors que les siens fructifient. Elle nous a maudits, tous autant que nous sommes!

— Et mon enfant qui est mort deux mois après que Jamilet a vu le jour. La *curandera* n'a trouvé aucune autre explication.

À mesure que la santé de Lorena se dégradait, les inventions de Jamilet dépassèrent ses rêves d'enfant pour se changer en désirs plus profonds dotés du pouvoir d'apaiser son âme. Elle passait des heures au chevet de sa mère endormie, les yeux mi-clos, les paupières papillonnantes. Gabriela lui avait donné la consigne de prier chaque fois que la douleur menaçait de lui flétrir le cœur, mais rien ne soulageait mieux sa peine que ses rêvasseries.

— Réveille-toi, *mamá*. Il est temps de prendre le petit-déjeuner, tu dors depuis trop longtemps. Tu ne t'imagines quand même pas que je vais faire tout le travail toute seule?

Les yeux de Lorena s'ouvrent. Elle sourit, comme si elle faisait juste semblant de somnoler.

— Combien de temps ai-je dormi?

— Trop longtemps, répond Jamilet en rabattant ses couvertures. Lève-toi et viens voir ce que je t'ai préparé.

Lorena sort du lit et, s'entourant les épaules d'un châle, se laisse conduire jusqu'à la cuisine. Sur la table attendent des tortillas, du chorizo, des œufs, de la sauce chili toute fraîche et deux tasses fumantes de cacao chaud.

Tandis qu'elles mangent, Lorena et Jamilet échangent un long regard, incrédules de joie.

— Tu as l'air si heureuse, Jamilet. Je n'ai jamais vu ma petite fille aussi heureuse.

— J'ai une surprise pour toi, *mamá*.

Lorena bat des mains comme un enfant.

— Une autre? Qu'est-ce que c'est?

— On va en Amérique, *mamá*. On part aujourd'hui. On va refaire notre vie dans le pays où les immeubles luisants touchent le ciel. J'ai parlé à M. et Mme Miller, ils nous ont déjà trouvé du travail. Il y a une pièce dont ils ne se servent pas dans leur belle maison, ils veulent bien nous la prêter en attendant qu'on ait un logement. Ils ont dit qu'on pourra prendre tout le temps qu'il faudra pour choisir celui qui nous convient le mieux.

— Et ta grand-mère? Elle est trop âgée pour vivre seule.

— Elle ne veut pas partir. Je le lui ai déjà demandé. Elle est persuadée qu'elle sera malheureuse là-bas et très heureuse de rester ici, à s'occuper du carré de piments et des poules. Le docteur m'a encore dit aujourd'hui qu'elle avait une santé de cheval et qu'un peu plus d'espace ne lui ferait pas de mal.

Lorena accepte cette explication sans discuter.

— Bien, dans ce cas, j'imagine qu'il ne reste plus qu'à boucler les valises.

— J'ai tout préparé pendant que tu dormais, *mamá*. On n'a plus qu'à partir.

— Et la marque, Jamilet ? Je ne supporte pas l'idée de devoir l'expliquer à d'autres gens encore… des gens qui ne comprendront pas.

Jamilet dépose une enveloppe sur la table.

— Qu'est-ce que c'est ?

— Une lettre que j'ai reçue hier.

— Nous devrions peut-être trouver quelqu'un pour nous la lire. Si nous allions chercher le fils de Rolando, Pepe ?

Reprenant l'enveloppe, Jamilet déplie le courrier et se met à le lire d'une voix claire et forte. Il traite d'un rendez-vous la semaine suivante, en Amérique, avec un médecin réputé qui leur garantit de faire disparaître la marque en trois jours maximum, si ce n'est quelques heures, par une opération indolore dont le coût pourra être échelonné.

Des larmes ruissellent sur le visage de Lorena.

— Jamilet, je n'ai jamais entendu de meilleure nouvelle ! Mais depuis quand sais-tu lire ? Je l'ignorais.

— Ça m'est venu un jour que j'attendais que tu te réveilles. Un petit livre était posé sur mes genoux et, alors que je priais, comme *abuela* me l'a dit, les lignes sur les pages se sont mises à me parler de leur voix à elles. Les mots se sont assemblés comme des images et tout m'est apparu avec clarté, comme ça.

— C'est un miracle !

— Le monde est rempli de miracles, *mamá*. Il nous suffit juste de trouver les nôtres.

Des sanglots réveillèrent Jamilet. Agenouillée au chevet de Lorena, Gabriela serrait son chapelet entre ses doigts, le front posé sur ses poings fermés.

— Garde-la toujours près de toi, Père bon et miséricordieux. Accorde-lui le repos et la paix qu'elle n'a jamais connus en ce bas monde. C'était une belle enfant, elle n'était pas destinée à tant de souffrances.

Sentant que Jamilet s'était éveillée, elle tourna la tête, se renfrognant à travers ses larmes.

— Mets-toi à genoux et prie, ma fille. Ta mère est morte.

3

Jamilet jugea plus sage de se couper les cheveux au-dessus des oreilles, une tâche qu'elle accomplit sans cérémonie, comme elle taillait les tiges des tomates mûres pour les servir à table. Elle s'aplatit ensuite la poitrine en s'emmaillotant le torse dans une délicate étoffe blanche qu'elle avait dénichée sous le lit de sa mère. Lorsqu'elle découvrit l'usage que sa petite-fille faisait du tissu destiné à la robe de mariée de Lorena, Gabriela cria au sacrilège, mais Jamilet écarta toute idée d'offense religieuse : bien qu'à l'étroit, elle arrivait à respirer, c'était tout ce qui comptait. Elle se jaugea d'un œil critique dans le grand miroir de la maison. Avec son pantalon ample et son chapeau à large bord enfoncé sur la tête, elle passait pour un adolescent famélique aux épaules frêles et aux pieds courts.

Tandis qu'elle balayait les épaisses boucles de cheveux noirs qui jonchaient le sol de la cuisine, Gabriela tenta de décourager sa petite-fille de partir, usant d'un argument différent de celui qu'elle avait avancé à Carmen des années plus tôt.

— Et qui prendra soin de mon jardin? gémit-elle, le visage enfoui dans ses mains, dont elle écartait suffisamment les doigts pour voir au travers. Par ici, compter sur la charité, c'est se laisser mourir à petit feu.

L'expression de Jamilet demeura imperturbable et résolue.

— *Tía* Carmen t'envoie de l'argent tous les mois et je t'en enverrai, moi aussi. C'est très facile de gagner de l'argent en Amérique, tout le monde le sait. Et puis, n'oublie pas que je parle anglais.

Gabriela baissa les mains pour considérer sa petite-fille de ses yeux affaiblis par la cataracte. Même avec ses cheveux coupés court, elle était jolie comme un cœur.

— La vie n'est pas une de tes fantaisies dont tu peux traficoter le cours dans ton esprit. Il n'existe pas de remède à ta marque, pas même en Amérique. Je le sais depuis que je me suis traînée à genoux jusqu'au saint autel, au lendemain de ta naissance. Je n'en ai jamais parlé à ta mère, pour ne pas lui causer davantage de chagrin, mais si cela peut t'empêcher de commettre une terrible erreur, je vais te le conter à toi.

Elle prit appui sur son balai, les traits adoucis par un lointain souvenir.

— Je priais pour un miracle, les yeux levés sur notre Seigneur sacrifié sur la croix, quand un rayon de soleil a percé la fenêtre pour illuminer Sa couronne. Je n'ai d'abord pas compris, mais alors Il s'est adressé à moi.

Elle ferma ses yeux laiteux, tanguant un peu sur ses pieds.

— Il m'a dit que tu devais porter ta marque avec courage et faire offrande de ta souffrance à Dieu. C'est ta couronne d'épines à toi et, un jour, elle t'apportera la gloire.

Elle rouvrit les paupières, le regard aussi clair que les nuits du désert.

— Tu vois! En partant, tu vas au-devant de nouvelles déceptions. Et cette fois tu seras seule…

— Je ne serai pas seule, il y aura *tía* Carmen.

— C'est encore pire ! s'exclama Gabriela en reprenant son balayage avec une telle fureur que des nuages de poussière les engloutirent. Dieu seul sait quelle existence mène cette fille ! Elle peut bien me jurer qu'elle se rend à l'église tous les dimanches, je ne suis pas dupe. Je suis sûre qu'elle boit plus que jamais. C'est un miracle qu'elle arrive à envoyer quelques billets.

Jamilet s'empara du balai de sa grand-mère et, après l'avoir posé à l'écart, saisit les mains de la vieille femme pour les serrer entre ses paumes.

— Je ne te l'ai jamais dit, *abuela*, mais Dieu m'a parlé à moi aussi. Alors que j'étais plongée dans mes prières, juste avant que *mamá* meure, Il m'a dit d'aller en Amérique, que là-bas je pourrais guérir.

Jamilet attendit de voir sa révélation opérer.

— À quoi ressemblait Sa voix ? l'interrogea Gabriela, à la fois intriguée et émue que sa petite-fille, qui ne prenait même pas la peine de prononcer le bénédicité avant sa première bouchée, eût vécu une expérience mystique.

À regret, Jamilet planta ses yeux dans ceux de sa grand-mère, mal à l'aise à l'idée de lui raconter des histoires sur un sujet qui lui tenait tant à cœur.

— Pas à une voix d'être humain. Ça ressemblait plutôt à un tonnerre tout bas, qui contient sa puissance pour qu'on écoute sans peur et qu'on sache que c'est Dieu qui parle.

— Un tonnerre tout bas, répéta Gabriela. Un tonnerre tout bas… Oui, c'est la voix que j'ai entendue.

Jamilet s'efforça de dormir dans le car, consciente que ces douze heures de route représentaient sa dernière chance de se reposer avant plusieurs jours, mais une telle euphorie l'habitait qu'elle n'arrivait pas à fermer les yeux plus d'une minute ou deux. Étudiant le tracé des mots sur le papier qui portait l'adresse de sa tante à Los Angeles, elle tenta de se remémorer cette femme dont son dernier souvenir remontait à plus de dix ans. Au village, tout le monde disait que l'on n'avait jamais vu deux sœurs plus différentes que les filles de la veuve Gabriela. Jamilet se représenta sa mère, sagement assise dans un coin d'où elle observait le monde de ses grands yeux sombres, grimaçant un sourire hésitant quand les circonstances l'exigeaient. Carmen, elle, riait aux éclats à ses propres plaisanteries et cherchait toujours un prétexte pour remplir ses énormes poumons d'air et beugler sa bonne humeur ou sa colère, comme si respirer comme tout le monde l'ennuyait à mourir.

Le désert mexicain défilait derrière la vitre du car en bavures d'ocre et de vert qui se mêlaient pour se fondre en un panorama d'horizons sans fin. Le moteur et les roues fredonnaient une berceuse rythmée et impatiente, plus propice à bondir qu'à s'assoupir, mais néanmoins apaisante. Dans ce repos hypnotique, Jamilet revit avec netteté sa tante assise dans la cuisine, les pieds calés sur la table comme un homme, insouciante de livrer à l'assistance un aperçu de son large fessier.

— Baisse les jambes ! la rabrouait Gabriela. Faut-il que tu montres tes petites affaires au monde entier?

— Au monde entier? Bah voyons ! Jami, tu vois le monde entier ici, toi?

Jamilet promenait son regard sur la pièce, désireuse de démontrer son obéissance, avant de conforter sa tante d'une secousse de la tête. Mais le monde entier dût-il se matérialiser en la personne de Pepe, qui venait du bout de la rue pour leur porter un plat de *tamales* préparés par sa mère en échange d'un sac de piments, ou du laitier pour sa livraison hebdomadaire, Carmen ne baissait pas davantage les jambes ni ne rajustait sa jupe, ne serait-ce que d'un centimètre. Un sourire malicieux sur les lèvres, elle se contentait de surveiller s'ils décochaient un regard en direction de son généreux postérieur, ce qui ne manquait jamais de se produire. Alors elle éclatait de rire, comme si elle venait de se prouver un fait d'une importance capitale. De quoi s'agissait-il ? Jamilet l'ignorait, mais cela ne l'empêchait pas de se joindre à l'hilarité de sa tante et de lui retourner ses clins d'œil triomphants à la fin de la démonstration.

Il fallait reconnaître que Jamilet se rangeait à la plupart des opinions de *tía* Carmen, et celle-ci ne manquait jamais de donner son avis sur des sujets aussi nombreux que variés, comme la nécessité d'une bière fraîche au saut du lit pour s'éclaircir les idées, l'énergie gaspillée par les excès de politesse, ou encore l'arrogance secrète qui brûlait dans le cœur des plus modestes. Cependant, rien n'importait davantage à Jamilet que de demeurer dans les bonnes grâces de sa tante et de baigner dans son rire, qui emplissait la maison comme les éclats d'une assemblée de vingt personnes.

Quand Lorena snobait les grossièretés de sa sœur et que Gabriela, excédée, implorait le Seigneur de guider l'âme égarée de sa fille aînée, Jamilet ne pipait mot, mais dans le silence de ses pensées, au plus profond de son admiration circonspecte, elle lançait des hourras retentissants. Comment son cœur aurait-il couvé le moindre reproche envers *tía* Carmen alors que c'était la seule à ne pas craindre la marque? C'était à peine si elle y prêtait attention, elle qui ne se laissait ni intimider ni troubler par les malédictions et autres punitions divines. Carmen lui apprendrait à être forte et à affronter le monde la tête haute. Elle applaudirait à son déguisement d'homme et, ensemble, elles riraient à se rouler par terre comme des palefreniers ivres. Tandis que Jamilet imaginait la scène, les éclats de voix de sa tante lui parvinrent par-dessus le vrombissement du moteur.

— Et tu peux oublier les principes de mijaurée dont ta mère et ta grand-mère t'ont farci le crâne depuis ta naissance. Ça ne te servira à rien ici.

— J'oublierai tout, *tía*, répond Jamilet en souriant. J'oublierai même mon nom s'il le faut.

Carmen la dévisage avec un étonnement amusé.

— Ne t'emballe pas, va !

Ensemble, elles partent à la découverte de la ville, foulant un sol de marbre poli comme l'allée de l'église menant à l'autel. Des immeubles aux formes anguleuses et aux couleurs multiples transpercent les nuages. Carmen promène le regard sur ce paysage et, elle qui n'a jamais été impressionnée que par le postérieur d'un bel homme, se laisse un instant aller à une certaine révérence.

— Tu vois, il n'y a pas de terre partout ici. Et regarde là-haut, ajoute-t-elle en pointant le doigt vers le toit des immeubles, où le béton et le verre s'ouvrent sur un ciel du bleu le plus pur. Les voilà, les miracles auxquels tu peux croire !

Deux jours à peine après avoir quitté son village, Jamilet traversait le désert à la seule lueur des étoiles, les lampes électriques risquant d'attirer une attention indésirable. Il était dangereux d'effectuer la traversée sans passeurs expérimentés, ces *coyotes* qui connaissaient les défilés entre les canyons et les bandits sillonnant les parages à la recherche de Mexicains à détrousser, mais, à l'approche de la frontière, elle s'était jointe à six compatriotes qui ne pouvaient pas plus qu'elle s'offrir ce luxe. Ils avaient donc décidé de tenter leur chance ensemble, à la faveur de la nuit, qui leur offrirait une plus grande sécurité et une fraîcheur plus propice aux longues marches. Si rien ne venait chambouler leurs plans, ils atteindraient le Rio Grande en trois jours et le franchiraient à gué pour rallier l'autre rive, celle de la prospérité et de l'espoir : l'Amérique.

Si près du but, Jamilet ressentait un triomphe nerveux. Le voyage s'était révélé moins difficile que prévu. Elle s'était préparée à consacrer des jours, voire des semaines, à l'entreprise, bien consciente que beaucoup de clandestins tombaient dans les filets de l'immigration et étaient reconduits à la frontière, d'où ils tentaient de nouveau leur chance dès le lendemain. Les plus entêtés se retrouvaient parfois incarcérés plusieurs mois. Mais voilà qu'elle prenait part à un plan aussi simple à comprendre et à exécuter que ses tâches ménagères à la maison.

De tous les membres du groupe, Jamilet n'accordait sa confiance qu'à Juan, un homme à la voix douce et au sourire facile. Quand certains reprochaient au gringalet de les ralentir ou de ne pas ramasser sa portion de bois à l'heure de dresser le camp, Juan leur rappelait qu'ils feraient tous bien d'économiser leurs forces en vue de la traversée du fleuve et qu'il valait de toute façon mieux se passer de flambées trop vives pour ne pas attirer les bandits toujours à l'affût. Jamilet veillait à ne jamais laisser la distance se creuser entre eux pendant la marche et s'étendait toujours le plus près possible de lui lors de leurs haltes.

Juan portait sur son compagnon de route un œil chaque jour plus suspicieux. Il n'ignorait rien des dépravations de l'Amérique, de la prostitution qui s'y pratiquait au vu et au su de tous, des hommes qui s'habillaient en femme et dansaient à moitié nus dans les boîtes de nuit des quartiers les plus délabrés des métropoles. Sûrement Jaime rejoignait-il l'un de ces bouges. Dans son village, les garçons de son espèce étaient pendus par les poings à une branche et flagellés jusqu'à ce que le prêtre fût certain que les coups avaient délogé le démon de leur corps. Juan observa les poignets délicats de Jaime. Celui-là n'avait jamais été pendu à un arbre, une peau si tendre ne résisterait d'ailleurs pas longtemps au fouet. La pitié l'emportant sur le dégoût, il le tapota sur l'épaule avec plus de brutalité que nécessaire, conscient d'être observé par leurs compagnons de route, pour l'informer que son frère l'attendait de l'autre côté de la frontière afin de le conduire à Los Angeles et qu'ils pourraient, à condition que Jaime payât sa part d'essence, lui faire une place dans la voiture.

Émue aux larmes par cette bonne fortune inespérée, Jamilet sortit l'argent qu'elle gardait caché dans sa chaussette et lui remit la totalité avant qu'il pût revenir sur sa proposition. Elle se retrouvait sans le sou, mais elle se fiait à son flair pour cerner la nature des gens. Elle ne doutait pas un instant de la bonté de Juan, qu'elle savait incapable de lui infliger du mal ou de la flouer.

La nuit qui précéda leur traversée du Rio Grande, ils dressèrent le camp si près du fleuve qu'ils entendaient le chœur tonitruant de sa course précipitée entre les terres du nord et du sud. Jamilet imagina qu'elle percevait la voix de Dieu dans ce son somme toute assez proche de la description qu'elle avait inventée de toutes pièces pour sa grand-mère, il y avait de cela quelques jours qui lui paraissaient des années. Elle ferma les yeux pour essayer de donner sens à tout cela. Était-ce un message de mauvais augure ou rempli d'espoir? Elle n'avait aucune certitude, hormis celle qu'un message lui était adressé. Avant de se laisser emporter par le sommeil, elle leva les yeux vers le ciel nocturne et jura sur la clarté de toutes les étoiles du firmament que, si elle n'avait pas réussi à se débarrasser de la marque dans deux ans, elle mettrait fin à ses jours. Elle ne se contenterait pas d'attendre que Dieu la rappelât, comme sa mère. Elle grimperait sur le toit du plus haut immeuble de la ville et, d'un saut, irait au-devant de la mort. L'idée que personne ne pourrait déceler la marque dans la bouillie sanglante qu'il resterait de son corps lui procura un certain réconfort. Après une chute pareille, tout le monde se ressemblait, beau ou laid. Et ainsi elle tiendrait sa victoire.

Lorsqu'elle rouvrit les paupières, le lendemain matin, Jamilet se retrouva nez à nez avec les bottes poussiéreuses de ses compagnons, qui s'éloignèrent lentement pour rassembler leurs maigres provisions, accompagnés par les ricanements d'un ou deux hommes. Comme elle se retournait pour les imiter, ses pieds et ses mains refusèrent de bouger.

Juan, qui guettait son réveil, s'accroupit près d'elle afin de ne pas être entendu des autres.

— Je suis désolé, Jaime. Si tu savais ce qu'ils manigançaient, tu me remercierais. Ces types ne comprennent pas les gens de ton espèce. Moi non plus, d'ailleurs, mais ça n'excuse pas la cruauté, je sais…

Jamilet se débattit pour se libérer des liens qui l'entravaient, mais plus elle forçait, plus les cordes lui mordaient la peau des poignets et des chevilles. L'effort la suffoqua en quelques minutes.

— Tu perds ton temps, reprit Juan en secouant la tête devant le pitoyable spectacle qu'elle offrait. Les nœuds, ça me connaît.

Un homme passa près d'elle et, du bout de sa botte, lui jeta de la terre au visage en maugréant un juron dans sa barbe. Manifestement désireux de passer au plus vite à l'étape suivante, il défit son ceinturon, déchaussa ses bottes, puis retira ses vêtements un à un jusqu'à se retrouver nu comme un ver sous les rayons du soleil. En dépit de sa peur et de sa confusion, Jamilet, qui de sa vie n'avait vu d'homme dévêtu, se retrouva hypnotisée par ce corps couvert de curieuses plaques de poils éparses, comme s'il avait été trempé dans l'œuf puis roulé dans une pâte à frire qui n'aurait pas pris uniformément. Rien ne l'intriguait toutefois plus que son sexe, qui évoquait le bras chétif et difforme d'un nouveau-né.

— Hé, José, le *joto* en pince pour toi, cria l'un des hommes en remarquant la fascination de Jamilet.

— Fous-lui la paix, répliqua Juan. Pas la peine d'en rajouter, il est déjà ficelé comme un pauvre diable.

— Tu veux la petite pédale pour toi tout seul ou quoi ? repartit l'autre d'un ton moqueur.

Mais le fauteur de troubles ne poussa pas la plaisanterie plus loin, trop absorbé par ses préparatifs.

— Je n'ai plus un sou, souffla Jamilet en tournant la tête, cou tendu, pour fixer Juan dans les yeux.

Il extirpa de sa poche arrière les billets qu'elle lui avait confiés et les fourra dans sa botte.

— C'est une corde légère, lui chuchota-t-il. Tu n'auras qu'à la racler contre une pierre tranchante pour te libérer. Après ça, tu ferais mieux de rentrer chez toi et de prier Dieu de te pardonner ton vice.

Il jeta un coup d'œil en direction du fleuve, traversé d'un frisson à l'idée de ce qui l'attendait.

— De toute façon, avec un gabarit pareil, tu n'atteindras jamais l'autre rive.

Alors qu'il s'éloignait pour rejoindre les autres au bord de l'eau, Jamilet hésita à lui révéler sa véritable identité, mais la vue de tous ces hommes nus et la prise de conscience qu'elle devrait à son tour quitter ses vêtements finirent de la convaincre qu'un aveu ne contribuerait qu'à aggraver son cas. Elle demeura donc silencieuse et regarda d'un air maussade Juan se déshabiller et rouler ses habits et ses provisions pour former un ballot bien serré, qu'il posa en équilibre sur sa tête et arrima sous son menton à l'aide de sa ceinture. Il n'y avait rien de tel, pour susciter les soupçons et un appel à la *migra*, qu'un groupe de Mexicains traversant les champs en catimini avec des vêtements ruisselant d'eau. Les propriétaires de ranch à la frontière les repéraient au premier coup d'œil. Le bruit courait même que leurs femmes montaient la garde à la fenêtre de la cuisine en faisant la vaisselle, une main sur le téléphone, si bien que les clandestins atterrissaient au poste avant que les assiettes eussent eu le temps de sécher sur l'égouttoir. Ceux qui, au contraire, réussissaient à traverser le fleuve sans mouiller leurs vêtements se retrouvaient en quelques secondes secs, habillés et prêts à se disperser dans les champs pour se mêler aux ouvriers agricoles des environs.

Bientôt, Jamilet entendit les hommes hurler, pleurer comme des veaux qu'on égorge, maudire l'eau glaciale et les rochers glissants sous leurs pieds. Les beuglements se prolongèrent et il fallut à certains des trésors d'autopersuasion pour trouver le courage de se jeter à l'eau. Lorsque, enfin, les plaintes tapageuses se noyèrent dans le grondement des flots, Jamilet ignorait si ses anciens compagnons avaient péri dans le courant ou atteint l'autre rive.

Jamilet mit un peu plus d'une heure à venir à bout des liens à ses poignets selon la méthode suggérée par Juan. Elle passa ensuite le restant de la journée et une grande partie de la soirée accroupie sur la rive, à regarder le Rio Grande onduler comme un énorme serpent charriant sur son dos scintillant des brindilles et des branches, auxquelles venaient parfois se mêler un sac en plastique ou une boîte de conserve. Elle termina le morceau de pain rassis qu'elle avait mis de côté et but à plusieurs reprises l'eau du fleuve. Surtout, elle écouta. Elle tendit l'oreille au murmure du vent dans les arbres, et plus encore au silence qui s'étirait entre les soupirs de la nature environnante, avec l'espoir d'y percevoir la voix de Dieu, la vraie cette fois, pour se laisser guider. Mais elle ne discernait avec certitude que les battements de son cœur et le souffle qui entrait et sortait de son corps, lui rappelant qu'elle aurait dû s'estimer heureuse d'être en vie, rien qu'en vie.

La lune brillait haut dans le ciel lorsqu'elle se dévêtit et réunit ses affaires pour former un ballot soigné. Elle les emballa toutes, hormis ses bottes, convaincue par les plaintes des hommes qu'elle évoluerait d'un pied plus sûr si elle les gardait pour fouler les rochers glissants qui tapissaient le lit du fleuve. Son paquet solidement fixé sur la tête, elle pénétra dans l'eau, s'arc-boutant contre le courant qui tourbillonnait autour de ses chevilles, de ses genoux, de ses cuisses, puis comblait les creux chauds de son entrejambe d'un froid tumultueux insoutenable et terrifiant. Haletante, agitée de violents tremblements, elle continua de s'enfoncer dans le fleuve, qui enfla autour de sa taille et lui lécha la poitrine comme un enfant affamé aux dents aiguisées. Elle serra les paupières pour lutter contre la douleur, rassemblant toutes ses forces. Alors elle vit devant elle le visage hideux et familier de la peur et du rejet avec lesquels elle avait vécu toute son existence. Face à cette apparition, le fleuve paraissait chaud, et les bâtons et débris qui lui heurtaient les flancs, guère plus menaçants qu'une tape amicale.

Elle allait s'abandonner au froid mordant lorsque l'eau se mit soudain à chanter à ses oreilles. «La vie n'est pas que désespoir, fredonnait le torrent au cœur de son grondement. Si tu tiens bon… Si tu tiens bon.» Plus puissante, plus envoûtante que la laideur de son passé, cette voix creusa une vallée dans sa conscience jusqu'au plus profond de son âme. Elle suivit son appel à travers les ténèbres jusqu'à ce que tout se tût autour d'elle et qu'elle n'éprouvât plus rien qu'une paix engourdie et funèbre. Elle fut alors persuadée que le fleuve l'avait emportée et qu'elle flottait comme une feuille à la surface de l'eau, tournoyant et piquant au gré des courants, mue par une force qui dépassait ses peurs les plus paralysantes. Impuissante, elle se laissa aller là où les flots la menaient.

Lorsqu'elle s'effondra sur la rive, elle était incapable de bouger un seul membre, mais son esprit virevoltait de joie: elle avait atteint la terre des miracles. Dès que le sang afflua de nouveau dans ses bras et ses jambes, elle s'assura de n'avoir subi aucune blessure grave, puis enfila les vêtements qu'elle avait réussi à garder presque secs. Elle se pelotonna ensuite au pied d'un buisson épineux au parfum de fleur d'oranger et de menthe, et sombra dans un profond sommeil.

Réveillée, le lendemain matin, par un étrange picotement sur tout le corps, Jamilet ouvrit les yeux pour découvrir une armée de fourmis noires dodues en train de courir sur sa peau. Bondissant sur ses pieds, elle arracha ses vêtements et se jeta dans le Rio Grande sans une pensée pour sa frayeur de la nuit passée. De retour sur la rive, elle battit ses habits contre un tronc d'arbre jusqu'à être certaine d'en avoir chassé toutes les fourmis. Mais alors qu'elle tournait le dos au fleuve pour se diriger vers un chemin de terre, elle crut en sentir une ou deux grimper le long de sa colonne vertébrale. «Elles me rappellent que je suis moi aussi une rescapée», songea-t-elle, non sans une certaine satisfaction.

Elle chemina plusieurs heures à travers des bois de saules et de peupliers. Malgré l'agréable fraîcheur que lui offrait l'ombre émaillée des feuillages, elle finit par s'inquiéter de ne déceler aucun signe de passage. On lui avait expliqué que les meilleurs sentiers étaient jonchés d'ordures et d'excréments. On racontait même que ceux qui s'y perdaient la nuit n'avaient qu'à se servir de leur odorat pour retrouver le chemin.

Il ne restait plus que quelques gouttes d'eau dans sa gourde lorsqu'elle aperçut une ferme à environ un kilomètre de distance. À mesure qu'elle approchait, elle découvrit un bâtiment de plain-pied rudimentaire ouvrant sur une spacieuse véranda. Devant était tendu un fil à linge garni de plusieurs jeans et chemises à manches longues. À en juger par leur taille, la maison abritait un homme très corpulent. Jamilet progressa à pas prudents, puis accroupie lorsqu'elle émergea de l'ombre protectrice du bois. Par précaution, elle longea ensuite un fourré qui menait à une grange à l'écart de l'habitation. Elle espérait pouvoir s'y reposer un moment avant de reprendre la route. Avec un peu de chance, elle trouverait même quelque chose à se mettre sous la dent. Elle se satisferait de n'importe quoi, y compris d'aliments pour animaux, pourvu que cela étouffât la douleur qui lui tenaillait l'estomac.

Elle trouva la porte de la grange entrouverte et se glissa aisément à l'intérieur. Repérant par terre un sac de toile assez grand pour la recouvrir, elle le ramassa et, sans se soucier de l'odeur de fumier qui s'en dégageait, l'emporta dans le coin le plus sombre. Roulée en boule comme un chat, elle allait se tapir sous le sac lorsque la porte du bâtiment s'ouvrit toute grande. Elle vit alors se découper dans l'encadrement la silhouette menue d'un enfant et, calée sur sa hanche, la forme reconnaissable d'un fusil à deux canons. En observant plus attentivement l'apparition, Jamilet s'aperçut qu'il s'agissait en fait d'une jeune femme, d'une vingtaine d'années tout au plus, dans ses dernières semaines de grossesse. Elle portait une robe trop ample de plusieurs tailles et des bottes de travail qui lui montaient jusqu'au genou. Ses cheveux aux reflets cuivrés flottaient autour de sa figure en un paquet de nœuds. Cependant, rien n'attirait plus le regard que l'énorme ecchymose qui, illuminée par un rai de lumière pénétrant à travers les planches irrégulières du mur, lui noircissait la joue et l'œil gauches, si tuméfiés que son joli visage en devenait difforme.

La meurtrissure de la jeune femme ne diminuait toutefois pas sa vision. En quelques secondes, elle repéra l'intrus blotti dans un coin de la grange. À l'instant où Jamilet se releva tant bien que mal, elle brandit le canon de son fusil de chasse pour le pointer sur sa tête.

— Pas un geste. J'ai appelé la patrouille frontalière quand je t'ai vu rôder, elle sera là d'une seconde à l'autre.

Jamilet voulut ramasser son baluchon.

— Fais le malin et je t'explose les roubignoles, reprit la femme en inclinant le canon pour viser son entrejambe. *Los huevos*, traduisit-elle en espagnol pour se faire comprendre. Pan! Pan! *Los huevos.*

— Je n'ai pas de *huevos*, répondit Jamilet. Je suis une fille, comme toi.

La jeune femme abaissa légèrement son arme avant de la relever dans un sursaut, inspectant du regard les recoins obscurs de la grange, comme si elle s'attendait à voir un autre intrus bondir sur elle.

— Je suis toute seule, la rassura Jamilet d'une petite voix.

Même avec un canon pointé sur elle, elle n'avait plus la force de ressentir le moindre tressaillement de peur.

La jeune femme inclina légèrement son fusil vers le bas.

— C'est du jamais-vu, une fille qui passe la frontière toute seule! Et, une chose est sûre, je n'ai jamais croisé de « dos mouillé » parlant si bien l'anglais.

Elle jaugea Jamilet avec une fascination teintée de réserve.

— On peut savoir pourquoi t'es fagotée comme ça?

— J'ai pensé que ce serait moins dangereux de me déguiser en garçon, expliqua Jamilet avec un haussement d'épaules, mesurant soudain l'énormité de son erreur.

— Hommes ou femmes, on a assez de Mexicains comme ça. Pourquoi vous ne restez pas chez vous? Pourquoi vous vous obstinez à venir ici en douce, comme des voleurs?

— Je suis venue voir un médecin.

— Il n'y a pas de toubibs au Mexique?

— Pas le genre que je dois voir.

Une lueur de curiosité adoucit les traits de son interlocutrice. Sans perdre une seconde, Jamilet souleva sa chemise et fit volte-face pour exhiber la partie de la marque où la peau, rouge et luisante, était la plus boursouflée.

— Nom de Dieu! s'exclama la jeune femme. On dirait qu'on t'a écorchée vive!

Elle fut interrompue par un crissement de pneus sur le gravier de l'allée. Quelques secondes plus tard, une portière s'ouvrit et se referma, puis des pas retentirent sur le plancher de bois de la véranda.

— Nancy! appela une voix d'homme. Ohé, Nancy!

L'ombre d'un instant, la femme se troubla, prise de court. Puis elle baissa le canon de son fusil vers le sol et posa un regard vide sur Jamilet, qui rentrait sa chemise dans son pantalon.

— Attends ici, lui commanda-t-elle. Et pas un bruit.

Elle sortit alors, en prenant le temps de bien refermer la porte de la grange derrière elle.

Par les fentes du mur de bois, Jamilet la vit traverser le terrain pour rejoindre deux hommes vêtus de vert sombre, qui patientaient sur la véranda. Elle s'appuya avec désinvolture sur son fusil, ses pieds bottés croisés, tandis qu'elle discutait d'un air dégagé. Un long car du même vert que l'uniforme des agents stationnait sur le chemin. Derrière ses vitres renforcées de treillis métallique, Jamilet aperçut quatre Mexicains, tous endormis, sauf un, qui observait la scène à l'entrée de la maison. Elle reconnut sur-le-champ Juan, qui leva les mains pour se gratter le nez, révélant des poignets menottés. Le cœur de Jamilet se serra malgré les événements de la veille. Il l'avait protégée de son mieux et elle espérait de toute son âme qu'il serait rapidement libéré.

Nancy pointa l'index sur les bois de l'autre côté de la route avant de disparaître à l'intérieur de la maison, dont elle ressortit avec une canette de bière pour chacun des agents. Après l'avoir remerciée d'une inclinaison de tête, les deux hommes regagnèrent leur véhicule. Quelques secondes plus tard, le car prenait la direction indiquée par Nancy, soulevant dans son sillage un épais nuage de terre qui l'engloutit bien avant que s'évanouît le grondement du moteur.

Lorsque le silence retomba sur la ferme, Nancy réapparut dans la grange, sans fusil cette fois, pour ordonner à Jamilet de la suivre. Une fois dans la cuisine, elle lui composa un repas avec des restes de poulet frit et de purée de maïs. Malgré les efforts qu'elle fournit pour manger poliment, Jamilet ne réussit à se contrôler que le temps de quelques bouchées délicates avant de dévorer la fin de son assiette comme un animal affamé. Nancy l'observait depuis l'évier en remplissant sa gourde d'eau fraîche au robinet, un luxe que Jamilet n'avait plus vu depuis qu'elle avait quitté le service des Miller.

— Comment tu t'es fait ça, ce truc dans ton dos? demanda Nancy lorsqu'elle eut presque terminé son repas. Tu t'es pris une méchante raclée?

Jamilet secoua la tête en avalant sa dernière bouchée de purée de maïs.

— Je suis née avec.

— Ça fait mal?

Jamilet répondit par un haussement d'épaules, puis porta son attention sur l'hématome qui défigurait Nancy, remarquant qu'une de ses incisives était ébréchée.

— Et ça, ça fait mal? s'enquit-elle en indiquant la joue de la jeune femme.

— Seulement quand je souris.

Nancy essuya ses mains sur ses cuisses et jeta un coup d'œil par la fenêtre, en direction de la corde à linge.

— Je... J'ai un canasson avec un sale caractère dans la grange. Je ferais peut-être bien de m'en débarrasser.

— Peut-être, convint Jamilet, certaine de n'avoir vu aucun cheval. Ou de le mettre au pré et de prier pour que quelqu'un te le vole.

Nancy rit de bon cœur, malgré sa douleur, puis remporta l'assiette de Jamilet à l'évier.

Jamilet sentit tout de suite se tisser entre elles un lien qui la poussa à parler librement, sans réfléchir à ses propos. Elle prit conscience, alors qu'elle entreprenait de relater à la jeune femme son histoire, qu'elle n'avait jamais autant ressenti la nécessité de se confier. Son expérience intime de la mort lui avait conféré une nouvelle assurance et une certaine autorité pour s'exprimer. Elle raconta à Nancy la marque que les habitants de son village imputaient au diable et toutes les souffrances qu'elle lui avait causées. Elle lui relata les années chez les Miller, la longue maladie de sa mère, sa mort et sa décision de quitter la maison. Elle évoqua sa marche nocturne dans le désert et le matin où elle s'était réveillée ligotée. Elle tremblait quand elle lui décrivit sa traversée solitaire du Rio Grande, et les souvenirs d'une existence placée sous le signe de la peur et de la répulsion que celle-ci avait ravivés en elle. Survivre à cette épreuve lui avait donné plus que jamais confiance en elle et l'espoir de trouver en Amérique la guérison qu'elle était venue y chercher.

Nancy l'écouta, captivée, en décrivant des cercles paresseux de ses mains sur son ventre. Lorsqu'elle ne vit plus rien à ajouter, Jamilet fut soudain gênée de s'être ainsi imposée. Embarrassée, elle remercia la jeune femme pour son temps et son hospitalité, puis se leva en lui demandant le chemin de Los Angeles.

— C'est très loin, Los Angeles. Il faut prendre le car, et ce n'est pas donné.

Sortant tout l'argent qu'elle cachait dans sa botte, Jamilet le déposa sur la table à l'appréciation de Nancy.

— Tu n'auras rien avec ça ici. C'est de la monnaie mexicaine.

La jeune femme disparut sans un mot dans le cellier, dont elle revint avec une petite liasse de billets pliés dans sa paume.

— Avec ça, tu devrais pouvoir te payer un aller simple pour Los Angeles, et même un petit extra. Il y a une gare routière dans la ville voisine, à environ huit kilomètres en suivant la route. Mais ne t'éloigne pas des arbres, la patrouille frontalière pourrait repasser.

— Mais je ne peux pas prendre ton argent, déclara Jamilet, bouleversée par tant de générosité.

— Tu ne le prends pas, je te le donne, corrigea Nancy en saisissant sa main pour y fourrer les billets. J'espère que tu trouveras un médecin qui pourra te guérir.

Cet après-midi-là, Jamilet prit place dans un car Greyhound à destination de Los Angeles, la ville où sa tante Carmen vivait et où sa mère croyait les miracles possibles. Avec les quelques dollars qu'il lui restait, elle s'acheta un hamburger, des chips et un petit Coca-Cola. Elle dégusta son tout premier sandwich rond avec révérence, les yeux sur le paysage et ses pensées tournées vers Nancy. Elle aurait juré voir le reflet tremblotant de sa mère à côté du sien dans la vitre assombrie par la nuit tombante. Si elle fronçait les paupières, la vision se précisait et s'imposait. Alors la voix de Lorena s'éleva, pareille à la mélodie chantante d'une flûte, plus réelle que le ronflement monotone du moteur.

— Je dois reconnaître que je ne croyais pas que tu arriverais jusque-là. Tu as plus de courage et de force que je ne le pensais.

— Quand je suis entrée dans le fleuve, j'ai compris que la peur et le courage se confortent l'un et l'autre, un peu comme des meilleurs amis.

— C'est vrai, convint Lorena.

— Tu crois que Nancy quittera un jour l'homme qui la bat?

— Je l'ignore, mais je sais que t'aider lui a insufflé de la force.

— Jamais je n'oublierai ce qu'elle a fait pour moi, *mamá*, dit Jamilet avant de se taire et de poser la tête sur les genoux de Lorena pour dormir, comme celle-ci le lui commandait.

Alors elle sentit les douces caresses des doigts de sa mère sur sa tempe et entendit la jolie berceuse qu'elle lui fredonnait quand elle était toute petite.

Lorsqu'elle descendit du car, le lendemain, Jamilet brûlait encore de la chaleur instillée en elle par sa rencontre avec Nancy. Elle n'en perçut pas moins la force du vent qui s'engouffrait entre les gratte-ciel du centre de Los Angeles, pareil au souffle qui balayait les canyons du désert mexicain, à ceci près que son hurlement solitaire charriait des notes fiévreuses de klaxons, des plaintes de sirènes et une urgence confuse qui ne se ressentait, au village, qu'en cas de catastrophe, lorsque la rivière débordait ou qu'un incendie se déclarait dans les champs. Cependant, les gens de cette ville semblaient se hâter non pas pour fuir un danger, mais pour viser un but, ce qui intriguait Jamilet au plus haut point.

Elle s'émerveilla d'évoluer parmi ces citadins dans la plus grande invisibilité. Quand elle se risquait à dévisager les passants, la plupart ne lui retournaient pas son regard. En fait, c'était à peine s'ils remarquaient sa présence tandis qu'elle allait, anonyme, dans un accoutrement crasseux qui n'aurait pas manqué d'alarmer les villageois et d'éveiller leur hostilité. Ce fut ainsi que, fraîchement débarquée, Jamilet décréta que la justice n'était pas un mythe dans ces rues où l'on ignorait tout un chacun avec une telle équanimité, et que les graines de la superstition ne prospéraient pas aussi bien dans les fissures du béton et du verre poli que dans la terre du village.

Montrant le bout de papier avec l'adresse de sa tante aux inconnus dont le regard lui paraissait plus doux et moins préoccupé, elle s'achemina jusqu'aux quartiers est de Los Angeles, où la multitude de couleurs et d'ethnies du centre-ville se raréfia au profit d'une population à la peau basanée comme la sienne. Dans cette partie de la ville, tout le monde était mexicain et parlait espagnol, ou anglais avec un accent espagnol. Des épiceries et des restaurants mexicains fleurissaient à tous les coins de rue et il y avait même une placette circulaire identique à celles des villes et villages au sud de la frontière.

Carmen vivait dans une artère si fréquentée que Jamilet vit défiler plus de voitures en cinq minutes qu'elle n'en avait vu au village durant toute sa vie. Un enchevêtrement de câbles électriques s'étirait entre les toits des habitations, comme un dais d'où les pigeons observaient la frénésie de la rue avec une retenue tranquille, perchés en rang d'oignons. Jamilet découvrit un petit pavillon de plain-pied peint d'un rose chewing-gum dont les écaillures révélaient un ancien bleu encore plus criard. Un grillage un tout petit peu plus haut qu'elle entourait le terrain. Elle trouva le portillon fermé, mais le cadenas ouvert. Après avoir vérifié trois fois qu'elle était au bon numéro, elle s'aventura dans le jardin et remonta l'allée de béton défoncée jusqu'à la porte d'entrée. Elle frappa, puis patienta, guettant le braillement de bienvenue de Carmen, mais la maison demeura silencieuse, et ses rideaux immobiles derrière la fenêtre. Concluant que sa tante n'était pas rentrée du travail, Jamilet posa son baluchon par terre et se laissa tomber en douceur sur les marches du perron en grimaçant au souvenir de ses jambes courbaturées. Le voyage avait été long et elle aurait voulu se rouler en boule pour dormir plusieurs jours d'affilée.

Mais quelles retrouvailles offrirait-elle à sa tante si celle-ci la découvrait en train de ronfler sur le pas de sa porte? Elle se força donc à garder les paupières ouvertes et laissa son regard flâner avec curiosité sur le jardin, où des plaques éparses d'herbe desséchée se cramponnaient désespérément à la terre. Des détritus emportés par le vent étaient pris au piège dans les mailles au pied du grillage. Pour passer le temps, elle tenta d'identifier les marques américaines sur les emballages. À première vue, sa tante avait une forte préférence pour les chips Cheetos et les biscuits Oreo.

Douloureusement, elle se pencha en avant pour jeter un coup d'œil d'un côté et de l'autre de la rue. La plupart des habitations voisines partageaient avec celle de Carmen leur taille et leur style indéfinissable. Des couvertures pendaient aux fenêtres et les herbes folles envahissaient les jardins au milieu de vieux meubles abandonnés et de pièces détachées rouillant au soleil.

Jamilet s'appuya contre le mur et étendit les jambes devant elle, se félicitant que le soleil de l'après-midi eût tourné pour lui ménager une zone ombragée. Elle retira son chapeau et passa ses doigts dans ses cheveux courts avant de le reposer sur sa tête. Reconnaîtrait-elle *tía* Carmen après toutes ces années? Et *tía* Carmen, la reconnaîtrait-elle? Elle s'interrogeait encore lorsqu'elle remarqua un jeune homme qui attendait sous le porche d'en face dans une position proche de la sienne, appuyé sur les coudes, jambes allongées. Il portait un débardeur blanc et des cheveux bruns coupés au-dessus des oreilles. Même à cette distance, elle distinguait nettement la ligne bien dessinée de sa mâchoire et la courbe saillante du muscle de son épaule. Il possédait la même silhouette athlétique que les jeunes itinérants qui parcouraient les routes mexicaines à la recherche de travail dans les ranchs et constituaient une main-d'œuvre très appréciée des femmes, en particulier celles dont le mari s'absentait pour des séjours prolongés en ville.

Elle ajusta son chapeau sur sa tête afin de poursuivre son observation dans la plus grande discrétion, mais il ne tarda pas à se lever et, après avoir descendu les marches du perron, s'avança à la limite de son bout de terrain. D'un petit coup de tête dans le vide, il lui indiqua d'en faire autant. Jamilet bondit sur ses pieds, oubliant la douleur dans ses jambes, pour s'approcher de la clôture.

— Elle va pas rentrer tout de suite, lui cria-t-il d'une voix chaleureuse.

Jamilet ne s'attendait pas à entendre un anglais aussi parfait dans la bouche d'un Mexicain. Même si elle ne se débrouillait pas trop mal dans cette langue, elle savait qu'elle parlait avec un accent aussi fort que du piment rouge.

— Ce n'est pas grave, je vais attendre, répondit-elle, satisfaite de son choix de vocabulaire et de sa maîtrise grammaticale.

Au cours de ses années chez les Miller, elle avait entendu Mary employer quantité d'expressions et elle comptait faire bon usage de toutes celles qu'elle avait emmagasinées dans sa mémoire.

Les yeux du garçon s'écarquillèrent de surprise. Bravant la circulation, il traversa la chaussée en trois longues enjambées pour la rejoindre. Il était plus grand qu'il ne lui avait paru de loin et ses yeux marron pétillaient de curiosité. Les commissures de ses lèvres s'étirèrent en un sourire.

— Répète un peu pour voir ! s'exclama-t-il d'un ton plein de défi.

Jamilet demeura un instant interdite. Il était tellement beau ! Plus beau encore que les jeunes ouvriers agricoles qui, au village, n'avaient qu'à se lancer dans une petite danse pour arriver à leurs fins avec n'importe quelle fille.

— Que je répète quoi ? demanda-t-elle nerveusement en rajustant son chapeau.

Il posa sa main bas sur sa hanche, puis balança la tête de gauche à droite.

— T'es une nana, pas vrai ? Je le vois bien à ta voix et…

Il se pencha en avant pour mieux l'observer.

— À ton visage et tout…

Jamilet sentit ses joues s'enflammer.

— Pourquoi t'es sapée comme ça ? l'interrogea-t-il avec l'assurance de celui qui a l'habitude d'obtenir des réponses à ses questions.

Jamilet haussa les épaules, hésitante. Devait-elle lui révéler la raison de son ingénieux déguisement ?

On l'avait maintes fois mise en garde contre les risques qu'elle encourrait en ébruitant sa condition de clandestine, aussi jugea-t-elle plus prudent de se taire. Le feu sur ses joues s'intensifia tandis qu'il attendait une réponse. Elle décelait dans les yeux de ce garçon, plus que de la curiosité, de la bonté. Et ce fut cette bonté, ajoutée au fait qu'elle ne trouvait aucune autre justification à sa tenue et qu'il lui paraissait soudain vital de lui fournir une explication valable, qui l'incita à lui avouer la vérité.

— Je viens de franchir la frontière. Je me suis habillée comme ça pour… pour passer plus inaperçue.

— Ah, t'es un dos mouillé !

Malgré son hochement de tête entendu, il se rapprocha de la clôture et l'agrippa pour dévisager Jamilet à travers les mailles métalliques, comme s'il observait un animal au zoo. Comprenant qu'elle avait échoué à gagner la moindre estime, Jamilet lissa son col avec toute la dignité dont elle était capable en pareilles circonstances.

— Je m'appelle Jamilet.

— Moi, c'est Eddie.

Sans détacher ses yeux d'elle, il exécuta un petit mouvement de la tête en direction du trottoir d'en face.

— Ma copine, Pearly, habite là.

Jamilet était fascinée par la façon dont il parlait et la manière dont ses lèvres s'étiraient en souplesse sur ses dents pour dessiner un large sourire tranquille, comme si le monde et ce qu'il renfermait n'existaient que pour son divertissement personnel. Comme elle ne répondait pas, un bref silence s'installa entre eux et elle eut l'impression qu'il se glissait dans ses yeux pour plonger dans des profondeurs sombres et froides. Le temps cessa d'exister. Malgré sa gêne croissante, elle n'arrivait pas à détourner les pupilles.

Ce fut Eddie qui se libéra le premier de son regard, sans doute un peu mal à l'aise lui aussi. Il jeta un coup d'œil à la maison de Carmen.

— Elle est plutôt cool. Elle nous paie des bières de temps en temps, quand elle est de bonne humeur.

— C'est ma tante, précisa Jamilet, qui s'abandonnait au plaisir inattendu de cette conversation, soudain consciente qu'elle devait l'alimenter si elle souhaitait la voir se prolonger.

Eddie secoua la tête, le front plissé.

— Eh bah, t'as rien à voir avec elle. Et c'est un compliment, crois-moi, parce que, le prends pas mal, mais ta tante… elle est pas belle à voir.

À cet instant, son regard fut attiré par-dessus son épaule. Il se raidit de la tête aux pieds, comme s'il venait de recevoir une douche froide. Une superbe jeune femme traversait la chaussée en direction du pavillon devant lequel il attendait quelques minutes plus tôt, juchée sur de lourdes chaussures à semelles compensées qui claquaient sur le bitume à chacun de ses pas. Jamilet la contempla, fascinée par ses lèvres colorées d'un pourpre profond, presque noir, et ses longs cheveux bruns striés de rouge et d'or. Cependant, rien ne la subjuguait davantage que l'aspect de sa peau qui, à peine dissimulée par un débardeur et une minijupe, scintillait comme de la poussière d'or dans la lumière du soleil. Devant et derrière, de la cheville à la cuisse, ses jambes déployaient un velouté parfait. La chair de ses épaules se déroulait sur la totalité de ses bras et sur les courbes de sa gorge et de sa poitrine avec une telle pureté qu'on l'aurait crue tissée dans le fil de soie le plus délicat. L'œil ne trouvait aucune imperfection sur ce corps, rien qu'une peau immaculée, de la tête aux pieds. Jamilet comprit tout de suite qu'il s'agissait de Pearly.

Sans un mot de plus, Eddie piqua un sprint pour la rejoindre sur le trottoir d'en face, mais comme il passait le bras autour de sa taille, elle se dégagea d'un mouvement de ses épaules crémeuses. Eddie n'était toutefois pas homme à se décourager si vite. Il la suivit sur le perron et posa sa main sur la courbe de sa hanche d'un geste de propriétaire, puis lui susurra des mots à l'oreille tandis qu'elle tournait la clé dans la serrure. Elle le repoussa encore, par jeu cette fois, sa contrariété oubliée, puis ils disparurent dans la maison avec un sourire rêveur sur les lèvres. Jamilet aurait juré les entendre rire quand la porte se referma derrière eux. Elle se demanda s'ils arrachaient déjà leurs vêtements ou s'ils observaient une attente bienséante, grignotaient peut-être un petit en-cas. Dans son souvenir, *tía* Carmen mangeait toujours un morceau avec ses fiancés avant d'aller batifoler dans le lit du vieux camion rouillé abandonné derrière leur maison. Elle y mettait un point d'honneur.

Soudain, la lassitude s'empara de nouveau de ses membres. Avec un soupir, elle regagna lentement le perron de sa tante et attendit. Bientôt, le soir tomba sur Los Angeles comme une couverture grise rongée aux mites. Bien que l'obscurité ne ressemblât en rien aux nuits noires du village, dans cet endroit où les éclairages réussissaient à repousser les ténèbres et où la poussière remuée par l'incessante circulation créait une brume perpétuelle, Jamilet ne put tenir plus longtemps. Abritée des regards par le large pilier du porche, elle se pelotonna et, après avoir calé son baluchon sous sa tête, sombra dans un profond sommeil.

Une main robuste se posa sur son épaule pour la secouer.

— Debout! ordonna une voix ferme et familière. Tu m'as flanqué une de ces trouilles!

Les yeux de Jamilet s'ouvrirent brusquement et elle se retrouva face à face avec une femme qui ressemblait vaguement à la *tía* Carmen de son souvenir. Elle reconnut le nez épaté, le visage large, les cheveux noirs et rêches qui rebiquaient tout autour du front en courts épis. Mais cette femme était bien plus massive. Elle faisait facilement trois *tía* Carmen à elle toute seule!

Jamilet se redressa avec un sursaut et fixa les prunelles sombres, aussi perçantes que des aiguilles.

— Tu ne serais pas la gamine de ma sœur Lorena? l'interrogea la femme, en espagnol cette fois, en lorgnant d'un œil suspicieux ses cheveux courts et son pantalon d'homme.

Les lèvres de Jamilet se mirent à trembler d'émotion. C'était tellement merveilleux d'être reconnue dans ce pays étranger, d'entendre prononcer le nom de sa mère comme si elle était encore en vie. Une vague d'espoir et de nostalgie la submergea, lui ôtant l'usage de la parole. Elle ne réussit qu'à acquiescer de la tête.

— Tu as débarqué beaucoup plus tôt que je pensais, observa sa tante en fourrant sa main dans son sac pour en sortir des clés qui cliquetèrent bruyamment. Il y en a qui restent coincés des semaines à la frontière.

— J'ai traversé le fleuve toute seule.

Jamilet avait retrouvé sa voix, mais celle d'une fillette apeurée, pas d'une personne sûre d'elle et forte, comme elle l'aurait voulu. Elle se leva à la hâte et rassembla ses affaires pendant que Carmen déverrouillait la porte moustiquaire, puis s'attaquait aux deux serrures de la porte principale. Ces opérations lui laissèrent le temps de détailler la coiffure de sa tante, une construction aussi imposante que compliquée qui entourait son visage comme une fontaine gelée. À l'exact opposé, deux petits pieds grassouillets étaient comprimés dans des souliers de cuir. Entre ces deux extrémités se déployait un tronc impressionnant, massif et rond sous toutes les coutures.

Quand, enfin, la porte s'ouvrit, Jamilet suivit sa tante dans l'obscurité du pavillon, enveloppée par un relent aigre-doux. Elle identifia aussitôt le froid remugle des ordures en décomposition, un diagnostic confirmé quand la lumière s'alluma. Tout autour d'elle, les meubles disparaissaient sous plusieurs épaisseurs de fatras et de détritus qui paraissaient s'être agglomérés avec le temps, comme de la cire fondue au soleil. En y regardant plus attentivement, elle devina l'emplacement approximatif d'un canapé défoncé et d'une télévision, posée juste en face sur une pile de parpaings. Au centre de la pièce, une table basse demeurait identifiable, encombrée des plus récents vestiges de la vie domestique de Carmen : des canettes de bière vides, des assiettes en carton tachées de graisse et une multitude de papiers d'emballage de toutes les couleurs de l'arc-en-ciel au contenu dévoré depuis longtemps.

Carmen contempla la scène comme si elle la découvrait en même temps que sa nièce.

— Excuse le bazar, dit-elle en haussant les épaules.

Elle balança son sac à main sur le canapé avant de se rendre dans la cuisine. Malgré elle, Jamilet demeura bouche bée face au spectacle qui s'offrait à ses yeux écarquillés. À côté de cette pièce, le salon paraissait presque en ordre. Des assiettes débordaient de l'évier et les cartons éventrés de multiples plats cuisinés encombraient le plan de travail, pour certains grignotés, morcelés en confettis qui jonchaient le sol et les surfaces. Jamilet reconnut l'œuvre des rats, qui semblaient cohabiter en parfaite harmonie avec sa tante.

Indifférente au décor, Carmen chargea à travers les ordures, écartant à coups de pied les obstacles qui se dressaient sur son chemin, pour ouvrir le réfrigérateur d'une grande secousse et en sortir une canette de bière. S'écartant ensuite d'un pas, elle haussa les sourcils à l'adresse de Jamilet, qui déclina poliment l'invitation. Alors, sans se fatiguer à refermer le frigo, elle décapsula sa canette et siffla la moitié de son contenu d'un trait. Quand elle l'eut totalement vidée, elle la jeta sur le plan de travail et, après en avoir ouvert une autre, claqua la porte du réfrigérateur.

— Ah, me revoilà humaine, déclara-t-elle en poussant une pile de journaux qui trônait sur l'un des tabourets de bar pour y glisser avec difficulté son large derrière. Bon, reprit-elle en ravalant un rot qui lui fit monter les larmes aux yeux. Maintenant que tu es là, c'est quoi ton plan ?

Jamilet serrait son baluchon contre elle, choquée par l'intérieur de sa tante, mais exaltée par cette question que personne ne lui avait encore jamais posée. Jusqu'à ce jour, sa vie semblait prédéterminée par les plants de piment, l'isolement du village et la marque.

— Je veux trouver du travail, répondit-elle.

— La vieille compte aussi sur toi pour lui envoyer du blé, je parie.

— Un peu, oui, mais je veux surtout économiser.

— Tiens ? Et pourquoi ça ?

Le regard brun et impertinent de Carmen décrypta chacune des secondes de silence qui précédèrent la réponse de Jamilet.

— Pour… pour l'avenir.

Carmen plissa les yeux, suspicieuse.

— Ne va pas t'imaginer que tu vas vivre aux frais de la princesse.

— Oh, je paierai ma part, la rassura Jamilet, ravie que sa tante n'allât pas chercher plus loin.

Carmen était l'une des rares personnes à avoir vu la marque de ses propres yeux, mais Jamilet n'aurait pas été étonnée d'apprendre que sa nouvelle vie en Amérique avait influé sur sa mémoire. Ici, on pouvait oublier en toute impunité quel était le meilleur mois pour planter le maïs. On pouvait même oublier de préférer l'ombre pour aller au marché sans risquer de mourir de chaud ou de croiser les serpents qui se doraient au soleil. Jamilet n'osait croire que les souvenirs diffus de sa tante ne renfermaient pas de maigres vestiges de la marque. Se pouvait-il que son existence même fût effacée de la mémoire de Carmen? Une lueur d'espoir s'alluma en elle. Elle n'avait rien connu de plus proche de la guérison que ce qu'elle vivait à présent, à des centaines de kilomètres de toute personne au fait de sa monstruosité.

— Viens que je te fasse faire le tour du propriétaire, lança gaiement Carmen en se laissant glisser de son tabouret, sa bière à la main.

Elle sortit de la cuisine et traversa le salon, Jamilet sur ses talons.

— Je n'ai pas eu le temps d'arranger ta chambre, alors ne t'emballe pas.

Elle s'arrêta devant la dernière porte du couloir et alluma la lumière d'une chiquenaude. La pièce, de la taille d'un grand placard, était encombrée de cartons, de chaussures et de vieux vêtements, du plancher au plafond. Tant de poussière s'était accumulée sur ce bric-à-brac qu'il semblait drapé d'une fine couverture grise que personne n'avait soulevée depuis des années. Un matelas marbré de taches était calé contre le mur, dans le coin le plus éloigné de la porte.

— C'est mon débarras, expliqua Carmen en écartant du pied une boîte près d'elle. Je n'aurai sûrement plus besoin de la plupart de ces trucs.

Consciente que sa tante l'observait, Jamilet s'efforça de trouver un endroit agréable où poser les yeux. Par bonheur, elle maîtrisait l'art de dissimuler ses sentiments et avait appris à l'âge le plus tendre à garder les muscles du visage détendus et le regard fixe et calme, même quand une tempête d'émotions se déchaînait en elle. Elle savait que si elle s'autorisait une seule seconde de faiblesse, elle s'effondrerait sur le sol dans une flaque de larmes.

— Ce sera parfait, *tía*, assura-t-elle d'une voix enjouée. Mais, si ça ne te dérange pas, je préfère dormir sur le canapé ce soir. Je mettrai de l'ordre demain matin.

Carmen la dévisagea.

— L'ombre d'une seconde, on aurait dit ta mère tout craché, remarqua-t-elle, prise d'une nostalgie qui ne lui ressemblait pas.

Haussant les épaules, elle envoya valser ses chaussures et emprunta le couloir en sens inverse sur ses pieds nus, aussi épais et carrés que des gaufres. Au passage, elle alluma la lumière de la salle de bains, au milieu de laquelle trônait une énorme baignoire à pattes de lion, puis poursuivit jusqu'au salon. Elle fixa alors longuement sa nièce avant de croiser les bras comme un bretzel géant.

— OK. Il faut qu'on mette certaines choses au clair pour que ça marche entre nous, déclara-t-elle. Tu étais encore petite quand je suis partie, tu ne te rappelles sûrement pas la meilleure façon de me mettre en rogne.

Jamilet porta son poids d'un pied endolori sur l'autre avant de lui répondre d'un mouvement négatif de la tête.

Carmen étudia sa nièce d'un œil scrutateur, la toisant de la tête aux pieds.

— Tu peux me traiter de grosse garce que ça ne me fera ni chaud ni froid. Tu peux dire que je suis le plus gros tas de barbaque au nord du pôle Sud que ce sera pareil. Tu sais pourquoi?

Sa bouche se convulsa en un semblant de sourire, qu'elle contrôla aussitôt pour reprendre son air le plus grave.

— Non, pourquoi? l'interrogea Jamilet.

— Parce que c'est la vérité, voilà pourquoi! Mais ose me dire que je suis la plus charmante créature à deux pattes de la planète et crois-moi que je me mettrai dans une rage folle!

Jamilet dut se retenir de sourire en croisant le regard féroce de Carmen. Même autrefois, il arrivait à sa tante d'être drôle sans effort, voire malgré elle, et alors gare à ceux qui osaient rire!

— Je ne te mentirai pas, *tía*, répliqua Jamilet de sa voix la plus sincère.

Carmen fit de grands moulinets des bras, dans un subit accès de bonne humeur.

— Je ne parle pas seulement pour toi, c'est pour tout le monde. Je ne peux pas piffer les menteurs, un point c'est tout.

Jamilet déposa son baluchon sur l'accoudoir du canapé et attendit, dans l'incertitude. Carmen quitta un instant le salon pour lui rapporter une vieille couverture, qu'elle lui jeta dans les bras.

— Dis, *tía* ? risqua Jamilet en la dépliant. Tu ne manges pas avant de te coucher?

— Naaaan, j'ai déjà mangé. Un gros cheeseburger, comme tous les mercredis au bowling.

Jamilet baissa les yeux, l'eau à la bouche à la pensée du sandwich à la viande et au fromage. Depuis le matin, elle n'avait mangé qu'une moitié de biscuit qu'elle avait conservée de son petit-déjeuner et son estomac criait famine depuis midi, même si le robinet du jardin lui avait permis d'étancher sa soif.

Carmen cala ses mains sur ses hanches.

— Ne me dis pas que tu as faim ! À cette heure !

Pour toute réponse, Jamilet lui adressa un regard d'affamé.

— Bah, c'est que… je ne savais pas que tu débarquais ce soir, reprit Carmen, soudain perturbée. Je n'ai rien à manger ici, moi, à part peut-être des crackers, expliqua-t-elle avant de réfléchir une seconde. Et encore…

Jamilet fit contre mauvaise fortune bon cœur.

— Ne t'inquiète pas, *tía*. Pour l'instant, j'ai plus besoin de dormir que de manger.

— Sûre ?

— Ne t'en fais pas pour moi.

Il n'en fallut pas plus pour expédier Carmen au lit, la conscience tranquille.

Après avoir déblayé les canettes de bière et les papiers d'emballage du canapé, Jamilet arrangea de son mieux son lit de fortune. Elle ferma ensuite les yeux et tenta d'oublier sa faim en pensant à Eddie et au regard insistant qu'il lui avait adressé à travers le grillage. Elle devinait chez lui une tendresse rare et l'imaginait capable de remuer ciel et terre pour relâcher dans la nature une araignée égarée dans une maison, en dépit des protestations féminines les plus stridentes. « T'es une nana, pas vrai ? », lui avait-il demandé. Et elle avait aimé sa façon de sourire quand elle le lui avait confirmé, comme s'il était content, même très content, de l'apprendre.

4

Jamilet embrassa du regard le plan de travail étincelant et les tasses de café soigneusement empilées, prêtes pour le petit-déjeuner du lendemain. Dans le salon, il ne restait plus une canette de bière. Elle les avait toutes ramassées, avec des tonnes et des tonnes de papiers alimentaires, puis remisées dans les poubelles extérieures, dont le couvercle penchait comme un chapeau de guingois sur leur ventre bombé. Elle avait nettoyé le canapé en profondeur, calé ses coussins bien droits d'un bout à l'autre, débarrassé l'écran de télévision des multiples couches de poussière graisseuses qui obligeaient à plisser les yeux pour distinguer l'image. Dans la salle de bains, elle avait récuré la baignoire, lustré le miroir, lavé le sol. Dans sa petite chambre, enfin, elle avait jeté ce qui ne pouvait qu'être destiné à la poubelle, organisé et rangé dans un coin la myriade de cartons, puis balayé les saletés des rats et le reste.

La seule pièce à laquelle elle n'avait pas touché était la chambre de sa tante. Elle s'était néanmoins autorisé un furtif coup d'œil à l'intérieur, constatant sans grand étonnement que la pagaille l'avait envahie, quoique avec modération. Des vêtements pendaient d'un peu partout et le lit était jonché de livres et de magazines. Elle avait trouvé d'autres livres entassés dans un coin du salon et les avait organisés de son mieux, leur tranche du même côté, faisant parfois défiler les pages avec le pouce, dans un sens puis dans l'autre, en savourant le souffle d'air frais sur son visage et l'odeur de l'encre sur le papier.

Elle avait ensuite étudié leurs couvertures, toutes semblables malgré leurs différences. De belles dames s'y pâmaient dans les bras d'hommes vigoureux dont les muscles saillaient dans leur effort pour maîtriser leur impétueuse passion, car un sein ou une cuisse menaçait presque toujours de se dévoiler. Leur visage revêtait une expression fascinante, avec leurs yeux mi-clos d'extase fiévreuse, leurs narines frémissantes, leurs lèvres entrouvertes, comme sur le point de croquer une pêche succulente. Jamais Jamilet n'avait ressenti tant de curiosité pour les histoires susceptibles de causer une telle fébrilité.

Durant son grand ménage, elle retourna à plusieurs reprises dans le coin des livres pour contempler ces visages qui la laissaient songeuse. Alors qu'elle nettoyait le miroir de la salle de bains, elle inclina le menton et plissa les yeux pour tenter d'imiter l'expression de l'une des femmes : la passion mêlée de colère, la surprise tendre de faon avec laquelle elle couvrait sa poitrine nue, le regard envoûtant d'un être prêt à se livrer ou être pris de force. Et tandis qu'elle s'amusait à ce jeu, elle méditait la plus exaltante de toutes les questions : quand et comment sa tante avait-elle appris à lire ?

Lorsqu'elle rentra du travail, Carmen se pétrifia dans l'embrasure de la porte. Le sac de courses qu'elle tenait à la main lui glissa des doigts, atterrissant par terre dans le fracas métallique d'un pack de bières, aussitôt suivi de son sac à main.

— Nom d'un chien ! lâcha-t-elle en tirant la chair qui pendillait sous son menton. Je ne me souvenais pas qu'il y avait tant d'espace ici…

Elle pénétra à l'intérieur dans une sorte de transe et déambula, sans trop savoir où diriger ses pas, avant de brusquement bifurquer vers la cuisine. Elle s'immobilisa au milieu de la pièce avec des clignements de paupières, bouche bée, avant de soudain plonger la tête sous le comptoir d'un mouvement preste, comme si elle cherchait à y surprendre un intrus. Là où, la veille encore, un amas d'ordures l'empêchait de loger ses pieds, ne restait qu'une propreté impeccable. Elle se redressa lentement, la mâchoire décrochée par le choc que lui causait ce spectacle extraordinaire. Si Carmen se retrouvait rarement sans voix, il lui fallut tout de même quelques instants pour sortir de sa stupeur et reprendre contenance.

— Comment tu as fait pour tout expédier en un jour ? finit-elle par demander.

Jamilet se sentit gonfler d'orgueil. Bien qu'exténuée, elle redressa les épaules.

— Le travail ne me fait pas peur.

— Ça, je ne te le fais pas dire ! renchérit Carmen en dilatant sa gigantesque cage thoracique, comme essoufflée à la seule pensée de la tâche accomplie. Tu as abattu le boulot de dix personnes, Jami, observa-t-elle avant d'éclater de rire. Bon sang, Louis va faire dans son froc.

— Louis ?

Carmen cala ses mains sur ses hanches, remise de sa surprise.

— Oh, tu vas faire sa connaissance, dit-elle, soudain toute chose. Il vient ce soir.

Après avoir jeté un coup d'œil à sa montre, elle se dandina en vitesse jusqu'à sa chambre et pila devant la porte, indécise.

— Je n'ai pas fait le ménage dans ta chambre, *tía*, la prévint Jamilet. Je préférais te demander avant…

— La prochaine fois, pas la peine de demander, l'interrompit avec jovialité Carmen avant de disparaître dans la pièce.

Jamilet rangeait le pack de bières que sa tante avait abandonné dans le salon lorsque l'on frappa à la porte. Elle ouvrit à un homme d'âge moyen au teint aussi foncé que du café corsé. Une moustache miteuse de poils gris rebiquait au-dessus de ses lèvres. Il laissa tomber son sac de bières à l'endroit exact où celui de Carmen s'était écrasé peu auparavant, encore plus ébahi que la maîtresse de maison.

— Je m'excuse, dit-il en avançant d'un pas timide. Je suis à la bonne adresse? Je suis à la bonne adresse, ma petite dame? répéta-t-il plus fort, réprimant un fou rire, afin d'être entendu de Carmen.

— Tout à fait, mon petit monsieur, répliqua Carmen, ponctuant sa phrase d'un gloussement de son cru qui arracha au visiteur un éclat de pur plaisir.

— Bon, on dirait bien que oui.

Il tourna vers Jamilet un sourire joyeux plein de rides et, contrairement à Carmen, porta son sac de provisions tout droit à la cuisine. Jamilet le suivit d'un pas traînant.

— C'est toi qui as fait tout ça? lui demanda-t-il.

Il promena son regard sur la pièce en décapsulant une bière. Alors qu'elle hésitait à répondre, Jamilet nota qu'il buvait encore plus vite que sa tante.

— Oui, aujourd'hui, dit-elle.

La pomme d'Adam de Louis bondit trois fois dans sa gorge. Il posa ensuite sa canette sur le plan de travail en ravalant un rot.

— Épatant! Comment tu t'appelles?

— Jamilet.

Il hocha la tête, les yeux légèrement vitreux.

— La cousine, c'est ça?

— La nièce.

Il claqua des doigts et pointa l'index sur son visage.

— Bien sûr, la nièce! Carmen m'a dit que tu venais.

— Je crois qu'elle ne m'attendait pas aussi tôt.

Jamilet aurait voulu que Louis la contredît, qu'il lui assurât que sa tante se languissait de l'accueillir depuis qu'elle avait appris le décès de sa sœur et qu'elle s'était fait un sang d'encre pour son unique nièce.

Mais il se contenta de caresser du bout du doigt le bord de sa canette vide, visiblement en proie à un dilemme sur l'opportunité de boire une autre bière sur-le-champ. Jamilet ramassa la boîte métallique et la jeta en espérant que le visiteur retiendrait bien l'emplacement de la poubelle.

— Tu dois être fatiguée, remarqua-t-il en prenant appui sur le plan de travail, notant les cernes sombres sous ses yeux et ses lèvres pâles.

«Fatiguée» était un bien faible mot pour décrire son état. Jamilet sombrait lentement, ne puisant de l'énergie que dans les dernières étincelles d'angoisse qui la remettaient en branle à chaque fois qu'elle menaçait de s'écrouler.

— Je n'ai pas très bien dormi cette nuit.

— Tu n'as sans doute pas très bien mangé non plus, ajouta-t-il avec un clin d'œil entendu.

Jamilet répondit par un haussement d'épaules. La faim lui tenaillait l'estomac depuis l'après-midi et ne lui avait laissé de répit que les quelques minutes où elle avait englouti une poignée de crackers rassis qu'elle avait trouvés dans un tiroir de la cuisine, près d'un paquet neuf de mort-aux-rats.

— C'est une chic femme, ta tante, mais ce n'est pas une maîtresse de maison, reprit Louis. Ça non !

Ce fut le moment que Carmen choisit pour faire son entrée dans une robe rouge au décolleté si profond qu'il dévoilait plus de trente centimètres de long de peau, même si plus de chair qu'il n'en faut échappait encore au regard. Ses cheveux noirs étaient crêpés en une haute coiffure volumineuse et ses oreilles ornées de créoles qui auraient pu lui servir de lasso.

Elle sourit jusqu'aux oreilles, enchantée de voir les yeux de Louis sortir de leur orbite devant l'échancrure de son corsage et la longue fente de sa jupe, qui révélait un imposant cuissot. À côté d'elle, Louis paraissait petit et rabougri, comme un bout de bois arraché aux flammes juste avant de tomber en cendres. Jamilet craignait de voir sa tante le prendre dans ses bras, certaine qu'il s'y désagrégerait et abîmerait sa robe.

Louis se répandait en compliments, tout sourires, en suçant les bouts hirsutes de sa moustache.

— T'es un sacré morceau de belle femme, toi.

Avec un gloussement, Carmen le repoussa d'un coup sur l'épaule. Il s'écarta d'un bond, mais revint aussitôt près d'elle, comme un ressort.

— Et sexy, avec ça…

Il fit courir ses doigts sur les courbes voluptueuses du derrière de Carmen, avant de ramener la main sur son épaule, adoptant une expression plus paternelle.

— Ta nièce meurt de faim. Elle a trimé toute la journée pour toi, je crois que la moindre des choses serait de lui remplir la panse avant de sortir.

Sevrée de compliments trop tôt à son goût, Carmen pâlit, les bajoues soudain flasques.

— Ne vous inquiétez pas pour moi, intervint Jamilet. Je peux manger quelque chose ici.

— Quoi par exemple? l'interrogea Louis. Il n'y a rien à se mettre sous la dent dans cette baraque, ce n'est pas nouveau. Pas vrai, Carmencita?

Carmen faisait la moue, absorbée dans l'examen d'un fil qui dépassait de sa manche.

— Je préfère manger dehors, en général.

— Mais ta nièce doit manger elle aussi… ma petite fleur…, remarqua Louis, cajoleur, avec l'assurance de celui qui ne doute plus du succès d'une tactique éprouvée. Et si je restais ce soir?

Cette suggestion redonna assez d'entrain à Carmen pour la conduire devant le frigo, dont elle sortit sa première bière de la soirée. Elle en proposa ensuite une à Louis, qui accepta en tendant la main en l'air, comme pour recevoir une frappe au base-ball. Elle se tourna enfin vers Jamilet, qui se surprit à imiter Louis. En moins de temps qu'il n'en faut pour le dire, les canettes fusaient dans la cuisine comme des balles glacées. Après avoir réceptionné la sienne avec la dextérité d'un joueur pro, Jamilet la dégoupilla d'un coup d'index. Le gaz s'échappa avec une drôle d'éructation amicale. Jamilet ne s'était jamais intéressée à la bière, ni à son goût, mais elle était convaincue que rien ne pouvait être plus mauvais que les crackers à la levure chimique rassis et l'eau du robinet tiédasse qu'elle avait consommée tout au long de la journée.

Comme elle absorbait quelques gouttes du bout des lèvres, le pétillement frais dansa sur sa langue et dans sa bouche avec une saveur amère et roussie. À la gorgée suivante, un picotement lui chatouilla les gencives tandis qu'elle mordait les bulles qui filaient dans sa gorge. Au bout de quelques lampées, le feu avait gagné ses joues et ses oreilles. Un agréable engourdissement s'emparait de ses lèvres et d'une partie de son visage. Sa faim presque totalement dissipée, elle tanguait sur ses pieds tandis que sa tante et Louis avaient une conversation à laquelle elle s'efforçait de donner du sens. Incapable d'en comprendre un traître mot, elle finit par conclure qu'ils parlaient une langue inconnue et porta toute son attention sur les poils de la moustache de Louis, qui s'agitaient comme des feuilles de palmier au vent, humides de bière. Comme elle les imaginait sous un ciel venteux et pluvieux les menaçant à tout moment d'une bourrasque, elle ravala un petit fou rire avec une nouvelle gorgée de bière.

Avant qu'elle s'en rendît compte, Carmen la guidait vers la porte, les mains sur ses épaules.

— OK, allons te remplir la panse, poids plume. On dirait que c'est ta première bière.

Jamilet, qui avait l'impression que ses pieds s'étaient détachés de ses chevilles, n'osait pas marcher trop vite, de peur de les perdre.

— Mais c'est ma première bière, confirma-t-elle en buvant une nouvelle lampée, dont une grande partie dégoulina sur son menton.

Carmen et Louis l'aidèrent à monter en voiture en riant. Puis Jamilet continua de siroter tranquillement sa bière sur la banquette arrière de la vieille Ford Pinto de Louis, nageant dans un bonheur qu'elle n'avait pas connu depuis plusieurs mois. Elle se sentait légère, libre, insouciante. La faim, le travail, même la marque : tous ses tracas avaient disparu dans cet instant d'effervescence toxique et une chaleur merveilleuse l'envahissait au rythme de la course du liquide doré dans ses veines.

Le moteur démarra dans un toussotement. Jetant un regard par la vitre, Jamilet aperçut alors Eddie, assis sous le porche d'en face en compagnie de Pearly.

Eddie qu'elle avait guetté toute la journée. Eddie qui la regardait boire une bière sur la banquette arrière d'un vieux bonhomme, sa main posée sur la cuisse sculptée de sa petite amie. Pearly, qui ignorait sa distraction, parlait toujours en faisant virevolter ses doigts aux ongles interminables dans l'air, comme si elle dirigeait un orchestre d'admirateurs importuns.

Ils descendirent la rue jusqu'au stand Tina's Taco, à quelques pâtés de maisons. Là, Carmen et Louis l'abandonnèrent quelques minutes dans la voiture pour revenir avec un sac en papier blanc taché de graisse. Il se dégageait du paquet brûlant un fumet si exquis que Jamilet ne se serait pas étonnée d'avoir un filet de bave à la commissure des lèvres.

Une fois devant la maison, Carmen lui tendit une clé.

— Cache-la sous le paillasson après être rentrée.

Jamilet eut toutes les peines du monde à trouver la poignée pour ouvrir la portière et, quand elle voulut sortir, elle faillit laisser tomber son précieux dîner dans le caniveau.

— Tu as besoin d'aide? lui demanda Louis.

Carmen le rabroua d'un geste impatient de la main.

— Elle n'a que le jardin à traverser, nom d'un chien!

— Peut-être, mais elle est ronde comme une queue de pelle.

— Mais non, elle va très bien.

Carmen et Louis attendirent qu'elle eût atteint le perron et déverrouillé la porte pour repartir. Jamilet s'apprêtait à glisser la clé sous le paillasson quand elle leva la tête et les aperçut sous le porche d'en face. Eddie embrassait le cou de Pearly avec l'avidité d'un vampire, la main remontée sous son chemisier, comme s'il pompait le sang de son cœur pour s'alimenter.

Oubliant sa faim, Jamilet se tapit dans l'ombre pour les regarder se tortiller et s'entortiller comme des serpents, glisser leurs mains sous leurs vêtements, remuer les lèvres comme s'ils se nourrissaient de la bouche de l'autre. Elle les observa ainsi jusqu'à ce que ses genoux se dérobent sous elle et que le grognement de son estomac devienne intolérable.

Alors elle rentra manger son dîner froid.

5

Jamilet se réveilla le lendemain midi avec un violent martèlement dans le crâne. Elle promena le regard autour d'elle et se rappela l'endroit où elle se trouvait. Elle se souvint également, avec un haut-le-cœur, des deux autres bières qu'elle avait avalées après son dîner. Plus jamais, se jura-t-elle. C'était la première et la dernière fois qu'elle se soûlait. La vie au village lui avait donné trop d'occasions d'observer le triste destin de ceux qui cherchaient du réconfort dans l'alcool. Des hommes, pour la plupart, qui erraient dans les rues comme des spectres en quête d'un nouveau coin à hanter pour demander l'aumône, jusqu'au jour où ils trouvaient la mort sur le bord de la route ou dans un champ. Leur cadavre boursouflé restait oublié parfois plusieurs semaines avant d'être découvert par des enfants horrifiés qui jouaient loin de la surveillance des adultes.

Un sort presque moins enviable guettait les femmes. Chez elle, l'alcool opérait de manière plus insidieuse, enflammant leurs joues d'un vermillon flatteur et leur insufflant le courage de parler et de se mouvoir avec cette désinhibition pleine de charme qui attirait le regard des hommes. C'étaient ces mêmes femmes qui recevaient sans cesse dans leur maison et dont les fenêtres restaient éclairées par la lueur des bougies jusque tard dans la nuit. Au matin, les épouses se présentaient à leur porte, qu'elles martelaient des deux poings avant de rebrousser chemin en sanglotant dans leur tablier. Ce manège durait des années, jusqu'à ce que, un beau jour, elles pointent la tête dehors, leurs yeux pochés cernés de rouge, en se demandant où était passé tout le monde.

Jamilet consacra les semaines suivantes aux tâches ménagères. Avec l'autorisation de sa tante, elle commença par jeter tout le bric-à-brac que celle-ci avait accumulé, puis laissé à l'abandon pendant des années. À elles seules, les lessives lui prirent une semaine entière. Le matin, à l'heure où Carmen partait pour le travail, Jamilet était la plupart du temps dans le jardin, occupée à étendre des vêtements et des draps propres sur la corde à linge. Le soir, elle se mit à cuisiner, concoctant des recettes qui avaient fait le régal des Miller. Contente des petits plats mijotés qui l'attendaient au retour du travail, Carmen prit l'habitude de rentrer plus tôt afin de raconter ses frustrations et drames quotidiens à sa nièce pendant qu'elle terminait de préparer le dîner.

Jamilet appréciait elle aussi ces moments. Non seulement les opinions audacieuses que sa tante exprimait sur tout et n'importe quoi la ragaillardissaient et l'amusaient, mais elles lui confirmaient également que l'Amérique n'avait finalement pas trop transformé Carmen. Elle avait parfois l'impression d'être attablée dans leur cuisine au Mexique, avec Lorena qui cousait en silence et Gabriela qui ronchonnait contre l'indifférence de Carmen aux questions de pudeur et de santé. Si, à l'époque, Jamilet prenait toujours fait et cause pour sa tante, se joignant à ses rigolades, elle comprenait à présent mieux le point de vue de sa grand-mère et espérait qu'un intérieur propre et de bons repas inciteraient Carmen à embrasser une vie plus saine.

Un soir qu'elle s'enquillait sa troisième bière, Carmen surprit le regard critique de sa nièce.

— Pas la peine de me lorgner comme ça, la rabrouat-elle.

Avec un soupir, Jamilet alla jeter les canettes vides dans la poubelle sans se fatiguer à répondre, convaincue que sa tante n'écouterait aucun de ses arguments. Elle les avait d'ailleurs tous épuisés en quelques semaines. Elle lui avait rappelé le triste tableau que peignaient les femmes seules et brisées de leur village, ainsi que la fin précoce et avilissante qui pendait au nez de beaucoup de buveurs. Sans résultat. Elle avait alors argué que l'excès de bière donnait, aux hommes comme aux femmes, un ventre énorme et un nez gonflé tout rouge. À ces mots, Carmen avait pouffé dans sa canette, manquant s'étrangler avec la boisson.

— Tu me prends vraiment pour une cruche ! Louis boit trois fois plus que moi et il est maigre comme un coucou.

Avec un dernier gloussement, elle avait bu une autre gorgée avant de se perdre dans ses réflexions.

— Il y a bien quelque chose chez lui qui gonfle et devient tout rouge…, avait-elle ajouté en braquant les yeux sur Jamilet, au bord de l'explosion. Mais je peux te garantir que ce n'est pas son nez !

À d'autres moments, Carmen se renfrognait et buvait sa bière à grands bruits, mais Jamilet savait que son humeur massacrante se dissiperait à l'apparition de Louis, qui leur rendait visite presque tous les soirs. Carmen profitait de l'heure dont elle disposait entre son retour du travail et l'arrivée de Louis pour enfiler une tenue qui accentuait son décolleté abyssal, même si elle devait pour cela exposer l'état épouvantable de son ventre. Mais Louis trouvait tout irrésistible chez sa Carmencita, qu'il ne demandait qu'à faire rire pour se rincer l'œil devant le ballottement de ses seins.

— Pour me plaire, une femme doit être en chair et culottée, se plaisait-il à déclarer, la bouche remplie du dîner préparé par Jamilet.

Et il glissait la main sous la table pour caresser la cuisse généreuse de Carmen.

Tard un soir, Jamilet fut réveillée par une étrange plainte, très différente des bruits mouillés d'ébats amoureux auxquels elle s'était habituée les nuits où Louis restait dormir. Ce son, c'était la lamentation grave et sinistre de la mort qui revendique ses droits, parée pour la victoire. Glacée de terreur, Jamilet se leva pour jeter un coup d'œil à sa tante. Trouvant la porte de sa chambre entrebâillée, elle y coula un regard. Carmen gisait sur son lit, nue, les seins étalés sur le ventre comme une débauche de crème chantilly sur un *sundae* monumental. Elle geignait et appelait Louis, qui semblait avoir disparu en laissant sur son oreiller l'empreinte toute fraîche de sa tête.

— Qu'est-ce qu'il y a, *tía* ?

Jamilet, médusée à la vue de tant de chair nue, entra dans la pièce sans provoquer chez sa tante de sursaut de pudeur.

— Quelle espèce de salopard !

Carmen essaya de soulever de quelques centimètres sa tête, qui retomba aussitôt sur l'oreiller.

— Sa garce le menace d'appeler la police et, ni une ni deux, il court les retrouver…

Elle se retourna brusquement pour frapper à toute volée le téléphone posé sur la table de nuit. L'appareil valsa par terre dans une succession de cliquetis discordants.

— Tu parles de Louis?

— Tu parles de Louis? l'imita Carmen d'un air écœuré. Évidemment que je parle de Louis! De qui tu veux que je parle?

— Il a des ennuis avec la police?

La réflexion que cette question suscita chez Carmen sembla lui instiller un semblant de pudeur. Elle empoigna un bout de drap pour le ramener sur son tronc.

— Il a des ennuis avec sa femme, voilà ce qu'il a. Non mais, pour qui elle se prend à appeler ici au beau milieu de la nuit? Et comment elle a eu mon numéro de téléphone, d'abord? J'aimerais bien le savoir!

Jamilet demeura sans voix. Malgré un fort penchant pour la bière et plus encore pour les courbes plantureuses de Carmen, Louis lui paraissait plutôt être un brave homme. Pour ne rien gâcher, il la remerciait tous les soirs pour le dîner et mettait un point d'honneur à relever les améliorations apportées à l'intérieur de Carmen depuis son arrivée. «Ça commence à ressembler à une vraie maison par ici, remarquait-il en claquant un baiser sur la joue de Carmen. On peut dire merci à ta nièce.»

Jamilet finit par retrouver l'usage de la parole.

— Louis est marié?

— Et père de trois pisseuses, ajouta Carmen en roulant sur son flanc. Et pas la peine de me servir un sermon, compris?

— Je ne vais pas te faire de sermon.

— C'est ça!

— C'est juste que…

— Et voilà!

Carmen saisit à pleines mains l'oreiller à côté d'elle pour se l'écraser sur la tête et les oreilles.

— Je croyais que tu ne pouvais pas supporter les menteurs, persévéra Jamilet d'une voix assez forte pour traverser le rempart rembourré de sa tante.

Carmen se tourna, ne révélant que la moitié de son visage, pour considérer sa nièce du coin d'un œil.

— Ouais, et alors?

— Alors comment tu peux supporter Louis s'il ment à sa femme et à ses enfants à chaque fois qu'il vient ici?

Carmen roula sur le dos et parvint à soulever sa tête de quelques centimètres pour poser son menton sur sa poitrine. Elle fixa alors sur le plafond des yeux comme deux soucoupes, méditant cet affront à une philosophie qu'elle bafouait de son propre fait. Puis, gonflant les joues, elle riva sur Jamilet un regard de guerrière.

— Mais il ne me ment pas à moi, si?

Avant que Jamilet pût répondre, elle pointa sur elle un doigt alerte.

— Non, il ne me ment pas, alors la ferme!

Puis elle s'écrasa sur son lit en gémissant de plus belle.

Jamilet tira le drap pour couvrir les pieds de sa tante, qui se tortillaient au rythme de sa souffrance.

— Je n'aime pas te voir malheureuse, *tía*. Tu veux que je t'apporte quelque chose?

Les pieds cessèrent de gigoter.

— Du lait chaud avec de la vanille et du sucre, répliqua Carmen d'une voix pleurnicharde. Comme tu m'as fait l'autre soir.

Jamilet revint quelques minutes plus tard avec une tasse fumante qu'elle déposa sur la table de nuit, à la place du téléphone. Après quelques timides gorgées, Carmen sembla un peu remontée.

— Je ne veux plus entendre prononcer son nom sous ce toit, tu m'entends?

— Oui, *tía*.

Jamilet demeura encore quelques minutes au chevet de sa tante. Quand elle lui parut rassérénée et tout près de s'abandonner au sommeil, elle s'éloigna sur la pointe des pieds. Mais elle n'avait pas franchi la porte qu'une question inopinée de Carmen l'arrêtait.

— Tu crois qu'il lui fait l'amour, Jami ? Tu crois que pendant que j'en bave, ce salopard de gringalet fait l'amour à sa garce ?

— Non, je suis sûre que non, la rassura Jamilet, un peu interloquée.

— Et comment tu peux en être aussi sûre ?

— Parce qu'il est tard et qu'il est sûrement fatigué, répondit-elle, sans réfléchir.

Carmen écrasa un poing furieux sur son lit.

— Merde alors ! Tu es censée dire que c'est parce qu'il m'aime moi, pas elle !

— Bien sûr qu'il t'aime, s'empressa d'approuver Jamilet. C'est juste vraiment trop bête qu'il soit marié.

— Ouais, soupira Carmen. C'est vraiment trop bête.

Carmen ne quitta pas la maison du restant de la semaine. Elle chargea Jamilet de téléphoner à la compagnie de gaz qui l'employait pour dire qu'elle souffrait d'une gastro-entérite et était vissée à la cuvette des toilettes par une diarrhée carabinée qui l'empêchait de prendre le téléphone.

— Avec ça, conclut-elle, ils ne devraient pas te poser trop de questions.

Pendant la journée, elle demeurait cloîtrée dans sa chambre, à dormir ou lire un livre pioché dans sa vaste collection aux couvertures agrémentées d'étreintes d'hommes et de femmes dénudés. Cependant, ses lectures ne semblaient qu'entretenir son chagrin et Jamilet la retrouvait parfois en sanglots dans son lit, son livre ouvert sur le sol à l'autre bout de la pièce comme un oiseau blessé.

Le soir, elle se vautrait sur le canapé devant le poste de télévision et descendait bière après bière jusqu'à s'affaisser sur le flanc et s'endormir. À deux reprises, Jamilet, incapable de la réveiller, dut la laisser passer la nuit sur le canapé.

La semaine touchait à sa fin quand un coup discret fut frappé à la porte. Jamilet trouva Louis sur le seuil, en train de tambouriner d'un pied nerveux, un sourire de guingois sur les lèvres. Elle se dépêcha de sortir, refermant derrière elle pour cacher le visiteur à Carmen, qui venait à bout de son premier pack de bières et commençait à s'éteindre doucement.

— Elle est très en colère, chuchota Jamilet à Louis. Tu ferais mieux de partir.

Il détacha les yeux de ses chaussures pour la considérer.

— Elle réagit toujours comme ça, répondit-il d'un air penaud. Mais ça finit par lui passer.

— Tu veux dire que c'est déjà arrivé?

Avec un haussement de sourcils, Louis posa une main pleine de sagesse sur l'épaule de Jamilet.

— Et ça arrivera sûrement encore.

Puis il la contourna pour pénétrer dans la maison et alla s'affaler avec Carmen sur le canapé, un sourire timide sur ses lèvres plumeuses. Sans un battement de paupières, Carmen se servit une autre bière, comme si une mouche, et non l'homme pour lequel elle se morfondait depuis trois longs jours de torture, venait de se poser près d'elle.

Guère découragé, voire un brin amusé, Louis se mit alors à implorer son pardon. Dans un élan de mélancolie toute poétique, il lui confessa que la vie perdait tout son sens sans elle, qu'un grand vide s'était creusé dans son cœur et bien d'autres déclarations grandiloquentes.

Jamilet s'assit en face d'eux, captivée par la scène. Elle avait jugé Louis très sévèrement ces derniers jours et s'était convaincue que l'homme gentil et sensible qu'elle pensait connaître cachait un menteur doublé d'un filou sur qui l'on ne pouvait même pas compter pour sortir les poubelles. Elle fut donc la première étonnée de se prendre à espérer que sa tante finirait par céder à ses supplications, ou du moins à réagir. Mais Carmen resta de marbre. Tandis qu'elle examinait ses ongles un à un, Louis persévéra avec des proclamations toujours plus désespérées de son amour pour elle, de la joie que lui procurait sa présence, de sa prise de conscience qu'aucune autre femme ne lui arrivait à la cheville. Son visage s'enflamma, ses yeux se noyèrent de larmes. Et Carmen l'ignorait de plus belle, ne le gratifiant pas même d'un regard.

— Tu pourrais au moins lui répondre, *tía*, intervint Jamilet, n'y tenant plus.

— La ferme, toi ! la coupa Carmen d'une voix sèche.

— Elle voit bien que tu es cruelle avec moi, alors que mon seul tort est de t'aimer, renchérit Louis.

Carmen remplit ses poumons d'une immense inspiration, luttant contre une envie irrésistible de lui brailler dessus. Louis passa sa langue sur les lèvres, dans l'expectative, mais il dut bientôt se rendre à l'évidence : Carmen avait trouvé la force de lui résister. Il poussa alors son plus profond soupir de désespoir.

— Je vois bien que c'est du sérieux cette fois. Mon cœur est brisé pour le restant de mes jours, mais un homme sait quand il perd son temps.

Il soupira encore, comme s'il rendait son dernier souffle, puis se souleva avec effort du canapé. Carmen cilla une fois quand il s'éloigna d'un pas traînant vers la porte. Sa bouche se contracta quand il tendit la main vers la poignée. Ses lèvres crispées se desserrèrent quand il tira le battant. Alors elle prononça des mots d'une douceur inattendue.

— Pourquoi tu ne la quittes pas si je suis tout ce que tu dis ?

— On en a déjà parlé, Carmencita. Tu sais bien que je ne peux pas partir tant que les mômes ne sont pas en âge de quitter la maison. Ça ne va pas changer du jour au lendemain.

Elle rouvrit la bouche quand il posa un pied sur le seuil.

— Où tu vas comme ça ?

— Où tu veux que j'aille ?

— Tu peux rester si tu veux, espèce de salopard. Ça non plus, ça ne va pas changer du jour au lendemain.

En moins de temps qu'il n'en faut pour le dire, Louis claqua la porte et se cala près de Carmen sur le canapé, où ils demeurèrent blottis toute la soirée avant de se retirer dans la chambre. Ce soir-là, Jamilet s'assoupit dans la rumeur ardente et insouciante de leurs ébats, mais elle goûta sa meilleure nuit de sommeil de toute la semaine.

6

La salle de bains était, avec son énorme baignoire et son carrelage d'un blanc éclatant, la pièce la plus agréable de la maison. C'était là que Jamilet trouvait paix et réconfort, même si c'était là aussi qu'elle examinait la marque. Si elle réglait les deux miroirs au-dessus du lavabo afin qu'ils se réfléchissent l'un dans l'autre, puis se retournait et regardait par-dessus son épaule, elle parvenait presque à la distinguer en entier. La première fois qu'elle se prêta à cet exercice, sa respiration se bloqua dans sa gorge. Sous l'éclairage cru, ses épaules et son dos semblaient disparaître sous un déversement de lave en fusion qui nappait ses fesses et dégoulinait en épais ruisseaux sur ses cuisses, jusqu'à ses genoux. Plus monstrueuse que dans son souvenir, la marque lui paraissait d'autant plus étrangère qu'elle contrastait avec la blancheur austère des murs.

Toutes ces semaines écoulées sans la regarder avaient altéré sa mémoire, atténué l'horreur pour la réduire à une ombre inoffensive, un fâcheux désagrément. Il lui fallait à présent se résigner à nouveau à la dure réalité : ce n'était ni un tas d'ordures infesté de rats, ni une pile de plusieurs mois de linge sale dont elle pouvait se débarrasser avec une bonne dose de discipline et de volonté.

Il ne fallait pas s'étonner qu'elle eût tant tardé à se mettre à chercher du travail afin de commencer à réunir la somme nécessaire pour se soigner. Elle s'était affairée à épousseter, ranger, remuer les casseroles sur le feu, toutes les tâches qu'elle accomplissait au Mexique, bien aise de savoir que personne ne soupçonnait encore sa monstruosité. Plus honteuse que découragée, elle plongea dans son bain brûlant et se jura qu'il ne se passerait plus un jour sans qu'elle contemplât la marque. Ainsi, jamais plus elle n'oublierait la raison de sa venue en Amérique.

Cet après-midi-là, lorsque sa tante rentra du travail, Jamilet la suivit dans sa chambre et attendit qu'elle se fût lancée dans l'entreprise titanesque consistant à retirer son collant.

— *Tía* Carmen, risqua-t-elle alors, je crois qu'il est temps que je trouve du travail.

D'un coup de pied, Carmen envoya dinguer son collant dans un coin.

— Tu n'as pas assez à faire ici?

— Je veux gagner de l'argent, je... il faut que je te paye un loyer.

Carmen réfléchit un moment avant de hausser les épaules.

— Je n'ai pas besoin d'aide pour payer le loyer, décréta-t-elle en se laissant glisser sur le lit pour frictionner ses pieds endoloris. Les choses sont rudement bien comme elles sont. Pourquoi tu n'irais pas au centre d'action sociale? Tu pourras apprendre à lire, comme moi, et ça te laissera le temps de continuer à t'occuper de la maison.

Jamilet hésita. C'était tentant, mais il lui tardait de mettre ses projets à exécution. Même si elle redoutait ce qu'elle s'apprêtait à dire, elle ne pouvait pas tourner autour du pot avec sa tante. Cela ne la mènerait nulle part.

— *Tía*, si je veux trouver un travail, c'est pour économiser de l'argent pour aller voir un docteur.

Carmen se pétrifia dans un rare sursaut de sollicitude.

— Tu es malade ?

— Je ne suis pas malade. C'est… c'est la marque, *tía*. Je veux voir un docteur et il va me falloir beaucoup d'argent pour me la faire enlever.

Plusieurs secondes passèrent avant que la révélation se reflétât sur les traits de Carmen. Assez pour convaincre Jamilet que sa tante avait bel et bien effacé ce souvenir de sa mémoire.

— Oh, ça ! finit-elle par laisser échapper. Tu te biles encore pour ça ?

Jamilet se trouva prise de court par cette réaction. Carmen n'aurait pas parlé autrement d'un bouton ou d'un grain de beauté aisément dissimulable sous une touche de maquillage. Soudain, son inquiétude se mêla de honte : elle ne se bilait pas, elle n'en vivait plus. Il n'y avait pas une seconde du jour ou de la nuit où elle l'oubliait. Jamais la marque ne quittait son esprit, comme une épine plantée entre ses sourcils.

— Oui, bredouilla-t-elle, rouge de confusion. Je me bile encore…

Carmen se leva et empoigna des deux mains son ventre, lui donnant l'apparence d'une énorme pièce de viande.

— Regarde-moi ça, lui commanda-t-elle en secouant la masse de chair à chaque syllabe. Je trimballe ce foutu bide avec moi partout, et est-ce que je me bile, moi ? Ça ne m'a pas empêchée de trouver un jules, que je sache !

Piquée au vif, elle enfila un pantalon de jogging et un bustier rose fuchsia assorti, deux tailles trop petit.

Jamilet faillit éclater en sanglots. Elle échangerait volontiers sa marque contre un bon gros bourrelet. En fait, elle ne demandait que cela. Comme elle aimerait se lever à l'aube tous les matins pour courir dans les rues en débardeur et faire admirer au monde entier ses épaules lisses et dodues ! Comme elle aimerait être énorme, aussi éléphantesque qu'un phénomène de foire, si cela pouvait la délivrer de la marque ! Mais la discussion était terminée pour aujourd'hui. Carmen se relaxait déjà devant la télévision, les pieds surélevés et une bière à la main, et Jamilet jugea plus prudent de ne pas s'appesantir sur le sujet.

Quelques jours plus tard, à son retour du travail, Carmen jeta une enveloppe sur le comptoir de la cuisine.

— Vas-y ! dit-elle à Jamilet, qui démembrait un poulet. Ouvre !

Jamilet s'essuya les mains à un torchon, puis s'exécuta. L'enveloppe renfermait une carte dont le recto et le verso étaient garnis de chiffres et de lettres. Elle adressa à sa tante un regard interrogateur.

— Avec cette petite carte, tu peux dégotter tous les boulots que tu veux, déclara Carmen d'un air triomphant.

— C'est vrai ?

— Bien sûr que c'est vrai, tant que tu n'oublies pas que tu t'appelles Monica, dit-elle en lâchant son sac à main pour mettre le cap sur le réfrigérateur. J'y ai mis le prix, tu sais. Avec ton anglais, personne ne se doutera de rien.

Jamilet n'ignorait rien du marché de faux qui s'était développé dans de nombreux quartiers de la ville.

Les détenteurs de papiers de bonne qualité pouvaient prétendre aux meilleurs des emplois rémunérés au salaire minimal, voire plus. Quant aux autres, ils devaient se rabattre sur les nombreux ateliers clandestins du centre, connus pour faire régulièrement les frais des rafles de la police de l'immigration.

— Et si je me fais prendre?

— Ça, je ne sais pas, répondit Carmen. Tu seras sûrement jetée en prison. On te filera du pain sec et de l'eau une fois par semaine avant de te réexpédier de l'autre côté de la frontière d'un coup de pied au cul. Et encore, si tu es chanceuse, ajouta-t-elle avant de se tourner vers sa nièce, le visage dur. Alors range-la en lieu sûr et ne va pas la montrer à la ronde. Compris?

Certaine que la marque ne dépassait pas de son chemisier blanc impeccable et de sa jupe bleu marine qui lui couvrait les genoux, Jamilet plaça soigneusement sa fausse pièce d'identité et son certificat de naissance dans une petite poche en tissu, qu'elle épingla bien en sécurité dans son soutien-gorge. Ainsi, elle ne s'inquiéterait pas de les égarer ou de les semer, elle les aurait toujours sur elle, contre son cœur. C'était une stratégie tout ce qu'il y avait de plus simple, et il en allait de même de celle qu'elle avait adoptée pour sa recherche d'emploi. Au supermarché, on lui avait dit qu'avec un si joli minois et un si doux sourire elle trouverait forcément un bon poste dans les grands magasins du centre-ville où les gens aisés achetaient leurs vêtements et leurs chaussures chic. C'était donc là qu'elle se rendait.

Lorsqu'elle sortit de la salle de bains, Carmen la jaugea de la tête aux pieds.

— Une seconde! lança-t-elle.

Elle se précipita dans sa chambre, dont elle revint avec un foulard rose vif flottant au bout des doigts. Elle en entoura le cou de Jamilet, fit un nœud par-ci, un autre par-là, puis recula pour juger de l'effet.

— Il faudrait être fou pour ne pas t'embaucher!

Plusieurs heures plus tard, Jamilet tourna le coin de la rue, une chaussure pendue à chaque main et le foulard rose de sa tante lâche autour du cou. La tête basse, elle s'évertuait à éviter les chewing-gums séchés qui émaillaient le trottoir.

— Qu'est-ce qui t'arrive?

Elle se retourna pour découvrir les yeux bruns d'Eddie qui lui souriaient. C'était sans doute la première fois depuis leur rencontre qu'elle aurait tout donné pour ne surtout pas le croiser. Sa gorge se serra.

— Je suis allée chercher du travail, répondit-elle d'une petite voix.

— Tu rentres bredouille, c'est ça?

Jamilet acquiesça de la tête. Une énorme boule, aussi épaisse qu'un poing, se forma dans son gosier. Elle ne rêvait que de retrouver le calme sanctuaire de la baignoire pour y panser ses plaies dans l'intimité.

Eddie plissa les yeux avec une bonne humeur exercée.

— T'as des papiers?

Jamilet hocha la tête, encore plus penaude. Si au moins elle avait eu cette excuse…

— T'es allée où?

Quand Jamilet le lui révéla, il roula des yeux avec un sifflement.

— T'es barjo ou quoi? Ils prennent pas de Mexicains là-bas. Tu devrais chercher du côté du quartier de la mode, t'aurais plus de chances de trouver.

— Mais ce n'est pas aussi bien payé.

Eddie continuait de secouer la tête, stupéfié par son manque de jugeote.

— Montre-moi tes papiers, lui ordonna-t-il, main tendue, en frottant son pouce contre ses doigts d'un geste impatient.

Hésitante, Jamilet jeta un coup d'œil du côté de chez Carmen.

— Allez, aboule, je suis expert en la matière, insista Eddie, indifférent à son malaise.

Elle laissa tomber ses chaussures sur le trottoir pour glisser la main dans son chemisier. Après avoir extirpé la carte de la pochette en tissu, elle la lui tendit, priant Dieu de ne pas être surprise par sa tante.

Eddie en examina le recto, puis le verso.

— T'as dû payer un max pour cette qualité.

Après la lui avoir rendue, il leva les yeux sur le dais que tissaient les câbles électriques au-dessus de leurs têtes.

— Je crois que j'ai un boulot pour toi, reprit-il. C'est pas trop mal payé, mais c'est pas pour n'importe qui, précisa-t-il en reportant son regard sur elle. T'as déjà entendu parler de Braewood?

— C'est quoi… Braewood? demanda-t-elle en s'évertuant à prononcer aussi bien que lui.

— Un asile de fous. Tu sais, là où on enferme les mabouls qui parlent tout seuls et tout le bazar. C'est pas très loin d'ici.

Tandis qu'il lui fournissait des détails, Jamilet nota un certain raidissement dans son aisance habituelle. Elle aurait pu lui dire qu'elle n'était pas une poule mouillée, mais elle préféra l'écouter disserter sur sa cousine qui venait de démissionner de l'asile, dont elle rentrait tous les soirs avec des histoires qui empêchaient ses petits frères et sœurs de fermer l'œil. Il enfonça ses mains dans ses poches, comme soudain saisi de froid, en lui expliquant que sa cousine croyait l'asile hanté, mais qu'elle était aussi du genre à baliser quand le chat rapportait un rat mort. Il se tut brusquement en s'apercevant qu'il venait de parler plusieurs minutes d'affilée, ce qui lui arrivait rarement en compagnie d'une fille.

— Bon, ça t'intéresse ou quoi? l'interrogea-t-il.

Jamilet hocha la tête.

— Où c'est?

Elle ne connaissait toutefois pas assez bien le quartier pour s'y retrouver dans les indications qu'il tenta de lui donner.

— Bon, on n'a qu'à se retrouver ce soir sous cet arbre, proposa-t-il à voix basse en pointant le doigt sur un large platane planté à quelques mètres du pavillon de Carmen. Rendez-vous… vers 21 heures, disons. Je te montrerai, c'est sur mon chemin. Mais que ça reste entre toi et moi, OK? Pearly ne doit pas savoir.

— OK, répondit Jamilet, assaillie par une sensation inconnue et merveilleuse. Je t'attendrai près de l'arbre.

Sous le couvert des branchages dont les feuilles lui effleuraient le crâne, Jamilet se sentait pareille à une créature de la nuit. La faim, mêlée à l'attente, la pénétrait d'une émotion troublante. Depuis qu'Eddie avait fixé le rendez-vous, elle n'avait cessé de penser à lui. D'innombrables scénarios s'étaient succédé dans son esprit, la laissant presque hors d'haleine alors qu'elle gisait sur son lit. Comme souvent, ils étaient plus ou moins tirés par les cheveux. Elle devait d'ailleurs reconnaître qu'elle s'était particulièrement enflammée dans la version où Pearly, la surprenant avec Eddie, leurs membres aussi inextricablement entortillés que les racines assoiffées sous ses pieds, la provoquait en duel. Inquiet pour Jamilet, Eddie s'interposait, mais l'histoire ne s'arrêtait pas là, toujours plus saugrenue, avec maints rebondissements qui ne servaient qu'à attester de l'amour qu'il lui vouait et de son dégoût croissant pour Pearly.

Jamilet avait beau s'évertuer à chasser toutes ces idées de sa tête pour se concentrer sur la réalité de leur imminent rendez-vous, elles revenaient sans cesse à l'assaut, comme une armée de fantômes jaloux se disputant le droit de la hanter.

Quelques minutes plus tard, elle sortit de sa cachette en voyant Eddie approcher. D'un petit coup de tête dans le vide, il lui fit signe de le suivre sans lui adresser un mot. Il marchait vite et ils n'échangèrent pas une parole sur plusieurs pâtés de maisons. Après le deuxième réverbère, il se décontracta un peu et ralentit l'allure pour lui permettre de le suivre sans prendre le trot tous les cent mètres. Cependant, tout indiquait qu'il ne tenait pas à engager la conversation. Elle n'obtint qu'un grognement quand elle le remercia de l'accompagner, et guère mieux lorsqu'elle lui demanda combien de temps sa cousine avait travaillé à Braewood.

— J'sais pas, marmonna-t-il.

Et tandis qu'ils poursuivaient leur chemin en silence, un nouveau fantasme prit forme dans l'esprit de Jamilet.

— C'est cool que t'aies pas peur de venir ici la nuit, remarque Eddie en la lorgnant du coin de l'œil.

— De quoi je devrais avoir peur? réplique-t-elle en haussant les épaules.

Il écarquille les yeux, feignant la stupéfaction.

— Les cinglés te fichent pas un peu la frousse?

— Ne t'en fais pas pour moi, je suis une grande fille.

Ils arrivent devant un imposant portail dont Eddie réussit, malgré la chaîne et le cadenas qui en bloquent l'ouverture, à écarter suffisamment les deux battants pour leur permettre de se glisser dans la propriété. Un enchevêtrement d'arbres se dresse de chaque côté de l'étroit sentier menant à l'hôpital. Dans la nuit noire, c'est à peine s'ils se distinguent l'un et l'autre, pourtant Jamilet passe devant, malgré la peur qui la gagne.

Bientôt, Eddie trébuche derrière elle.

— T'as entendu ça ? lui chuchote-t-il.

Jamilet s'arrête pour écouter. Le visage illuminé par la lueur pâle qui filtre de l'asile à travers les feuillages, elle ressemble aux superbes femmes sur les couvertures des livres de Carmen, les cheveux flottant au vent et les lèvres brillantes s'offrant à un baiser.

— Ho ! C'est quoi ton problème ? lui demanda Eddie d'un ton agacé. T'es sourde ou quoi ?

Se retournant, Jamilet s'aperçut qu'il s'était immobilisé à une dizaine de mètres derrière elle sur le sentier. Elle secoua la tête, désorientée.

— Il... il y a un problème ?

— J'aime pas ça du tout.

Il traversa un taillis pour déboucher sur l'allée principale, Jamilet sur ses talons.

— Écoute, lui souffla-t-il. Ça recommence.

Un bourdonnement insistant dont l'écho semblait se propager depuis les entrailles de la terre s'échappa dans la fraîcheur de la nuit, bas et sinistre, pareil au gémissement d'un spectre à travers les arbres. S'intensifiant, il les enveloppa, tourbillonna et enfla, entre eux et en eux, précipitant la course du sang dans leurs veines. Alors ils entendirent le hurlement d'une âme torturée réclamant la délivrance. Puis l'appel s'adoucit en chant obsédant d'un cœur errant, froid puis chaud à nouveau, qui faiblit au souvenir de la vie et de l'amour, hésite face à un nouvel effort de mémoire. Indéniablement humaine, cette voix adressait ses modulations et ses lamentations à tous ceux qui avaient le courage de les écouter, vivants ou morts.

Jamilet se figea et, les yeux fermés, se balança à ce chant qui allait crescendo. Alors, sans lui demander son avis, Eddie l'attrapa par le poignet et l'entraîna derrière lui, trébuchante, tandis qu'il se lançait dans une course effrénée en direction du portail. Comme ils approchaient du but, il la lâcha et se glissa dans l'étroite ouverture avant de prendre de nouveau ses jambes à son cou, sans un regard en arrière. Ne voyant aucune raison de s'alarmer, Jamilet franchit la grille sans se presser. Quand elle le retrouva enfin, au coin de la rue, il haletait, plié en deux, une main posée sur le réverbère pour se remettre d'aplomb. Comme il levait sur elle des yeux encore étincelants de panique, Jamilet plaqua sa main sur sa bouche pour étouffer un gloussement.

— Content que ça te fasse rire, dit-il en se redressant.

— Excuse-moi, mais…

Elle s'interrompit, avant de reprendre en haussant les épaules :

— Un jour, j'ai vu un homme poursuivi par un taureau avec des cornes comme tu n'en as jamais vu, eh bien je peux t'assurer qu'il courait moins vite que toi.

— C'est bon, t'as fini ?

Il essuya ses mains moites de sueur sur les jambes de son pantalon, puis pointa le pouce derrière lui.

— Bon, moi je vais par là.

Il pivota sur ses talons.

— Tu es furieux ? lui demanda Jamilet.

Sans se retourner, il leva une main, qu'il laissa retomber contre lui.

— Naaan.

— Je vois bien que si.

Eddie fit volte-face. Sous la lumière du lampadaire, il ressemblait à un comédien sur scène.

— Disons que tu m'as juste un peu foutu les jetons.

— Les jetons? répéta Jamilet, qui ne s'était pas encore familiarisée avec l'expression.

— Tu passes le portail comme ça, comme si tu rentrais chez toi, et quand je te dis de ralentir, tu réponds pas, tu continues à avancer comme une espèce de robot ou de… de zombie.

Il secoua la tête, encore abasourdi.

— C'était super bizarre.

Jamilet voulut lui présenter des excuses, mais il l'arrêta d'un geste de la main, avec plus de résolution cette fois.

— Laisse tomber. Bonne chance pour le boulot!

Elle le regarda quitter le rond de lumière du réverbère et s'éloigner dans la rue pour se fondre dans les ténèbres.

— C'était un si beau chant. Tu ne trouves pas, Eddie?

Il prend son visage entre ses mains pour caresser tendrement sa joue de ses doigts.

— Si, mais pas aussi beau que toi.

— Tu es fou, Eddie.

— Je sais, admet-il avant de lui donner son premier baiser. Je suis fou de toi.

7

Les mots sortirent comme ils purent de sa bouche.

— Je viens pour le poste de femme de service.

Il lui semblait qu'elle n'avait jamais parlé avec un si mauvais accent, mais la femme au teint pâle derrière le bureau la comprit parfaitement.

— Il faut voir avec Mme B., l'informa-t-elle avant de détacher les yeux de son travail pour les poser sur la mine intimidée de Jamilet. Qui dois-je annoncer?

Jamilet inspira profondément, puis expira. Ses poumons vibrèrent, donnant à sa voix un timbre de violon désaccordé.

— Je m'appelle Monica Juárez.

La femme disparut avec la candidature que Jamilet avait rédigée la veille au soir avec l'aide de Carmen. Moins d'une minute plus tard, elle revint pour l'inviter à la suivre dans un étroit couloir derrière la réception. Puis elles progressèrent dans un labyrinthe de corridors aux murs peints d'un vert blafard, avant de s'arrêter devant l'un des divers bureaux qui s'y succédaient. Après en avoir ouvert la porte, la réceptionniste fit signe à Jamilet d'entrer seule.

Derrière le bureau siégeait une femme d'un certain âge, au visage joufflu, aux cheveux jaunes grisonnants et aux yeux si enfoncés que leur couleur se révélait indiscernable. Avec sa tenue blanche d'infirmière, elle évoquait un oreiller trop rembourré. D'un petit geste rapide de la main, elle ordonna à Jamilet de s'asseoir sur la chaise en face d'elle. Jamilet s'empressa de s'exécuter, trop heureuse de pouvoir soustraire à son regard ses genoux tremblants. Elle joignit les mains sur ses cuisses et patienta pendant que son interlocutrice examinait sa candidature, qu'elle avait pris le soin de remplir au crayon avant de repasser les lettres au stylo après correction de Carmen. Il ne restait aucune faute, elle en était sûre et certaine.

Sa lecture terminée, Mme B. l'étudia, le front convulsé de tics. Puis, d'un geste rapide comme l'éclair, elle sortit une feuille de papier et un crayon, qu'elle fit brusquement glisser sur le bureau en direction de Jamilet.

— Nom, adresse et… raison pour laquelle vous souhaitez travailler à l'hôpital psychiatrique de Braewood.

Lentement, Jamilet prit le crayon entre ses doigts et, consumée par la honte, entreprit de tracer les lettres de sa fausse identité, comme le lui avait appris Carmen. L'ombre d'un instant, elle fut tentée d'avouer son analphabétisme, mais Mme B. ne paraissait pas femme à s'attendrir sur les confessions pleines de faiblesse ou les malheurs d'autrui, aussi déchirants fussent-ils. Les rides profondes de son visage en disaient long sur la question.

Le crayon s'éternisa sur le papier. Le nez à quelques centimètres de sa feuille, Jamilet aurait voulu s'y fondre pour disparaître. Du coin de l'œil, elle vit les doigts épais de Mme B. pianoter joyeusement sur le bureau.

Soudain, un coup ferme et furieux fut frappé à la porte. Une jeune femme fit irruption dans le bureau, le visage en feu. Sur ses talons, la réceptionniste au teint blafard bredouillait des protestations avec aussi peu d'efficacité que si elle avait tenté de parler sous l'eau.

— Ça fait plus d'un mois que ça dure ! lança la jeune femme d'une voix stridente et plus forte que nécessaire, sans remarquer Jamilet. Vous aviez dit deux semaines !

Les mâchoires de Mme B. se contractèrent.

— Je suis en entretien, au cas où tu ne l'aurais pas remarqué.

Mais l'intruse, qui paraissait incapable d'entendement, continua de tempêter sur le temps écoulé et leur accord passé. Jamilet se demanda s'il s'agissait d'une malade échappée, mais elle avait l'air plus furieuse que folle, et sa colère, bien qu'extrême, ne ressemblait pas aux délires d'une aliénée.

— Je vous préviens, je ne retourne pas là-haut ! Essayez de m'y obliger et j'appelle le syndicat ! menaça-t-elle en s'écartant du bureau, les yeux un peu hagards. De toute façon, je vais l'appeler. Il y a forcément une loi qui interdit de coller quelqu'un là-haut tant d'heures d'affilée.

Mme B. prit deux profondes inspirations, chacune accompagnée d'un frémissement des paupières. Pendant la tirade de son employée, ses oreilles s'étaient teintées d'un éclat cramoisi.

— Tu peux appeler le syndicat, le président et même le pape, si ça te chante ! Si tu veux en discuter avec moi, il faudra attendre que j'aie terminé. Comme tu peux le constater, je suis au beau milieu d'un recrutement.

Elle pointa le doigt sur Jamilet, qui se tenait avachie sur sa chaise, le crayon toujours calé entre ses doigts. La colère de la jeune femme retomba à l'instant où elle nota sa présence dans la pièce.

— Oh, lâcha-t-elle en s'éloignant du bureau. Je n'avais pas vu…

Mme B. porta son attention sur la réceptionniste, qui se tordait les mains dans l'embrasure de la porte.

— Madame Clark, conduisez Veronica dans la salle d'attente, je vous prie. Je vous avertirai lorsque je pourrai la recevoir.

Les deux importunes partirent aussi brusquement qu'elles étaient venues, laissant derrière elles un silence seulement ponctué par la respiration profonde et gutturale de la corpulente infirmière. Ses yeux se promenèrent sur le plafond, puis ses lèvres se tordirent en un sourire.

— Pourquoi poursuivre cette comédie, Monica? l'interrogea-t-elle en se penchant en avant, étalant son opulente poitrine sur le bureau. Pourquoi ne pas avouer, tout simplement?

Le crayon glissa des doigts de Jamilet tandis qu'elle se demandait quelle honteuse vérité confesser en premier: qu'elle était une clandestine en possession de faux papiers ou que, à l'exception de son vrai nom et de celui d'emprunt, elle était incapable de lire ou d'écrire un traître mot. Elle n'aurait jamais pensé qu'il lui serait si difficile de mentir. Elle avait cru qu'il lui suffirait de stimuler son imagination, puis de la laisser prendre le pas sur la réalité et la guider, comme lorsqu'elle inventait ses histoires. Mais c'était très différent. Le mensonge ne lui procurait pas le même sentiment de liberté. Au contraire, elle se sentait compressée, emprisonnée au cœur et à la gorge, au point de peiner à parler et respirer.

Mme B. se mâchouilla paresseusement la langue en étudiant le document sous ses yeux.

— Si tu veux mon avis, tu n'as encore jamais travaillé de ta vie, déclara-t-elle avec la plus grande impassibilité.

— Je fais très bien le ménage et le travail ne me fait pas peur, répliqua Jamilet. Même celui pour lequel je ne suis pas payée.

L'énorme tête de Mme B. s'inclina. Ses doigts tapotaient toujours le plateau du bureau.

— Et je n'ai pas peur des fantômes, affirma d'une voix flûtée Jamilet, chez qui la réaction de son interlocutrice avait rallumé une lueur d'espoir. Je n'ai peur de rien.

À ces mots, les rides qui se déployaient en soleil autour des yeux et de la bouche de Mme B. se creusèrent en une expression souriante.

— C'est très bien, mais je suis navrée de t'apprendre que le poste d'entretien a été pourvu hier après-midi. Par chance, un autre vient de se libérer. Il est à toi, si tu le veux.

Le lendemain matin, Jamilet arriva avec vingt minutes d'avance et patienta dans le hall d'entrée en écoutant l'asile s'éveiller. Les sols carrelés et les portes métalliques créaient une acoustique qui répercutait le moindre choc et le moindre écho à travers le dédale de couloirs qui la séparait des services de soins. Des voix stridentes trompetaient des ordres auxquels répondaient des plaintes traînantes qui se mêlaient et s'enroulaient comme des volutes de fumée, léchant et pénétrant les murs et les portes qui les retenaient. Des rires suivirent bientôt, inquiétants et sans joie. Un frisson courut le long de la colonne vertébrale de Jamilet, qui consulta l'horloge fixée au mur vert. Encore dix minutes.

Les bruits s'intensifièrent en cacophonie : des sonneries bourdonnaient, des patients hurlaient et protestaient, des infirmières aboyaient. Puis Jamilet n'entendit plus que le ronflement d'une centaine de douches et de robinets coulant à l'unisson. Mme B. apparut alors d'un air pressé. Aux clappements et couinements que produisaient ses chaussures chaque fois que leurs épaisses semelles s'écrasaient sur le carrelage s'ajoutait le sifflement de nylon de ses cuisses frottant l'une contre l'autre, si bien que ses mots voilés furent à peine compréhensibles. Pour ne rien arranger, les semelles dures de Jamilet se mirent à claquer sur le sol avec un bruit assourdissant, tant et si bien que Mme B. interrompit brusquement sa marche pour examiner ses chaussures. Ses sourcils se froncèrent, mais elle ne prononça pas un mot.

Elle conduisit ensuite Jamilet à travers d'interminables tunnels verts, jusqu'à ce qu'elles débouchent devant une porte métallique plus imposante que les autres. À côté, une horloge était fixée au mur, à hauteur de poitrine, non loin de plusieurs panneaux à crochets sur lesquels s'alignaient des cartes de pointage. Mme B. montra à Jamilet où se trouvait la sienne et comment l'introduire dans la fente sur le dessus de l'horloge tous les jours, à son arrivée comme à son départ.

— Je n'ai pas assez de personnel pour pouvoir te former toute une journée, déclara-t-elle en s'emparant d'un trousseau de clés qui pendait à une cheville au mur. Tu vas commencer immédiatement.

Lorsqu'elle eut trouvé la bonne clé, elle la glissa dans la serrure, puis bloqua la porte avec le pied, comme si elle redoutait un violent coup de vent.

— Suis-moi et ne t'éloigne pas, ordonna-t-elle.

Jamilet, qui n'avait nullement l'intention de désobéir, acquiesça de la tête et joignit les mains pour maîtriser leur tremblement. De quoi aurait-elle l'air si elle montrait sa peur, moins de vingt-quatre heures après s'être vantée de son courage?

Lorsqu'elles franchirent la porte, Jamilet fut assaillie par une odeur âcre de produits d'entretien qui camouflait mal des relents d'urine. Des couloirs verts et brillants rayonnaient dans toutes les directions, tous déserts. Elle suivit Mme B. jusqu'au bureau des infirmières et demeura près d'elle tandis qu'elle étudiait un diagramme. Plusieurs patients en pyjama ou en blouse d'hôpital apparurent alors dans l'embrasure d'une porte, d'où ils jetèrent un regard furtif au bureau. Lorsque Mme B. fut totalement absorbée dans sa lecture, la petite troupe s'approcha de Jamilet, qui observait la scène avec intérêt. Malgré ses efforts, elle n'arrivait pas vraiment à déterminer l'âge de ces gens tant l'enthousiasme enfantin qui les animait contrastait avec les rides et les cheveux gris de certains.

Ils se postèrent devant elle, les yeux écarquillés d'étonnement.

— T'aurais pas une cigarette? lui demanda alors leur porte-parole, un petit homme au crâne aussi lisse et luisant qu'une ampoule électrique.

Sur cette interrogation, que Jamilet entendrait cent fois ce jour-là et tous ceux qui suivraient, il lui tendit des doigts tachés de goudron, comme s'il ne doutait pas un instant d'obtenir satisfaction.

Mme B. se chargea de répondre.

— Tu connais le règlement, Charlie, le rabroua-t-elle en agitant une main épaisse. Tu recevras tes cigarettes au réfectoire, quand tu seras douché et habillé. Vu ton état, un brin de toilette ne te fera pas de mal.

À ces mots, Charlie baissa la tête et la petite troupe se dispersa, brisée dans son unité par ce cuisant échec.

— Ils s'imaginent que toutes les nouvelles têtes sonnent creux, remarqua Mme B. Le pire, c'est qu'ils ont souvent raison.

Puis elles se lancèrent dans une longue marche à travers les services. Plus elles avançaient, plus Jamilet prenait conscience des regards vides, des ombres tapies derrière les rideaux de lit, affalées dans les fauteuils ou dissimulées derrière les portes de douche entrebâillées. Les patients qui ne la dévisageaient pas semblaient égarés, tout juste émergés d'un rêve, trop désorientés pour focaliser leur énergie sur qui ou quoi que ce fût d'extérieur à eux. Jamilet, qui ne pouvait s'empêcher de leur rendre leurs regards, prit soudain peur de se perdre à son tour si elle ne se détournait pas vite, car certains patients, aux yeux aussi profonds et ronds que des lagons, paraissaient capables de s'emparer de son corps et de son esprit. De leur visage se dégageait une puissance inexplicable, comme si rien d'autre ne les maintenait debout sur leurs pieds ou droits sur leur siège que cette force fragile qu'insufflent la souffrance exacerbée et l'envie dénuée d'espoir.

Au passage de Mme B., des patients s'éclipsaient derrière des rideaux ou des portes pour échapper à son regard, des précautions excessives face à l'avancée concentrée de l'infirmière, qui gardait les yeux fixés droit devant elle, ses bajoues secouées de tressautements à chacune de ses foulées.

Lorsque l'ascenseur les déposa au quatrième étage, Jamilet se sentait déjà un peu moins nerveuse. Leur rythme soutenu avait généré en elle une chaleur apaisante qui se répandait le long de ses bras jusque dans ses mains. Pourtant, les troubles des patients semblaient s'aggraver à chaque étage, leurs regards hagards s'intensifier, leurs divagations avec leurs compagnons imaginaires s'animer.

Mme B. n'avait presque pas ouvert la bouche. Jamilet commençait à se demander si elle n'avait pas oublié qu'une nouvelle recrue la suivait comme un chien fidèle, se calant sur son pas, quand elle pivota sur elle-même en sortant de l'ascenseur pour lui faire face.

— Il faut que je te dise que tu ne t'occuperas que d'un seul patient, l'informa-t-elle, tandis que ses yeux, pareils à des épingles, tremblotaient dans leur orbite. Ce n'est pas un patient comme les autres.

Le nœud qui s'était relâché dans l'estomac de Jamilet se resserra. Sans un mot, elle suivit Mme B. jusqu'à une porte et s'engagea derrière elle dans un escalier étroit. L'infirmière se mit à crachoter, manœuvrant ses pieds avec maladresse sur les marches exiguës. Une fois n'est pas coutume, Jamilet garda ses distances, de crainte que son imposante supérieure ne trébuchât et ne l'écrasât de toute sa masse. Mais elles atteignirent le cinquième étage sans incident, malgré les suffocations et les joues en feu de Mme B.

Bien qu'austères, les niveaux inférieurs paraissaient presque chaleureux à côté du dépouillement total du cinquième. La peinture vert-jaune récemment appliquée dans tout le reste de l'établissement n'avait pas atteint cet étage, dont les murs étaient seulement hérissés d'ampoules nues, toutes en panne à l'exception d'une. Sa faible lueur jaune jetait sur le couloir une étrange pâleur qui accentuait les ombres du délabrement plus qu'elle n'éclairait.

Une fois remise de son effort, Mme B. conduisit Jamilet au fond du couloir jusqu'à un bureau. Une large fenêtre donnant sur le parc égayait un peu la pièce, qui ne renfermait, pour tout ameublement, qu'une table de travail vide, à l'exception d'un téléphone noir qui trônait en son centre, et d'un énorme fauteuil. Mme B. s'empressa de s'asseoir, faisant gémir le siège sous son poids.

— C'est là que tu passeras le plus clair de ton temps, déclara-t-elle en s'appuyant au dossier. L'infirmière en chef du quatrième a ordre de t'appeler pour vérifier que tout se passe bien. De ton côté, tu peux lui téléphoner en cas de question ou de problème.

Elle se pencha en avant, serrant ses mains si fort que ses doigts prirent un éclat rose.

— Maintenant, venons-en à ton patient. Il est déséquilibré, mais très intelligent. Je te conseille d'éviter toute conversation superflue avec lui. Nous savons d'expérience que cela aggrave son état, sans compter qu'il peut se montrer très désagréable quand l'occasion lui en est donnée, et alors tu voudras démissionner, comme les autres, conclut-elle en se relevant. Il refuse de quitter sa chambre, non que ce lui soit interdit, mais son état émotionnel en a pâti à chacune de ses tentatives. Malheureusement, il refuse également les interventions des psychiatres et les traitements, mais cela ne saurait durer, ajouta-t-elle, une lueur dans les yeux. Si tu suis mes instructions, ce travail sera un jeu d'enfant, tu verras.

Elle réfléchit un instant avant de reprendre, avec une ardeur telle qu'elle parut presque joyeuse.

— Et si tu tiens plus d'un mois, je te donnerai une augmentation. Que dis-tu de cela?

— Que j'en serais très heureuse, répondit Jamilet. Mais en quoi consiste le travail, exactement?

Cette question décontenança un instant son interlocutrice.

— Ton travail consiste à faire ce qu'il te demande, tout simplement, dit-elle en agitant les mains, à l'évidence agacée de devoir se répéter pour une énième recrue. Tu dois lui porter ses repas, ranger sa chambre et t'assurer qu'il ne manque de rien.

— Alors je serai sa bonne?

Mme B. raidit les épaules.

— Oui, tu n'es pas loin du compte. Viens, suis-moi.

Quittant le bureau, elle alla se poster devant l'unique autre porte du couloir. Une petite lucarne à vitrage épais était découpée dans le tiers supérieur du battant, bien trop haut pour permettre à une personne de taille normale de regarder à travers. Juste en dessous était collé un panneau parsemé de petits caractères.

— C'est la chambre de ton patient, dit Mme B., dont les yeux s'élargirent. Il vaut mieux que tu y entres seule.

— Toute seule?

Jamilet ne pouvait pas croire que sa supérieure ne défilerait pas d'un pas martial dans la chambre de ce patient comme elle l'avait fait dans le reste de l'hôpital, mais Mme B. s'était transformée en l'espace de quelques secondes. L'autorité qui lui colorait les joues quelques instants plus tôt l'avait abandonnée, la laissant pâle et transpirante. Ses lèvres pincées, toujours prêtes à émettre un ordre, s'étaient relâchées en une moue flasque.

Elle s'adossa contre la porte qu'elle se refusait à franchir, comme pour puiser au plus profond d'elle la force de regagner la sécurité de son asile.

— L'expérience m'a appris qu'il vaut mieux éviter que plusieurs personnes s'occupent de lui en même temps, articula-t-elle lorsqu'elle eut un peu recouvré son sang-froid. Une compagnie trop nombreuse le perturbe.

Jamilet pensa aux couloirs qu'elles venaient de parcourir, aux yeux inconsolables qui épiaient derrière les rideaux, aux rires empreints d'une douleur qui dépassait de loin la simple notion de «perturbation». Alors qu'une peur tremblante se tapissait dans le creux de son estomac, elle songea, pour la première fois, qu'elle avait commis une terrible erreur. Pas seulement en acceptant cet emploi, mais en abandonnant le Mexique et l'univers qu'elle connaissait.

Mme B. lui ordonna d'attendre jusqu'à la demie pour porter le petit-déjeuner à son patient, puis de quitter la chambre sans traîner. Elle procéderait ainsi trois fois par jour, en évitant toujours de son mieux les conversations superflues qui avaient causé la perte de ses prédécesseurs.

Lorsqu'elle eut terminé de lui transmettre ces consignes sommaires, sa supérieure partit sans demander son reste, après lui avoir rappelé qu'elle retrouverait toutes ces instructions sur le panneau accroché à la porte. Une fois seule, Jamilet fixa d'un regard vide les inscriptions devant elle, prenant soudain conscience qu'elle ne connaissait même pas le nom de son patient.

Le petit-déjeuner était disposé avec élégance sur un plateau garni d'une grande assiette à cloche et d'une cafetière fumante. Le cuisinier avait même pris le soin de glisser le journal du matin à côté des couverts. Jamilet trouva ces attentions étranges lorsqu'elle constata que les autres patients dans le réfectoire recevaient leur repas dans des assiettes à compartiments avec, pour toute boisson, une briquette de lait ou de jus d'orange, le café étant un luxe qu'ils ne pouvaient se procurer, comme les cigarettes, que moyennant finances.

Elle repéra sans mal le crâne chauve de Charlie. Il était assis seul dans un coin à l'autre bout de la salle quand d'autres malades fondirent sur lui et, en quelques secondes, lui dérobèrent sa gélatine au citron vert, sa part de gâteau à la cannelle et son jus d'orange.

Visiblement habitué à ce pillage, il s'attaqua sans une protestation à ses œufs sur le plat, esseulés dans l'assiette. Jamilet prit une part de gâteau supplémentaire, qu'elle alla déposer devant lui.

— Mangez vite, l'exhorta-t-elle. Je surveille.

Charlie sembla plus déconcerté que reconnaissant mais, sans perdre un instant, il engloutit la pâtisserie, certain qu'il ne risquait rien tant qu'un membre du personnel demeurait dans le secteur.

Jamilet attendit qu'il eût terminé pour quitter le réfectoire et prendre l'ascenseur jusqu'au quatrième étage, où elle emprunta l'étroit escalier. Une fois dans le couloir, elle considéra avec de lents clignements d'yeux les inscriptions sur la porte, mais les mots refusèrent obstinément de se livrer. Sentant le plateau peser de plus en plus lourd entre ses mains, elle espéra que Mme B. s'était montrée exhaustive.

Son cœur battait à tout rompre lorsqu'elle entra dans la chambre, où un maigre rayon de soleil perçait à travers les carreaux entrouverts, puis déposa le plateau sur la première surface plane qu'elle trouva, un bureau jonché de papiers près de la fenêtre. Elle n'avait pas encore jeté un seul regard au patient, mais elle le sentait qui l'observait de l'autre bout de la pièce.

Tous les muscles de son corps la pressaient de décamper au plus vite maintenant qu'elle s'était débarrassée du plateau, mais elle ne tenait pas à passer pour une faible ou une lâche. Elle se força donc à s'approcher de la fenêtre, qu'elle ouvrit un peu plus grand avec l'espoir que l'air frais neutraliserait sa peur. Les gonds rouillés râlèrent avant de laisser s'engouffrer une douce brise.

Elle se retourna, le cœur martelant sa poitrine, consciente qu'elle ne pourrait maintenir cette façade de calme très longtemps. Elle redressa néanmoins les épaules et releva le menton, comme elle avait appris à le faire au village quand petits et grands la couvraient de quolibets.

Elle avait presque atteint la porte quand une voix suave lui adressa des mots tempérés par un accent espagnol si raffiné qu'il leur conférait une éloquence digne d'un aristocrate.

— Jeune demoiselle, n'as-tu pas lu le panneau sur la porte qui somme de frapper avant d'entrer?

Jamilet se retourna pour découvrir un imposant vieillard dressé sur un coude dans son lit. D'épais cheveux blancs comme neige ondulaient en volutes de fumée autour de son visage. Ses yeux noirs, vides d'émotion, l'absorbaient avec une intensité imperturbable.

— Non, monsieur, bredouilla-t-elle.

Il la considéra encore un moment, avant de s'asseoir pour mieux l'étudier.

— Quelles instructions t'a-t-on données? l'interrogea-t-il.

Jamilet hésita à répondre, ignorant si cet échange entrait dans la catégorie des conversations superflues. Mais, en gardant le silence, elle risquait de le perturber, ce qui était également à éviter.

— Euh… les mêmes qu'aux autres.

— Soit! Tu dois me porter mes repas trois fois par jour, téléphoner au quatrième étage en cas de problème et, surtout, ne pas engager avec moi de conversation superfétatoire. Et si tu arrives à garder ton poste pendant un mois, tu auras droit à une augmentation.

Ses sourcils, aussi noirs que ses yeux, bondirent en haut de son front.

— Fais-je erreur?

Jamilet secoua la tête. Un doigt glacial glissait le long de sa colonne vertébrale.

— Comment t'appelles-tu ?

— Monica, répondit-elle, surprise d'avoir gardé la présence d'esprit d'utiliser son nom d'emprunt.

— Bien, Monica, permets-moi donc de compléter tes instructions.

Pour la première fois depuis qu'elle avait pénétré dans la pièce, le vieillard détacha les yeux de son visage. Elle réussit à respirer un peu mieux.

— Tu dois frapper avant d'entrer et attendre ma permission expresse pour franchir cette porte. Tu dois laisser les fenêtres, les meubles et tout ce que tu vois dans cette chambre dans la position exacte où tu les trouves. Et jamais ! ordonna-t-il avec véhémence, d'une voix plus haute et profonde. Jamais tu ne dois poser quoi que ce soit sur mon bureau ! Est-ce clair ?

— Oui, monsieur.

— J'exige que ma chambre soit nettoyée de fond en comble quotidiennement, y compris la salle de bains et le plancher sous le lit.

Jamilet promena son regard sur la chambre, meublée avec élégance d'un lit à baldaquin, de tapis et de coussins somptueux qui lui rappelaient ceux des Miller, ainsi que d'un bureau ouvragé, sur lequel fumait le plateau du petit-déjeuner. De sa place, elle apercevait le coin d'une baignoire dans la salle de bains, à l'autre bout de la pièce.

Le patient, lui, continuait d'énumérer ses attentes dans le moindre détail. Au petit-déjeuner, le jaune de ses œufs sur le plat devait être coulant, le blanc ferme, et son café assez chaud pour plumer un poulet. Et s'il venait à détecter ne serait-ce qu'un poil dans la salle de bains, il la renverrait sur-le-champ en retenant ses gages du jour.

À mesure que sa liste s'allongeait, sa voix s'adoucit et il se décontracta sur son oreiller, fort aise de sa capacité à imposer et disposer.

— Et il est inutile d'objecter que tu n'as pas été engagée comme bonne, ou je te garantis que tu ne tiendras pas une semaine, ajouta-t-il pour conclure sa litanie.

Jamilet jeta un rapide regard autour d'elle.

— Où est-ce que vous voulez que je pose votre plateau, monsieur?

Il tapota ses genoux des deux mains.

— J'aime autant prendre mon petit-déjeuner au lit.

Sans une hésitation, Jamilet apporta le plateau à son patient et, les yeux baissés, le déposa en douceur sur ses genoux. Puis, avec un signe de tête poli, elle tourna les talons pour quitter la pièce.

— Et j'exige que tu t'adresses à moi par mon nom, l'arrêta-t-il.

— Oui, monsieur.

Ses yeux étincelaient au milieu de son énorme tête blanche, qu'il inclinait de côté.

— Oui, qui?

— Je regrette, mais je ne connais pas votre nom, monsieur.

— Comment tu ne connais pas mon nom? On ne t'en a donc pas informée quand on t'a engagée?

— Non, monsieur.

— Quand bien même, il est écrit sur la porte, pour l'amour du ciel! Tu n'as donc pas lu le…

Il se tut, puis se mit à beurrer son toast en marmonnant entre ses dents:

— Cette fois, elle a réussi à embaucher non seulement une sotte, mais aussi une analphabète.

Dévorée par la honte, Jamilet ne parvint ni à nier ni à se justifier tandis que, d'un grand geste, il découvrait son assiette, envoyant la cloche atterrir à quelques centimètres de ses pieds.

— Je suis le *señor* Peregrino, dit-il tout en crevant le jaune de ses œufs avec les dents de sa fourchette. Répète afin que je m'assure de la justesse de ta prononciation.

— *Señor* Peregrino, dit Jamilet à voix basse.

— Encore !

Il brandit sa fourchette comme un chef d'orchestre.

— *Señor* Peregrino, répéta-t-elle un peu plus fort.

Il lorgna ses œufs, manifestement mécontent.

— Ta prononciation est juste, mais ton accent d'une rare vulgarité. D'où viens-tu ?

— Du Mexique.

Il lui jeta un regard furieux, comme abasourdi par l'étendue de sa stupidité.

— Ça va de soi ! Mais d'où, au Mexique ?

— De Guadalajara, répondit Jamilet, qui préférait ne pas mentionner son village.

Il la cloua de nouveau du regard.

— Tu mens ! Tu viens d'un obscur village aux routes de terre dont les habitants se lavent dans le ruisseau et ne se montrent guère plus évolués que les chiens pour ce qui est de satisfaire leurs besoins naturels.

Il étala de la confiture de myrtilles sur son pain grillé.

— Ta mère t'a probablement mise au monde au milieu d'un champ. Tu avais autant de chance d'apprendre tes premiers mots avec elle qu'avec les gorets. Elle est restée là-bas, où elle attend que tu lui envoies de l'argent parce qu'elle a vendu tous les cochons et que la sécheresse…

— Ma mère est morte, l'interrompit Jamilet.

Il se versa une tasse de café, dans laquelle il ajouta une cuillerée de sucre et un nuage de crème.

— Bien lui en a pris ! C'est sans doute la chose la plus intelligente qu'elle ait faite.

Il poursuivit ainsi sa litanie d'insultes. Plus ses paroles transpiraient la haine, plus il paraissait serein. Il ne se serait pas entretenu autrement de la douce succulence du fruit sur son assiette ou de risques d'averses matinales. Jamilet comprit qu'il continuerait sa tirade tant qu'elle resterait dans la chambre à l'écouter. Elle devait trouver un moyen de s'éclipser, même s'il fallait pour cela l'interrompre et risquer de le perturber.

— Excusez-moi, *señor* Peregrino, je peux disposer, s'il vous plaît ? demanda-t-elle. Il faut que… j'aille aux toilettes.

— Je n'ai pas terminé, répondit-il, renfrogné. Néanmoins, tu as demandé la permission de partir sans avoir reçu d'instruction précise en ce sens, ni même les bienfaits de l'éducation la plus élémentaire, ajouta-t-il avant de lui indiquer la porte du bout de sa fourchette. Tu peux donc disposer.

Jamilet quitta la pièce d'un air calme et attendit que la porte de la chambre se fût refermée derrière elle pour se ruer jusqu'au bureau au fond du couloir. Là, elle ouvrit grand la fenêtre et, penchant le buste dehors, inspira profondément pour emplir ses poumons d'air frais et étouffer la nausée qui grondait dans son ventre. Un peu ragaillardie, elle jeta un coup d'œil par-dessus son épaule à l'horloge accrochée au mur. Elle avait passé moins d'un quart d'heure dans la chambre du patient. Jamais elle ne survivrait un jour entier, et encore moins un mois.

8

— Rends ton tablier! lui conseilla Carmen. Tu ne devrais même pas bosser dans un bouge pareil.

— Mais c'est bien payé. Et ils n'ont pas tiqué pour les papiers.

— Personne ne tiquera avec ces papiers, lui assura Carmen en enfournant un sandwich aux boulettes de viande. Tu peux postuler n'importe où, tu verras.

Emportant le reste de son sandwich, elle s'installa sur le canapé, les pieds surélevés. Elle mangeait vite, se servant du pain pour essuyer la sauce qui s'échappait aux commissures de ses lèvres. Louis n'allait pas tarder à arriver et elle n'aimait pas s'empiffrer sous ses yeux. Plus tard, elle partagerait avec lui un dîner aux proportions ordinaires, avec un appétit alors plus digne d'une dame.

— Je te parie que le vieux est pédophile. C'est pour ça qu'il est enfermé, conclut-elle en engloutissant la dernière bouchée de son sandwich.

Jamilet haussa les épaules.

— Tout ce que je sais, c'est que ses yeux sont remplis de haine. Rien que de le regarder, ça me fait peur.

Carmen jeta le papier d'emballage de son sandwich sur la table basse.

— Comme ça?

Elle se pencha en avant et braqua sur Jamilet des yeux glaçants, le corps raidi de la tête aux pieds. C'était avec ce regard qu'elle décourageait les chiens errants de s'aventurer dans son jardin et les témoins de Jéhovah de revenir frapper à sa porte.

Le procédé opéra aussi sur Jamilet, qui frissonna malgré elle.

— Ce n'est pas mal du tout, *tía*, mais je crois que le regard du *señor* Peregrino est encore pire que ça.

Carmen jeta le masque.

— Peregrino ? Qu'est-ce que c'est que ce foutu nom ?

— Je ne sais pas.

— Et ce type est hispanique ?

Jamilet confirma de la tête.

— Il faut voir ses manières, on dirait le roi d'Espagne en personne.

— Le roi d'Espagne ? Le roi des pervers, oui ! répliqua Carmen. Tiens, rapporte-moi une bière. Je refoule du goulot avec ce fromage.

Jamilet apporta à sa tante une canette et une serviette.

— *Tía*, ça veut dire quoi *peregrino* ?

Carmen décapsula sa bière, dont elle avala une lampée tout en méditant sur la question.

— Un pérégrin, je crois que c'est comme un pèlerin, répondit-elle avant de boire une autre gorgée de bière. Oui, je suis sûre que c'est ça ! M. Pèlerin. Tu y crois, toi ?

À la fin de sa deuxième semaine en poste, Jamilet était parvenue à établir une routine qui lui réclamait moins de travail que jamais. Elle se présentait tous les matins à 7 h 30 au cinquième étage et patientait jusqu'à

8 heures, le temps que le *señor* Peregrino fût douché et habillé, pour descendre chercher son plateau de petit-déjeuner. Elle ramassait ensuite son linge sale, qu'il abandonnait par terre dans la salle de bains, et faisait son lit pendant qu'il mangeait ou s'absorbait dans les papiers sur son bureau. Certains jours, il écrivait comme un forcené, des heures durant, la tête penchée et le dos voûté. D'autres, il se contentait de scruter les documents devant lui, comme s'il y décryptait les mystères de la vie et de la mort. Dans ses bons jours, il ne décrochait pas un mot et laissait Jamilet vaquer à ses occupations matinales sans la déranger.

Ce que Jamilet craignait le plus, c'étaient les matins où il ne lisait pas et semblait s'égarer dans un affreux rêve, le regard perdu dans le vide. Il cherchait alors le moindre prétexte pour chasser les désagréables pensées qui l'habitaient. Il la dévisageait en mâchouillant son stylo et, pour sa grande distraction, se révélait maître dans l'art d'identifier ses faiblesses.

— Je remarque que tu voûtes les épaules comme un troll, Monica. De quoi as-tu donc tellement honte?

— Je n'ai honte de rien, *señor.*

— Oh, mais bien sûr que si.

Jamilet continua à mettre de l'ordre dans ses draps, comme il lui en avait donné la consigne, sans border le lit pour ne pas lui infliger de tracas inutiles à l'heure de se coucher le soir. Quand il la scrutait ainsi, elle n'osait pas le regarder, de crainte de se perdre dans l'oubli noir de ses prunelles. Elle s'arrangeait donc pour toujours détourner les yeux et, quand elle n'avait d'autre choix que de les poser sur lui, ne lui accordait qu'une attention mitigée.

— J'ai la conviction que cela dépasse ton illettrisme, reprit-il, songeur. La raison est ailleurs. Plus abjecte.

Ce pourrait être en lien avec ta famille. Loin de moi l'idée de salir la mémoire de ta défunte mère, mais je ne t'ai jamais entendue évoquer ton père. J'imagine que c'est un ivrogne, un dépravé qui a oublié sa condition d'homme et de père de famille.

Jamilet tapota l'oreiller pour lui redonner du gonflant avant de le laisser retomber à sa place. Comme elle arrivait de mieux en mieux à éluder les propos du *señor* Peregrino, elle n'aurait eu aucun mal à esquiver ce sujet si un instinct ne lui avait dicté le contraire.

— Je n'ai pas connu mon père, *señor*, mais j'ai entendu beaucoup d'histoires à dormir debout sur sa mort, et je sais que les gens inventent des salades quand ils ne veulent pas avouer la vérité. Alors… si vous voulez tout savoir, il est sûrement bien pire que ce que vous dites.

Aussi sincère et directe qu'elle fût, cette révélation plongea le *señor* Peregrino dans le silence. Jamilet sentit cependant son regard peser sur elle tandis qu'elle ramassait le linge sale par terre et quittait la pièce. Un bon moment passa avant qu'elle réapparût pour lui porter ses chemises propres, qu'elle rangea dans son placard conformément aux instructions qu'il lui avait précisées la première semaine, par ordre de couleur, les manches courtes d'un côté et les manches longues de l'autre. Les yeux du vieillard la suivirent tandis qu'elle se rendait dans la salle de bains. Elle prit son temps pour étendre les serviettes propres, en disposant une près du lavabo et deux près de la baignoire.

Lorsqu'elle regagna la chambre, il n'avait pas bougé.

— Tu te crois maligne, n'est-ce pas?

— Comment quelqu'un qui ne sait ni lire ni écrire pourrait être malin?

Malgré la volonté du *señor* Peregrino de rester grave, un sourire tremblota sur ses lèvres.

— Cela m'intrigue… Ne t'interroges-tu donc pas sur les raisons de mon exil à cet étage ? Sur le fait que je ne possède pas de dossier, comme tous les patients de cet hôpital ? Tu ne serais évidemment pas en mesure de le consulter si tel était le cas, mais tout de même, je t'aurais imaginée un peu plus curieuse, depuis le temps.

— Je n'ai pas la moindre idée de ce qui vous a conduit ici, *señor*.

Jamilet transféra son poids d'une jambe à l'autre. Elle ne tenait surtout pas à se lancer avec lui dans un jeu de devinettes, un débat qui lui donnerait l'occasion de l'emberlificoter avec sa hargne jusqu'à l'étranglement. Elle devait néanmoins se plier à ses quatre volontés si elle ne voulait pas subir sa mauvaise humeur.

— Les gens qui finissent ici sont fous, alors vous devez être fou, vous aussi.

Il applaudit de ses grandes mains avant de courber la tête avec une humilité exagérée.

— Dis-moi, tu as déployé des trésors d'intelligence pour parvenir à cette conclusion ! Mes compliments !

Exceptionnellement, Jamilet s'autorisa à le regarder un instant droit dans les yeux.

— Mais vous ne ressemblez pas aux patients des autres étages.

Elle secoua la tête pour chasser son image.

— Je ne sais pas…, marmonna-t-elle.

Les yeux du *señor* Peregrino s'élargirent et à leur coin pointa une douceur fugitive, un voile de larmes ressuscitées et tues.

— Ces pauvres âmes que tu vois se rouler dans leurs excréments ont bien de la chance. Quoi qu'il en soit, je t'assure que tu ne le regretteras pas si tu arrives à apprendre quelque chose sur moi… la raison de ma présence ici.

— Je ne comprends pas, *señor.*

Son visage se durcit.

— Ouvre ta bouche et pose des questions pour une fois !

Jamilet releva le menton et serra les bras autour du linge.

— Je ne suis pas ici pour ça, *señor.* Pourquoi je poserais des questions ?

— Parce que… Parce que si tu découvres des renseignements exacts avant la fin de la semaine, je m'engage à ne pas t'adresser un seul mot jusqu'au terme de ton mois d'essai. De cette façon, tu es assurée d'obtenir ton augmentation. Aussi dérisoire soit-elle, je suis certain que tu empocheras avec joie quelques sous de plus.

— La semaine se termine demain, *señor…*

— Il ne te reste donc plus beaucoup de temps.

— Et je suis affectée à cet étage. Je ne suis pas censée le quitter.

— Voilà qui complique ta mission, en effet, mais je ne doute pas des ressources d'une fille maligne comme toi.

Jamilet répugnait à se voir ainsi manipulée, mais elle ne pouvait laisser filer une telle aubaine. Il était trop tentant de terminer le mois sans avoir à supporter un perpétuel déluge d'insultes. Une fois son augmentation accordée et ses preuves faites, peut-être pourrait-elle demander à être mutée dans un autre service. Quand bien même elle devrait rester au cinquième étage avec le *señor* Peregrino, elle économiserait plus rapidement l'argent dont elle avait besoin.

Jamilet commença donc ses investigations auprès de l'employé de cuisine chargé de préparer les repas du *señor* Peregrino, un jeune homme blond dont les yeux bleu vif se détachaient comme des perles sur le vermillon de son visage.

— On n'est pas dans les confidences ici, déclara-t-il en essuyant ses mains crevassées sur son tablier. Tout ce que je sais, c'est que ses désirs sont des ordres. Ça fait un bail qu'un patient n'a pas été traité comme ça. La dernière fois, c'était une dame riche, mais elle est morte quelques semaines après son arrivée. Le vieux, lui, il est ici depuis…

Il s'interrompit pour effectuer ses calculs, les yeux levés sur le plafond, avant de conclure :

— Ça doit faire trois ans, grosso modo.

Jamilet s'adressa ensuite à l'infirmière en chef du quatrième étage, une femme constamment à cran dont les épaisses lunettes ne cessaient de glisser sur son nez tandis qu'elle griffonnait l'un des nombreux diagrammes empilés sur son bureau. Elle lorgna Jamilet comme si elle la voyait pour la première fois. Elles s'étaient pourtant déjà parlé à deux occasions, même si elle avait paru aussi perplexe à chaque fois.

— Des informations sur qui ? l'interrogea-t-elle en remontant ses lunettes sur son nez.

Jamilet se mordilla la lèvre.

— Sur le *señor* Peregrino.

— Qui est-ce, ce *señor* Pere… bref, cette personne ?

— Le patient… du cinquième étage.

— Mais enfin, ce n'est pas son nom !

Elle sortit un porte-bloc rangé sous son bureau et fit courir son doigt sur une liste de noms. Trouvant celui qu'elle cherchait, elle planta son index dessus et, pour faire bonne mesure, tourna la feuille dans la direction de Jamilet.

— Tiens, tu vois ? Il s'appelle Antonio Calderón.

Jamilet scruta l'endroit qu'elle lui indiquait avec le regard pensif du lecteur.

— Oui, oui, bien sûr, mais lui croit qu'il s'appelle *señor* Peregrino.

L'infirmière en chef ne laissa pas passer une si belle occasion de donner des leçons à la nouvelle recrue.

— Tu ne dois jamais conforter les patients dans leurs délires.

Elle pointa du doigt un homme maigre qui longeait le couloir d'un pas traînant, en blouse de malade et savates, en se marmonnant des mots inintelligibles.

— Il y a des jours où ce patient se prend pour Gandhi. Tu crois peut-être que je m'amuse à l'appeler comme ça. « Venez prendre vos médicaments, Gandhi ! » Ou : « Vous êtes-vous douché aujourd'hui, Gandhi ? »

Elle braqua sur Jamilet de grands yeux de poisson, avant de conclure :

— Bien sûr que non ! Il n'y aurait rien de tel pour l'embrouiller davantage.

Puis elle reposa son porte-bloc sur le bureau d'un geste brusque, provoquant une petite avalanche de paperasses.

Ces quelques renseignements en poche, Jamilet s'apprêtait à emprunter l'escalier pour regagner son poste quand un chuchotement étouffé l'arrêta. Elle se retourna pour scruter le coin sombre derrière elle.

— Tu cherches des informations sur le vioque du cinquième ? demanda une voix.

Faisant volte-face dans un sursaut, elle se retrouva nez à nez avec le gardien. C'était un homme au teint grisâtre aussi maigre et dépenaillé que le balai à franges qu'il ne quittait jamais. Elle l'avait aperçu à plusieurs reprises en train de rôder dans les couloirs, laissant un filet humide partout où il passait. Il ne montait cependant jamais au cinquième étage. Toutes les corvées de nettoyage et de service relatives au *señor* Peregrino lui revenaient à elle et à elle seule.

— Vous connaissez mon patient? l'interrogea Jamilet.

— J'les connais tous.

Il jeta un coup d'œil dans le couloir puis baissa la voix, obligeant Jamilet à se pencher vers lui pour discerner ses paroles.

— J'les connais mieux que les infirmières et les toubibs, précisa-t-il avec un sourire suffisant. Tu sais, Charlie, celui à qui tu refiles de la bouffe en douce?

— Juste de temps en temps, se défendit-elle, abasourdie d'apprendre qu'il avait découvert son manège.

— Pas à moi! répliqua-t-il. Je te surveille, j'ai vu que tu lui refilais des trucs tous les jours. Hier, c'était de la crème au chocolat, aujourd'hui, deux petits pains en rab. Je t'ai vue les sortir de ta poche.

Jugeant Jamilet suffisamment impressionnée par ses talents d'observation, il revint à ses moutons.

— Bref! Si Charlie a pas un poil sur le caillou, c'est qu'il passe des heures à se les arracher devant la glace matin et soir. C'est pour ça qu'il se laisse pousser les ongles de la main droite, pour s'en servir comme pince à épiler. Et parfois, il se fagote avec sa serviette de bain comme une couche et il se balade en suçant son pouce. Il faut le voir! gloussa-t-il.

— Mais mon patient, celui du cinquième? demanda Jamilet. Pourquoi il est ici, lui?

Le gardien pinça la bouche, comme s'il dégustait un délicieux bonbon.

— J'ai entendu les toubibs dire qu'il a tué sa femme. Un jour, il a pété une durite et l'a débitée en petits morceaux. On l'a retrouvé pelotonné comme un bébé dans le ventre de sa mère. Impossible de le faire sortir de chez lui. Il a pas prononcé un mot pendant des mois. Tu sais qu'il a jamais mis un pied hors de sa chambre depuis qu'il a débarqué ici?

Il considéra Jamilet avec inquiétude, avant d'ajouter:

— Tu devrais faire gaffe, jeune et jolie comme t'es. Paraît qu'il aime la chair fraîche. Pourquoi tu crois que personne tient bien longtemps là-haut?

Le plateau du déjeuner adroitement posé en équilibre sur son avant-bras, Jamilet tapa des coups discrets à la porte et attendit l'autorisation du *señor* Peregrino avant d'entrer. Elle le trouva assis à son bureau, comme à son habitude, occupé à lire et relire ses éternels documents avec le même intérêt que s'il les découvrait pour la première fois. Il l'ignora quand elle déposa le plateau, elle rebroussa donc chemin à pas de loup, avec l'espoir qu'il avait oublié son défi du matin.

— As-tu quelque chose à dire pour défendre ta cause? la questionna-t-il sans prendre la peine de lever le nez de ses papiers.

Jamilet se mit au garde-à-vous, l'esprit dans le brouillard.

— Dois-je déduire de ton silence que tu as échoué dans ta mission?

— Vous ne vous appelez pas *señor* Peregrino, lâcha-t-elle.

C'était la première idée qui lui passait par la tête. Il pivota sur sa chaise, sa curiosité éveillée.

— Tiens donc?

Elle s'efforça de ne pas le regarder lorsqu'elle poursuivit:

— Vous vous appelez Antonio Calderón. *Señor* Calderón, rectifia-t-elle après lui avoir jeté un rapide coup d'œil.

Il croisa les bras.

— Mais encore?

Elle baissa les yeux par terre, soudain consciente du tremblement qui s'était emparé de ses genoux et s'étendait à toute vitesse au reste de son corps.

— Regarde-moi, lui ordonna le *señor* Peregrino.

Les yeux de Jamilet se braquèrent sur les siens.

— Qu'as-tu appris d'autre?

— Que vous êtes ici depuis trois ans, que vous n'avez jamais quitté votre chambre, que vous êtes riche et que… que…

Elle avait l'impression que sa langue s'était transformée en gélatine.

— … que vous avez assassiné votre femme et l'avez découpée en mille morceaux, termina-t-elle.

Les yeux du *señor* Peregrino se plissèrent.

— Qui t'a raconté ça?

Elle hésita un instant, avant d'avouer:

— C'est le gardien, Richard. Il est au courant de tout ce qui se passe ici.

Il détourna un moment le regard, le visage balafré par une grimace inquiète.

— Tu es encore très jeune, sans doute trop jeune pour comprendre les mœurs de…

Il se gratta le menton, en quête des mots justes.

— … de certains hommes.

Le dos de Jamilet, qui se dirigeait déjà vers la porte, se raidit. Jamais elle ne s'était sentie en danger en présence du *señor* Peregrino. Jamais il ne lui avait adressé un regard un tant soit peu lubrique. Mais Richard l'avait prévenue, et lui n'avait pas démenti.

— Je suis peut-être jeune, mais je ne suis pas idiote, répliqua-t-elle, la langue affilée par la nervosité.

Il en aurait fallu plus pour émouvoir le *señor* Peregrino.

— Et comment, ma chère ! Tu as la sottise de toutes les jeunes et jolies filles, même plus, en cela que tu ne peux compter sur ta vanité pour te servir de bouclier.

— Je ne comprends rien à ce que vous racontez.

Il retourna à sa paperasse avec un soupir.

— Je me demande pourquoi je gaspille ma salive avec toi. Néanmoins, tu as gagné ton sursis. En dehors des communications indispensables, je ne t'adresserai plus un mot jusqu'à la fin du mois.

L'après-midi était bien avancé lorsque Jamilet sortit de son bureau pour récupérer le plateau. Le *señor* Peregrino s'accordait généralement une sieste digestive après son déjeuner, ce qui facilitait considérablement sa tâche. Elle ne put toutefois s'empêcher de se demander avec angoisse s'il dormait vraiment quand elle le trouvait assoupi. Et s'il faisait semblant pour mieux la surprendre le jour où il déciderait de frapper ?

Elle se tenait devant la porte de sa chambre lorsqu'elle entendit des pas dans l'escalier. Richard apparut avec un sourire sans joie et son inséparable balai à franges.

— J'suis venu changer les ampoules, expliqua-t-il en appuyant le manche de son balai contre le mur. Cet endroit fichera peut-être un peu moins les chocottes s'il y a de la lumière.

Une vague de soulagement submergea Jamilet, qui se prit à espérer que le gardien s'attarderait à l'étage jusqu'à ce qu'elle fût ressortie de la chambre saine et sauve avec le plateau. Certes, Richard ne faisait pas le poids face au *señor* Peregrino, mais, à deux, ils pourraient le maîtriser si ce dernier tentait un mauvais coup.

— Ça va? lui demanda Richard, qui n'avait pas bougé, visiblement peu pressé de procéder aux réparations.

— Oui, ça va.

— T'es contente de me voir?

Ses yeux ensommeillés s'écarquillèrent soudain, comme s'il avait reçu un petit coup de bâton pointu entre les côtes.

Au même moment, son balai glissa et tomba aux pieds de Jamilet. Comme elle se penchait pour le ramasser, Richard bondit sur elle et l'écrasa de tout son poids sur le sol. Il se mit ensuite à tâtonner entre ses cuisses, agrippant ce qu'il pouvait sous sa jupe tout en la muselant de son autre main, qu'il avait plaquée sur sa bouche et son nez, l'empêchant de hurler et de respirer. Son souffle lourd emplit l'oreille de Jamilet.

— T'en es un beau brin de fille, toi. Pourquoi qu'ils t'ont collée ici, où personne peut te voir?

Suffocante, Jamilet inhala l'odeur corrosive des produits de nettoyage qui imprégnait la main du gardien. Elle sentit son genou s'enfoncer dans son dos. Il l'avait descendu vers ses fesses et tentait de le glisser entre ses jambes quand elle lui mordit la paume de toutes ses forces. Il retira sa main en glapissant.

D'un mouvement, elle se retourna sur le dos et tenta de le repousser avec une volée de coups de pied et de poing furieux. Mais chaque fois qu'elle le percutait, il riait aux éclats, comme un enfant jouant à la bagarre, et l'asphyxiait de son haleine fétide empuantie par le tabac et les chicots, qu'elle voyait clairement lorsqu'il s'esclaffait, la bouche grande ouverte. Plus rapide que Jamilet, il se lassa bientôt de ce petit jeu et lui attrapa les poignets pour les clouer au sol de part et d'autre de sa tête. Elle se contorsionna et se débattit sous son corps sec, mais il réussit à lui écarter les jambes avec ses genoux et, bloquant ses deux poignets d'une seule main, déboucla sa ceinture de l'autre avec dextérité.

Comprenant avec un haut-le-cœur ce qui allait se produire, Jamilet laissa échapper un hurlement inhumain, surgi du fond de ses entrailles. Puis, impuissante, elle ferma les yeux et tenta de disparaître dans les recoins les plus reculés et secrets de son esprit.

Elle entendit soudain le bruit d'une porte et, ouvrant les yeux, vit un Richard perplexe et médusé léviter au-dessus d'elle comme un pantin, battant l'air de ses jambes et de ses bras flasques, avant d'aller voler dans le couloir. Sa tête heurta le mur opposé avec un bruit sourd. Lorsqu'il la releva, des filets de bave et de sang dégoulinaient de ses lèvres.

Immobile sur le sol, Jamilet posa les yeux sur le *señor* Peregrino, qui se dressait, poings serrés, entre elle et le gardien ensanglanté. Richard partit d'un nouveau rire, reniflant le fluide rouge qui ruisselait de son nez et tombait en cascade sur son menton.

— Es-tu blessée? lui demanda le *señor* Peregrino, sans quitter le gardien des yeux.

— Je... Je ne crois pas.

— Alors lève-toi et rentre chez toi.

Jamilet se remit tant bien que mal sur pied et s'enfuit à toutes jambes dans le couloir, rajustant son chemisier et sa jupe en trébuchant. Le rire sinistre de Richard la poursuivit dans l'escalier et les corridors de l'hôpital jusque dans la rue, son écho retentissant si fort dans ses oreilles qu'elle n'entendait ni le vrombissement de la circulation, ni le martèlement précipité de ses pieds sur le trottoir, ni le hurlement de l'air qui s'engouffrait et s'échappait de ses poumons dans sa course. Elle ne répondit même pas au salut que lui adressa Eddie lorsqu'elle passa devant lui. Parfaitement incapable de prononcer une parole sensée, elle songea néanmoins, dans un éclair de lucidité, qu'il serait désormais convaincu de sa folie.

Elle pénétra en trombe dans la maison, hors d'haleine, et constata avec soulagement que Carmen n'était pas rentrée. Elle se pétrifia et fit tourner son cerveau à plein régime pour tenter de se remémorer le jour. C'était un mercredi, Carmen irait retrouver Louis au bowling directement après le travail. Elle se rendit tout droit dans la salle de bains, ouvrit les robinets de la baignoire et, après avoir ôté ses vêtements, y entra sans attendre qu'elle fût pleine. Les épaules hors de l'eau, elle se concentra sur le liquide chaud qui engloutissait tout ce que Richard avait profané. Sentant la chair épaisse de la marque sur ses fesses, elle frissonna encore dans la solitude rassurante de son secret. Peut-être valait-il mieux que l'on sût qu'elle était différente. Peut-être comprendrait-on alors le supplice perpétuel qui la distinguait du commun des mortels et la dispensait des souffrances ordinaires. Avec la marque, elle avait déjà son compte de malheurs.

9

Lorsqu'elle se réveilla, Jamilet ne savait pas combien de temps elle avait dormi dans son bain, mais l'eau était froide et, à en juger par l'obscurité de la pièce, la nuit tombée. Elle se sentait étonnamment plus calme, et même capable d'oublier l'agression dont elle avait été victime quelques heures plus tôt. Et si ce n'était qu'un mauvais rêve? Cette idée en tête, elle sortit de la baignoire et s'essuya. Puis elle alluma la lumière et, comme à son habitude, commença par organiser ses sous-vêtements. Mais lorsqu'elle voulut détacher l'épingle qui retenait ses papiers afin de les préparer pour le lendemain, elle ne trouva pas la pochette de tissu. Elle fouilla rapidement le reste de sa tenue, puis chercha encore, envoyant valser ses habits aux quatre coins de la pièce tant et si bien que son soutien-gorge atterrit dans l'eau du bain. Cependant ses papiers demeurèrent introuvables.

Enveloppée dans une serviette de toilette, elle se précipita dans le salon, son cauchemar ravivé à l'idée d'avoir perdu la petite carte aux neuf chiffres qui lui permettait de travailler et son acte de naissance. Ils pouvaient être n'importe où dans la rue ou à l'asile. Ignorant laquelle de ces deux possibilités elle devait redouter le plus, elle conclut que, dans un cas comme dans l'autre, elle risquait fort de voir sa vie et tous ses espoirs brisés. Elle s'écroula sur le canapé en s'efforçant de réfléchir. Elle avait fui si vite, et était si bouleversée, qu'elle n'aurait su dire si elle avait aperçu ses papiers par terre ou les avait sentis glisser. Elle revoyait seulement le *señor* Peregrino surgir au-dessus de Richard et lui ordonner de déguerpir. Pour autant qu'elle sache, Richard gisait désormais contre le mur, écrasé comme une mouche, et ses papiers baignaient dans son sang. Plus elle y pensait, plus elle était persuadée qu'ils se trouvaient quelque part au cinquième étage. Ils avaient dû se décrocher quand Richard la tripotait et, dans sa terreur, elle ne s'en était pas aperçue. Comme le *señor* Peregrino ne se fatiguait pas à ramasser sa propre serviette de table par terre, il ne risquait pas de se soucier de bouts de papier égarés dans le couloir. Oui, sa carte et son certificat étaient forcément au cinquième étage.

Trop angoissée pour manger, elle tenta de recouvrer son calme dans la routine et se livra à son rituel du coucher. Debout à la fenêtre, elle patienta jusqu'à se sentir aussi immobile et inanimée que les meubles de la pièce. Alors, tout doucement, elle écarta le rideau de la main. Ils étaient là, fidèles au poste, à regarder le défilé de voitures, la main d'Eddie s'aventurant un peu plus haut sur la cuisse de Pearly à chaque véhicule. Ce soir-là, cependant, Jamilet fut incapable de les observer plus longtemps. Elle se réfugia dans sa chambre et, prise de vertige, essaya de trouver le sommeil. Mais dès qu'elle fermait les paupières, elle voyait ses précieux papiers, abandonnés par terre devant la porte du *señor* Peregrino, s'ouvrir comme une fleur pour révéler sa véritable identité à tous ceux qui passaient par là.

Après avoir à peine dormi, qui plus est d'un sommeil agité, Jamilet ouvrit grand les yeux aux premières lueurs de l'aube en se demandant à quelle heure elle pouvait se rendre au travail sans éveiller les soupçons. Habillée en vitesse, elle sauta le petit-déjeuner. Elle avait l'estomac noué par une angoisse que rien ne pouvait mieux soulager que l'idée d'arriver à l'asile le plus tôt possible.

Elle pointa avec une demi-heure d'avance et, passant inaperçue aux yeux des infirmières et des membres du personnel dans la débandade du changement d'équipe, gravit l'escalier jusqu'au cinquième étage, le cœur battant. Elle emprunta ensuite le couloir dans lequel elle espérait trouver ses papiers. Peu lui importait qu'ils fussent noyés dans une flaque de sang ou déchirés dans un recoin obscur, pourvu qu'elle les retrouvât. Elle parcourut le corridor de bout en bout au ralenti, puis revint sur ses pas avant de se rendre à l'évidence : elle devait s'introduire dans la chambre du *señor* Peregrino pour tenter de la fouiller avant son réveil. Peut-être les avait-il ramassés et déposés sur son bureau sans y prêter attention, épuisé par son empoignade avec Richard.

Elle s'immobilisa devant sa porte pour tenter de se calmer. Elle enleva ensuite ses chaussures, actionna la poignée en gardant la main dessus, pour éviter qu'elle ne produisît un déclic, et se glissa dans la pièce. Le *señor* Peregrino dormait encore, comme elle l'imaginait. Elle traversa la chambre à pas feutrés et fouilla du regard les papiers sur le bureau, les survolant des doigts tandis que ses yeux s'habituaient à la pénombre.

— Que cherches-tu ainsi ? lui demanda soudain le *señor* Peregrino d'une voix calme, comme s'il attendait sa venue.

Jamilet fit volte-face et le trouva assis dans son lit.

— Je me suis dit que j'allais commencer plus tôt aujourd'hui, *señor.*

Il parut amusé un instant, puis poussa un soupir désolé.

— Tu ne sais pas très bien mentir, n'est-ce pas… Jamilet ?

Elle suffoqua en entendant son véritable nom dans la bouche de son patient.

— Il me faut reconnaître que tu gagnes au change, même si ton prénom d'adoption te sied mieux, insipide comme il est.

Il l'étudia un instant de ses yeux noirs brillant comme des billes. Il paraissait préoccupé, mais toutefois moins que Jamilet.

— Je dois récupérer ces papiers, déclara-t-elle. C'est un cadeau de ma tante, je ne peux pas travailler sans eux ! Enfin, je veux dire… *señor*, est-ce que vous pourriez me les rendre, s'il vous plaît ?

Le *señor* Peregrino bâilla en étirant ses grands bras.

— N'est-ce pas curieux comme le désespoir peut conduire à la courtoisie si l'on n'y prend garde ?

— J'ai toujours été courtoise avec vous.

Il hocha la tête, reconnaissant ce fait d'un tressautement de sourcils.

— Mais est-ce seulement de la courtoisie que je suis en droit d'attendre de toi ?

— Je ne comprends pas. Je ne comprends jamais ce que vous voulez dire quand vous parlez comme ça.

Elle chancela sur ses pieds avant d'ajouter :

— Je ne me déshonorerai pas pour mes papiers, si c'est ce que vous avez en tête.

La main du *señor* Peregrino, qui reposait inerte sur son giron, se crispa.

— Par bonheur, je ne te voue pas assez d'estime pour m'offusquer de cette remarque. S'il est une chose que j'ai apprise, c'est bien que les sots, en dehors du divertissement facile qu'ils peuvent offrir, me sont de peu d'utilité, déclara-t-il d'une voix sévère. Que Dieu me garde de prendre leurs palabres au sérieux !

— Mais alors qu'est-ce que je vous dois, *señor* ?

Il la toisa d'un œil de professeur déçu. Soudain, elle comprit ce qu'il attendait d'elle.

— Je ne vous ai pas remercié de m'avoir aidée hier, c'est ça ?

— Aidée ? Il serait plus exact de dire que j'ai sauvé ta misérable peau de plus de misère encore.

Jamilet inclina la tête. Elle se sentait à la fois idiote et penaude.

— Excusez-moi de ne pas vous avoir remercié plus tôt.

— Très bien. J'accepte tes excuses, déclara-t-il avant de la chasser d'un geste des deux mains. Maintenant, tu peux disposer. Il est bien trop tôt pour des histoires pareilles.

Mais Jamilet ne bougea pas d'un centimètre.

— Et mes papiers ?

Le *señor* Peregrino sembla soudain se passionner pour la disposition de son linge de lit, qu'il se mit à lisser avec soin.

— Fais-tu référence aux documents fallacieux au moyen desquels tu as obtenu un poste dans cet établissement ?

— Oui, confirma-t-elle d'une petite voix.

— Eh bien, ils sont en ma possession, déclara le *señor* Peregrino, presque jovial. Je te les rendrai si tu consens à considérer une proposition que j'ai à te faire. En tout bien tout honneur, il va sans dire.

Il marqua une pause pour bien choisir ses mots, avant de poursuivre :

— Je n'ignore pas que tu as reçu la consigne d'éviter toute conversation superflue avec moi, mais je souhaiterais que, de temps à autre, tu… tu écoutes mon histoire, et cela jusqu'à ce que je l'aie terminée. Alors je te rendrai tes faux papiers sans révéler leur existence à personne.

Jamilet le dévisagea, incrédule.

— Vous voulez que j'écoute votre histoire ?

— Oui, elle explique pleinement la raison de ma présence ici.

Il se renfonça dans ses oreillers et ferma les yeux.

— Et combien de temps elle va prendre, votre histoire ?

— Le temps qu'il faudra, répondit-il sans ouvrir les paupières.

Puis il bâilla et, se tournant sur le flanc, sombra dans un profond sommeil.

10

Après avoir mangé de bon appétit un copieux déjeuner, dont le délicieux poulet rôti le fit s'extasier haut et fort, le *señor* Peregrino ne dérogea pas à sa traditionnelle sieste. D'ordinaire, Jamilet profitait de ce répit pour se dépêcher de débarrasser son plateau sans le déranger. Ce jour-là, cependant, elle s'attarda un long moment à regarder son torse se soulever et s'affaisser lentement dans son sommeil. Il paraissait si paisible, si inconscient de sa présence.

Tout doucement, elle s'approcha du lit et tendit le bras pour placer sa main juste au-dessus de lui. Celle-ci tremblota quand elle l'avança peu à peu, mais elle gagna encore quelques centimètres pour toucher du bout des doigts le bord de sa poche de chemise. Le *señor* Peregrino marmotta dans son sommeil. Elle se figea, le souffle coupé et les yeux fermés de crainte que la chaleur de son regard sur son visage ne le réveillât. Lentement, elle ouvrit une paupière et constata que celles du vieillard étaient toujours closes. Alors, avec toutes les précautions du monde, elle glissa ses doigts dans sa poche. Soudain, les yeux du *señor* Peregrino s'écarquillèrent. Jamilet fit un bond d'un mètre en arrière.

Lorsqu'il comprit ce qu'elle manigançait, ses sourcils se froncèrent furieusement.

— Je croyais que tu ne te déshonorerais pas pour tes papiers. C'est pourtant ce que tu fais.

Encore sous le choc et les nerfs à vif, Jamilet manqua s'étrangler.

— Je croyais que vous dormiez, *señor.*

— Mon état de conscience n'excuse pas ton comportement.

— J'essayais juste de récupérer ce qui m'appartient, répliqua Jamilet, irritée d'avoir pris des risques aussi stupides. Il n'y a rien de déshonorant à cela.

Le *señor* Peregrino se hissa sur un coude dans un effort considérable.

— Dans ce cas, comment devrait, selon toi, réagir un homme d'honneur en pareilles circonstances ?

— En me rendant mes papiers, évidemment.

Le menton du *señor* Peregrino bascula sur sa poitrine, si bien que Jamilet ne vit plus que la blancheur neigeuse du haut de son crâne. Quand il releva la tête, avec lenteur, l'amertume traçait une ligne sur son sourire.

— Et en taisant aux autorités ta situation irrégulière ? Tu commets, somme toute, une infraction fédérale. L'hôpital serait passible d'une lourde amende, voire de fermeture, si cela venait à être découvert. Qu'adviendrait-il des patients si l'établissement était forcé de mettre la clé sous la porte ?

Ne trouvant rien à lui répondre, Jamilet tourna les talons pour débarrasser le plateau, avant de se raviser.

— Vous avez dit que vous me rendriez mes papiers si j'écoutais votre histoire, *señor.*

Pour toute réaction, il marmonna dans sa barbe. Il paraissait sur le point de sombrer à nouveau dans le sommeil quand Jamilet, surprise, l'entendit s'adresser à elle d'une voix qu'elle ne lui connaissait pas, dénuée de son habituelle rudesse.

— Où dois-je commencer ? C'est toujours une question épineuse.

Jamilet chercha une réponse qui permettrait d'enclencher la dynamique. Plus tôt il se lancerait, plus tôt il terminerait, et plus tôt elle récupérerait ses papiers. Elle s'assit lourdement sur la chaise la plus proche de son lit et se pencha en avant.

— Vous devriez peut-être commencer là où ça devient intéressant, lui suggéra-t-elle.

Le *señor* Peregrino inclina la tête d'un air entendu, comme s'il convenait d'une vérité incontestable.

— Oui, ce serait le mieux pour débuter. Et pour conclure cette vilaine affaire.

Comme il prenait une profonde inspiration, Jamilet approuva avec des hochements de tête enthousiastes, désireuse de se montrer coopérative. Mais elle s'aperçut bientôt qu'il ne lui prêtait pas la moindre attention, occupé qu'il était à s'affranchir du moment présent dans une quête qui mobilisait sa concentration et sa volonté. Las et dépouillé de sa carapace de colère, il paraissait aussi égaré qu'une vieille cigogne perdue au cours d'un long vol migratoire. Et tandis que Jamilet l'observait en silence, sa voix trouva sa force et retentit dans la pièce.

Il est des esprits qui chantent, Jamilet. Leur voix s'échappe du secret du firmament pour emplir les chambres de notre univers, créant un écho merveilleux seulement sensible à certaines oreilles. J'avais dix ans quand je les entendis, quand je perçus le murmure des saints et des anges autour de moi, quand je vis des esprits qui, cachés derrière les arbres, regardaient à la dérobée les humains vaquer à leur quotidien. Au début, ni ma mère, ni mon père, ni les gens du village n'accordèrent d'attention à mes propos, qu'ils mettaient sur le compte d'une imagination fertile, mais mes histoires sur ces esprits qui partageaient avec moi les mystères de la vie et de la mort finirent par déranger. Les sourires amusés se muèrent en rictus condescendants, puis en traits durs, signe d'hostilité.

Mon père était un homme patient qui cédait peu à la colère, mais un jour, désemparé d'entendre dans ma bouche une nouvelle histoire fantastique, il me battit à coups de baguette sous les yeux de ma mère. Plus que le courroux, c'était la peur qui parlait, car elle étendait alors sur tous son ombre implacable, à laquelle chacun opposait non pas la compréhension, mais une terreur plus grande encore. Dans mon cas, ce fut la terreur de la baguette.

En ce temps-là, je ne savais du monde que ce qu'en enseigne la vie dans un village rural d'Espagne, mais mes visions m'embarquaient dans un fleuve grandiose qui dépassait, dans sa majesté et sa puissance, mon expérience de jeune berger. Lorsque l'après-midi touchait à sa fin, je regardais parfois le soleil se poser sur la crête de la montagne et son or en fusion se répandre en chauds ruisseaux dans la ronde vallée. Je me prenais alors à entonner seul des chants religieux, puisque je n'en connaissais aucun autre. Beaucoup m'entendirent et ma voix, conjuguée à une sensibilité unique, scella mon destin ecclésiastique : il fut décidé par tous ceux qui me connaissaient, et plus particulièrement mes parents, que j'entrerais dans les ordres.

Contrairement à ce que l'on supposerait d'un jeune garçon, je ne tremblais pas à la perspective de la vie rel gieuse. Ma famille ne possédait presque rien et, dans mon village, les prêtres étaient tenus en haute estime et traités avec le respect réservé aux plus cossus. Ils logeaient dans de belles demeures au plancher de bois ciré, profitaient de la tranquillité du cimetière adjacent, et portaient, sous le raffinement de leurs vêtements sacerdotaux, des habits sur mesure et des souliers rarement éculés ou boueux.

Quoique pour des raisons tout autres, mon cher ami Tomás fut lui aussi destiné à la prêtrise. Né au sein de la famille la plus fortunée de la région, il souffrait d'une constitution délicate et d'une jambe légèrement plus courte que l'autre, si bien que, s'il ne boitait pas, il tanguait légèrement, comme s'il n'arrivait pas à se décider à marcher vers la gauche ou vers la droite. La tradition exigeant que toutes les familles de haut rang offrent un enfant à l'Église, les parents de Tomás avaient, en toute logique, porté leur choix sur lui.

Mon sort réglé, ma vie reprit son cours tranquille. Je m'estimais pour le moins chanceux. J'entendais souvent mon frère aîné m'envier mon avenir tout tracé quand lui serait obligé de faire ses preuves à la sueur de son front et aux fruits de sa semence, qui devrait lui donner une progéniture robuste pour l'aider dans sa besogne.

Délivré de pareils soucis et dispensé des corvées exténuantes d'un pauvre berger, je me plongeai corps et âme dans les études, car il y avait fort à apprendre pour l'entrée au séminaire. Tomás et moi coulions le parfait bonheur au milieu des livres. Le peu de temps libre dont nous disposions, nous le passions à imaginer l'avenir exceptionnel qui s'offrait à nous. À l'âge où les garçons se rêvent superbes guerriers, Tomás et moi priions à l'ombre des montagnes et évoquions un voyage à Rome et l'exploration des marbres somptueux du Vatican. Déjà le village nous témoignait une certaine révérence, et il en allait de même de nos familles.

J'étais le premier enfant servi à table et les voisins qui autrefois me raillaient venaient me consulter sur d'importantes affaires relatives au mariage de leurs enfants, à la vente d'un lopin de terre ou à la construction d'une habitation.

Tout se déroula ainsi pour le mieux jusqu'à mes seize ans, quand mes visions cessèrent subitement. La vigueur naissante de mon corps sembla surpasser ma force d'âme, au point qu'un étrange et inavouable malaise vint m'empoisonner l'existence. Je pris pleinement conscience de ce chaud bourdonnement qui déferlait dans mes veines par un soir d'été, alors que j'assistais au bal sur la place du village, comme chaque année depuis ma naissance. Qu'un lieu aussi banal devînt le théâtre d'un événement aussi singulier ne contribua qu'à rendre cette expérience plus stupéfiante, mais je ne pouvais nier la sensation qui me saisit et que je ne saurais que difficilement décrire. Alors que je regardais enfants et parents, dames et messieurs de tous âges giguer sur la place, mon regard fut attiré par une demoiselle que je connaissais depuis toujours. Elle s'appelait Matilda et avait été, autrefois, ma voisine de classe. À l'époque, je m'amusais de voir ses taches de rousseur s'illuminer comme de minuscules lampions sur son visage lorsqu'elle riait. Je trouvais cela si drôle que je lui racontais des sottises à seule fin de voir les petits grains couleur de son s'enflammer sur ses pommettes et l'arête de son nez. Ce soir-là, cependant, mon intérêt ne se portait pas sur ses taches de rousseur, fasciné que j'étais par le doux déhanchement de sa danse. Je devinais, à travers les volants de sa jupe, les courbes de son corps de femme et, tandis que je la contemplais, le chaud bourdonnement s'intensifia dans mes veines, chaque seconde plus brûlant, jusqu'à se transformer en un cercle infernal où plaisir et honte s'alimentaient contre mon gré. Mes yeux refusaient de se détacher de ce corps. Alors se formèrent dans mon esprit des pensées mauvaises, comme jamais je n'en avais nourri auparavant, sur les courbes plus pures qui se mouvaient sous ces volants et les voluptés qu'elles abritaient.

Ma rêverie torturée fut interrompue par Tomás.

— Mon ami, rit-il, on dirait que tu as vu un fantôme.

— Je pourrais aussi bien contempler ma mort.

Tomás suivit mon regard, qui n'avait pas quitté Matilda.

— Elle s'est faite charmante, observa-t-il. Qui l'eût cru? C'était un tel laideron, enfant.

— Ce n'est plus une enfant, remarquai-je, quelque peu soulagé de pouvoir partager mes pensées.

Tomás demeura près de moi jusqu'aux dernières notes de musique. Lorsque Matilda disparut dans la foule pour rejoindre sa famille, le feu qui m'avait consumé mourut lentement en moi, jusqu'à ce que je ne ressentisse plus qu'un épuisement coupable. Un poids familier s'abattit sur mon ami et moi, sans besoin d'échanger une parole pour que nous devinions les pensées de l'autre. Quand nous étions enfants, la réalité d'une vie sans connaître de femme tenait moins du renoncement que d'une bénédiction envoyée par le ciel pour nous épargner bien des tracas, mais, à l'aube de la virilité, le sacrifice prenait de tout autres proportions. Je comprenais mieux les prières que les prêtres avaient prononcées pour nous quand nos parents avaient annoncé en public l'avenir auquel ils nous destinaient, ces supplications dans lesquelles ils imploraient le Seigneur de nous préserver de l'embarras des passions terrestres afin que nous nous consacrions entièrement à la vie spirituelle, ces adjurations grâce auxquelles le célibat ne devait jamais devenir pour nous une croix lourde à porter, mais toujours demeurer une écharde logée dans notre chair, qui s'y enfoncerait parfois pour nous rappeler notre faiblesse et ainsi assurer notre compassion envers le commun des mortels.

Mais avec les années, j'eus l'impression de supporter sur mes seules épaules tout le poids de la lubricité humaine. La gent féminine m'attirait d'autant plus qu'elle m'était interdite et l'attrait que j'exerçais sur elle n'arrangeait guère mes affaires. Ma stature attirait l'œil, tout comme l'élégance de mon profil, si bien que beaucoup me prenaient pour le fils d'une noble lignée plutôt que d'une humble famille de bergers. Ma vocation ecclésiastique notoire faisait également de moi le cavalier idéal : beau et intelligent, mais sans danger. Sans doute mon statut d'observateur extérieur incitait-il les demoiselles à se presser davantage contre moi.

Je me trouvais impuissant au cœur de cette tromperie. Tomás, qui seul savait la vérité, me conjurait de me cramponner à mes convictions, mais toutes mes pensées semblaient tendues vers le fruit défendu. Au paroxysme de mon supplice, je trouvais toutes les jeunes femmes belles et j'aurais accueilli même la plus bigleuse d'entre toutes comme un cadeau du ciel.

En ami fidèle, Tomás compatissait, mais je voyais bien que ses tourments n'égalaient pas les miens. Il brûlait de prendre son sacerdoce sans s'inquiéter de ce qu'il y sacrifiait. J'enviais son sang-froid et la sérénité avec laquelle il recevait l'eucharistie quand l'hostie me brûlait la langue.

Il n'est rien de plus terrible que de vivre un mensonge. Mes entrailles se remplirent d'amertume lorsque, à dix-huit ans, nous nous apprêtâmes à entrer au séminaire. Rien ne saurait soucier davantage une mère que la perte soudaine d'appétit d'un fils, aussi ma mère, qui ne dérogeait pas à la règle, insista-t-elle pour consulter un médecin. Après un examen approfondi, il apparut que, pour quelque mystérieuse raison, je ne parvenais pas à inspirer suffisamment d'oxygène dans mes poumons, ce qui provoquait un déséquilibre de l'ensemble de mon organisme. Le bon docteur me prescrivit des promenades quotidiennes et un verre d'alcool fort à chaque repas, en dépit de quoi je continuai à dépérir pour prendre l'apparence que tu me vois là, celle d'un squelette d'un mètre quatre-vingt-douze avec des yeux grands comme des soucoupes.

Avec l'appétit, je perdis tout intérêt pour mon obsession d'antan et cessai de fantasmer sur une étreinte charnelle. Je possédais tout juste assez de force pour rester en vie, étudier, ingurgiter le peu de nourriture que j'arrivais à garder et retrouver mon lit à la fin de la journée. Plus d'une nuit, je me laissai gagner par le sommeil en espérant ne jamais me réveiller.

Je n'avais jamais échangé que de rares conversations avec mon père, et seulement à son initiative. Les quelques questions qu'il m'adressa alors visaient, plus qu'à satisfaire sa curiosité, à asseoir mes responsabilités et à me conforter dans ma voie. Par bonheur, il écouta mes réponses avec attention.

— As-tu retrouvé la brebis que nous avons égarée la semaine dernière, Antonio?

— Oui, père, dans le vallon où elle aime se cacher.

— Combien de livres as-tu lus la semaine dernière, Antonio?

— Trois, père, dont celui de la veuve Robledo.

— Veux-tu te faire prêtre, Antonio?

— Je ne sais, père. J'ignore si je vivrai assez longtemps pour le savoir.

Le pèlerinage de Saint-Jacques-de-Compostelle est une route ancestrale où cheminent fidèles et impies. Son tracé sinueux traverse le nord de l'Espagne en suivant la Voie lactée pour mener à la très vénérée cathédrale de Saint-Jacques, où repose l'apôtre dont la dépouille échoua mystérieusement sur les côtes de Galice. Depuis plus d'un millénaire, parcourir à pied ce chemin vise à clarifier l'esprit et purifier l'âme. Et ce fut ainsi que les prêtres et les anciens du village décrétèrent que, passé le plus fort de l'hiver, je partirais pour Compostelle. Tomás m'accompagnerait, avec la mission de demeurer vigilant et de surveiller ma santé fragile. Tous espéraient que je reviendrais libéré de mon mal.

Cette annonce insuffla une vie nouvelle à mon corps affaibli. Je retrouvai un appétit décuplé et recouvrai bientôt robustesse et vigueur. Tempérée par la perspective d'un quotidien différent, mon obsession cessa d'exercer son impitoyable harcèlement sur ma raison pour se changer en intérêt mesuré. Redevenu moi-même, j'attendis le retour du printemps avec plus d'impatience que jamais.

Enfin, aux premiers jours de mai, par une radieuse matinée, Tomás et moi quittâmes notre village pour rallier à pied Puente la Reina, à six cents kilomètres de notre destination : Saint-Jacques-de-Compostelle. Certains de trouver à manger et à boire dans les *refugios* au bord du chemin, nous emportions juste assez de fromage, de pain et de vin pour subsister quelques jours, mais je portais, dans mon cœur, assez d'espoir pour me nourrir pendant cent ans.

11

Le repas fut mijoté avec un soin tout particulier. Le poulet mitonna jusqu'à ce que la chair se détachât des os, la sauce fut enrichie d'une double dose de tomates et de piments, et les tortillas furent confectionnées selon la tradition, car rien d'autre ne conviendrait pour l'occasion que des galettes maison. Jamilet dissimula deux *enchiladas* au poulet dans le réfrigérateur, derrière le lait et les œufs. C'était le plat favori de Carmen, or celle-ci n'aimait pas voir la nourriture se perdre.

Depuis près d'une semaine, le *señor* Peregrino refusait obstinément de poursuivre son récit, arguant que l'humeur n'y était pas mais qu'il ne manquerait pas de la prévenir d'un éventuel changement. Jamilet s'évertuait à dissimuler son impatience, soupçonnant qu'il perdrait son plaisir à faire durer le suspense si elle jouait les indifférentes, mais elle comptait surtout sur le pouvoir de ses *enchiladas* au poulet. Si elles arrivaient à adoucir une Carmen mal lunée à la fin d'une dure journée, sans doute exerceraient-elles le même effet salutaire sur le *señor* Peregrino.

Le lendemain matin, au moment de déposer, comme chaque jour, son plateau sur ses genoux, elle s'éclaircit donc la gorge pour lui annoncer qu'elle lui avait concocté une recette spéciale pour son petit-déjeuner.

— Je me suis dit que vous en aviez sûrement marre de manger toujours la même chose. Et puis… je suis bonne cuisinière.

Le *señor* Peregrino souleva la cloche qui couvrait son assiette pour considérer les *enchiladas*. Une expression de gratitude traversa son visage, mais il se renfrogna aussitôt.

— Quelle preuve ai-je que ce n'est pas empoisonné? s'enquit-il en jetant à Jamilet un regard si mauvais qu'il en était presque comique.

— Mais, enfin, *señor*…, se défendit-elle, déconcertée par cette accusation inattendue. Je… je n'ai aucune intention de vous empoisonner.

— Que tu dis!

Il repoussa son assiette du bout des doigts et, croisant les bras, foudroya du regard les *enchiladas*, comme s'il attendait d'elles un aveu qui confondrait la cuisinière.

Jamilet demeura devant lui, bras ballants, jusqu'à ce qu'elle n'y tînt plus.

— *Señor*, si je vous empoisonnais, je ne récupérerais jamais mes papiers. Je n'ai pas la moindre idée d'où vous les avez cachés.

— Tu dois bien te douter qu'ils se trouvent dans cette pièce. Une fois que j'aurai succombé, intoxiqué, tu auras tout le loisir de la fouiller.

Jamilet croisa à son tour les bras et secoua la tête.

— Dans ce cas, rien ne vous oblige à manger. Ce sera toujours ça en plus pour ma tante, elle adore mes *enchiladas* au poulet.

Le *señor* Peregrino ne parut pas l'avoir entendue, mais il s'empara soudain de sa fourchette pour la lui tendre.

— Elles m'ont tout l'air succulentes, en effet. Tiens, pourquoi n'en goûterais-tu pas une? lui suggéra-t-il en forçant un sourire bienveillant.

— Non merci, j'ai déjà pris mon petit-déjeuner.

Les sourcils du vieillard bondirent.

— Comme par hasard !

Avec un soupir, Jamilet prit une portion bien trop généreuse de crêpe fourrée, qu'elle eut toutes les peines du monde à garder en entier dans sa bouche au moment de mâcher. De la sauce suinta aux commissures de ses lèvres.

— Pour l'amour du ciel, n'as-tu donc aucune tenue ?

Le *señor* Peregrino empoigna sa serviette, qu'il agita dans sa direction en détournant la tête.

— J'essaie juste…

— Assez ! Tu vas finir par me couper l'appétit à me contraindre à regarder cette mastication dont tu t'obstines à faire étalage.

Jamilet avala sa bouchée tout rond et s'essuya les lèvres avec la serviette.

— Excusez-moi, *señor*, je voulais juste vous prouver que ce n'est pas empoisonné.

Mais dès qu'elle eut prononcé ces paroles, elle ressentit un besoin impérieux de taper du poing sur la table. Pourquoi devrait-elle s'excuser ? Elle prêtait une fois de plus le flanc aux accusations d'imbécillité que s'acharnait à lui porter le *señor* Peregrino.

Ce dernier prit une bouchée plus délicate et, tandis qu'il mastiquait lentement, son regard s'adoucit, comme le jour où il avait entamé son récit.

— Tu es très bonne cuisinière, je te l'accorde…

Il s'interrompit brusquement avant de l'interroger, suspicieux :

— Tenterais-tu de me soudoyer pour récupérer tes papiers ?

— Qu'est-ce qui vous dit que je ne veux pas juste être gentille avec vous, *señor* ? Parce que j'aime bien votre histoire.

— Ah ! Mais si je te rendais tes papiers aujourd'hui, tu chercherais un nouvel emploi dès demain. Mon récit ne t'a pas suffisamment captivée pour changer cette réalité. D'ailleurs, seules les meilleures histoires peuvent transformer la réalité.

Sur ce, il mangea ses *enchiladas* jusqu'à la dernière miette, dédaignant le reste de son petit-déjeuner. Puis, après s'être servi une tasse de café, il reprit le cours de sa narration.

La première étape de notre voyage, de notre petit coin d'Espagne à Puente la Reina, dura plusieurs jours au cours desquels nous flottâmes plus que nous ne marchâmes. Nous n'arrivions pas à croire que nous nous embarquions dans une telle aventure. Et moi qui, de ma vie, ne m'étais jamais éloigné de plus d'une quinzaine de kilomètres de mon village natal ! J'éclatais parfois de rire sans raison, arrachant un sursaut de surprise à ce pauvre Tomás, mû par le besoin d'évacuer la joie avide qui enflait dans ma poitrine sous peine d'exploser. Malgré sa volonté de demeurer stoïque, Tomás se laissait gagner par mon énergie contagieuse et se joignait à mes rires, si bien que nous renvoyions moins l'image de sérieux pèlerins que de joyeux fous sur les chemins.

Nous traversâmes ainsi d'innombrables villages pareils à de charmants bouquets de champignons sortis de terre dans les plis des montagnes. Les reliefs devenaient chaque jour plus majestueux et l'étroit sentier sur lequel nous cheminions traversa bientôt d'épaisses forêts. Le vent hurlait dans leurs profondeurs peuplées d'ombres noires, nous glaçant le sang. Nous ne dormions que quelques heures par nuit, dans des granges près de la route ou, quand nous n'en trouvions pas, sous les étoiles, et bientôt la fatigue entama notre bonne humeur.

La nuit tombait lorsque les lumières de Puente la Reina nous apparurent dans le lointain. Dans l'après-midi, j'avais réussi à convaincre Tomás de ne pas faire étape et de poursuivre notre route jusqu'à destination. Il ne le regretta pas car, après avoir franchi le pont enjambant l'Arga, nous découvrîmes un imposant bourg, avec de beaux et hauts édifices de pierre, ainsi que de nombreuses fontaines. Sur la principale *via* confluaient des pèlerins venus de toute l'Espagne, et d'Europe, jusque de Grèce. Quelle griserie d'entendre tant de langues se mêler, comme un ragoût exquis dont les effluves nous chatouillaient les sens à chaque coin de rue !

Envahi par un sentiment inédit de liberté totale, je rêvais de chanter de tout mon cœur au centre de la place, comme un comédien de théâtre musical. Je me gardai cependant de me donner en spectacle avant que nous ayons trouvé abri pour la nuit dans un refuge adjacent à une petite chapelle, guidés par le carillon de l'église qui, ainsi que nous l'apprîmes, sonnait pour annoncer la présence de l'hospice aux pèlerins dans le besoin. Comme beaucoup d'autres que nous croiserions sur la route, c'était un établissement propre et simple non loin du *camino*, qui proposait un hébergement modeste en échange d'une obole ou d'une prière. Il n'y avait guère plus sacré qu'une prière de pèlerin, aussi nous servit-on, ainsi qu'à une vingtaine d'autres, un souper de pain et de fromage avant de nous autoriser à étendre nos couvertures sur le plancher de bois de la chapelle. Tout le monde avait cédé à l'épuisement d'une journée bien remplie quand, à mon habitude, je me mis à fredonner tout bas. Je dus chanter plus fort que voulu car, lorsque je me tus, mes compagnons me dévisageaient avec de grands yeux où se reflétait le clair de lune qui brillait à travers un petit vitrail au-dessus de nos têtes.

— Pourquoi t'arrêtes-tu ? me demanda, avec un fort accent basque, un homme corpulent à la barbe hirsute. Quand je t'entends chanter ainsi, cela me rappelle pourquoi je vais m'infliger la torture de cette marche. Continue, je te prie.

Des murmures d'approbation s'élevèrent de toutes parts, au point que je me réjouis que la pénombre pût dissimuler mon embarras, même si j'accueillais avec bonheur l'admiration d'inconnus de cultures et de pays si divers. S'il est vrai que les anciens ont gagné le privilège de se délecter des succès de leur jeunesse, je dirais que mon chant fut de toute beauté cette nuit-là et que je ne me tus que lorsque toutes les âmes à portée de voix eurent sombré dans un paisible et profond repos.

À compter de ce jour, je devins pour tous le pèlerin chanteur dont la voix rendait plus douces les épreuves du voyage, un don qui nous assurait, à Tomás et moi, de ne jamais manquer de compagnie. C'était déjà plus de distinction que je n'aurais souhaité pour nous qui étions convenus de taire notre condition de séminaristes. Puisque j'entreprenais ce pèlerinage pour découvrir la vie à laquelle j'étais réellement destiné, je ne désirais pas me prédisposer, ni mes compagnons de route, à des conclusions hâtives.

Nous formions une troupe bruyante et haute en couleur, principalement composée de trois frères marchands originaires du nord de la France, de deux religieuses italiennes d'âge moyen et de trois malfaiteurs basques qui, s'ils pouvaient prouver devant le juge avoir accompli le pèlerinage, bénéficieraient d'une remise de peine. Notre journée débutait d'ordinaire avant l'aube. Après une toilette rapide, nous prenions la route avec, en tout et pour tout, un morceau de pain et de fromage dans le ventre. Lorsque le temps était clément et le chemin peu pentu, nous arrivions à couvrir plus d'une quinzaine de kilomètres avant midi. Nous nous accordions alors un repos bien mérité et un repas plus substantiel. C'était, pour de nombreux pèlerins, le meilleur moment de la journée, mais je préférais pour ma part le matin. L'aurore espagnole recelait, dans sa lumière, les coutumes ancestrales du pays et, devant ce spectacle, il me semblait assister à l'aube des temps. Je sentais alors se ranimer ma foi et ma vocation ecclésiastique. Dieu se révélait à moi dans l'or tremblant du soleil levant. J'entendais Sa voix dans la grâce du matin. Je percevais Son amour dans la brume qui étreignait la terre et les arbres.

Nous étions sur la route depuis près d'une semaine lorsque, une nuit, Tomás se réveilla et se pencha sur mon bras.

— Eh bien, as-tu trouvé l'inspiration? me questionna-t-il dans un chuchotement.

— Je marche en plein brouillard depuis notre départ, répondis-je avec l'espoir qu'il s'en tiendrait là.

— Je suppose que tu es de retour sur le droit chemin puisque tu ne marches pas en compagnie d'une demoiselle.

Sans doute mon ami avait-il remarqué l'attirance qu'opéraient sur mon regard les charmantes jeunes femmes que nous croisions dans les villages et l'attention que je recevais d'elles en retour. Quelques soirs auparavant, la fille de l'aubergiste avait mis son point d'honneur à poser le vin et les plats près de moi, avec des sourires si doux qu'un membre du groupe m'avait demandé si je la connaissais. J'avais cependant réussi à l'éconduire avec politesse, sans ressentir dans mes flancs la piqûre familière des aiguillons du désir.

Je redoutais toutefois de répondre prématurément à Tomás. Nous nous dirigions vers des semaines, voire des mois de pèlerinage si le ciel se montrait inclément, et malgré toute la bienveillante patience que mon compagnon déployait envers les autres, il pouvait se révéler d'une fébrilité sans nom avec son meilleur ami.

— Quelle que soit la voie que j'emprunterai, je n'y cours pas, déclarai-je en me détournant pour qu'il ne pût déceler sur mes lèvres l'ébauche d'un sourire. Je m'y dirige à pas lents afin d'être sûr de ne rien perdre en chemin.

— Mais tu dois bien te douter de la direction que tu empruntes, Antonio. Je trouverais d'ailleurs judicieux que tu m'en fasses part afin que j'éclaire tes pas.

À ces mots, mon sourire menaça d'éclater en rire. Tomás se plaisait à s'ériger en guide moral et spirituel pour moi, lubie que je ne contrariais pas.

— Mon ami, tu ne m'éclaireras jamais mieux que par tes œuvres pleines de grâce. Je ne pourrais espérer plus belle source d'inspiration que la bonté et la sensibilité que tu prodigues au jeune Renato.

Tomás s'était pris d'amitié pour ce garçon quelques jours plus tôt. Le teint cireux et les yeux de la couleur du thé à peine infusé, Renato frétillait, se tortillait et se traînait sur le relief espagnol comme un insecte brisé. Tous prédisaient un séjour écourté en ce bas monde à cet être taciturne qui, disait-on, n'avait pas prononcé un seul mot de la frontière française à Pampelune. Cependant, je me fiais à Tomás, que le ciel avait doté de la patience d'un saint, pour le sortir de sa coquille. Je ne m'y trompais pas. Par un bel après-midi, alors que nous nous délassions à l'ombre d'un gigantesque olivier, un semblant de sourire avait affleuré sur le visage pâle de Renato, suivi de quelques mots timides mais non moins perceptibles pour demander de l'eau. Tous s'étaient empressés de mettre ce progrès sur le compte de l'attention bienveillante que le garçon recevait de Tomás, aussi espérais-je que le rappel de ce succès tiendrait mon ami tranquille pour le restant de la nuit. Je vis juste.

Le lendemain matin, je me réveillai avide de poursuivre car nous devions, ce jour-là, atteindre Logroño. C'était dans cette grande ville que se dressait l'église de Santiago el Real, sanctuaire de toute beauté qui demeurait gravé dans la mémoire de bien des pèlerins. Si nous nous mettions en route avant le lever du soleil et marchions à bon train, nous arriverions en milieu de matinée. Par chance, je trouvai mes compagnons dans le même état d'esprit et, après un petit-déjeuner hâtif, nous chargeâmes nos bardas. Nous rejoignîmes le chemin alors que les premières lueurs de l'aube effleuraient le ciel.

Entre la Navarre et les pentes de La Rioja, le paysage se métamorphosa. Le relief vert et montagneux que nous parcourions depuis plusieurs jours s'adoucit au profit de collines et de vallons luxuriants plus adaptés à la culture, nous offrant un répit bienvenu. La terre riche et noire sous nos pieds se fit sablonneuse et rouge, et de vastes champs de blé doré s'étirèrent à perte de vue de chaque côté du chemin. En approchant de l'Èbre, nous nous réjouîmes de voir ses flots propres et purs car l'eau de certaines rivières était amère et, disait-on, délétère pour les humains autant que pour les chevaux. Libérés de toute inquiétude, nous remplîmes nos gourdes et bûmes jusqu'à plus soif dans le fleuve. Notre regard embrassa tant de délicates flèches d'églises et de monastères suspendues au-dessus des champs que nous en perdîmes le compte. J'aurais voulu tous les visiter et m'agenouiller devant chaque autel pour offrir une prière à saint Jacques, mais nos haltes ne nous étaient pas inspirées par la beauté des façades ni par le charme des villages, mais imposées par le supplice de nos pieds. Or ceux-ci, encore allants, nous pressaient de continuer.

Nous arrivâmes à Logroño après plusieurs heures de marche, exténués mais enchantés de n'enregistrer qu'une petite heure de retard sur nos prévisions. Tandis que certains de nos compagnons partaient s'enquérir des possibilités d'hébergement, le mauvais temps menaçant de nous immobiliser pour le restant de la journée, Tomás et moi nous rendîmes tout droit à l'église de Santiago el Real. Dès que nous en franchîmes le portail, le silence apaisant de la prière et le doux parfum de l'encens nous enveloppèrent. Nous remontâmes l'allée centrale en direction du chœur pour nous tenir, pleins de révérence, devant le maître-autel, gigantesque entrelacs de délicates plantes grimpantes dont les volutes et les vrilles s'élevaient haut, haut, toujours plus haut vers le ciel, pour culminer en une étoile scintillante qui illuminait l'intérieur de l'église et tous les fidèles en dévotion. Nous nous serions crus devant la porte du paradis, tels des archanges prêts à nous enrôler dans l'armée de Dieu plutôt que d'humbles pèlerins noircis par la poussière de la route. Nos prières prononcées, nous nous signâmes à l'eau bénite avant d'émerger sur l'esplanade ensoleillée grouillante de monde. Sans doute tous ces pèlerins étaient-ils arrivés peu après nous, pressés de trouver un abri avant l'orage. Déjà, des bouillons de nuages blancs sillonnaient le ciel, nous baignant d'ombre entre deux éclaircies.

— Chante pour nous, m'implora Rodolfo le Basque, sa flasque de vin presque vide. Chante afin que nous appréhendions mieux la gloire de Dieu tandis que nous reposons dans Son ombre.

Je me retournai pour laisser mes yeux s'égarer dans les sculptures et les ciselures qui s'élançaient vers le ciel. Que l'homme eût conçu de son esprit et créé de ses mains pareille beauté tenait du mystère pour un humble berger comme moi, et voilà que je m'apprêtais à chanter la gloire de Dieu, celle-là même qui avait inspiré ce chef-d'œuvre qui me rappelait ma piètre condition humaine. Ma gorge se serra et le désir impérieux me prit de me réfugier dans le calme sanctuaire que je venais de quitter. Mais comment pouvais-je décevoir mes compagnons? Et comment pouvais-je décevoir Dieu, qui daignait poser Ses yeux sur moi du haut de cette splendeur de pierre et de verre?

M'encourageant d'une gentille bourrade, Tomás entonna tout bas, pour mes seules oreilles, un hymne simple qu'il m'avait entendu fredonner maintes fois. Ma voix se joignit à la sienne et, transporté, j'oubliai bientôt ma mesquine retenue pour chanter de toute mon âme. Un amour inexplicable enfla alors en moi et, tandis que la mélodie pure de mon chant déferlait dans mes poumons et ma gorge tel un fleuve puissant, mon esprit s'envola vers les cieux.

Lorsque je me tus, j'éprouvai la sensation étrange mais familière de celui qui, sortant d'un long bain chaud, revêt des habits propres. Je baissai les yeux sur mes mains, éberlué de constater que la crasse les avait quittées et que le trait noir formé par la poussière sous mes ongles avait disparu. Mes habits ne portaient plus aucune souillure non plus, aussi impeccables que le jour où je les avais enfilés, au début du pèlerinage. Perplexe, je levai les yeux sur la foule silencieuse qui se faisait le miroir de ma rêverie. Alors, des quatre coins de la place s'éleva un tonnerre d'applaudissements, une explosion d'acclamations. Je parvins à adresser à la ronde une révérence hâtive, puis la foule s'écarta pour me laisser partir en quête de mes compagnons.

On me félicita, on me complimenta sur ma voix tandis que je cherchais partout Tomás et les autres, qui semblaient avoir été avalés par la multitude. Sans cesser de serrer des mains, je me dirigeais vers les cafés, certain de les y trouver, quand je me figeai subitement. La masse de pèlerins fourbus se tut autour de moi, comme si elle s'était volatilisée dans une nuée de fumée.

Je me retrouvai alors seul au milieu de l'esplanade avec une femme que je pris d'abord pour une statue angélique. Le châle rouge qu'elle portait sur la tête tomba sur ses épaules, révélant une beauté brune aux yeux de la couleur de la mer. J'ignore ce qui me fascina le plus, de la perfection de ses traits ou de l'aura mystérieuse qui l'entourait, comme si elle trônait sur un nuage céleste.

Et dans la seconde qu'il me fallut pour cligner des yeux et confirmer que je me trouvais face à un être de chair et de sang, je me perdis.

Jamilet, qui avait fermé les paupières pour mieux se représenter les détails du récit, découvrit, en les ouvrant, que le *señor* Peregrino s'était endormi. Tandis qu'elle observait de plus près son visage d'ordinaire livide qui s'était paré de couleur, elle s'aperçut qu'une sensation de chaleur avait gagné ses joues à elle aussi. Elle se leva et s'apprêtait à débarrasser le plateau du petit-déjeuner quand elle se figea pour considérer de nouveau le *señor* Peregrino assoupi. Cet homme avait sans aucun doute été séduisant, comme il le prétendait, peut-être même d'une beauté saisissante, avec son regard si sombre et si intense. Malgré son âge avancé, ses yeux semblaient encore habités d'une force et d'une audace peu communes.

Elle arracha son esprit aux rêveries qui l'accaparaient. Il était temps de se remettre au travail.

12

Si Jamilet devait demander une faveur à sa tante, elle ne pouvait choisir meilleur moment que le soir, après sa deuxième bière. Avant, Carmen, tout à ses griefs, se révélait bien trop irritable pour prêter l'oreille à quiconque. Elle pestait contre les emplacements saugrenus des compteurs à gaz, illisibles si tant est que l'on arrivait à les dénicher, contre son chef, qui voulait des employés répondant au téléphone avec le sourire, contre ses collègues, qui obtenaient les meilleures missions, et aussi contre son incessant mal de dos, ses pauvres pieds endoloris et ses perpétuelles brûlures d'estomac. Et si elle rentrait d'une journée de travail supportable, elle trouvait d'autres motifs à ses doléances, comme le fait que l'herbe était verte, que le ciel était bleu, que la terre était ronde. Après sa troisième bière, cependant, Carmen consentait à presque tout. Le problème, c'était que, le lendemain matin, elle ne se souvenait plus de rien.

Jamilet attendit donc que Carmen eût descendu sa deuxième bière pour formuler franchement sa requête, prise d'une impression bizarre. D'ordinaire, elle ne posait de question à sa tante que pour lui proposer un service, pas le contraire, elle était donc plus habituée à s'entendre dire « *Tía*, tu veux plus de fromage sur tes *tacos?*», « *Tía*, tu veux que je change tes draps ? », ou encore « *Tía*, tu as besoin de ton jean propre pour demain ou tu peux attendre ce week-end ? », que :

— *Tía*, tu pourrais m'emmener à la bibliothèque ?

Carmen continua à feuilleter le programme de télévision, sans lever la tête.

— Pas de problème. Où ça se trouve, déjà ?

— À seulement quelques pâtés de maisons d'ici. On peut même y aller à pied.

Carmen balança sa canette vide sur Jamilet.

— Pourquoi tu veux y aller ?

— Je voudrais juste chercher des informations sur l'Espagne.

Carmen quitta des yeux son magazine et fronça le nez, comme si elle flairait une mauvaise odeur.

— L'Espagne ? répéta-t-elle avec un plissement d'yeux suspicieux. Ça n'aurait pas quelque chose à voir avec ton vieux pervers de l'asile, par hasard ?

— Non, nia Jamilet, sans doute un peu trop hâtivement. C'est quelque chose dont j'ai entendu parler au travail. Il paraît que… qu'ils ont un nouveau traitement pour la peau qui pourrait être bon pour moi là-bas.

Sentant une vague de chaleur se propager à son visage, elle se tourna vers la cuisine sous prétexte de surveiller le dîner, effrayée à l'idée que sa tante ne découvrît son mensonge. Elle n'avait pas oublié la mise au point de Carmen le jour de son arrivée sous son toit. Elle retint sa respiration.

— On ira demain soir, quand je rentrerai du travail, décréta Carmen.

Et tandis que Jamilet poussait un soupir de soulagement, elle entama sa troisième bière.

Le lendemain, Jamilet attendit avec impatience le retour de sa tante. En entendant la voiture dans l'allée, elle se posta à la fenêtre et regarda Carmen se dandiner jusqu'à la porte, le pas pesant. Ses clés lui glissèrent des doigts et tombèrent par terre, mais elle continua sa progression, poussant le trousseau à coups de pied jusqu'au perron pour retarder au maximum le cruel moment où elle devrait se baisser pour les ramasser. Encore une journée épouvantable. Jamilet imaginait sans mal la longue liste de doléances dont sa tante la gratifierait ce soir-là. Ravalant sa déception, elle ouvrit la porte d'entrée avant que Carmen atteignît le perron et ramassa les clés à sa place. Dans les mauvais jours, ses douleurs lui faisaient souffrir le martyre.

— Tu me sauves, Jami, soupira Carmen.

Jamilet ne se fatigua pas à rappeler son engagement à sa tante. Plus tard, lorsque la vaisselle fut lavée et Carmen et Louis plongés dans un épisode de *Starsky et Hutch*, elle sortit en douce de la maison par la porte latérale et alla se poster sous l'arbre où Eddie lui avait donné rendez-vous plusieurs semaines auparavant. Là, elle attendit qu'il passe, comme il le faisait tous les soirs entre 21 heures et 21 h 30, après avoir donné à Pearly deux baisers et une généreuse tape sur les fesses.

Il apparut à l'heure habituelle, les mains enfoncées dans les poches et les épaules voûtées sous la fraîcheur de la nuit. Elle le laissa dépasser sa cachette de quelques pas avant de sortir de l'ombre.

— Eddie ! appela-t-elle à voix basse.

Il tourbillonna sur ses talons et fouilla l'obscurité du regard. Lorsqu'il reconnut Jamilet, il se détendit à peine.

— Tu m'as foutu une de ces trouilles !

— Excuse-moi, je ne voulais pas te faire encore peur, mais j'ai un service à te demander.

Les traits d'Eddie se crispèrent. Il n'appréciait pas de se voir rappeler qu'elle l'avait pris en flagrant délit de panique.

— C'est juste un petit service, précisa-t-elle en s'approchant d'un pas prudent.

— C'est quoi?

— J'aurais besoin que tu viennes avec moi à la bibliothèque. J'ai demandé à *tía* Carmen, mais elle est trop fatiguée après le travail.

Eddie la dévisagea comme si elle parlait russe ou chinois. Quand il fut certain d'avoir bien compris, il donna un petit coup de tête vers la gauche sans la quitter du regard.

— C'est juste à côté, t'as pas besoin de moi pour y aller.

— Si, il faut que tu m'accompagnes…

— Écoute, l'interrompit Eddie, dont l'exaspération augmentait, avant de baisser d'un ton. J'ai une copine, au cas où t'aurais pas remarqué

Il jeta un rapide coup d'œil au pavillon de Pearly.

— Je ne veux pas t'attirer d'ennuis, Eddie, mais j'ai besoin de toi…

— Qu'est-ce qui t'empêche d'y aller toute seule?

Le feu monta aux joues de Jamilet tandis qu'elle cherchait la meilleure façon de lui répondre. Sentant ses yeux s'embuer, elle se félicita de l'obscurité qui régnait autour d'eux.

— Je ne sais pas lire, bredouilla-t-elle.

— Quoi?

— Je ne sais pas lire, répéta-t-elle en haussant la voix, comme pour narguer la honte. Je ne sais pas lire, ni en anglais ni en espagnol. Je ne…

Eddie leva les deux mains pour la faire taire.

— C'est bon, j'ai entendu. Merde alors! Même au Canada, ils t'ont entendue.

Le cœur de Jamilet battait à tout rompre. Elle attendit que son rythme ralentît pour reprendre la parole.

— Maintenant que tu sais, tu vas venir avec moi?

Eddie fourra ses mains dans ses poches, muet. Elle s'approcha de lui.

— Eddie, tu vas venir avec moi?

Il lui répondit d'une lente secousse de la tête.

— Je suis désolé, j'peux pas prendre ce risque. Si Pearly le découvrait… Tu la connais pas, elle est hyper jalouse.

— Tu dois beaucoup l'aimer, murmura Jamilet.

Le martèlement de son cœur repartit de plus belle à l'évocation de ce qu'elle s'apprêtait à dire. Prenant soudain conscience de la rage que lui insufflait le désespoir, elle découvrit un sentiment parfaitement étranger et pourtant curieusement familier. C'était comme si les mots qui franchissaient ses lèvres venaient d'ailleurs et elle éprouva, en les prononçant, la même fébrilité et le même sentiment de puissance qu'un cracheur de feu.

— Tu viens avec moi ou je dis à Pearly que tu m'as emmenée à l'asile l'autre soir.

S'il s'était attendu à un tel chantage de la part de Jamilet, Eddie aurait sans doute accueilli la menace avec un sourire froid avant de la remettre à sa place sans y réfléchir à deux fois. Mais le choc le désarçonna autant que s'il avait reçu un uppercut de Mickey Mouse en pleine mâchoire. Il secoua la tête, incrédule.

— Je t'aurais jamais crue comme ça.

Ils se retrouvèrent le lendemain après-midi, derrière les premiers rayonnages de la bibliothèque. Le visage de marbre, Eddie ne répondit pas au salut de Jamilet. Elle n'espérait pas un meilleur accueil, consciente de ne récolter que ce qu'elle méritait. Mais il était trop tard pour faire marche arrière.

— Allez, et qu'on en finisse rapidos, dit-il en lui adressant à peine un regard.

Elle suivit tant bien que mal ses déambulations hâtives dans tout le bâtiment à la recherche d'une personne susceptible de les aider. Mais la légendaire bibliothécaire qui attend avec impatience derrière son bureau de jeunes esprits assoiffés de connaissances pour les guider dans leur quête demeurait introuvable.

— On ne peut pas chercher tout seuls? demanda Jamilet, alors qu'ils parcouraient les mêmes couloirs pour la troisième fois, avant de pointer le doigt sur une étagère. On pourrait commencer par là.

Eddie roula des yeux.

— Tu trouveras que dalle comme ça.

Jamilet haussa les épaules, intriguée par ces accès de hargne qui semblaient empêtrer Eddie plus qu'autre chose, un peu comme des chaussures trop grandes. En dépit de son humeur revêche, elle se réjouissait du semblant de dialogue qui s'était instauré entre eux. Toute forcée fût-elle, l'attention qu'il lui portait la remplissait de vie et de bien-être.

— Mais si on essayait…

Exaspéré, Eddie oublia où il se trouvait.

— Il doit y avoir plus d'un million de bouquins ici, l'interrompit-il d'une voix trop forte. Même plus! Et toi tu veux qu'on commence à chercher là…

Se renfrognant, il s'empara du livre le plus proche pour l'ouvrir avec un air furieux de professeur poussé à bout par ses cancres d'élèves. Ses yeux convergèrent sur les mots, les fixèrent, avant de se reposer sur une Jamilet béate d'admiration.

— Tiens, celui-là par exemple, il parle des séquelles économiques de la Grande Dépression et de tous les trucs en rapport avec ça. Rien à voir avec l'Espagne, ajouta-t-il en faisant traîner sa dernière syllabe afin de bien souligner son dégoût pour toute cette affaire.

— C'est quoi, les séquelles économiques de la Grande Dépression ? l'interrogea Jamilet, extrêmement impressionnée par sa maîtrise de l'écrit et son emploi d'énoncés complexes.

Eddie roula des yeux, toujours plus agacé de devoir expliquer l'évidence.

— C'est quand les gens perdent de l'argent parce qu'ils sont tristes, par exemple quand quelqu'un de leur famille meurt ou un truc comme ça.

Jamilet, qui avait connu de nombreuses personnes touchées par ce mal, trouvait très intéressant qu'un livre entier fût consacré au sujet. Au village, la plupart des victimes de ce problème étaient des veuves, à l'instar de sa grand-mère, qui tirait une maigre subsistance du travail de la terre et devait accepter la charité des bonnes âmes du voisinage en plus de l'argent que sa fille, et maintenant sa petite-fille lui envoyaient régulièrement.

— Je crois que je connais beaucoup de gens qui souffrent des séquelles économiques de la Grande Dépression, observa-t-elle avec des hochements de tête graves.

Elle savoura les mots sur sa langue. Elle n'avait franchi les portes de la bibliothèque que depuis cinq minutes qu'elle s'instruisait déjà.

Eddie l'étudia, les yeux plissés, avant de refermer le livre avec un claquement qui lui arracha un sursaut.

— Je perds mon temps avec toi ! Si je ne suis pas chez Pearly dans une heure, elle va se poser des questions.

— Tu n'auras qu'à lui dire que tu es en retard. Tout le monde a le droit d'être en retard de temps en temps.

Eddie la dévisagea, écarquillant lentement les yeux.

— J'ai compris! s'exclama-t-il en pointant son index sur elle. J'ai compris ce que tu mijotes: tu veux me pourrir la vie. Un jour, tu t'es réveillée dans ton coin du Mexique et t'as décidé de traverser la frontière pour faire de la vie de quelqu'un un enfer, le premier mec qui aurait le malheur de croiser ton chemin. Et ce mec, c'est moi! C'est pour ça que t'es venue, avoue!

Jamilet sourit en dépit du petit pincement au cœur que lui infligeait son attitude suspicieuse.

— Pas du tout, répliqua-t-elle d'une petite voix.

La bibliothécaire choisit ce moment-là pour faire son apparition et les prier sans préambule de se calmer ou d'aller terminer leur conversation dehors. Saisissant cette occasion inespérée de la rallier à leur recherche, Eddie tenta une explication, très vite relayé par Jamilet. Quelques secondes plus tard, la bibliothécaire les conduisait à l'autre bout du bâtiment et, repérant l'étagère qu'elle cherchait, en extirpa trois lourds volumes qu'elle posa sur la table la plus proche avant de s'éloigner, non sans leur rappeler de baisser d'un ton.

Jamilet s'assit et attendit, le menton posé sur la main, qu'Eddie en fît autant. Après s'être s'installé de mauvaise grâce sur la chaise en face d'elle, il se mit à feuilleter le premier livre, se retournant à intervalles réguliers pour consulter l'horloge au bout de la salle et survolant à plusieurs reprises des dizaines de pages, le nez en l'air. Il mettait une telle force dans ses gestes qu'il arrachait presque le papier alors qu'il marmonnait:

— C'est des conneries tout ça... Des conneries...

Plusieurs fois, il fit répéter à Jamilet l'objet de sa recherche et regarda ses lèvres former les mots: « Le chemin de Saint-Jacques-de-Compostelle, en Espagne. »

Tandis qu'elle le regardait faire défiler les pages dans un sens, puis dans l'autre, Jamilet se demandait s'il était possible de lire aussi vite. La vieille dame à côté d'eux laissait ses yeux flotter avec sérénité d'un bout à l'autre des lignes et mettait plus de temps à tourner une page qu'il n'en fallait à Eddie pour en expédier dix. À chaque nouvelle page, ses pupilles se posaient sur le papier comme une feuille morte rejoignant paisiblement sa dernière demeure.

Eddie avalait déjà le dernier volume avec des hochements résolus de la tête, fixant avec des yeux vides les pages qui se succédaient devant lui. Jamilet devinait sa conclusion, certaine qu'il enfoncerait ses mains dans ses poches quand il se lèverait pour la lui donner. Bientôt, il repoussa sa chaise, confirmant ses prédictions.

— Y a rien là-dedans, déclara-t-il, poussant l'effort jusqu'à tenter d'afficher une mine déçue. À tous les coups, ça existe pas cet endroit.

Jamilet empila les trois livres et les poussa devant lui, comme les avait disposés la bibliothécaire.

— Tu ne les as pas lus.

— Bien sûr que si!

Elle le toisa avec toute la force de caractère qu'elle réussit à mobiliser, comme *tía* Carmen quand elle piquait une colère ou le *señor* Peregrino quand il trouvait ses papiers dérangés. Le tour fonctionna aussi bien sur Eddie que sur elle. Une rougeur enflamma ses oreilles puis gagna son visage, et une buée de culpabilité lui voila le regard. Sortant les mains de ses poches, il se laissa retomber sur sa chaise avec un bruit sourd.

— Et merde, merde, merde...

Tout en poursuivant sa litanie, il étudia la table des matières d'un œil plus attentif et, troquant sa fureur contre de la concentration, fit glisser son index sur la colonne des chapitres avant de l'immobiliser au milieu de la deuxième page. Il ouvrit alors le livre et se plongea dans sa lecture. Une minute entière s'écoula ainsi sans qu'il bougeât ni accordât un regard à l'horloge.

— Tu as trouvé, pas vrai? l'interrogea Jamilet quand cinq minutes furent presque passées.

Il hocha la tête, puis tourna la page comme la vieille dame, lentement, comme si le temps et l'espace s'étaient ouverts pour permettre à l'esprit de s'oublier et de se prélasser dans une nouvelle dimension.

Muette, Jamilet percevait la fièvre de sa découverte et brûlait de la partager avec lui. Eddie pouvait voir dans un livre l'Espagne du *señor* Peregrino. Parce qu'il savait transformer de drôles de petits symboles entortillés en énoncés dotés de sens, il pouvait explorer ce monde lointain. Jamilet le trouvait d'autant plus beau qu'il possédait ce don prodigieux. Elle le dévisagea sans vergogne, se repaissant d'un instant qu'elle savait éphémère. Un léger tic lui agitait les lèvres pendant qu'il lisait et une douceur s'insinuait dans ses yeux avec ce mystérieux savoir qu'il buvait. Elle fut prise du désir soudain de lui effleurer le front des doigts pour balayer l'épaisse mèche brune qui tombait en travers de ses yeux, mais elle garda ses mains croisées sur ses genoux et attendit.

— Tu peux me faire la lecture? finit-elle par lui demander, à bout de patience.

Il releva la tête, puis la remua lentement de gauche à droite.

— Naan, je lis pas assez bien, répondit-il, quoique sans l'appréhension qui l'embarrassait plus tôt.

Jamilet patienta encore, guettant les expressions qui se succédaient dans les yeux d'Eddie : l'émerveillement, la préoccupation, puis de nouveau l'émerveillement.

— Bon, cet endroit existe pour de vrai, d'accord, déclara-t-il enfin, cherchant un point de départ solide à son résumé. Ça fait un bail même, un truc comme mille ans…

Il tendit la main vers le livre, comme s'il voulait vérifier ses calculs, avant de se raviser.

— Des gens se sont mis à marcher jusqu'à une grande église… une cathédrale, en fait… parce qu'ils croyaient que saint Jacques était enterré là, expliqua-t-il avant de chercher confirmation dans les yeux de Jamilet. Tu sais, c'était un des mecs qui traînaient avec Jésus. On en parle à la messe, dans la Bible et tout, précisa-t-il, virant soudain au cramoisi. Bon sang, j'arrive pas à croire que je parle de ça…

Jamilet ignora sa gêne.

— D'où ils partaient, tous ces gens?

Il lâcha un soupir résigné.

— Surtout d'Europe, d'un peu partout là-bas. Il y en a qui faisaient plus de mille cinq cents kilomètres à pied pour y aller ! Et à l'époque, les baskets, les lunettes de soleil, rien de tout ça existait. Et puis y avait des bandits.

Ses yeux se mirent à pétiller. Ce passage semblait avoir exercé sur lui une fascination toute particulière.

— Ils se planquaient derrière des arbres, comme toi l'autre jour, et ils attendaient que les pèlerins passent… pour leur pourrir la vie ! conclut-il en lui lançant un regard glacial. Les plus chanceux s'en tiraient avec une balle dans le ciboulot.

Jamilet ne s'arrêta pas à ces détails.

— Pourquoi les gens y allaient si c'était si dangereux?

— Qu'est-ce que j'en sais, moi? En ce temps-là, les gens croyaient encore aux miracles et aux trucs comme ça. Ils croyaient à tout un tas de conneries auxquelles on croit plus aujourd'hui.

— Comme quoi?

La moutarde remontait lentement au nez d'Eddie.

— Comment tu veux que je sache? Des trucs dingues. Comme… que tes verrues disparaîtront si tu les asperges d'eau bénite… Ou que ta mère mourra pas si tu prononces deux, trois prières à la con, même si les docteurs disent le contraire.

Eddie fixa le vide un long moment, puis il empila les volumes et se prépara à partir. Jamilet aurait tenté de le retenir d'une parole ou d'un geste si elle ne s'était retrouvée paralysée par sa dernière phrase, à tenter désespérément de se souvenir si elle avait évoqué devant lui le décès de sa mère. Elle était presque certaine du contraire.

— C'est donnant, donnant, déclara-t-il en se levant. J'ai fait ce que tu voulais, maintenant tu dois promettre de la boucler.

Jamilet leva vers lui la mine grave qu'elle affichait pour négocier le prix des poulets, au village.

— Tu ne m'as pas appris grand-chose et j'ai d'autres questions, mais disons que tu as rempli ta part du marché, concéda-t-elle avec un sourire rusé.

— C'est pas ce que j'appellerais un marché. Me refais plus jamais le coup, parce que ça pourrait bien être moi qui dis deux ou trois trucs à Pearly. Elle serait cap' de te rentrer dans le lard.

— Dans le lard?

— Ouais, elle te fera ta fête si elle croit que t'essaies de toucher à son mec, reprit Eddie avec une étincelle dans l'œil.

Jamilet était bien trop intriguée par l'idée que des filles pussent se disputer un garçon à coups de poing pour réagir à la menace. Eddie, qui ne demandait qu'à partir, prit congé d'un demi-mot, doutant que le moment exigeait davantage, et s'éloigna, la laissant médusée sur son siège. Il avait presque atteint la sortie quand elle repoussa sa chaise et se lança à sa poursuite. Devant l'entrée principale, elle tira sur sa manche de chemise, comme un enfant.

Il virevolta sur lui-même.

— Quoi encore?

— Je ne peux pas l'expliquer, mais je sais quelque chose sur toi, déclara Jamilet, à bout de souffle. Je le sais, c'est tout, précisa-t-elle en s'efforçant de recouvrer son calme. Ta mère est malade et tu as peur qu'elle meure et te laisse tout seul.

Le visage d'Eddie se décomposa devant ses yeux, puis son corps flancha, comme s'il n'arrivait plus à respirer et avait soudain oublié qui il était et où il allait.

— Il faut que tu me laisses tranquille, Jamilet, dit-il au bout d'un moment.

Jamilet sentit un torrent chaud jaillir de son cœur. Elle aurait tout donné pour pouvoir soulager sa peine.

— Ma mère est morte il y a presque un an. Tout le monde a cru que je ne l'aimais pas parce que je n'ai pas pleuré à son enterrement, mais moi je suis comme ça, je ne pleure pas comme les autres filles.

Elle cligna furieusement des paupières, si émue qu'elle craignit un instant de démentir ses propos à peine prononcés.

— Je te l'ai déjà dit, répliqua Eddie en reculant de plusieurs pas. Tu dois me laisser tranquille.

Puis il tourna les talons et s'éloigna sous le regard persistant de Jamilet. Sa silhouette tremblota dans l'océan de lumière orangée du soleil couchant avant de disparaître au coin de la rue.

Après un copieux dîner de *chiles rellenos*, Carmen se relaxait sur le canapé en sirotant sa troisième bière devant *Le Juste Prix*, qu'elle subissait en attendant le début de *La Roue de la fortune*, son émission préférée. Le moment parut bien choisi à Jamilet. Idéal, même. Elle se laissa glisser sur le sofa à côté de sa tante.

— *Tía* Carmen?

— Oui, *mi hija*.

— Est-ce que tu es amoureuse de Louis?

Carmen mit plusieurs secondes à digérer la question.

— Ce vieux salaud? lâcha-t-elle enfin, retroussant ses lèvres en un sourire.

Louis n'était pas venu ce soir, il assistait aux qualifications de softball de sa fille à Lucas Park. Carmen et lui avaient eu des mots à ce sujet et elle lui avait raccroché au nez, comme toujours lorsqu'ils se disputaient au téléphone. Mais Jamilet était persuadée que Louis passerait après le match et qu'elle serait réveillée au beau milieu de la nuit par leur ardeur réconciliatrice.

— Je suppose que oui.

— Mais comment tu sais que c'est de l'amour?

— Bon Dieu, je n'en sais rien! Comment on peut savoir ces choses-là?

Carmen fit tourner une gorgée de bière dans sa bouche, comme si elle se gargarisait, avant de déglutir.

— Sans doute parce que, quand je suis avec lui, je me sens tellement bien que je voudrais mourir. Et, le reste du temps, je me sens tellement mal que je voudrais mourir aussi.

Elle donna un petit coup sur l'épaule de Jamilet.

— Ou lui faire la peau. Au choix.

Elle pivota de trois quarts de tour.

— Pourquoi tu me poses la question ? Il y a anguille sous roche avec quelqu'un ?

— Non, *tía*.

— Bon. Parce qu'une nièce en cloque, c'est la dernière chose dont j'aie besoin. Si tu dois pondre un marmot, il faudra que tu trouves un autre endroit où crécher. Tu pourras toujours revenir quand le mioche aura soufflé ses treize bougies.

— Je ne suis pas enceinte, *tía*.

Carmen la considéra d'un œil suspicieux.

— C'est le garçon d'en face, pas vrai ? Celui que tu n'arrêtes pas de mater par la fenêtre.

Jamilet n'en revenait pas. Et elle qui se croyait si discrète !

— Je ne le mate pas, répliqua-t-elle, trahie par une voix faible et peu convaincante.

— Et moi je fais du trente-six ! caqueta Carmen avant de la lorgner. Remarque, tu pourrais faire pire. Il m'a l'air plutôt pas mal. Et je crois que sa petite amie ne le trouve pas mal non plus, conclut-elle avec un hochement de tête entendu.

Elle se tourna vers le poste de télévision en entendant le générique de son émission. Jamilet se leva et rôda autour du canapé avec, dans chaque main, une canette de bière vide destinée à la poubelle. Les animateurs présentaient déjà les candidats, il ne lui restait plus que quelques instants avant le début du jeu.

— Tu la trouves jolie ? demanda-t-elle de but en blanc.

Carmen secoua la tête, faisant ballotter ses bajoues contre le col de sa chemise.

— Je ne comprends pas ce que tout le monde trouve à cette Vanna. Ce n'est qu'une fausse blonde avec un gros pif.

— Je ne parlais pas de la présentatrice, *tía*. Je parlais de la copine d'Eddie. La fille d'en face.

Carmen parvint à détourner un moment son attention du poste de télévision pour étudier sérieusement la question. Elle inclina la tête, ferma les paupières, puis réalisa un demi-tour complet sur elle-même pour regarder sa nièce bien en face, comme si elle ne pouvait garder plus longtemps un secret si fascinant qu'elle exigea que Jamilet s'assît sur le canapé pour l'entendre. Elle posa ensuite sur la table basse les canettes vides que tenait sa nièce et enserra ses poignets de ses énormes paumes charnues.

— Maintenant, écoute-moi bien, parce que je vais te dire une chose que certaines filles apprennent très vite, mais que d'autres n'apprennent jamais.

Jamilet demeura sans voix. Jamais sa tante ne s'était adressée à elle avec autant de compassion. Elle acquiesça de la tête, les yeux rivés sur les traits expressifs de Carmen.

— Avant tout, il faut que je te demande quelque chose.

Jamilet hocha la tête.

— Est-ce que tu me trouves jolie? reprit Carmen. Sois franche, hein! Tu sais que j'ai horreur des mensonges.

Jamilet devina que, cette fois, sa tante ne la tirerait pas d'affaire avec l'une de ses plaisanteries. La tension augmenta dans sa poitrine.

— Je trouve…, hésita-t-elle, sentant les grosses poignes se resserrer sur les siennes. Je trouve que tu es très bien quand tu te fais belle.

Les yeux de Carmen s'étrécirent en deux fentes ardentes.

— Mais est-ce que tu me trouves jolie?

Les doigts de Jamilet devinrent moites dans la poigne de Carmen.

— Je… Pas… pas de la façon dont la plupart des gens trouvent quelqu'un joli.

Carmen relâcha son étreinte. Ses yeux se décrispèrent, remplis d'une intelligence lourde de regret, comme si on venait de lui rappeler que non seulement elle n'avait pas remporté la loterie, mais que son billet ne comportait aucun des numéros gagnants. Mais elle n'entendait pas en rester là.

— Est-ce que tu crois que Louis me trouve jolie?

Jamilet songea à la façon dont Louis faisait la fête à Carmen chaque fois qu'il la voyait. Quand elle mettait l'une de ses robes de soirée aguichantes, il dévorait des yeux la moindre parcelle de son corps, au point que Jamilet se disait souvent qu'il mourrait heureux s'il lui était donné de plonger dans son décolleté et de s'y noyer.

— Il te trouve splendide, ça je le sais. Il te regarde de la façon dont Eddie regarde Pearly. On dirait qu'il ne sait plus quel jour on est, ni son nom.

Carmen relâcha les mains de Jamilet avec un mouvement de tête entendu, comme si elle n'en attendait pas moins. Tout en continuant à secouer la tête, elle pointa le doigt sur sa tempe.

— Tout est là-dedans, Jami. De quoi tu as l'air n'a pas la moindre espèce d'importance.

— Je ne comprends pas, *tía*.

Carmen reporta son attention sur son jeu télévisé.

— C'est pourtant clair. Tu m'as demandé si je trouvais la petite copine d'Eddie jolie. Ce n'est pas la question. Tu vois, le truc, c'est que, elle, elle se prend pour la nana la plus sublime de la planète, et donc son copain le croit aussi.

Elle brandit un doigt dodu en direction de Jamilet.

— Et ça, c'est tout ce qui compte.

Ce soir-là, avant de se coucher, Jamilet appliqua une épaisse couche de la crème de beauté de Carmen sur son visage, puis en tamponna un peu sur sa nuque, à l'endroit où la marque émergeait de son col comme la pointe de l'Afrique, rouge et brûlante. Elle dut se coucher sur le dos pour ne pas poisser son oreiller, mais elle embaumait. Elle ferma les yeux et inhala le doux parfum qui flottait dans l'air, comme une lueur d'espoir pendue à un fil dans l'obscurité.

13

Jamilet traversait la réception en trombe pour rejoindre le cinquième étage lorsqu'elle fut hélée par Mme Clark, qui guettait son arrivée. Ayant perdu l'habitude de s'entendre appeler Monica depuis que le *señor* Peregrino avait découvert sa véritable identité, elle ne réagit qu'au second appel de la réceptionniste.

— Mme B. a deux mots à vous dire, lui annonça cette dernière, dont les lèvres s'aplatirent comme si une saveur aigre venait de se poser sur sa langue. Elle vous attend dans son bureau.

Jamilet n'avait pas parlé à sa supérieure depuis son premier jour de travail et, les rares fois où elle l'avait vue, elle n'avait reçu d'elle que l'une de ses inclinations de tête raides qu'elle distribuait au personnel lors de ses inspections des paliers inférieurs. Plus jamais elle ne s'était aventurée au cinquième étage.

Jamilet la trouva assise à son bureau, les mains posées sur le plateau et les doigts crispés. À son entrée, elle lui fit signe de prendre place sur la même chaise que lors de son entretien d'embauche.

— Aujourd'hui, cela fait un mois jour pour jour que tu as pris tes fonctions, déclara-t-elle, visiblement plus à cran que satisfaite. Comme convenu, je suis disposée à t'accorder une augmentation.

Elle farfouilla dans les papiers devant elle, leur accordant à peine un regard. Quand elle trouva enfin le formulaire qu'elle cherchait, elle le lui jeta à travers le bureau.

— Il me faut ta signature ici et…

Elle s'interrompit pour lever les yeux, une expression aiguisée sur le visage.

— Sais-tu que Richard Mentz a démissionné?

— Richard Mentz?

— Le gardien. Il occupait son poste depuis plus de dix ans, son départ est une vraie surprise.

Ses mains continuèrent à déranger sans raison les documents qui reposaient sur son bureau tandis qu'elle observait la réaction de Jamilet à la nouvelle.

— Il prétend avoir été agressé par le patient du cinquième alors qu'il changeait une ampoule. Cet établissement n'est pas équipé pour recevoir des patients belliqueux, il me faudra envisager un transfert, à moins que tu ne détiennes des informations supplémentaires…

— Non, ce n'est… ce n'est pas sa faute, lâcha Jamilet. C'est le gardien qui m'a agressée le premier.

Les mains de Mme B. s'immobilisèrent.

— Où cela s'est-il produit exactement?

— Au cinquième. Le *señor* Peregrino est sorti de sa chambre en m'entendant crier. Je n'aurais jamais cru qu'un vieillard aurait autant de force, mais il a soulevé Richard pour me libérer et l'a projeté contre le mur. Il m'a sauvée, conclut Jamilet en baissant les yeux sur le document à signer.

Toute couleur avait abandonné le visage de Mme B., qui parut un instant à court de mots.

— Dois-je comprendre que ton patient a quitté sa chambre?

Jamilet confirma d'un signe de tête.

— Je crois qu'il était trop fâché pour avoir peur.

— Jusqu'où est-il allé ?

— Je ne... Je ne sais pas trop. Je crois qu'il a seulement fait quelques pas dans le couloir.

— Bon, cela compte à peine, marmonna Mme B., avant de reporter son attention sur son employée. Et peut-on savoir pourquoi tu ne m'as pas immédiatement informée de cet incident alors que tu avais l'instruction formelle de me signaler le moindre problème ?

— Je ne sais pas. Le *señor* Peregrino m'a dit de filer chez moi. J'ai eu peur.

Mme B. lui reprit le formulaire, puis réfléchit un instant.

— Tu dois appeler le patient par son vrai nom. Si tu persévères à l'encourager dans ses fantaisies, tu ne contribueras qu'à l'embrouiller et le perturber davantage. Il semble tolérer ta présence, mais je t'assure que si ce n'était pas le cas, je te renverrais sur-le-champ pour ton manque de jugement dans ces deux affaires. Est-ce clair ?

Jamilet baissa la tête.

— Oui, madame. C'est juste qu'il ne répond à aucun autre nom.

— Là n'est pas la question, répliqua Mme B. en roulant des yeux exaspérés. Te souviens-tu de tes instructions ?

— Je dois faire en sorte qu'il ne manque de rien et... je ne suis pas censée parler avec lui.

Mme B. repoussa la feuille dans la direction de Jamilet. Puis elle se pencha sur le bureau.

— Moins vous échangerez de paroles, mieux ce sera. Mais il essaiera d'entamer la conversation, crois-moi, il essaiera. Peut-être même l'a-t-il déjà fait ?

Jamilet s'empara d'un stylo, devinant l'agitation croissante de sa supérieure. Cette fois, les paroles trompeuses glissèrent sur sa langue avec une inquiétante facilité.

— Pas encore, mais je vous le dirai s'il le fait.

Visiblement rassurée, Mme B. se carra dans son fauteuil, dardant des regards autour d'elle tandis qu'elle considérait d'autres questions.

— Et s'il venait à se produire quoi que ce soit d'autre sortant de l'ordinaire, je compte sur toi pour m'en informer immédiatement. Est-ce clair?

Jamilet jeta un coup d'œil à l'horloge. Elle avait déjà plusieurs minutes de retard pour le petit-déjeuner du *señor* Peregrino. Elle se le représenta, assis à son bureau, le visage froissé en une mine renfrognée à effrayer les vampires. Il lui avait bien fait comprendre qu'il n'appréciait pas le manque de ponctualité.

— Excusez-moi, risqua-t-elle, mais je suis en retard et son petit-déjeuner va refroidir.

Devinant son inquiétude, Mme B. la congédia d'un geste de la main.

— N'oublie pas tes consignes, Monica. Je te garantis que je serai moins indulgente la prochaine fois.

Assis à son bureau, le *señor* Peregrino ne leva pas les yeux de ses papiers quand Jamilet entra dans la chambre. Après avoir déposé le plateau sur la table de chevet, elle attendit un peu pour savoir s'il désirait prendre son petit-déjeuner au lit. Comme il s'obstinait à l'ignorer, elle s'éclaircit la gorge.

— Je m'excuse pour le retard, *señor*. Mme B. voulait me parler, je me suis libérée dès que j'ai pu.

Il tourna sur son fauteuil, des éclairs dans les yeux.

— Que voulait-elle?

Jamilet ouvrait la bouche pour répondre quand il l'arrêta d'un geste nerveux de la main.

— Ne te fatigue pas, va, je le sais déjà. Elle voulait te faire part du départ inattendu de Richard et te rappeler les règles à respecter avec moi. Elle envisage, en outre, de me faire transférer dans un autre établissement. Est-ce bien cela ?

Jamilet hocha la tête, aussi intriguée qu'impressionnée par la justesse des présomptions du *señor* Peregrino. D'un air las, il poursuivit son compte rendu de l'entrevue avec autant d'assurance que s'il y avait assisté.

— Enfin, elle t'interdit de me conforter dans mes « délires », ajouta-t-il en croisant les bras pour toiser Jamilet, avant de lui adresser un petit mouvement de tête. Et toi, qu'as-tu répondu ?

— Vous ne le savez pas ? s'exclama Jamilet, avec une surprise qui ne dissimulait aucun sarcasme.

— Je pense voir relativement clair en toi, mais il demeure une marge d'erreur et je ne suis pas d'humeur à jouer aux devinettes. Alors, vas-tu donc me le dire ?

Jamilet lui relata dans le détail qu'elle avait démenti avoir avec lui des conversations superflues et s'était engagée à communiquer à Mme B. tout incident.

— Bien joué ! la félicita-t-il avec une satisfaction manifeste. Dois-je en déduire que tu commences à savoir mentir ?

— Je ne sais pas, *señor*, répondit Jamilet, qui sentit une drôle de sécheresse et un picotement dans ses yeux, comme si elle n'avait pas cillé depuis longtemps. Mais je crois qu'elle m'a crue.

— Bien.

Le *señor* Peregrino rejoignit son lit et s'adossa à ses oreillers, prêt à recevoir son petit-déjeuner. Jamilet déposa le plateau sur ses jambes étendues.

— Ne va pas t'imaginer que je prône la malhonnêteté. D'autant que je connais ta noblesse d'âme…

Il tiqua lorsque, soulevant la cloche qui couvrait son assiette, il découvrit des œufs froids et trop cuits. Mais, une fois n'est pas coutume, il ne se plaignit pas.

— Néanmoins, il est des occasions où le mensonge est non seulement indiqué, mais absolument nécessaire, reprit-il avant de planter sa fourchette dans une saucisse, qu'il fourra dans sa bouche pour la mâcher d'un air pensif. Je l'ai appris au fil des ans, au prix de douloureuses leçons.

Savourant leur nouvelle complicité, Jamilet s'autorisa à lui poser une question qui la turlupinait depuis un moment.

— *Señor*, pourquoi vous tenez tant à ce que je vous appelle *señor* Peregrino si ce n'est pas votre vrai nom?

Il se tamponna la bouche avec sa serviette avant de repousser son plateau.

— Tu as adopté un autre nom pour tromper ton monde, j'ai choisi le mien pour révéler ma véritable identité et ma raison d'être.

Il se caressa le menton, laissant ses yeux vagabonder vers le plafond.

— J'ai perdu le fil de mon récit. Cela fait plusieurs jours…

— Vous chantiez sur les marches de l'église quand vous avez vu la femme au châle rouge, lui rappela Jamilet. Et alors vous étiez perdu.

Le *señor* Peregrino la fit taire d'un geste de la main pour se laisser transporter par ce souvenir, les yeux écarquillés de ravissement.

— Oui, murmura-t-il. Comment ai-je pu oublier? Et pourtant, j'ai si souvent voulu, plus que tout, oublier cet instant.

Qui peut nier la beauté des premiers jours de printemps, quand les tendres pousses livrent leurs secrets et que le soleil répand sa gloire sur la terre avec une splendeur sans pareil? Il en est sans doute qu'une telle grâce n'affecte pas, ceux-là mêmes qui continuent de vaquer à leurs occupations sans même un regard pour le plus spectaculaire coucher de soleil. Je suis de ceux qui s'arrêtent en chemin pour contempler une nuance subtile, un rai fugitif qui danse dans le ciel. La beauté me subjugue. Et il en alla ainsi de Rosa.

Ce jour-là, je ne lui adressai pas la parole, ne réussissant qu'à esquisser un vague salut de la tête et un sourire nerveux avant de détourner le regard. Pourtant, je me rappelle avec netteté le reflet du soleil dans le fleuve sombre et luisant de sa chevelure, dont je suivis le doux éclat jusqu'à ce qu'elle disparût dans la foule. Tomás avait alors fini par me rejoindre.

— L'orage approche, me dit-il de la voix implorante d'une mère réveillant son enfant en plein songe. Si nous ne nous pressons pas de déjeuner et de trouver un toit pour la nuit, il va nous surprendre et nous n'aurons qu'à dormir sous la pluie comme des chiens.

Comme je ne répondais pas, mon ami grimpa sur la marche au-dessus de moi pour ancrer ses pupilles dans les miennes.

— M'entends-tu, Antonio? Ou ai-je affaire à un sourd-muet doublé d'un fou?

— Ne m'en fais pas grief, Tomás, mais je préfère tes tendres assurances à tes remontrances.

Il baissa les yeux un instant avant de les reposer sur moi, avec la chaleur et la bienveillance qui étaient siennes.

— Regarde autour de toi, Antonio! Regarde cette œuvre de l'homme inspirée par Dieu. Ne nourris-tu donc pas le désir de te faire l'instrument de cette gloire?

Je levai de nouveau le regard sur ces pierres tendues vers le ciel, déformées dans les mêmes affres que celles de l'homme soupirant après la bienveillance divine. Soudain, une brise légère s'insinua sur la place et flotta autour des cafés et des fenêtres ouvertes au-dessus des étals qui la bordaient, charriant dans son sillage des effluves de viande à la broche.

Avec un gargouillement d'estomac, je refermai ma main sur l'épaule de Tomás, reconnaissant de l'amitié et de la persévérance qu'il manifestait à mon égard.

— Merci, mon frère. Je ne fléchirai pas, je t'en fais la promesse. Je disciplinerai mon esprit et mon corps afin qu'ils sachent résister aux tentations de la vie. Les plus grands saints n'ont-ils pas, eux aussi, connu leurs élancements ? J'ose supposer que saint Jacques, lui-même, fut tenté.

— Tous le furent, confirma Tomás avec un soupir de soulagement. Et ils ne s'en sont trouvés que grandis dans leur humilité.

— Nous sommes donc en bonne compagnie.

Je décidai d'oublier la beauté entrevue sur l'esplanade. Après tout, peut-être s'agissait-il d'un ange descendu de son nuage un instant avant de regagner le paradis qui l'avait enfanté. Quand bien même elle serait faite de chair et de sang, je n'imaginais pas la revoir tant la foule des pèlerins était vaste, et grande la multitude de jacquets ayant déjà formé des alliances. Peut-être n'était-elle qu'une jeune habitante de la ville arrachée à ses tâches quotidiennes par le plaisir d'écouter un chant.

La providence en décida toutefois autrement. J'appris bientôt qu'elle cheminait elle aussi pour la Galice et il ne me fallut guère d'investigations pour compléter cette information. Elle se prénommait Rosa et venait du sud de l'Espagne avec sa mère, qui priait, comme tous, pour un miracle à Compostelle. J'avais beau me détourner d'une conversation sur cette belle accompagnée de sa mère, je me heurtais sans cesse à une autre.

Dans les rangs des pèlerins, il se murmurait qu'elle avait reçu ses yeux verts d'un soldat nordique qui avait autrefois visité la couche de sa gitane de mère, ou encore qu'elle était faite de la matière des esprits plutôt que de celle des hommes, car jamais on n'avait vu ce teint de porcelaine chez un mortel. Bien sûr, il se trouvait bien quelques hommes pour suggérer que la jeune gitane pourrait peut-être danser pour eux contre quelques sous, avant d'ajouter que s'ils n'avaient marché dans un saint dessein, ils l'auraient volontiers payée pour d'autres plaisirs.

À mon grand désarroi, la mère de Rosa se lia d'amitié avec Rodolfo après lui avoir percé une vilaine ampoule au talon. D'une reconnaissance infinie, le géant basque les invita alors, elle et sa fille, à se joindre à notre groupe. À compter de ce jour, Tomás garda toujours un œil sur moi, même lorsque, longeant la Najerilla, nous traversâmes de magnifiques terres cultivées qui rivalisaient avec les possessions de sa famille. Indifférent aux vastes vignobles qui flanquaient de part et d'autre le chemin, il m'observait avec une inquiétude manifeste, sans accorder d'attention à un paysage qui aurait d'ordinaire suscité des commentaires animés de sa part. Aux vignes succédèrent des champs bordés d'innombrables rangées de meules de foin doré séchant au soleil. Nous nous agenouillions pour prier devant presque toutes les croix rencontrées en chemin, puis déposions un caillou à son pied. Plusieurs fois, ayant aperçu des monticules au loin, nous découvrîmes en approchant qu'il s'agissait en fait de tas de pierres que les pèlerins avaient, au fil des temps, laissées au bord de la route en témoignage de leur passage.

Les jours s'écoulaient ainsi. Je parlais à peine, mangeais encore moins. La pluie changeait parfois la terre sous nos pieds en bourbier gluant, mais même alors je marchais avec plus de vigueur qu'aucun autre, si bien que je me retrouvais souvent à la tête de notre groupe. Je ne prenais aucun plaisir particulier à conduire les pèlerins, mais, en cheminant devant, j'échappais aux tourments que me causait la vue de Rosa. Le seul spectacle de sa nuque sous son châle m'était souffrance. Quand nous piétinions tous, elle flottait. Quand elle tendait un bras délicat vers les champs çà ou là pour montrer à sa mère ce qui retenait son regard, elle se livrait à la plus voluptueuse des danses. Sa grâce ne m'infligeait que torture, aussi préférais-je mener la marche, laissant Tomás, Rosa et tous les autres dans la poussière soulevée par mes souliers.

Nous approchions de Santo Domingo de la Calzada, où devaient se tenir des festivités en musique pour célébrer le miracle du pendu dépendu. La légende racontait qu'un jeune homme y avait été injustement accusé de vol par une jeune femme éconduite. Pendu sans autre forme de procès, il était revenu à la vie sur l'intervention de saint Jacques. Cette histoire m'intéressait d'autant plus que je me reconnaissais un peu dans les déboires du jeune pendu.

Nous avions décidé de prendre la route à l'aube afin d'arriver pour midi. Tandis qu'il arrangeait ses couvertures près des miennes, Tomás me réprimanda dans un murmure brusque.

— Tu te rendras malade si tu continues ainsi, Antonio.

— J'ai une santé de cheval, je marche plus vite que tout le monde.

— Même un cheval doit manger, se reposer et se ménager. Ne crois pas que j'ignore quel mal te possède. Je ne suis pas dupe.

Je souris. Tomás ne manquait jamais de m'amuser quand il s'improvisait devin, car il paraissait toujours plus inquiet que sage. Je ne lui répondis pas, fortifiant mon âme pour entendre les paroles qui, je le savais, couvaient dans sa poitrine depuis bientôt une semaine.

— C'est la fille aux yeux verts et au sourire timide. Pour moi, c'est le Malin qui l'a envoyée parmi nous pour détourner les pensées des hommes de leurs obligations divines et les tendre vers ce désir malsain qui empoisonne les fous.

— Elle n'est pas responsable de la beauté dont le ciel l'a douée, répondis-je doucement. Inutile de la présenter comme le diable incarné.

— Qu'est-ce que la beauté physique sinon un masque qui s'abîme avec le temps pour révéler l'humanité qui nous est commune? Certains dévoilent leur humanité plus tôt que d'autres, voilà tout. As-tu idée des pensées que renferme son esprit? Sais-tu si son tempérament reflète la douceur de son apparence? Qui sait si sous ce visage d'ange ne se cache pas un cœur de démon?

Je méditai les arguments de Tomás en silence. Il n'avait pas tort en cela que je ne connaissais même pas le son de la voix de Rosa. Rosa qui, comme nous autres, était un être humain, avec ses défauts et ses manies. Rosa qui, pour vivre, réclamait du repos et du pain, ainsi que de soulager les besoins les plus répugnants. Tout à mon obsession, j'avais inventé une créature qui n'était pas formée de chair et de sang, mais de ces mystérieux éléments qui donnent leur éclat aux étoiles. Et si c'était une âme odieuse, ainsi que le remarquait mon ami ? Était-il si insensé de l'envisager ? S'il existait une justice en ce bas monde, n'exigerait-elle pas qu'un être aussi beau de l'extérieur fût laid à égale mesure de l'intérieur ?

Soudain pris d'une faim de loup, je dévorai un généreux morceau de fromage avec du pain et du beurre, arrosant le tout d'une bonne rasade de vin. Cette nuit-là, je dormis comme un nourrisson dans les bras de sa mère.

14

Jamilet avait l'impression que toutes les évocations de son esprit avaient fondu, comme une glace à l'eau abandonnée sur le trottoir par une chaude journée d'été. De ses histoires, il ne restait qu'un résidu gluant qui ne lui offrait ni de quoi se sustenter, ni de quoi s'amuser. Leur absence lui pesait surtout sur le chemin du retour du travail, quand elle anticipait le moment où elle verrait Eddie assis sous le porche de Pearly. Autrefois, des scénarios germaient dans son esprit avant qu'elle eût posé les yeux sur lui, préparant le terrain pour ce qui se passait, ou ne se passait pas, entre eux : un mouvement de tête devenait le code secret de leur amour informulé, un geste flottant des mains le signe d'un abandon subreptice à la passion. Mais après plusieurs jours, qui se changèrent en semaines, Jamilet dut se rendre à l'évidence : son imagination l'avait désertée. Elle tenta bien une ou deux fois de ressusciter les voix qui résonnaient auparavant dans sa tête, mais il n'en résulta qu'une piètre caricature contrainte, dénuée de véritable émotion et loin de lui donner satisfaction.

Jamilet imputait cette perte au *señor* Peregrino, dont le récit possédait le pouvoir de perdurer dans son esprit alors que ses histoires à elle s'évanouissaient dans les secondes qui suivaient leur conclusion, remplacées par de nouvelles fantaisies tout aussi périssables. Désormais, elle pensait à Antonio, à Tomás, aux trente kilomètres qu'ils parcouraient chaque jour et à la beauté de Rosa. L'idée la traversa que la gitane n'était peut-être pas si belle, après tout, mais qu'elle croyait l'être, comme *tía* Carmen et Pearly, et que sa conviction altérait le regard d'Antonio.

Perdue dans ses réflexions, elle n'entendit pas le martèlement creux des chaussures de Pearly lorsque celle-ci traversa la chaussée, pas plus qu'elle ne vit Eddie qui attendait, au bord du trottoir d'en face, que la circulation s'éclaircît pour la suivre. Le poing de Pearly s'écrasa sur son épaule. Jamilet chancela sur un pied avant de trébucher sur la pelouse d'un voisin, retrouvant *in extremis* son équilibre pour regarder Pearly dans les yeux, de petites billes marron furieuses qui la fixaient à travers plusieurs couches de mascara. Son visage se convulsait et ses lèvres pourpres crachotaient des sons dans une diatribe que seules interrompaient les mèches de cheveux qui revenaient sans cesse s'y coller, l'obligeant à les écarter d'un geste agacé.

Lentement, Jamilet réussit à donner sens aux mots qui bourdonnaient dans sa tête comme des abeilles en colère. Pearly parlait d'Eddie. Au moment où elle s'avançait pour la pousser encore à l'épaule, Jamilet croisa les bras sur sa poitrine comme un repentant qui s'apprête à recevoir le baptême. Enfin, elle parvint à distinguer une phrase complète.

— T'approche pas de mon mec, putain!

Alors elle sentit le poing de Pearly s'écraser sur sa mâchoire. Sa tête se dévissa à une vitesse vertigineuse, suivie du reste de son corps. Elle tituba quelques secondes, bras écartés, comme sortie d'un rêve éthylique, puis s'écroula à genoux sur le sol de terre. Des éclairs brûlants traversèrent ses yeux éblouis. Sans la douleur dans sa mâchoire et cette lumière blanche qui vrombissait et tourbillonnait, inondant tous les recoins de son crâne, elle aurait perdu connaissance. Lorsque sa vue s'éclaircit, Pearly battait le trottoir de long en large de ses épaisses chaussures, ses orteils vernis avec soin recroquevillés comme dix poings minuscules.

Jamilet inspira profondément, gagnée par un étrange réconfort. La dernière fois qu'elle s'était trouvée aussi près de la terre, elle désherbait les plants de piment derrière la maison en s'inventant des histoires pour se distraire. Sa mère allait l'appeler d'une minute à l'autre pour lui demander de rapporter un seau d'eau fraîche de la rivière avant la tombée de la nuit. Tout en revivant ces souvenirs, elle songeait que Pearly n'en avait pas fini et, le nez sur ses chaussures qui semblaient taillées par une hache rudimentaire, elle comprit soudain la forme que prendrait l'assaut final. Instinctivement, elle se détourna pour se protéger le visage. Mais le coup ne vint jamais.

Des Doc Martens noires étaient apparues et piétinaient les godillots de Pearly. Deux fois plus grosse que son opposante, Carmen ressemblait, avec ses frisottis noirs, à une ourse enragée protégeant son petit. Elle agrippa Pearly par l'épaule et balança en arrière un bras aussi épais qu'un tronc d'arbre, avant de le catapulter sur le visage de la jeune femme avec une force redoutable. Les chevilles de Pearly se tordirent dans ses chaussures et un cri s'échappa de sa gorge, étouffé par le coup, comme si elle avait avalé sa langue.

Eddie surgit et la saisit à bras-le-corps pour l'empêcher de riposter. Elle se débattit, les commissures de sa bouche dégoulinantes de bave mêlée de rouge à lèvres.

Carmen recula, la respiration lourde.

— Que cette garce ne touche plus à ma famille! lança-t-elle à Eddie.

— Et que cette garce ne touche plus à mon mec! hurla Pearly, dont la voix se brisa en sanglots.

Craignant qu'elle ne se libérât, Eddie resserra son étreinte et ils regagnèrent le trottoir d'en face pendant que Carmen relevait Jamilet en la tirant par un bras.

— Tu ne sais pas coller un pain, petite? demanda-t-elle d'une voix basse qui échouait à déguiser sa honte.

La mâchoire douloureuse, Jamilet répondit avec des mots inarticulés d'ivrogne.

— Je ne me suis jamais battue.

Carmen soupira sans rien ajouter, mais dès que la porte de la maison se referma derrière elles, elle prit Jamilet à partie, menaçant presque de terminer ce que la voisine avait commencé.

— Qu'est-ce que tu fous avec le type d'en face?

— Rien, *tía*.

— Tu passes la moitié du temps à le mater par la fenêtre, sa copine veut t'arracher la tronche et il ne se passe rien!

Carmen transpirait à grosses gouttes. La moiteur à la naissance de ses cheveux créait une fine rangée de bouclettes qui se déroulait d'une oreille à l'autre sur son front.

— Laisse-moi te dire une chose: il y a des gens à qui il ne faut pas chercher des crosses, tu m'entends? Et cette fille en fait partie. Je ne pourrai pas toujours sauver ton petit cul comme aujourd'hui. Compris?

Jamilet baissa la tête.

— Je m'excuse, *tía*.

Carmen se dirigea vers le réfrigérateur, d'où elle revint un peu plus tard, une bière dans une main et un torchon garni de glaçons dans l'autre. Après avoir examiné la mâchoire de Jamilet, elle écarta l'éventualité d'une fracture et lui ordonna de garder plusieurs heures les glaçons contre sa joue douloureuse.

En considération des événements exceptionnels de l'après-midi, Jamilet fut relevée de ses fonctions en cuisine. Carmen partit seule chercher leur dîner au stand Tina's Taco. Les *tacos* étaient délicieux, comme toujours, mais Jamilet n'en mangea pas plus de quelques bouchées, le moindre mouvement masticatoire lui arrachant des larmes.

Le *señor* Peregrino était absorbé dans les papiers sur son bureau lorsque Jamilet pénétra dans sa chambre, heureuse d'y trouver une fraîche obscurité. Elle déposa le plateau du petit-déjeuner à sa place habituelle en prenant soin de ne pas faire de bruit pour ne pas le déranger.

— Je souhaiterais que tu signales à la blanchisserie que mes chemises n'étaient pas correctement amidonnées, dit-il sans lui adresser un regard.

Après avoir acquiescé d'un hochement de tête, Jamilet se dépêcha de tourner les talons. Elle voulait éviter de parler plus que le strict nécessaire car l'intense douleur à sa mâchoire affectait encore légèrement son élocution.

— Sais-tu au moins la différence entre un amidonnage léger et un amidonnage lourd ? s'enquit le *señor* Peregrino, qui décrivit cette fois un demi-tour complet sur son fauteuil pour lui faire face.

— Je devrais pouvoir me renseigner.

— Oui, fais donc cela, répondit-il en prenant appui contre son dossier. Attends voir un peu…

Il se leva pour ouvrir grand la fenêtre. Le soleil déferla comme une marée brutale et implacable, embrasant la pièce. Dos à la lumière, ses cheveux blancs dressés sur son crâne, le *señor* Peregrino semblait transformé en ange. Les yeux de Jamilet s'agrandirent devant cette vision. Jamais elle ne l'avait vu de façon aussi nette. Elle détailla le long nez ciselé, les yeux noirs de corbeau.

— Tu as reçu un méchant coup, observa-t-il.

Jamilet tâta le bas de sa joue droite. Le gonflement avait moins diminué qu'elle ne l'aurait voulu, mais elle arrivait à mastiquer.

— Oui.

— Aurais-tu des ennuis? lui demanda-t-il, toujours rayonnant comme une apparition.

— Non, je ne crois pas…

Jamilet hésita. Le *señor* Peregrino exigerait des explications. Elle vacilla un peu sur ses pieds à la pensée de poser des mots sur son tourment. Elle avait espéré qu'en taisant l'incident, son souvenir disparaîtrait avec la contusion.

— La voisine d'en face croit que j'essaie de lui piquer son petit copain, raconta-t-elle. Il y a deux jours, elle m'a frappée pendant que je regardais ailleurs.

— Ce doit être une fille robuste… et forte, remarqua-t-il, légèrement intrigué.

— Plus que moi, mais pas que ma tante. *Tía* Carmen lui a réglé son compte, déclara Jamilet, qui ressentit un frisson de joie à la perspective de raconter cet épisode. Elle surveillait de loin et quand elle a vu ce qui allait se passer, elle… euh… elle lui a réglé son compte.

Elle reposa la main sur sa joue, réduite au silence par l'humiliation de la défaite. Elle n'aurait pas dû s'enorgueillir de la gloire de sa tante. Elle leva les yeux sur le *señor* Peregrino, certaine de retrouver chez lui la honte qu'elle avait lue sur les visages de

Carmen et d'Eddie. Mais un drôle de sourire flottait sur ses lèvres, aussi incandescent que le soleil qui baignait la pièce.

Alors le *señor* Peregrino fit une chose très étrange : il rit. Jamilet ne l'avait encore jamais entendu s'esclaffer. On aurait dit un moteur rouillé qui démarre après des années de sommeil, toussant la poussière des siècles passés avant de réussir à allumer une étincelle. Puis le maigre sifflement de sa poitrine se changea en un impétueux ronflement sonore qui fit trembloter la lumière autour d'eux.

— C'est vrai, n'est-ce pas? l'interrogea-t-il en s'asseyant pour reprendre sa respiration.

Ses yeux dansaient et sa peau, réchauffée par ce souffle de vie, s'était teintée d'un rose de pêche à la pointe de son nez et sur la courbe de son front.

— Quoi? demanda Jamilet, qui se retenait de se joindre à lui de peur de réveiller l'insoutenable douleur dans sa mâchoire.

— Tu essaies de chiper le fiancé de la voisine. Tu le veux pour toi.

Le *señor* Peregrino sortit un mouchoir de sa poche pour essuyer ses yeux humides de joie.

— Je te conseille de l'avouer à quelqu'un. Si tu le gardes pour toi, cela finira par te rendre folle. Les meurtrissures de la chair sont bien plus supportables que les blessures du cœur, crois-en mon expérience.

Abandonnant son poste près de la porte, Jamilet s'avança dans le cercle de lumière au centre de la pièce comme si elle montait sur scène pour passer une audition devant cet étrange vieillard qui la connaissait sans la connaître. Sa révélation ouvrit dans sa gorge une déchirure profonde, à vif, qui s'emplit de la déception et de l'espoir qu'elle s'était efforcée d'ignorer avec tant d'acharnement. Elle déglutit, mais elle ne réussit pas à retenir ses mots.

— Je rêve d'être avec lui.

— Oui…

— Je n'ai pas besoin de regarder pour savoir qu'il est en face. Je le sens dans ma peau. C'est comme un picotement, un picotement glaçant, comme si j'avais peur, mais je n'ai pas peur.

— Bien sûr que non…

— *Tía* Carmen m'interdit de le regarder par la fenêtre et ça fait deux jours que je ne me suis pas approchée de…

— Mais tu entends son appel, n'est-ce pas?

— Encore plus qu'avant.

— Le nier n'arrange rien, ma chère. Cela n'arrange jamais rien.

Jamilet sentit des larmes affleurer au coin de ses yeux. D'un clignement de paupières, elles dévalèrent sur ses joues en deux sillons humides.

— Je ne sais pas quoi faire, *señor.*

Elle cilla encore, les yeux soudain asséchés par la triste réalité.

— *Tía* Carmen dit que je ne dois plus jamais lui parler ni même lui faire un signe de la main. Elle a peur que Pearly s'en prenne à nous ou envoie ses amis.

Le *señor* Peregrino croisa les bras et se balança légèrement. Son fauteuil grinça et grogna tandis qu'il méditait sa réponse.

— Quels sont les sentiments de ce jeune homme à ton égard?

Jamilet choisit avec soin ses mots.

— Je crois… qu'il… a pitié de moi.

Le *señor* Peregrino partit d'un nouveau rire, tout en douceur cette fois. Un ronronnement retentit dans son torse, plein de souffle et de force. Sensible à l'effet que ses paroles produisaient sur lui, Jamilet esquissa un sourire docile.

Tout à son hilarité, il lui fit signe de s'asseoir sur la chaise près de lui.

— Je me sens soudain en verve pour poursuivre mon récit. Le petit-déjeuner peut attendre.

Jamilet ne se le fit pas répéter.

— Vous avez retrouvé le sommeil quand Tomás vous a rappelé que Rosa était comme tout le monde, même si elle était très belle. Cette nuit-là, vous avez dormi comme un bébé dans les bras de sa mère.

— Je connus la paix intérieure, confirma le *señor* Peregrino en s'enfonçant dans son dossier. Aussi brièvement que cela dura, je connus la paix.

Imagine un jour où la gloire de l'univers se mêle à la beauté charnelle de notre verte terre, tu comprendras alors le matin que nous découvrîmes en nous éveillant pour le carnaval. Après une nuit de sommeil salutaire, mon esprit se laissa surprendre par le monde alentour. Il me semblait l'observer au travers d'une loupe géante et l'entrevoir avec les yeux de Dieu. Vois-tu, il est une lumière que je n'ai jamais vue que dans mon pays, une lumière presque douée de vie qui tremblote au cœur même de ce que l'œil embrasse, arbres et herbes, montagnes et édifices, imprégnant même les humains de sa grâce scintillante.

Ce fut dans cette lumière que je la vis ce matin où elle parvint à cheminer devant moi. Sa jupe bruissait autour de ses chevilles comme une mer ondoyante. Je tentai de me convaincre que l'enchantement n'opérait plus, qu'elle ne pouvait rivaliser avec les délicates fleurs des champs, que sa chevelure paraissait terne à côté de l'aile du corbeau accrochant le soleil. Tandis que nous marchions d'un bon pas, Tomás me montrait la beauté du paysage : l'étendue bigarrée d'or et de vert qui s'étirait plus loin que l'horizon, les églises médiévales, les villages de pierre nichés dans les vallées de La Rioja, où le temps paraissait les avoir oubliés. Mais ce n'était que lorsque mes yeux se reposaient sur elle que mon âme se sustentait.

Un petit nombre d'entre nous arriva à Santo Domingo de la Calzada avant midi. Nous nous lavâmes les mains et les pieds au puits à l'entrée du village, renonçant à une toilette plus complète dans notre hâte de nous rapprocher de la musique sur la place, pressés par les notes des cornemuses qui nous insufflaient à tous une humeur festive. J'avais beau avoir assisté à de nombreux événements similaires, l'impatience me nouait les entrailles. J'aurais pu tenter de me convaincre que cet état s'expliquait par mon amour de la danse et de la musique, mais je ne pouvais entièrement me flouer. Rosa en était la seule cause. Ce cadre m'offrirait maintes occasions de la contempler sans avoir à me préoccuper de l'opinion de Tomás ni de personne. J'en étais en effet venu à la conclusion que ma stratégie n'était pas la bonne : en me privant du plaisir de la regarder, j'attisais mon désir. Sans doute la sagesse recommandait-elle que je m'approche pour mieux étudier ses imperfections, la crasse sous ses ongles, l'odeur fétide de son corps après une longue marche. Sûrement trouverais-je là les antidotes à mon obsession.

Arrivés sur la place, nous mangeâmes et bûmes assez de vin pour oublier nos pieds endoloris. Tomás veillait à ne pas s'éloigner de moi, un souci dont il aurait pu se dispenser tant j'étais captivé par les danseurs qui tourbillonnaient devant nous, frappant du pied au rythme contagieux de la *jota*. Je n'avais pas dansé depuis des semaines et mes pieds se mirent à taper le sol tandis que mes yeux ne cessaient de chercher Rosa sans jamais la trouver. Tout à coup, je fus happé par le cercle des danseurs. Je virevoltai et sautillai au son de la cornemuse et du tambour jusqu'à me perdre, paupières closes, dans la musique. Mais la *jota* n'est pas une danse solitaire et, bientôt, je sentis une main menue et douce se glisser dans la mienne. Elle était si veloutée, si délicate qu'elle ne pouvait qu'appartenir à Rosa. Je n'osai ouvrir les yeux tandis que nous dansions merveilleusement et que nos corps se mouvaient à l'unisson, comme si le même esprit musical nous avait engendrés. Lorsque les instruments se turent, nous nous immobilisâmes, face à face, pour reprendre notre souffle. J'ouvris alors les paupières. À seulement quelques centimètres du mien, le visage de Rosa se volatilisa. Ce n'était pas ses yeux que je contemplais, mais les prunelles pétillantes d'une religieuse française. Elle laissa échapper un petit gloussement avant de me chuchoter que, plus jeune, elle dansait de façon extraordinaire. Je ne pus qu'en convenir.

Cette nuit-là, je ne trouvai pas le sommeil. Le clair de lune qui filtrait par la fenêtre suffisait à me tourmenter, d'autant que s'y ajoutait la pensée que Rosa reposait à moins de quelques mètres de moi, sur le même plancher de bois, car nous logions dans un refuge assez vaste pour abriter des dortoirs séparés pour les hommes et les femmes.

Tomás s'endormit presque aussitôt. J'essayai de suivre le rythme de sa respiration pour trouver le repos, mais je me tournais et retournais inlassablement. Pour ne rien arranger, la salle résonnait de ronflements, reniflements et sifflements de tous tons, offrant une symphonie grincheuse au public frustré que je composais.

Enroulant ma couverture autour de mes épaules, je sortis en douce dans la cour baignée par la lueur bleutée de l'astre nocturne. Dehors, je fus attiré vers la petite église à l'autre bout de la place. Sous le clair de lune, les ombres des saints grossièrement taillés dans la pierre semblaient me faire signe. Le saint pèlerin lui-même m'appelait, me considérant depuis sa niche, son bourdon brandi comme s'il menaçait de l'abattre sur mon crâne. Si seulement ce coup avait pu m'offrir un instant de paix, je l'aurais accueilli de bonne grâce.

Malgré le froid de la nuit, je ne me réfugiai pas dans l'église, mais la contournai pour pénétrer dans le cimetière. Là, je m'assis sur une grosse pierre plate et priai, implorant Dieu de m'instiller le courage de m'arracher les yeux si cela pouvait m'aider à retrouver force et dessein. La nuit se fit étrangement chaude et réconfortante, étreinte mystérieuse se refermant autour de moi. D'une secousse des épaules, je me dégageai de ma couverture. Je m'apprêtais à ôter ma chemise quand j'aperçus une silhouette à l'orée du cimetière. Je la reconnus aussitôt. Elle approcha dans le murmure des feuilles séchées que l'ourlet de sa jupe balayait sur les tombes. Ses yeux luisaient, d'une couleur douce et vaporeuse, m'embrassant avec tant de puissance que, lorsqu'elle s'immobilisa à seulement quelques centimètres de moi, je n'eus pas la présence d'esprit de me lever, ainsi que l'exigeait la politesse.

— Tu transpires, remarqua-t-elle. Es-tu malade, toi aussi?

Tout mon être frissonna. Eussé-je été honnête, je lui aurais avoué que j'étais malade d'amour pour elle, sans doute même agonisant, mais je parvins, je ne sais comment, à formuler une réponse cohérente et ô combien banale.

— La nuit est chaude, voilà tout.

Sans une parole de plus, elle s'éloigna entre les tombes et suivit un sentier en direction d'un champ qui, plus tôt dans la journée, foisonnait de fleurs sauvages et d'abeilles. Les bras écartés pour garder son équilibre sur les pierres, elle progressait sans bruit, pareille à un esprit enfanté par la terre. Une force irrésistible me poussa derrière elle, mais je m'arrêtai en bordure de champ pour la regarder cueillir des fleurs qu'elle rassemblait dans son châle. Comme sa récolte débordait du tissu, elle m'invita d'un signe à approcher. Les battements de mon cœur propulsaient le sang dans mes veines avec la puissance d'un canon, me coupant le souffle. Devant mes yeux évoluait non pas une innocente ramassant des fleurs, mais une tentatrice, nue et fébrile sous ses vêtements, qui s'agenouillait sur le lit de la terre, me torturant par sa perfection physique. Frémissant, maussade, je ravalai mon désir. Cette fille aux yeux verts et aux lèvres roses avait le pouvoir de me transformer en monstre. D'un seul sourire, elle pouvait m'arracher la vie.

Les avertissements de Tomás me revinrent soudain à l'esprit comme un puissant grondement. Il me fallut mobiliser toutes mes forces pour me détourner et reprendre le chemin de l'église. La nuit se refroidit autour de moi et ce fut tremblant, le dos ruisselant de sueur, que je retrouvai le refuge. Jamais, de toute mon existence, je ne connus pareille terreur.

15

Louis restait dormir presque tous les soirs depuis quelque temps et Carmen, grisée de bonheur, était de si bonne humeur qu'il lui arrivait parfois, dans un élan inexplicable, de prêter main-forte à Jamilet à la cuisine. Ce fut ainsi qu'un jour, alors qu'elle pelait les pommes de terre, elle lui expliqua que la femme de Louis était rentrée au Mexique avec ses trois filles pour veiller sur sa mère malade.

Elle se pencha ensuite par-dessus l'évier, baissant d'un ton pour ne pas être entendue de Louis, qui somnolait sur le canapé.

— J'espère qu'elle va choper la maladie de la vioque et clamser.

Tandis qu'elle savourait cette idée, un lent rictus s'étira sur son visage.

Jamilet s'empara de la pomme de terre que sa tante tenait dans son poing serré, trop occupée à palper le tubercule en papotant pour progresser dans sa tâche.

— Et ses filles alors ? Si leur mère meurt, Louis devra être un père et une mère pour elles.

Le sourire de Carmen se gondola avant de retomber. Elle empoigna brusquement un torchon à côté d'elle pour s'essuyer les mains, tirant avec énergie sur chacun de ses doigts, puis jeta le morceau de toile sur le plan de travail.

— Bon sang, tout est si sérieux avec toi, Jamilet ! On n'a pas le droit de rêver un peu ?

Jamilet haussa les épaules.

— J'imagine que si.

— J'imagine que si, l'imita Carmen d'une voix aiguë. Tu devrais te voir, ma fille, poursuivit-elle sans se donner la peine de mesurer sa voix par égard pour Louis. Quel rabat-joie ! Tu le sais ça, que tu es un vrai rabat-joie ?

— Je m'excuse, *tía*. Je ne le fais pas exprès.

Le masque renfrogné de Carmen s'évanouit.

— Je sais que tu ne le fais pas exprès, soupira-t-elle. Ta mère était pareille.

Sur ce, elle se retira dans sa chambre. Louis et elle avaient prévu d'aller danser ce soir et il lui faudrait une bonne heure, voire davantage, pour se préparer. C'étaient ses cheveux qui lui réclamaient le plus de temps. Pour les grandes occasions, elle aimait porter des coiffures hautes, dont elle tirait des boucles pour encadrer son visage. Elle déclarait qu'elles l'allongeaient et l'amincissaient, mais Jamilet trouvait surtout qu'elles lui donnaient l'air de porter un volcan poilu sur la tête, même si Louis, lui, adorait. Il lui disait qu'elle ressemblait à une star de cinéma, chaque fois différente de la précédente.

Tout occupée à éplucher et émincer les oignons, Jamilet ne vit pas Louis se lever du canapé et la rejoindre dans la cuisine.

— J'aime voir ta tante heureuse comme ça, remarqua-t-il en se penchant sur le plan de travail. Je me sens redevenir jeune homme quand elle resplendit de joie. Je ne sais pas ce que c'est, mais il n'y a qu'elle pour me faire cet effet-là.

Jamilet inclina la tête avec un sourire. Nul ne pouvait contester que Carmen possédait le don de faire la pluie et le beau temps au gré de ses humeurs. Les dernières semaines s'étaient écoulées sous un ciel ensoleillé traversé de brises légères, sans l'ombre d'un nuage à l'horizon. Et la présence de Louis assurait le beau fixe. De nature accommodante et enclin à naviguer dans les turbulences avec le sourire, il tempérait l'impétuosité de Carmen, la changeait en douceur persistante, avec juste ce qu'il faut de vivacité pour stimuler l'intérêt. Quand Louis était là, Jamilet pouvait se détendre, certaine que tout problème finirait par trouver sa solution. Elle se demanda si c'était la raison pour laquelle les femmes aimaient avoir un homme à la maison, même si elle se doutait bien que tous les représentants de la gent masculine ne valaient pas Louis.

— Ta tante m'a raconté ce qui est arrivé l'autre jour, dit-il avec un mouvement de tête en direction de la fenêtre. Avec cette fille.

Sa peine se lisait dans ses yeux. Il tira sur sa moustache, tâchant d'en fourrer une plus longue portion dans sa bouche.

Rougissante, Jamilet continua de hacher les oignons d'une main ferme. Elle prit une inspiration, un picotement dans les yeux.

— Ce n'était rien.

Louis téta sa moustache un moment tout en se curant méticuleusement d'un ongle les neuf autres, envoyant d'une chiquenaude la crasse qu'il y délogeait sur le plan de travail, avant de passer au suivant.

— J'ai trois filles, reprit-il, avec une telle tendresse dans la voix que Jamilet se sentit obligée de poser son couteau pour le regarder. Je les tiens plutôt à l'œil, en général. Elles ne s'attirent pas trop d'ennuis tant que je suis dans le coin.

Il croisa les bras, puis détourna le regard, nerveux, quand il se rendit compte qu'il bénéficiait de son entière attention.

— Je leur dis de faire gaffe à ce qu'elles se mettent sur le dos. Je n'aime pas voir mes filles sortir comme si elles allaient faire le trottoir.

Il considéra avec bienveillance Jamilet, avec son long chemisier blanc et le pantalon de jogging trop ample qu'elle troquait contre une jupe bleu marine pour se rendre au travail.

— À toi, je ne vais pas te dire pareil qu'à mes filles. Je vais te dire que tu devrais t'arranger un peu, d'accord? T'es jolie fille, c'est pas le problème, mais si tu veux que le garçon d'en face, ou n'importe quel autre garçon, te remarque…

Il pinça les lèvres, ruminant ce qu'il venait de dire, puis fronça les sourcils.

— Enfin, tu vois où je veux en venir? conclut-il d'une voix faible.

Jamilet confirma de la tête, consciente que c'était ce que l'on attendait d'elle, mais le désespoir enfla en elle et une envie de vomir la prit soudain, comme si Pearly venait de lui balancer un dernier coup de pied dans le ventre, lui coupant de nouveau la respiration.

— Ne le prends pas mal, il n'y a rien qui cloche chez toi…

— Ce n'est pas grave, articula Jamilet avec une tentative de sourire.

— Carmen peut t'emmener faire des courses en ville.

— Je le lui demanderai, se hâta-t-elle de répondre pour clore la conversation.

Louis baissa la tête, avant de claquer des doigts d'un air joyeux.

— Je sais ! s'exclama-t-il en pointant l'index sur le visage de Jamilet. Mes filles ont des habits qu'elles ne mettent plus. Elles doivent faire à peu près ta taille. Je peux te les apporter.

Face à ses yeux humides de pitié, la nausée de Jamilet s'apaisa un peu. Comment aurait-il pu savoir qu'elle était différente de ses filles ? Comment aurait-il pu savoir qu'elle n'avait pas de temps ni d'énergie à consacrer aux préoccupations des filles de son âge, aux tenues vestimentaires, au maquillage ?

— Je t'apporte tout ça la prochaine fois, déclara-t-il.

Puis il posa une main chaude sur son épaule, juste sur le bord de la marque, là où le pourpre profond se fanait en rouge pour se dissiper en un entrelacs de veinules.

Quelques jours plus tard, Jamilet trouva un sac en papier près de la porte de sa chambre. Elle le vida sur son lit, découvrant plusieurs petits corsages satinés de toutes les couleurs, à rayures ou passepoils dorés, une jupe courte rose fuchsia sur laquelle sa préférence se porta aussitôt, et une paire de chaussures à talons comme celles de Pearly, à la différence que celles-ci étaient blanches et ornées d'une boucle noire parfaitement inutile, posée là rien que pour la frime.

À coups de pied, Jamilet envoya voler ses mocassins pour essayer ses nouvelles chaussures. Elles étaient un peu grandes, mais, après avoir resserré les lanières, elle parvint à mettre un pied devant l'autre sans trébucher. Elle observa l'effet en plongée, appréciant l'allure qu'elles donnaient à ses chevilles, soudain très fines et féminines. D'une enjambée, elle se glissa hors de sa jupe bleu marine pour enfiler la jupette fuchsia. Quoiqu'un peu trop grande, elle aussi, elle ne lui allait pas trop mal. Elle retira son chemisier à la hâte, manquant arracher deux ou trois boutons au passage, puis sélectionna un haut avec des mancherons qui glissaient sur ses épaules avec un indéniable pouvoir de séduction. Elle avait vu des modèles ressemblants sur Pearly, qui remontait toujours ses manches pour le seul plaisir de les laisser retomber, hypnotisant Eddie par ce jeu de cache-cache qui offrait de furtifs aperçus de ses épaules lisses. Bien ajusté et en place sur son torse, le corsage semblait fait pour elle. Comme ses cheveux effleuraient ses épaules nues, elle s'imagina, à travers cette douce sensation, les baisers d'Eddie sur sa peau.

Bien que Carmen et Louis ne dussent pas rentrer avant une heure ou deux, elle glissa un coup d'œil par la porte de sa chambre pour s'assurer que la voie était libre avant de se ruer dans le couloir, courant aussi vite que le lui permettaient ses talons de huit centimètres jusqu'à la salle de bains, dont elle verrouilla la porte derrière elle.

Elle admira ensuite son reflet dans le miroir. Dans le demi-jour grisâtre, sa silhouette, quoique maigrelette, présentait de belles proportions, avec des membres aux formes et aux dimensions gracieuses, agréables à regarder. Elle prit toute une série de poses, puis s'imagina en train de marcher dans la rue, récoltant des regards et des sifflements admiratifs d'hommes de tout âge. Elle s'étudia ainsi sous toutes les coutures, jusqu'à ce que l'obscurité grandissante la réduisît à une forme longiligne qui se détachait sur le carrelage blanc derrière elle.

Lorsqu'elle ne discerna presque plus sa main devant son visage, elle actionna d'une chiquenaude l'interrupteur. Une cruelle lumière fluorescente inonda la salle de bains, l'obligeant à fermer les yeux plusieurs secondes avant qu'elle pût les rouvrir lentement. Des langues de chair écarlate lui léchaient les épaules, pareilles à des doigts maléfiques. Elle n'eut qu'à exécuter un quart de tour pour qu'apparût avec netteté l'empreinte qui lui marquait l'arrière des jambes au fer rouge. Elle luisait sur ses bras et son dos, palpitait comme un organisme vivant doté d'une volonté et d'un esprit propres. Jamilet se demandait parfois ce que la marque aurait dit si elle avait pu parler. La plupart du temps, elle l'imaginait en train de pleurer ou de grogner, mais lorsqu'elle parvenait à articuler des paroles, elle affirmait que sa laideur n'avait d'égale que sa force et que, ne serait-ce que pour cette raison, elle méritait de vivre. Quand cela échouait à convaincre Jamilet, elle ajoutait qu'elle lui avait évité la fatuité et la vanité d'une existence quelconque. Sans elle, elle vivrait encore dans le village qui l'avait vue naître, mariée à un ivrogne et mère de cinq enfants, si ce n'était plus, auxquels elle consacrerait ses jours.

De retour dans sa chambre, Jamilet passa en revue le reste des vêtements d'un œil attentif. À l'exception d'un corsage violet à col en U et manches longues, tous dévoileraient des portions considérables de la marque. Elle porterait le haut violet dès que l'occasion se présenterait et veillerait à toujours servir la coriandre hachée sur le bord de l'assiette de Louis, qui la préférait fraîche plutôt que flétrie sur la nourriture chaude, même s'il ne s'en était jamais plaint. Mais Louis ne se plaignait jamais.

Les chemises lourdement amidonnées pendaient méticuleusement à leur tringle, celles à manches longues à gauche, celles à manches courtes à droite. Les chaussures de beau cuir étaient organisées par coloris, des plus foncées aux plus claires, avec des chaussettes assorties que Jamilet aimait fourrer à l'intérieur, comme elle le voyait dans les vitrines des grands magasins.

— Tu te révèles fort sérieuse dans ton travail, observa le *señor* Peregrino en levant la tête de ses papiers.

— Je vous remercie, *señor*.

Elle poursuivit ses tâches, arrangeant les draps sur le lit, nettoyant les surfaces dans la salle de bains, vidant la poubelle. Elle savait que les jours où le *señor* Peregrino s'asseyait à son bureau, il ne risquait pas de continuer son récit avant que l'après-midi fût avancé, et encore, si la chance lui souriait. Plusieurs jours s'écoulaient parfois avant que le reprît cette rêverie singulière qui donnait naissance à ses mots.

Jamilet sortit de la salle de bains, les bras chargés des vêtements qu'elle porterait à la blanchisserie après avoir redescendu son plateau de déjeuner, dans l'après-midi. Elle laissa tomber le tas de linge sur le sol et s'agenouilla pour séparer le foncé du clair.

— Oui, insista le *señor* Peregrino. Tu fais de l'excellent travail. Un jour, je t'en paierai de retour.

Jamilet songea aussitôt à ses papiers, qui se trouvaient forcément quelque part dans la pièce, peut-être même dans le tiroir où il rangeait ses divers documents. D'abord tentée de lui répondre qu'elle ne désirait d'autre rétribution que ses pièces d'identité, elle se mordit la langue.

— Je reçois un salaire honnête pour mon travail ici, *señor*, remarqua-t-elle avant de s'animer. Mais peut-être que si vous repreniez votre histoire…

Un sourire satisfait se dessina sur les lèvres du *señor* Peregrino.

— Ah! Il semblerait que tu aies pris goût à mon petit conte.

Jamilet se releva et s'épousseta les genoux, une ombre d'inquiétude sur son visage menu.

— C'est une histoire formidable, *señor*, mais est-ce que tout est vrai?

Le *señor* Peregrino se rengorgea, visiblement outragé.

— Bien sûr que c'est vrai! Chaque mot est vrai! Que Dieu me foudroie sur-le-champ si je mens!

Il ponctua sa phrase d'un grand geste des bras, qu'il tint écartés, défiant un éclair mortel de le frapper, avant de les laisser retomber sur ses flancs. Un sourire ensommeillé pointa alors sur son visage. Il anticipait la joie délicate que lui offrait sa mémoire, se plaisant à gambader sur les sentiers déjà empruntés en sautillant par-dessus les pierres sur lesquelles il avait autrefois trébuché.

Sans attendre d'y être invitée, Jamilet s'assit et lui donna le signal de départ.

— Vous croyiez que Rosa était le diable, affirma-t-elle avec l'assurance d'un témoin visuel. Vous n'aviez jamais eu aussi peur de toute votre vie.

Lorsque je fermai les paupières pour trouver le sommeil, cette nuit-là, je ne pus chasser de mon esprit l'image de cette femme qui, aussi belle que terrifiante, incarnait l'instrument de ma perte. Je l'imaginais dans le champ, sa chemise de nuit ouverte sur sa gorge. Que lui prenait-il de cueillir des fleurs en pleine nuit? Avait-on jamais entendu pareille ineptie? Je ris tout haut de tant d'absurdité. C'était à croire que mon furtif tête-à-tête avec le Mal m'avait livré à une démence passagère.

Mes éclats réveillèrent Tomás, qui écouta le récit de ma rencontre au cimetière. Ensemble, nous priâmes dans la nuit, conjurant la fatigue de nous épargner, de crainte que cette créature ne visitât nos couches pour nous y prendre tous les deux. Car Tomás, lui, l'avait vue en songe, ainsi qu'il m'en ouvrit son cœur. Sa robe tombait de ses épaules, révélant des seins pareils à deux colombes blanches battant des ailes. Aveuglé par leur beauté, il s'était senti mû par une envie irrépressible de toucher leur douceur plumeuse. Mais alors qu'il étendait le bras, une bourrasque de vent avait arraché leurs vêtements, les laissant nus face à face. La malice s'était déchaînée en Tomás comme une bête féroce affamée de plaisirs.

Nous fîmes vœu de ne plus tourner les yeux dans sa direction jusqu'à Compostelle et de nous lever à l'aube, avant le reste du groupe, afin de mettre toute la distance possible entre elle et nous. Au matin, nous n'échangeâmes presque pas un mot tandis que nous progressions d'un pas décidé. Autour de nous, les champs verts scintillaient sous la rosée, dont chaque goutte capturait le soleil comme un prisme minuscule, mais ce fut à peine si nous le remarquâmes dans la gravité de notre résolution, dans le trouble qu'avaient suscité en nous les événements de la nuit passée. Nous ne nous accordâmes qu'une halte, pour avaler un repas hâtif de pain et de fromage, mais je la sentais sur nos talons. Malgré le contrôle que je m'efforçais d'exercer sur mes pensées, je me représentais l'ovale crémeux de son visage serti de deux émeraudes tandis qu'elle avançait parmi les pèlerins en donnant le bras à sa mère affaiblie par la marche.

Sur le chemin de San Juan de Ortega, nous traversâmes plusieurs petits bois, mais malgré la chaleur de la journée, nous ne trouvâmes nul confort dans leur ombrage. Quand mon regard embrassait les escarpements du relief, j'éprouvais un profond désir d'escalader ces à-pics et de ramper dans l'une de leurs cavités sombres pour nourrir ma solitude, à l'instar des ermites d'antan. Et comme, un peu plus loin, nous apercevions plusieurs couples de cigognes faisant leur nid sur les toits d'un village, je ne pus m'empêcher de jalouser le lien indestructible qui les unissait et leur tendre dévouement à leurs petits.

Nous parvînmes au refuge sans satisfaction véritable, si ce n'était celle de le trouver vide. Premiers pèlerins arrivés sur place, nous pourrions étendre nos couvertures à l'endroit de notre choix et jouir d'une toilette complète au puits sans nous préoccuper de le voir se tarir, ce qui se produisait souvent en fin de journée. Remettant toutefois à plus tard les considérations pratiques, nous nous rendîmes tout droit à la chapelle, où nous nous agenouillâmes pour prier, couverts de la tête aux pieds de la poussière du chemin. Le visage de Tomás était strié de larmes tandis que ses lèvres remuaient, formant des mots à demi articulés. Il se dégageait de lui une telle fragilité et une telle consomption que je craignis qu'il ne survécût pas au pèlerinage, et moins encore à la tentation de cette femme.

Notre toilette et notre souper se déroulèrent dans l'atmosphère solennelle qui avait accompagné notre marche. Nous décidâmes de repartir tôt le lendemain, et tous les jours qui suivraient. Si la chance nous souriait, nous réussirions à mettre plusieurs kilomètres, et plusieurs jours, entre nous et le groupe de Rosa. Nous nous concertâmes à demi-mot, avec des hochements de tête entendus, trop épuisés pour formuler des phrases complètes. Ce jour-là, c'était notre peur qui parlait pour nous.

Mais le sort vint se mêler de nos projets. Tandis que nous regagnions le refuge, nous vîmes le premier pèlerin de notre groupe arriver sur la place du village. Nous reconnûmes aussitôt le Basque, Rodolfo, cramoisi et harassé par le périple. Il nous aperçut avant que nous puissions nous terrer entre les murs de notre gîte.

— Tes chants n'auraient pas été de trop aujourd'hui, Antonio, lança-t-il d'un ton bourru en m'empoignant le bras, avant de se tourner vers Tomás. Ni le calme rassurant de ta présence. Le jeune est mort dans la nuit, conclut-il dans un murmure rauque.

— Renato? l'interrogea Tomás en l'attrapant à son tour par le bras.

Rodolfo confirma de la tête, les yeux inondés de tristesse.

— Mais il se portait si bien, commentai-je.

— Il se rendait à Compostelle pour prier pour la rédemption de son père, observa Tomás pour lui seul, au souvenir de leurs conversations.

— Les autres devraient arriver dans une heure ou deux. J'ai pris les devants pour organiser les obsèques, vous comprenez, nous expliqua-t-il, soulagé de partager son fardeau. Nous avons porté son corps tout au long du chemin pour lui offrir des funérailles dignes de ce nom. Antonio, veux-tu bien venir avec moi parler à l'aubergiste? Il paraît que l'homme peut prêter main-forte dans pareille situation, si le prêtre n'est pas disponible.

Il m'implorait avec de grands yeux suppliants d'enfant, ce géant aux bras aussi massifs que des troncs d'arbre. Rongé par une culpabilité sans mesure à l'idée d'avoir abandonné mes compagnons en pareil moment, j'acceptai sur-le-champ. Lors de notre passage à l'église, nous avions appris que le prêtre ne réapparaîtrait pas au village avant plusieurs jours, nous devrions donc nous contenter de l'aubergiste.

Des heures passèrent avant l'arrivée du reste du groupe et de la dépouille du jeune Renato, hissée sur une civière de fortune. Dès que mes yeux eurent saisi le corps inerte, ils se mirent en quête de la beauté vivante dans le cortège. Je la repérai à la traîne, le visage illuminé par l'effort, sa mère lourdement appuyée sur son bras.

Le lendemain, nous nous réunîmes autour du trou que j'avais creusé avec Rodolfo, le fossoyeur demeurant introuvable. Le soleil de l'après-midi avait succombé à un léger crachin parfumé qui assombrissait les vieilles pierres tombales grises. Le jour capitulait et l'ombre se refermait sur nous, réduisant l'îlot de clarté autour de notre groupe. Je demeurai au côté de Tomás, tête baissée, comme lui. Au son des paroles confuses de l'aubergiste, je me forçai à prier, mais je savais qu'elle se tenait là, à ma droite, son châle rouge serré contre elle dans tandis qu'elle avançait la fraîcheur du cimetière. D'un regard en coin, je décelai une noirceur inhabituelle dans ses yeux, dont le feu couvait. Des paroles que Renato avait prononcées un jour, peu après que Rosa et sa mère eurent rejoint notre troupe, me revinrent alors. Il jurait n'avoir jamais vu de fille plus séduisante. Il avait ri tout haut, aussi robuste et vif que ses compagnons, seulement trahi par la pâleur de ses minces lèvres. Peut-être ses dernières pensées avant de quitter ce monde s'étaient-elles envolées vers Rosa, vers la courbe de sa gorge fine, vers cet infime sourire qui, comme cent soleils, pouvait éclairer une chaîne de montagnes.

À cet instant, elle leva les yeux, surprenant mes pupilles sur elle. Et soudain, un halo doré l'enveloppa. Je crus d'abord que le soleil avait percé les nuages, mais un regard me confirma qu'ils s'étaient épaissis dans le ciel. Rosa m'adressa alors un signe attristé de la tête en témoignage du chagrin qui nous unissait, mais j'aurais été bien incapable d'y répondre. J'étais fasciné par cette mystérieuse lumière qui, n'émanant ni du ciel ni du contre-jour, naissait de l'intérieur de son être et lui donnait la diaphanéité de l'arc-en-ciel. Subjugué, je détournai les yeux et n'osai plus lui adresser un regard de tout l'office funèbre. Tomás, lui, n'avait pas relevé la tête de ses chaussures, bien plus fidèle à ses convictions que moi.

Après les obsèques, nous nous retirâmes dans le refuge. Tomás était glacé. Préoccupé par son état de santé, j'étendis ma couverture sur la sienne.

Je m'attendais à voir mon ami sombrer sur-le-champ, et son repos me donner le loisir de rassembler mes idées et de tenter d'appréhender cette vision que j'avais eue de Rosa devant la tombe de Renato, mais ce fut l'esprit vif et le corps alerte qu'il s'adressa à moi.

— Elle est restée éveillée toute la nuit, c'est pour cela que ses yeux sont si las.

— De quoi parles-tu, Tomás?

Il paraissait plus tourmenté encore que la veille.

— Rodolfo m'a tout raconté quand tu vaquais aux préparatifs pour la mise en terre. Rosa ne s'est pas accordé de repos de la nuit, elle cherchait des herbes pour calmer la fièvre de Renato. Elle est demeurée à son chevet tout du long, elle n'a pas fermé l'œil pour pouvoir lui donner l'eau qu'il réclamait et raviver le feu quand il se plaignait du froid. C'est dans ses bras qu'il a rendu son dernier souffle.

Cette révélation me donna le vertige.

— Ce n'était donc pas des fleurs qu'elle cueillait au clair de lune…

Tomás se redressa sur son lit, comme possédé.

— Pendant que nous veillions jusqu'au petit matin pour supplier Dieu de nous protéger contre la malice de cette femme…

— Elle veillait jusqu'au petit matin pour accomplir l'œuvre de Dieu, conclus-je.

— Que va-t-il advenir de nous, Antonio? Il me suffit de fermer les yeux pour voir son visage. Pour voir ses yeux, ses cheveux et…

— Je l'ignore, mais il ne faut pas nous laisser contrôler par nos peurs. Quel qu'en soit le coût, il nous faut garder notre maîtrise.

Cette nuit-là, nous priâmes plus que jamais, et aucun de nous ne ferma l'œil.

Tandis qu'il prononçait ces paroles, le *señor* Peregrino se tourna vers Jamilet dans le silence de la pièce encore vibrant de ses mots. Lorsque ses yeux noirs s'ouvrirent pour la considérer, ils la trouvèrent assise sur sa chaise, une main plaquée sur sa bouche comme si elle menaçait d'éclater.

— Qu'est-ce donc? l'interrogea-t-il, le front strié de rides incrédules. Serais-tu en train de te gausser?

Jamilet se tortilla sur son siège, pressant sa main plus fort sur sa bouche. Elle n'osait prononcer un mot de peur de s'esclaffer.

Les yeux du *señor* Peregrino se plissèrent et ses lèvres se pincèrent avec dédain.

— Eh bien, jeune fille. Qu'y a-t-il de si amusant?

Réussissant enfin à recouvrer son calme, Jamilet se découvrit la bouche, toutefois incapable d'effacer le sourire coupable qui lui étirait les lèvres.

— Je regrette, *señor*. Avec tout le respect que je vous dois, c'est un peu… euh… disons drôle que Tomás et vous soyez tellement effrayés par une jeune femme. Même si elle était très belle…

— Je suis un vieillard maintenant, mais en mon jeune temps, les hommes et les femmes se traitaient avec d'autres égards, répliqua-t-il, crachant presque ses mots. Il y avait du respect, de la vénération.

— Je comprends, *señor*.

— Vraiment? s'enquit-il avec un sourire narquois en la toisant. Dans le monde où tu vis, il n'est pas rare qu'une jeune fille s'offre au premier venu qui lui propose un… pack de bières et un… tour en voiture.

— *Señor!* lâcha Jamilet, suffoquant. Je ne ferai jamais ça.

Il croisa les bras sur sa poitrine et dodelina de la tête, comme accablé par le poids d'une trop grande sagesse.

— Tu t'épargneras bien des chagrins si tu te tiens à l'écart de la bière et des garçons tant que tu n'as pas l'âge de comprendre que l'un ne doit jamais mener à l'autre.

— Je suis peut-être jeune, et j'ignore beaucoup de choses, d'accord, mais je ne suis pas comme les autres filles, répliqua-t-elle avec le même mépris que lui. Et, d'abord, je n'aime pas la bière.

Le *señor* Peregrino soutint un moment le regard résolu qu'elle lui lança avant de décroiser les bras et de déployer ses paumes sur ses genoux. Une seconde, Jamilet crut voir une ombre de regret traverser son visage, mais il demeura silencieux.

Comme elle se levait pour ramasser le linge, elle marqua un temps d'arrêt.

— Je me demandais, *señor*… Pourquoi vous me racontez cette histoire?

Il saisit une feuille sur son bureau et laissa son regard s'y attarder, comme s'il caressait chaque mot.

— Comme toi, j'ignore beaucoup de choses, quoique je ne puisse blâmer ma jeunesse.

Ses yeux s'embrumèrent tandis qu'il retournait à ses papiers. La lumière austère du matin, pour laquelle il montrait une prédilection, ne durerait pas.

16

Le printemps n'était plus loin. Un parfum de fleurs et d'herbe tondue montait jusqu'à la fenêtre presque toujours ouverte du *señor* Peregrino, porté par une agréable brise qui rafraîchissait l'atmosphère de la chambre. Jamilet se postait souvent devant l'ouverture pour regarder dehors. Tout haut, elle s'émerveillait de la douceur de l'air, remarquant qu'il serait très agréable de flâner dans le parc, puis de déjeuner à l'ombre de l'arbre le plus majestueux, sous lequel se trouvait justement un banc très accueillant. Elle n'imaginait pas qu'un être humain pût vivre cloîtré entre quatre murs pendant plusieurs années, absolument convaincue que le *señor* Peregrino gagnerait à s'aventurer dehors. Mais ce dernier, qui ne se fatiguait même pas à relever ses invites, lui déclara un beau jour qu'il ne quitterait sa chambre que le temps venu, pas avant, et que tout l'acharnement du monde n'y changerait rien. Quand elle lui demanda ce qu'il entendait par là, il demeura silencieux et reporta son attention sur ses papiers.

— Tu le découvriras bien assez tôt, murmura-t-il lorsqu'il crut qu'elle avait oublié la question.

Un après-midi, alors qu'elle débarrassait son plateau, Jamilet remarqua que le *señor* Peregrino l'observait en faisant rouler un crayon entre ses paumes, assis à son bureau. Elle lui trouvait une petite forme ce jour-là. Plus pensif que de coutume, il avait à peine touché à son petit-déjeuner et à son déjeuner.

— Laisse ça et viens ici, Jamilet, lui dit-il.

— La cuisine va fermer, *señor.*

— S'il te plaît, insista-t-il en penchant la tête. La cuisine peut bien attendre.

Lorsqu'elle se fut assise près de son bureau, il écarta les documents qu'il étudiait et sortit plusieurs feuilles blanches de son tiroir.

— Je comprends la raison de ta tristesse, lui confia-t-il d'un ton solennel.

— Mais je ne suis pas triste, *señor.* Je suis sérieuse, c'est tout…

Il brandit l'index.

— Ne te fatigue pas à me raconter des sornettes, jeune fille. Pas besoin d'être une lumière pour voir que tu traînes ton chagrin derrière toi comme un boulet.

Jamilet fut aussi désarmée par les paroles du *señor* Peregrino que par les larmes qu'elle sentit gonfler dans ses yeux. Elle s'empressa de les essuyer en espérant qu'il ne les verrait pas. La respiration suspendue, elle s'appliqua à contenir la pression qui s'amassait derrière ses paupières, mais rien ne pouvait lui dénouer la gorge.

— Il n'y a rien de honteux à épancher sa tristesse, ma chère, dit-il avec tendresse. Rien de honteux du tout.

Enfouissant son visage entre ses mains, Jamilet se livra alors aux vagues d'émotion qui déferlaient l'une après l'autre en elle, noyant son âme et battant sa cage thoracique, jusqu'à en perdre le souffle. Toutes les larmes qu'elle avait retenues au cours de sa vie semblaient jaillir de son être. Elle se retrouva alors enfant sur le chemin de l'école, dans le cabinet du médecin qui lui déclarait qu'il n'existait pas de remède à la marque, au chevet de sa mère mourante et, enfin, dans les flots du Rio Grande, déchirée de part en part par des courants glacials qui menaçaient d'emporter son monde et, avec lui, la moindre petite lueur d'espoir qu'elle était parvenue à faire naître.

Tandis qu'elle reniflait dans ses paumes, le *señor* Peregrino se rendit à pas traînants dans la salle de bains pour lui en rapporter une épaisse poignée de papier toilette, qu'il déposa sur son genou. Sans relever la tête, elle s'essuya le visage. Il lui semblait que toute vie avait quitté son corps, cependant une sensation chatoyante se propageait en elle. Elle avait l'impression d'être merveilleusement légère, libérée. Quand elle inspira, ce fut avec une profondeur et une plénitude qu'elle n'avait jamais éprouvées.

— Te sens-tu mieux? lui demanda le *señor* Peregrino.

Elle lui répondit par un hochement de tête, cherchant du regard un endroit où se débarrasser du papier toilette. Il le lui prit des mains pour le jeter dans la corbeille sous son bureau, puis se tourna vers les feuilles vierges devant lui, qu'il se mit à organiser en rangs réguliers. Jamilet remarqua alors qu'elles portaient toutes une lettre dans le coin supérieur gauche.

— À compter de ce jour, nous réserverons une heure quotidienne, voire deux, pour que je t'enseigne, et surtout que tu apprennes, à lire et à écrire.

Elle le fixa pendant plusieurs secondes, sans voix.

— Y consens-tu?

Elle dodelina de la tête, sous le choc.

— Vous feriez ça pour moi?

— Je me suis engagé à récompenser ton travail, je suis un homme de parole.

Ils commencèrent leur première leçon sur-le-champ. Le *señor* Peregrino lui demanda de répéter chaque lettre après lui. Jamilet, chez qui se mêlaient l'embarras, l'enthousiasme et une gratitude sans bornes, trébucha parfois, mais à la fin de leur première semaine de travail elle avait mémorisé la totalité de l'alphabet, en anglais et en espagnol, et se mettait à tracer d'une main plus assurée les lettres à la suite des modèles qu'il lui présentait. Bien qu'il se révélât parfois impatient, le *señor* Peregrino prenait un plaisir évident aux progrès de son élève. Il placardait ses plus belles œuvres au-dessus de son bureau et froissait les plus mauvaises pour les jeter d'un air mécontent. Certains jours, la corbeille débordait de travaux médiocres, mais le silence studieux de la pièce n'était souvent perturbé que par le bruissement des feuilles accrochées au mur dans la brise qui pénétrait par la fenêtre ouverte.

Sa leçon terminée, le *señor* Peregrino se montrait souvent d'humeur à poursuivre son récit et Jamilet accueillait de bon cœur cette opportunité de reposer son esprit et de se relaxer.

Ce fut ainsi que, après leur premier cours, un voile doux se posa sur les yeux du vieil homme tandis qu'ils se fixaient sur le coin le plus éloigné du plafond.

— Voyons, où en étais-je? Ah, oui! Au moment où tu te riais tant de la détresse de deux jeunes hommes.

— Je me suis excusée, *señor*.

— Oui, oui, bien sûr, dit-il, chassant ce débat d'un geste de la main, tout à son effort de mémoire.

Jamilet rapprocha sa chaise.

— Tomás n'arrivait pas à dormir. Vous lui avez dit que, quel qu'en soit le prix, vous deviez vous contrôler et garder votre sang-froid.

— Ah! lâcha-t-il, clairement impressionné. L'infaillible mémoire de la jeunesse!

Chaque jour qui s'écoulait rendait Rosa plus ravissante à nos yeux. Il n'y avait pas un matin où je ne m'éveillais sans remercier le Seigneur de me donner une nouvelle journée pour la contempler, peut-être échanger avec elle un regard ou une parole de courtoisie. Près d'elle, je n'éprouvais ni la faim ni la soif, ni la chaleur ni le froid; je ne ressentais qu'une étrange vibration dans mon être, comme si une corde invisible reliait son âme à la mienne.

Je gardais ces réflexions pour moi car je ne voulais pas que Tomás sût que, devenu victime consentante des charmes de la belle, je ne partageais plus ses tourments. Si d'aventure elle passait devant nous pour remplir sa gourde au puits, le pauvre Tomás suffoquait presque de l'effort de lui résister. J'échouais alors à étouffer mes rires.

— Tu m'as guéri, mon ami, lui déclarai-je tandis que nous cheminions côte à côte. Tu t'es fait le miroir dont j'avais cruellement besoin. Je vois bien, à présent, que pareil mal d'amour n'a pas lieu d'être.

Je retrouvai le goût du chant et nombreux étaient ceux qui parcouraient en notre compagnie les interminables kilomètres afin de m'écouter célébrer en musique l'ensemble des pèlerins qui, pour des raisons propres à chacun, remuaient la poussière de ce chemin foulé depuis mille ans. À mi-parcours, nous découvrîmes, ébahis, la plate immensité de la Meseta castillane, que parsemaient des toits de tuiles rouges dont le nombre augmenta à mesure que nous approchions de la grande et prospère ville de Burgos.

— Les kilomètres filent quand tu chantes, remarqua Rodolfo.

La marche avait affaibli le Basque, qui avait laissé sur le chemin dix bons kilogrammes, cependant ses bras demeuraient forts et vigoureux, et son cou aussi épais que la cuisse d'un homme. Rosa s'attardait également dans mon périmètre. Bien que conscient de l'agrément que lui procuraient mes chants, je ne sentais pas mon cœur s'emballer quand son pas s'accordait au rythme de ma voix. Je remerciais Dieu de la liberté qui m'habitait. À l'inverse de Tomás, le bonheur m'était donné de la contempler sans oublier mon nom ni ma destination.

À chacune de nos haltes, notre groupe se métamorphosait. Certains, par blessure ou éreintement, prenaient du retard ; d'autres écourtaient leur repos pour se joindre à nous, désireux de goûter à la joie que nous respirions. De jeunes gens étudiaient parfois le défilé de pèlerins pour des raisons qui tenaient moins de la piété religieuse que d'une ardeur juvénile enflammée par la solitude du chemin. Par bonheur, Rosa se vêtait avec pudeur, si bien que ces opportunistes ne pouvaient se douter de la perle rare que dissimulait le châle rouge dont elle se couvrait la tête.

Un après-midi, toutefois, le soleil tapait si fort qu'elle dut repousser son fichu sur ses hanches, révélant toute la gloire de sa beauté à qui voulait l'admirer. Même les oiseaux du ciel ralentissaient leur vol pour apprécier cette rare perfection de notre espèce.

Nous arrivâmes à Burgos à midi, au plus fort de la chaleur. Malgré la soif et l'épuisement, nous nous enfonçâmes dans le labyrinthe de la ville pour rejoindre sa célèbre cathédrale, le plus grand, le plus majestueux édifice qu'il nous eût jamais été donné de voir.

Nous nous rafraîchissions à une fontaine de pierre destinée aux pèlerins, ainsi que l'indiquait sa base sculptée de coquilles Saint-Jacques, quand nous avisâmes les soldats qui paressaient à l'ombre de la cathédrale. D'instinct, notre petit groupe se resserra autour de Rosa, comme un troupeau protégeant ses petits. Nous manquâmes cependant de vivacité. Les officiers se mirent immédiatement à faire du grabuge sur les marches de l'édifice, échangeant des coups de coude et jetant des regards dans notre direction. Tels des lions affamés, ils conspiraient, jaugeaient leur proie avant l'attaque. Celle-ci ne se fit d'ailleurs pas attendre.

Quelques instants plus tard, de lourdes bottes martelèrent le pavé. Sur les uniformes gris, salis par la route, les épées et pistolets pendus aux ceinturons étincelaient dans le soleil. Trois hommes vinrent à nous. Les yeux embrasés par la perspective du butin, ils nous dispersèrent comme une poignée de chaume que l'on balaie d'un coup de pied. Tomás tremblait presque quand leur chef, un grand blond dont les épaules rivalisaient d'envergure avec les cornes d'un taureau, s'approcha de Rosa. Ses deux comparses demeurèrent en retrait, riant sous cape, tandis que le reste de la troupe se retirait dans un café voisin pour suivre le spectacle depuis les tables.

Rosa assistait sa mère qui se débarbouillait à la fontaine, inconsciente, comme toujours, des remous qu'elle provoquait. Nous nous alarmions pourtant tous de voir le soldat désireux de lui adresser la parole car la bienséance voulait qu'un homme ne s'entretînt avec une femme qu'après lui avoir été présenté en bonne et due forme, en particulier dans un lieu public. Les seules pour qui l'usage ne s'appliquait pas étaient les femmes qui faisaient commerce de… disons les femmes qui faisaient commerce.

Rosa sursauta au son de sa voix. Il s'empressa alors de ramasser le châle qu'elle avait laissé échapper dans sa surprise pour le lui présenter avec un claquement de talons. Elle saisit l'étoffe avec une inclination de la tête, les joues empourprées. Encouragé par sa réaction, il se pencha vers elle. À le voir, on eût dit qu'il ne savait quel morceau de sa proie dévorer en premier. Il étendit ensuite la main pour lui toucher les cheveux. Tomás émit un grognement et mon estomac se retourna tandis que je sentais, au plus profond de mon être, couver des charbons ardents prêts à s'enflammer au moindre souffle.

Comme Rosa reculait d'un pas, sa mèche glissa des doigts de l'officier. Visiblement amusé par sa gêne, il en profita pour l'admirer sous un nouvel angle. La mère de Rosa agrippa alors le bras de sa fille pour l'éloigner, mais toutes deux faillirent se heurter à un homme qui surveillait la scène à proximité. Bien qu'incapables d'entendre l'échange qui suivit, nous déduisîmes à la tête inclinée du soldat qu'il s'adressait à l'aînée d'un ton cordial. Et tandis qu'il réussissait à engager la conversation avec elle, tâche pour le moins aisée, le grand blond profita de la baisse de vigilance de la mère pour se rapprocher de la fille. Avec un geste de l'index en direction du café où l'attendaient ses compagnons, il l'invita à venir boire ou manger avec lui, une offre que Rosa déclina d'une secousse discrète de la tête. Bien qu'elle nous tournât le dos, je me représentai sans mal son visage, aussi lumineux et lisse que la lune, rehaussé du vert chatoyant de ses iris. Il lui eût suffi d'une esquisse de sourire ou d'un haussement de ses délicates épaules pour jeter un moine ermite dans le ravissement.

Et ce fut ainsi que nous vîmes le soldat fondre sous nos yeux. Sa mâchoire se décrocha, comme s'il venait d'accuser un coup inattendu, et un voile luisant de transpiration apparut sur son front. Il trembla dans ses bottes au son mélodieux de la voix de Rosa, qui s'excusait, sans doute, si elle ne lui expliquait pas avec nervosité son obligation de demeurer auprès de sa mère malade. Plus assurée, elle rabattit ensuite son châle rouge sur son chef pour le serrer autour de sa chevelure. Puis elle baissa la tête et s'éloigna. Maintes fois je l'avais vue mettre ainsi fin à une conversation avec un interlocuteur qui demeurait dans la perplexité, à se demander s'il ne s'était pas entretenu avec un ange. Mais l'officier n'avait pas l'habitude de voir une paysanne, aussi belle fût-elle, lui river son clou. Comme elle tournait les talons, il attrapa son fichu et tira dessus pour s'amuser d'elle. Rosa tourbillonna, des éclairs dans les yeux.

Tomás, qui tremblait et maugréait de désapprobation devant cette scène, n'y tint plus.

— Nous devons intervenir, Antonio.

Je promenai mon regard sur la place. Tous les soldats et les pèlerins suivaient le ballet de Rosa et de l'officier. Elle tendit le bras vers son châle, il tendit sa main vers la sienne. Elle retira son bras, il avança d'un pas. Elle recula d'un pas, il attrapa son coude. Elle protesta, il rit.

Soudain, Tomás s'élança vers la fontaine, manquant trébucher sur ses pieds épuisés par les trente kilomètres de marche.

— Assez! s'écria-t-il.

L'officier s'accorda une seconde pour le toiser. Puis un sourire empreint d'ironie balafra son visage buriné.

Il pesait une bonne vingtaine de kilogrammes de plus que son adversaire. Il n'hésiterait pas à tuer Tomás si celui-ci le provoquait. D'un seul coup d'épée, il lui fendrait le crâne. Admirant la bravoure de mon ami, je m'avançai pour le soutenir.

Les soldats au café se levèrent tandis que les pèlerins qui observaient la scène à l'écart se rapprochaient. Une ombre sembla soudain tomber sur la place et, avec la rapidité de l'éclair, le soldat dégaina son revolver et l'abattit sur Tomás, qui s'effondra à ses pieds. Il considéra ensuite mon ami de toute sa hauteur, son arme toujours au poing, prêt à en faire l'usage auquel elle était destinée si l'importun persévérait. Je m'interposai entre les deux hommes tandis que Rosa tombait à genoux près de Tomás. Les yeux du soldat s'attardèrent plus longuement sur moi. Je le dépassais de plusieurs centimètres et, bien que plus étroit d'épaules, je ne doute pas que ce qu'il lut dans mon regard me donna une carrure de Goliath.

— Nous ne voulons pas d'ennuis, déclarai-je d'une voix calme.

— Qui te dit que j'en cherche? répondit-il avec un coup d'œil à Rosa, qui aidait Tomás à se hisser en position assise. Elle n'est pas mariée, je ne risque donc d'offenser personne. C'est cet homme qui m'a défié, affirma-t-il en relevant le menton.

Je trouvai un certain sens à ses paroles. Pour une femme, aller sur les routes sans mari ni parent de sexe masculin pour veiller sur elle revenait peu ou prou à afficher sa petite vertu au vu et au su de tous. Il tenait presque du miracle que Rosa ne se fût pas déjà heurtée à de telles réactions de la part d'autres hommes.

J'ignore d'où me vinrent les paroles que je prononçai ensuite. Une force invisible les posa sur ma langue, me contraignant à les cracher ou à les avaler.

— Elle n'est pas mariée, certes, mais elle ne va pas seule. Vous comprendrez aisément le désir qu'éprouve un frère à défendre l'honneur de sa sœur, y compris lorsque cela suppose d'affronter un adversaire sans conteste supérieur.

Un masque interdit se posa sur le visage du soldat.

— Son frère?

Je haussai le ton pour m'assurer d'être entendu de Tomás et Rosa.

— Oui, ces deux-là sont frère et sœur et, comme vous le constaterez, très proches.

À ces mots, la mère de Rosa s'effondra sur le sol pour se joindre à la scène de pietà qui s'y déroulait.

— Oh, mon petit, mon petit! Qu'avez-vous fait à mon petit?

Saisissant les épaules de Tomás des deux mains, elle le colla contre son cœur comme un enfant nourri au sein.

Écœuré par le spectacle à ses pieds, le soldat rangea son revolver dans son étui et pivota sur ses talons pour rejoindre ses compagnons. Mais, tandis que nous déjeunions à l'autre bout de la place, ses yeux ne quittèrent pas Rosa.

17

Jamilet descendait la colline à la fin de sa journée quand elle aperçut Eddie, adossé à la grille de l'asile, les mains enfoncées dans les poches et la tête baissée. Même s'il lui tournait le dos, elle reconnut sur-le-champ ses cheveux bruns qui ondulaient légèrement sur sa nuque, la longueur de ses bras, la largeur de son dos… Son cœur s'emballa. D'instinct, elle balaya la rue du regard, mais Pearly ne devait pas encore être rentrée du travail. Elle ne faisait pas son apparition avant 18 heures et il était à peine 17 heures.

Jamilet avait obéi à sa tante. Un mois s'était écoulé depuis l'agression et, exception faite de la silhouette vacillante qu'elle devinait à la périphérie de son champ de vision quand elle rentrait du travail le soir, elle n'avait plus revu Eddie depuis que, à genoux sur l'herbe, elle l'avait regardé en contre-plongée comme s'il l'avait surprise en train de déféquer sur le trottoir. Elle se rappela le murmure de velours de sa voix répétant à Pearly de se calmer, ce ton qu'elle avait déjà entendu chez les dresseurs de chevaux sauvages et qui semblait avoir opéré sur Pearly, même si ses narines frémissaient encore quand il l'avait éloignée.

Ses entrailles la brûlèrent à ce souvenir. Pour elle, revoir Eddie tenait presque du miracle, mais elle ne voulait surtout pas revivre cette humiliation. Elle pila, hésitant à se réfugier sous le couvert des arbres. Il devrait partir dans une quarantaine de minutes tout au plus s'il voulait arriver à temps chez Pearly. Mais, comme s'il avait senti sa présence, il se retourna soudain et la vit. Il empoigna alors les barreaux du portail et, d'un mouvement de la tête, lui fit signe d'approcher. Jamilet n'avait plus le choix. Ses jambes reprirent leur mouvement malgré elle pour la mener jusqu'à lui.

Lorsqu'ils furent assez près l'un de l'autre pour se parler, Jamilet ne trouva rien à dire. Et s'il ne l'attendait pas, après tout? S'il avait simplement décidé de se planter à cet endroit pour admirer les arbres et la lumière du jour qui faiblissait entre leurs branches. Elle songea à franchir la grille et passer son chemin, pourtant elle demeura sur place, employant toutes ses forces à ne pas se noyer en lui. Elle devait bien respirer, cependant, et quand elle inhala son odeur de savon et de dentifrice à la menthe, elle mourut un peu.

Il s'éclaircit la gorge.

— Comment vont les cinglés?

Elle tenta de lui rendre son sourire décontracté.

— Bien.

— T'as toujours pas les jetons de bosser dans un endroit aussi bizarre?

Jamilet croisa les bras, puis les décroisa en secouant la tête, un sourire penaud sur les lèvres.

Eddie hocha la tête et fourra ses mains dans ses poches. Son sourire s'était évanoui.

— Tu sais, pour l'autre jour, c'est pas moi qui ai parlé. C'est la sœur de Pearly. Elle a dû nous voir à la bibliothèque, j'sais pas... Je suis désolé si elle t'a amochée, je sais qu'elle cogne dur.

Jamilet le dévisagea à travers la grille avec de grands yeux vulnérables. Dans sa tentative maladroite pour s'excuser et s'expliquer, il transcendait la seule beauté. Elle se sentit comblée et la chaleur qui entourait cette rencontre lui ménagea un cocon sûr, coupé du monde. Dans la perfection de l'instant, elle tenta alors d'éclaircir un point qui la laissait perplexe.

— Pourquoi Pearly est si jalouse? Je ne pensais pas que les filles comme elle étaient jalouses.

— Toutes les filles sont jalouses.

— Qu'est-ce que t'en sais?

— J'en sais que je connais un tas de nanas et qu'elles sont toutes jalouses, surtout si la fille qu'elles soupçonnent de vouloir piquer leur mec est mignonne. Ça les rend dingues de jalousie, donc elles font des trucs dingues, comme tabasser des inconnues au milieu de la rue.

Il jeta un regard à gauche, puis à droite, avant de remuer les pieds, comme s'il pensait à autre chose ou cherchait à clore la conversation. Quand il s'immobilisa de nouveau, ses yeux brillaient de la peur qui couvait en lui.

— Comment tu sais? Comment tu sais pour ma mère?

Jamilet n'aurait su expliquer comment cette certitude lui était venue cet après-midi-là à la bibliothèque, ni comment elle avait appris, au fil des ans, à lire sur le visage des gens comme les autres lisaient dans les livres. C'était un pressentiment qui s'emparait de tout son être, tout simplement, comme la souffrance d'Eddie s'emparait d'elle à cet instant.

— Je le sais, c'est tout, répondit-elle au terme d'un long silence.

Il hocha la tête, mû par un besoin de se confier plus profond encore que celui de comprendre.

— Elle a un cancer. Au foie. Ils peuvent rien faire.

— C'est triste.

Jamilet se sentit idiote et nulle. Aucun des mots qui lui venaient à l'esprit ne semblait convenir aux circonstances.

— Ouais, je suis bien d'accord, dit-il en penchant la tête sur le côté. C'est vraiment triste, putain…

Il haussa les épaules et, balbutiant un au revoir hâtif, s'éloigna dos voûté, comme s'il bravait une tempête glaciale. Jamilet attendit qu'il eût descendu la moitié de la rue pour se mettre en route à son tour. De loin, elle regarda son pan de chemise flotter à chacun de ses pas. Arrivé au feu rouge, il pressa le bouton d'un coup de coude pour s'économiser la peine de sortir les mains de ses poches.

Quand elle le perdit de vue, elle se rejoua la scène en boucle dans son esprit afin de se convaincre que ce n'était pas le fruit de son imagination. Lorsqu'elle songeait au déchirement du bel et gentil Eddie, le chagrin forait de profonds puits dans un cœur déjà affaibli par cette rencontre impromptue, lui causant un supplice si grand qu'il en était presque insoutenable. Elle trébucha plusieurs fois et s'imagina au bord d'une falaise, prête à plonger dans des profondeurs qui échappaient à son entendement. Alors la vérité la frappa dans toute sa gloire et son invraisemblance. Eddie la trouvait « mignonne », assez « mignonne » pour rendre Pearly « dingue de jalousie », elle en était presque certaine. Du pouce, elle se tâta la joue à la recherche de la douleur sourde qui commençait tout juste à se dissiper dans sa mâchoire. Quand celle-ci lui confirma qu'elle ne rêvait pas, elle fut gagnée par une certitude absolue : elle n'avait jamais été aussi heureuse, ni aussi malheureuse, de toute sa vie.

Ce matin-là, le petit-déjeuner du *señor* Peregrino était accompagné d'une enveloppe que Mme Clark avait chargé Jamilet de lui remettre. Il l'ouvrit dès qu'il la découvrit et parcourut trois ou quatre fois le courrier qu'elle renfermait avant de reprendre son souffle. Puis il laissa retomber sa tête sur son oreiller et, les yeux brouillés de larmes, marmonna des paroles précipitées qui ressemblaient à une prière.

— J'espère que ce sont de bonnes nouvelles, *señor*, observa Jamilet, moins par curiosité que pour lui rappeler sa présence.

Lentement, il tourna vers elle des yeux ruisselants de joie, tout son être submergé par l'émerveillement. Puis il se redressa dans son lit et replia la lettre avec soin.

— Crois-tu aux miracles, Jamilet ?

— À la magie, vous voulez dire ?

Les muscles de son visage se convulsèrent.

— Je veux dire à des événements inexpliqués et prodigieux qui dépassent tous les rêves. Des événements qui remettent en question le sens de l'existence et le but que l'on y poursuit.

— Je n'y ai jamais réfléchi sous cet angle, répondit-elle, docile.

— Eh bien, réfléchis-y donc, répliqua-t-il comme s'il menaçait de succomber à un fou rire. À quoi d'autre veux-tu utiliser ta tête ? À quoi d'autre quiconque voudrait-il utiliser sa tête ?

Jamilet prit un air absorbé tout en lorgnant du coin de l'œil le *señor* Peregrino, dont l'étrange comportement commençait à l'inquiéter. Quand elle songeait aux miracles, une seule idée lui venait à l'esprit : la marque et son immense espoir d'en être un jour débarrassée.

— Je crois, avança-t-elle avec prudence, que j'aimerais croire aux miracles, *señor*.

— Ah, tu aimerais y croire ! Eh bien moi, je dois y croire pour que mes yeux s'ouvrent au monde chaque matin.

Jamilet acquiesça, comme si elle saisissait parfaitement le sens de ses paroles.

— Et si je te disais que je t'ai trouvé un miracle ? lui demanda le *señor* Peregrino en clignant joyeusement des yeux.

Jamilet le considéra d'un air ahuri.

— Euh… je ne sais pas, *señor*, je crois que je vous dirais merci…

— Oh, tu me prends pour un vieux fou, gloussa-t-il en agitant la main dans sa direction. Mais le temps venu, tu verras que je ne suis pas si fou que cela.

Avec un soupir, il replaça délicatement la lettre dans son enveloppe, une étincelle de mystère dans les yeux.

— Je crois que je vais poursuivre mon récit. Ta leçon peut bien attendre un peu. Assieds-toi, viens.

Jamilet s'exécuta, en partie soulagée de voir se terminer cette étrange discussion.

— Bien, où en étions-nous ?

— Le soldat ! lança-t-elle, heureuse de se rendre utile. Le soldat blond est tombé amoureux de Rosa.

— Amoureux ? répéta le *señor* Peregrino, dont les sourcils se hérissèrent sur son front.

— Il l'a regardée pendant tout le repas. Il n'arrivait pas à détacher ses yeux d'elle.

— Est-ce cela, l'amour, Jamilet ?

Elle considéra avec sérieux la question avant de répondre timidement :

— Peut-être que c'est plus comme une sorte de graine. Avec de l'eau et de la lumière, ça peut devenir de l'amour.

— Intéressant... Jamais je ne l'ai entendu expliquer ainsi, observa le *señor* Peregrino, dont les yeux noirs lancèrent des étincelles à chaque mot.

Et le jour espagnol se leva autour d'eux.

Les plaines de blé, interminables, ne laissaient pas d'agiter leurs bras dorés vers le ciel et de murmurer leurs secrets aux pèlerins las. Les kilomètres se suivaient et se ressemblaient à peu de détails près. Tantôt c'était une église perchée sur un tertre presque imperceptible, tantôt des pigeonniers qui apparaissaient dans les champs et des volées de colombes qui traversaient le ciel à l'approche des villages. Tandis que la monotonie du paysage nous plongeait dans une sorte d'hypnose, Tomás, lui, embrassait son rôle de frère protecteur avec un enthousiasme que je ne lui connaissais pas, à l'immense bonheur de la mère de Rosa. *Doña* Gloria palabrait sans relâche sur ce fils envoyé par le Ciel, au point que je la soupçonnais même de mettre à rude épreuve la patience infinie de Tomás.

À les côtoyer, nous comprîmes bien vite ce qui faisait de Rosa une jeune femme si discrète. Avec pareille mère, il lui fallait patienter des jours, si ce n'était des semaines, avant de pouvoir émettre une parole. Elle la tolérait néanmoins avec la grâce qui était la sienne. Jamais nul œil n'aurait décelé sur ses traits la plus infime marque d'agacement quand la sagesse maternelle lui ordonnait de se couvrir le visage dans la poussière de la route, de marcher à pas prudents sur les pierres instables, de boire lentement pour éviter les maux de ventre. Et tandis que ces avertissements et quantité d'autres déferlaient sur elle, Rosa obéissait sans un mot, la figure placide, presque impassible. Nul ne pouvait deviner ses pensées et il eût été absurde d'imaginer qu'elle pût éprouver pour moi un sentiment plus profond que l'aimable gentillesse avec laquelle elle traitait tout un chacun.

Une fois ou deux, elle surprit mon regard sur elle, mais je retrouvai promptement ma contenance perdue en lui demandant si elle désirait m'entendre chanter. *Doña* Gloria ne faisait de trêve dans ses bavardages que pour dormir ou écouter mes hymnes, aussi devint-il rare de nous voir cheminer les uns sans les autres. Tomás accompagnait sa nouvelle famille et, moi, je veillais sur eux en ami gaillard.

Bientôt, l'obsession que Tomás vouait à Rosa se transforma en adoration. Jamais plus je ne l'entendais mentionner sa vocation ecclésiastique et j'aurais certifié qu'il s'étoffait. Son timbre tomba un peu plus dans le grave, au point qu'il m'arrivait de ne pas reconnaître sa voix. Il prenait plaisir à dépeindre à Rosa sa vie au village, les vastes étendues de terre de sa famille, la nappe en broderie fine sur laquelle les siens prenaient les repas ordinaires, où la viande ne manquait jamais. Rosa écoutait avec des hochements de tête polis, mais tous ces récits ne paraissaient pas faire impression sur elle.

Sa mère, au contraire, eût salivé sans un peu de retenue. Elle ne demandait d'ailleurs pas mieux que de céder le contrôle de la conversation à Tomás quand celle-ci tournait autour des possessions de sa famille. Elle fourrait son bras sous le sien et riait à des remarques qui ne se voulaient pas toujours amusantes.

— Quel esprit tu as! lançait-elle gaiement. J'ai toujours dit qu'il vaut mieux un homme avec du muscle dans le crâne que dans les bras, ne crois-tu pas, Rosa?

Comme à son habitude, Rosa répondait à sa mère avec une prudence raisonnée.

— Il est vrai que j'apprécie la sagesse, mère. Autant chez les hommes que chez les femmes.

— Un peu plus et je dirais que tu es fait pour être mon fils, Tomás, caquetait *doña* Gloria, accélérant le pas.

Doña Gloria profita plus d'une fois des rares occasions où Rosa et Tomás ne risquaient pas de nous entendre pour m'entretenir en privé. Je me souviens en particulier d'un jour où, alors que j'attendais au puits pour remplir ma gourde, elle m'approcha par-derrière, m'arrachant un sursaut.

— Est-ce vrai, ce que Tomás raconte sur sa famille et sa condition? me demanda-t-elle avec un rictus, comme si elle me prenait pour complice.

Je ne pus réprimer mon indignation.

— *Doña* Gloria, je vous assure que, riche ou pauvre, Tomás est un honnête homme!

— Loin de moi l'idée d'insinuer le contraire, dit-elle d'un ton maternel avec lequel elle espérait m'amadouer. Mais tu dois bien comprendre le devoir d'une mère de veiller sur sa fille, en particulier une fille de la beauté de Rosa. Tu n'imagines pas les fables fantastiques dont on m'a farci les oreilles. Il suffit à un homme de poser le regard sur elle pour devenir le plus fieffé des menteurs.

Elle rit, couvrant sa bouche avec suffisamment de force pour se décrocher quelques dents, qu'elle n'avait pas de trop. Quand elle eut recouvré son calme, elle murmura :

— Des années que j'arrange son destin.

D'abord tenté de lui rappeler que la destinée de chacun reposait entre les seules mains de la Providence, je renonçai à me lancer dans un débat théologique et remplis ma gourde en silence.

— J'ai bien essayé de la dissuader d'entreprendre ce pèlerinage grotesque, de la persuader qu'elle n'a nul besoin de parcourir tout ce chemin pour que Dieu entende les prières qu'elle lui offre, mais elle serait partie avec ou sans mon accord.

Comme, ignorant Rosa capable de désobéissance, je haussais des sourcils étonnés, elle ajouta :

— Oh, c'est une tête de mule ! On la croit docile, agréable, mais crois-moi que si elle a une idée dans le crâne, personne ne la lui en sortira.

— Pourquoi ce pèlerinage est-il si important pour votre fille ? m'enquis-je.

Doña Gloria gonfla les joues et se mit à trifouiller sa gourde avec des doigts maladroits, manquant la laisser échapper. Jamais encore je ne l'avais vue à court de mots.

— Pourquoi est-il si important pour tous ceux qui sont là ? répliqua-t-elle.

Puis elle m'abandonna au puits.

Ce soir-là, Tomás rayonnait presque littéralement quand nous arrangeâmes nos couvertures pour la nuit. Plus tôt, quand Rosa était apparue dans la salle commune pour le souper, les cheveux encore humides de l'eau de sa toilette, elle avait boudé toutes les places libres autour de la table, y compris la chaise voisine de la mienne, pour s'asseoir à côté de lui. Il me relata l'événement à plusieurs reprises.

— Crois-tu qu'elle a de l'affection pour moi ? m'interrogea-t-il.

— J'en suis certain.

Il sourit, impuissant à contenir sa joie.

— Quand je pense aux circonstances qui nous ont vus prendre la route, je n'en reviens pas. Tu étais perdu, Antonio, et me voilà qui emprunte le même chemin que toi, à ceci près que… Antonio, je ne pense pas m'être égaré, mais trouvé.

— Je ne suis pas sûr de te comprendre, mon ami.

Tomás leva des yeux troubles vers le plafond.

— C'est moi qui n'étais pas destiné à la prêtrise. J'étais destiné à m'éprendre de Rosa, et elle de moi.

Tous les soirs, il rassemblait ses couvertures autour de son menton et se lançait dans des tirades d'enfant débordant de promesses, impatient de découvrir les bonheurs du lendemain. Jusqu'au soir où, à ma grande surprise, ses propos prirent une autre tournure.

— Malgré tout l'amour et le respect que je voue à Rosa, je crains ce dont je serais capable si je demeurais seul en sa présence, me confia-t-il. Je remercie Dieu de nous entourer de nos compagnons quand nous cheminons bras dessus, bras dessous, comme frère et sœur.

— Que crains-tu donc ?

J'éprouvai, à ces mots, un pincement de culpabilité. Je connaissais mieux que lui la réponse à cette question, moi qui savais le feu intérieur qui, plus ardent que la raison, embrase la volonté et la chair des plus secrets désirs.

— Je crains de n'avoir la main audacieuse, avoua-t-il d'une voix tremblante.

— Et… ? l'encourageai-je, comme possédé par le diable.

— Elle se laissera fléchir et m'autorisera à lui toucher la joue et les cheveux, à la caresser comme un amant. Puis elle posera ses lèvres sur les miennes et m'enlacera.

Je me tus, cuisant de honte d'avoir entendu des fantasmes qui avaient, à mes oreilles, la pureté d'un sermon prononcé de la chaire. À quelle perversité me renvoyaient-ils ! À quelle férocité, digne des montagnes de Galice qui nous attendaient au bout du chemin ! Car maintes fois dans mes rêves je conduisais Rosa dans mon lit. Je me figurais la douceur qui reliait la courbe de sa cheville au pli de son genou, à la longueur exquise de sa cuisse, puis à la volupté sublime. Plus d'un après-midi je posais ma tête lasse sur son sein accueillant pour m'y assoupir comme un chérubin flottant dans les nuages. Plus d'un après-midi nous nous entortillions dans l'herbe folle comme deux serpents désinhibés. Je finis par me résigner à mes pensées luxurieuses comme je m'étais résigné à mes crevasses aux pieds et à mes douleurs aux jambes, comme à un mal auquel je ne pouvais rien tant que j'étais sur le chemin.

À plus de la moitié du pèlerinage, je ne rêvais plus de me tenir dans l'ombre de la grandiose cathédrale, ni de m'agenouiller devant la splendeur dorée de la crypte de l'apôtre. Si j'étais libéré de l'obsession torturée que j'avais éprouvée pour Rosa, ma conviction religieuse ne s'en trouvait toutefois pas consolidée pour autant. Guère plus séduit par le confort de mon village que par le frisson de grandes aventures au loin, je me satisfaisais pleinement de ma condition de pèlerin, prenant chaque jour et chaque pas comme ils se présentaient.

18

Des arômes d'ail et d'oignon rissolés à l'huile imprégnaient la cuisine lorsque Carmen rentra du travail, un peu plus tôt que de coutume. Jamilet, qui s'affairait à attendrir un morceau de viande avec le culot d'une bouteille de bière vide, s'arrêta à mi-geste, le bras brandi en l'air, en entendant les chaussures de sa tante atterrir dans le coin de la pièce.

— Je ne t'ai pas entendue arriver, *tía*.

Carmen était déjà devant le réfrigérateur.

— Tu m'étonnes, avec le boucan que tu fais.

Tandis qu'elle sifflait sa première bière, elle agita un doigt.

— Ne t'embête pas avec le repas de ce soir. Louis et moi, on t'emmène dîner dehors pour ton anniversaire.

— C'était la semaine dernière, répondit Jamilet en posant la bouteille de bière pour s'essuyer les mains à un torchon.

— Ouais, et alors? Mieux vaut tard que jamais, ça te dit quelque chose, ce proverbe?

Après avoir mis la viande et les légumes de côté pour le dîner du lendemain, Jamilet traîna dans la cuisine, un peu désorientée et ébranlée. Elle n'avait jamais vraiment fêté son anniversaire. Gabriela taxait ces réjouissances d'impiétés d'une complaisance déplacée, doublées, qui plus est, de complications financières. Sous son toit, on ne pouvait espérer recevoir, ce jour-là, qu'un gros morceau de pain brioché sucré à diviser en quatre.

Prise au dépourvu, Jamilet s'arma de son torchon et essuya le plan de travail sous le regard éberlué de Carmen.

— Bon sang de bonsoir, arrête de nettoyer! s'exclama celle-ci. Je t'ai dit qu'on te sortait, alors va chercher quelque chose à te mettre sur le poil. On pourrait croiser des connaissances, je ne veux pas qu'on croie que ma nièce est une espèce de dos mouillé qui ne sait pas se fringuer.

Avec un sourire vacillant, Jamilet se retira dans sa chambre pour enfiler son unique tenue de rechange: le corsage violet à manches longues qu'elle avait hérité des filles de Louis et son jean du week-end. Elle se débarbouilla, se brossa les cheveux, désormais assez longs pour être coincés derrière ses oreilles, puis regagna le salon d'un pas traînant, mal à l'aise et cramoisie. Quand elle entra dans la cuisine, Louis, qui venait d'arriver, leva sa bière en guise de salut.

— Elle a pas la classe? lança Carmen avec fierté.

Louis confirma d'un hochement de tête assorti d'un clin d'œil, mais il ne souffla mot au sujet du haut violet. Carmen se mit à farfouiller dans son sac en marmonnant, pour finalement en extirper un bâton de rouge à lèvres. Sans consulter Jamilet, elle lui saisit le visage.

— Fais comme ça, lui ordonna-t-elle en avançant les lèvres.

Jamilet s'exécuta, les yeux fermés. Tandis que Carmen œuvrait, ses narines s'emplirent d'un parfum de cire. Elle rentra ensuite les lèvres et sentit s'y étaler la douceur crémeuse du fard. Elle lui trouvait un goût un peu amer, mais pas désagréable.

Lorsqu'elle rouvrit les paupières, Carmen et Louis la dévisageaient comme s'ils la voyaient pour la première fois.

— Incroyable, hein? dit Carmen.

Louis opina du bonnet.

— Le rouge rend vraiment bien, déclara-t-il en décapsulant une autre bière.

Carmen agrippa Jamilet par les épaules et la fit pivoter sur elle-même.

— Viens, petite, que je te montre un truc.

Elle la conduisit devant le miroir de la salle de bains et resta derrière elle tandis qu'elles étudiaient ensemble le reflet qu'il leur renvoyait, un visage ovale à la peau lisse de la couleur du miel et aux grands yeux bruns d'une infinie tristesse. Jamilet trouvait que le rouge à lèvres rose lui faisait une bouche trop grande, incongrue sur sa figure dont les tons se situaient tous entre le noir et le mordoré.

— Qu'est-ce que tu vois? l'interrogea Carmen.

— La tristesse de ma mère, répliqua Jamilet sans hésiter.

Carmen la secoua par les épaules.

— Tu veux savoir? Si j'avais ta tête et ta silhouette, je me mettrais sur mon trente et un tous les matins et j'irais danser tous les soirs. Je montrerais ce que Dieu m'a donné jusqu'à être trop vannée pour remuer un muscle. Je mourrais peut-être jeune, mais je mourrais heureuse.

— Mais la marque, *tía*…

— Ce n'est pas de la marque que je cause, aboya Carmen. Mais de toi.

Couchée plus tard que d'habitude après un merveilleux dîner d'anniversaire, Jamilet pointa avec quelques minutes de retard, le lendemain matin, et se rendit tout droit à la cuisine pour prendre le petit-déjeuner du *señor* Peregrino. Lorsqu'elle poussa la porte de sa chambre, elle le salua à deux reprises sans qu'il lui répondît, absorbé dans son travail à son bureau. Elle remarqua qu'il avait décroché toutes ses œuvres du mur, signe qu'il s'apprêtait à lui proposer un nouveau défi. Elle soupira. Bien que sensible à l'énergie qu'il mettait dans son éducation, elle aurait parfois aimé qu'il revît à la baisse ses exigences de professeur. La semaine précédente, il avait piqué une colère parce qu'elle n'arrivait pas à prononcer un son comme il le souhaitait et avait envoyé voler son crayon à travers la pièce.

Elle déposa le plateau sur la table de nuit sans un mot et passa dans la salle de bains pour vaquer à ses tâches habituelles. Elle s'apprêtait à quitter la chambre lorsqu'il pivota dans son fauteuil.

— Qu'est-ce donc que ces manières? Ni bonjour, ni comment avez-vous dormi?

— Bonjour, *señor*, bredouilla Jamilet à la hâte.

Alors qu'elle reprenait sa marche vers la porte, sa jupe se prit dans le cadre du lit. Elle la décrocha d'un coup sec.

— Eh bien! Je te trouve bien irascible ce matin, observa le *señor* Peregrino.

Repoussant les mèches folles qui lui tombaient dans les yeux, Jamilet tenta de poser sur lui son regard le plus sincère.

— Non, *señor*.

Il se pencha en avant sur son fauteuil, les yeux écarquillés.

— Libre à toi de ne pas l'admettre, mais tu l'es bel et bien. Et je me permettrais même d'ajouter… lunatique.

— Vous me trouvez lunatique? Moi?

— Parfaitement.

Il agita son index en direction du plateau, lui signifiant par ce geste de lui servir son café et de le lui apporter.

— À la vérité, je ne sais jamais à quoi m'attendre avec toi. Un jour tu es enjouée et, le lendemain, franchement revêche. Pour tout te dire, ton regard fielleux arrive parfois à instiller en moi une vraie épouvante, au point que je me demande, comme c'est le cas à présent, si tu ne trouveras pas un moyen de m'ébouillanter avec mon café. Par accident, s'entend.

Jamilet cessa brusquement de tourner le sucre.

— Vous savez que jamais je… C'est complètement idiot!

— Et voilà que tu me traites de vieil idiot.

— Je n'ai pas…

— Tu ferais bien de ne pas oublier ta place, l'interrompit-il avec brusquerie.

— Oui, *señor*.

— Bien, dit-il en la toisant avec une suspicion outrée. J'avais l'intention de te proposer de te joindre à moi pour un café pendant que je poursuivais mon récit.

— Merci, *señor*, mais je n'aime pas le café. C'est beaucoup trop amer.

— Tu me le sembles plus encore.

Ignorant son commentaire, Jamilet lui porta sa tasse, avisant les divers exercices qu'il avait préparés pour leur leçon du jour. Il avait sûrement veillé tard afin de les terminer pour le matin. Elle se ravisa.

— Mais, bien sûr, il n'y a rien de mieux pour adoucir mon humeur que votre histoire.

Les yeux du *señor* Peregrino pétillèrent dans la vapeur de la tasse qu'il portait à ses lèvres.

— Elle est fascinante, n'est-ce pas?

— Oui, et elle m'aide à oublier mes problèmes.

Il chassa d'un geste de la main ces absurdités.

— Quand on possède la santé et la jeunesse, on n'a pas de problèmes. Bien, où en étais-je?

Il fallut à Jamilet un moment pour rassembler ses idées.

— Tomás vous a dit qu'il était amoureux de Rosa et qu'il avait peur de ce qu'il pourrait faire s'il se retrouvait seul avec elle. Et vous, vous culpabilisiez parce que vos pensées pour Rosa étaient beaucoup plus… pires… Mais vous n'étiez plus perdu. Vous étiez pèlerin, vous preniez chaque jour comme il venait et vous ne vous intéressiez pas…

— Oui, oui, je me souviens maintenant, l'interrompit-il, lui imposant le silence d'un geste de la main, une étincelle d'espièglerie dans les yeux. Tu ferais bien de ne pas oublier que c'est mon histoire, Jamilet.

— Bien sûr, *señor*.

Si la route jusqu'à Sahagún nous avait paru d'un ennui assommant, celle qui se déploya sous nos pieds quand nous quittâmes la petite ville en direction de León respirait la désolation. Les interminables plateaux n'offraient rien à l'attention que le souffle du vent dans les chardons et le tintement lointain de clochettes de mouton. Seuls les faucons noirs qui dessinaient de larges cercles dans le ciel en quête de nourriture parmi les terres céréalières me tenaient compagnie. Tomás ne partageait plus avec moi ses pensées pour Rosa et il ralentissait le pas quand j'entonnais un cantique, lambinant avec les deux femmes, à trop grande distance pour entendre ma voix ou se joindre à mes chants.

Un soir que nous attendions notre souper, assis tous les deux près du feu, il sirota un peu de vin avant de faire tourner son verre dans sa main.

— Je me suis toujours satisfait de vivre dans ton ombre, Antonio, me dit-il. Depuis notre plus tendre enfance, je ne demande pas mieux que de me plier à tes habitudes, d'attendre au pied de l'arbre pendant que tu grimpes à la plus haute branche, de battre des mains et de frapper du pied pendant que tu danses, parce que je m'en sais incapable. Qui sait si je ne me suis pas dispensé d'apprendre par certitude de ne pouvoir soutenir la comparaison avec toi? ajouta-t-il avec un profond soupir. Nous rentrerons de ce pèlerinage changés, Antonio, mais ce qui nous sépare demeurera à jamais.

— Cesse de t'exprimer par énigmes, Tomás, répliquai-je en m'efforçant d'insuffler de la bonne humeur à ma voix.

Il vida son verre d'une longue gorgée, les yeux brillant d'émotion.

— Tu n'aimes pas Rosa, moi si. Je lui suis dévoué corps et âme. Accorde-lui une chance de m'aimer, dit-il en repoussant son verre. Promets de me la laisser.

Jamais je ne l'avais vu si désespéré.

— Mes promesses ne peuvent infléchir le cœur d'une femme, observai-je au bout d'un moment.

— J'en ai conscience, mais je sais que si tu n'es point là pour la distraire, son attention se portera plus certainement vers moi.

— Cette conversation est vaine, Tomás. Tu sais comme moi qu'elle n'a montré de prédilection pour personne. Je crois ne pas me tromper en avançant qu'elle a déjà offert son cœur et son esprit à un autre.

Tomás glissa des doigts angoissés dans ses cheveux.

— Quand bien même, je ne suis pas aveugle aux regards que tu lui lances. Pour toi, elle n'est qu'une belle femme pareille aux autres, alors que pour moi, il n'en est qu'une et unique : Rosa.

Je sus, à le voir me scruter de ses yeux fiévreux, que toute discussion était vouée à l'échec.

— Très bien, je promets de te la laisser.

J'exhalai un soupir las. Le pèlerinage semblait avoir réussi à vider mon ami de toutes les réserves de sagesse et de patience qu'il possédait autrefois.

Le lendemain, je me levai de bon matin et, fortifié par trois tasses de café serré, je me mis en route avec ma pitance pour la journée dans mon sac à dos, certain que Tomás ne partirait pas sans Rosa, quand bien même il lui faudrait l'attendre des heures ou endurer la présence de *doña* Gloria. Je suivis une voie romaine sur plusieurs kilomètres, plongé jusqu'aux genoux dans la brume qui baignait la terre au petit jour. Le soleil se levait sur les steppes balayées par le vent quand j'arrivai à hauteur d'une petite troupe de pèlerins. Parmi eux cheminaient plusieurs demoiselles que je présumais étrangères, pour le moins trois d'entre elles, qui communiquaient en anglais, quoiqu'il ne fît aucun doute qu'elles entendaient plus que les rudiments de la langue espagnole.

Celle qui, des trois, possédait l'allure la plus plaisante avait des cheveux blonds et du vif-argent dans les veines. Son espagnol était presque parfait, et sa conversation agréable. Elle marchait d'une foulée si enlevée que je m'étonnais qu'elle n'eût pas les pieds douloureusement enflés au bout d'un demi-kilomètre. Elle ne cessait de me jeter des regards par-dessus son épaule, avec une incurvation des lèvres qui ne trompait pas sur l'intérêt qu'elle me portait, mais que je me gardais de lui rendre. J'avais appris à répondre à pareille attention avec un œil imperturbable et un regard flegmatique plus convaincant qu'aucun sourire.

À midi, nous fîmes halte près d'un cours d'eau claire qui se jetait dans l'Esla. Tour à tour, les trois demoiselles traversèrent le ruisseau en équilibre sur des rochers polis pour aller cueillir les fleurs sauvages qui tapissaient l'autre rive. Si je faisais mine de ne pas leur prêter attention, tout à mon déjeuner, je suivais du coin de l'œil la silhouette vacillante de la blonde étrangère. Le corps robuste et le pied sûr, elle évoquait, plus qu'une jeune femme, une chèvre des montagnes. Mais, sans crier gare, son pied ripa et elle bascula en poussant un petit hurlement dans le ruisseau, dont l'eau lui arrivait à mi-corps. Il ne me fallut qu'une poignée de secondes pour la rejoindre dans le courant. Je la tirai par la main pour l'en sortir, mais ses doigts s'échappaient sans cesse de ma poigne. Comme elle semblait sur le point de perdre connaissance, je la pris dans mes bras pour la déposer sur la rive boueuse, où nous fûmes accueillis par plus d'éclats de rire que d'inquiétude.

Aussitôt, quelqu'un prépara un feu de camp pour nous permettre de sécher nos habits dégoulinants et de nous réchauffer. La jeune étrangère, qui se prénommait Jenny, retira son épaisse jupe de laine et la confia à ses compagnes pour qu'elles l'étendent près du feu. Je me rapprochai moi aussi des flammes. Seul mon pantalon était mouillé, or je ne pouvais guère l'enlever. J'ôtai toutefois mes gros souliers et mes chaussettes pour les mettre à sécher sur un rocher voisin. Repoussant la couverture qu'on lui avait fournie, Jenny se mit à flâner autour du feu, parfaitement à l'aise en combinaison de coton blanc, tout en m'assaillant de questions sur le motif de mon pèlerinage, mes origines et mes compagnons de route. À son grand dam, je lui répondis sans m'étendre sur les détails.

Cependant, ses amies, indifférentes à notre conversation, s'affairaient à nourrir le feu et à tourner et retourner sa jupe. Comme j'émettais une remarque sur leur prévenance, Jenny m'expliqua qu'il s'agissait de domestiques chargées de veiller sur elle et de signaler le moindre ennui à ses parents qui, restés en Amérique, n'avaient consenti à ce voyage que parce qu'ils y voyaient un acte religieux plutôt qu'un congé. Son aisance dans la langue espagnole s'expliquait par les commerces prospères que sa famille possédait au Mexique, où elle avait vécu de longues années de son enfance.

— Mes parents pensent qu'il est temps pour moi de prendre un époux, dit-elle en me lançant une œillade. Mais moi j'aime mieux aller de par le monde sans mari pendu à mes jupons. Et puis, je n'épouserai nul autre que la personne de mon choix, conclut-elle en traçant, du bout de l'orteil, une ligne entre nous deux sur le sol.

Il y avait, entre elle et Rosa, un fossé abyssal : chez l'une, une inégalable beauté était assortie d'une grande modestie ; chez l'autre, un physique par comparaison aussi terne qu'un lundi pluvieux contrastait avec une suffisance de femme bénie d'une beauté céleste. Fasciné, je me laissai duper l'ombre d'une seconde.

— Une jeune femme qui ne souhaite pas prendre un époux, observai-je, songeur, en imprimant à mon tour des motifs dans la terre. Ce n'est pas sans danger.

Elle rit, effaçant du pied la série de cercles que je venais de dessiner.

— C'est justement ce qui me mène sur le chemin de Compostelle, dit-elle en se rapprochant. Je veux vivre dangereusement. Toi aussi, j'imagine.

Je me baissai pour vérifier l'état de mes souliers.

— Non, Miss Jenny. C'est une chose que je souhaite, si possible, éviter.

J'enfilai mes chaussettes et mes souliers pendant qu'elle s'étendait encore sur son pèlerinage et son refus d'en revenir plus docile, ainsi que l'espéraient ses parents. Puis je ramassai mon sac et le sanglai sur mon dos, désireux de ne lui laisser aucun doute sur mon intention de poursuivre seul.

— Ce fut un plaisir de vous rencontrer, Miss Jenny, déclarai-je avec une courbette. Je vous souhaite un agréable voyage et… bien des dangers.

Elle m'adressa un sourire farouche.

— J'espère que nous te reverrons, me cria-t-elle tandis que je rejoignais la route. J'ai entendu dire qu'il y a une rivière très agitée plus avant, qui sait si je n'aurai pas besoin de toi ?

Je la saluai en riant, ainsi que le reste du groupe, puis je repris mon chemin dans la solitude.

À la fin de la journée, j'atteignis un refuge non loin de la sortie d'une ville. J'ignorais si les autres m'y retrouveraient. La route avait été longue et peut-être avaient-ils jugé plus sûr de bivouaquer au bord du chemin plutôt que de risquer d'être surpris par la nuit. Bien que seul, je me réjouissais à l'idée de savourer un verre de vin et un copieux ragoût d'agneau. Je m'installai donc à une petite table près de la fenêtre, d'où je pouvais garder un œil sur la route.

Je les entendis avant de les voir. Le rire de Jenny dominait le brouhaha lorsque le flot des pèlerins s'engouffra dans l'étroite rue pavée, inondant les lieux d'éclats joyeux et de chants à l'heureuse perspective d'une couche moelleuse et d'un repas chaud. Jenny menait la troupe, telle la figure de proue d'un majestueux navire. Ses beaux habits étaient couverts de boue, tout comme ses cheveux, qui m'évoquaient une meule de foin soufflée par une rafale de vent et détrempée par une pluie battante, mais ses yeux débordaient de vie tandis qu'ils fouillaient les ruelles vides à la recherche du refuge.

Je me levai pour mieux observer le groupe qui avait doublé de volume, dans l'idée que Tomás et Rosa s'y trouvaient sans doute. Quelques instants plus tard, la salle commune se remplit de pèlerins qui déchargeaient leur barda, se renseignaient sur les rafraîchissements, s'effondraient sur les chaises, puis par terre quand celles-ci vinrent à manquer. Plongé dans l'exubérance de la fatigue collective, je gardai les yeux rivés sur la route et ne m'aperçus pas que Jenny s'était assise sur la chaise à côté de la mienne, se joignant à ma surveillance avec l'apparent dessein de me singer. Comme je l'escomptais, Rosa et Tomás apparurent en fin de cortège, en compagnie d'une *doña* Gloria plus boiteuse que jamais. Si Tomás semblait maussade, Rosa affichait son flegme coutumier, le visage resplendissant, les joues colorées et le regard aussi calme que le ciel qui s'assombrissait au-dessus de leur tête. Envoûté par cette vision, je ne pus dissimuler tout à fait mon trouble.

— Elle est ravissante, observa Jenny.

Me remettant de la surprise que m'avait causée cette compagnie inattendue, je repris place sur ma chaise et réussis à trouver une repartie.

— Mes amis. Je… je m'inquiétais qu'ils n'atteignent pas le refuge.

— Inquiet comme tu es, remarqua Jenny en se servant un verre de mon vin, je m'étonne que tu les aies laissés en arrière.

— J'aime mieux marcher seul, répondis-je, un peu décontenancé par son culot.

À cet instant, les domestiques de Jenny s'approchèrent afin de l'informer qu'elles avaient pris les dispositions nécessaires pour la loger dans la meilleure auberge de la ville.

— Je pensais coucher au refuge avec les autres ce soir, répliqua-t-elle aux deux jeunes femmes, qui tombèrent dans un silence stupéfait.

Tomás et Rosa nous rejoignirent bientôt, chacun à un bras de *doña* Gloria, qui se traînait littéralement entre eux, geignant et ronchonnant sur l'atrocité de cette journée de marche et l'état déplorable de ses pieds. Aussitôt, je lui cédai ma chaise. Elle s'y écroula sans interrompre ses plaintes tandis que Rosa s'agenouillait devant elle pour lui retirer ses bottines et ses chaussettes, révélant des pieds aussi enflés et rouges que des betteraves bouillies, aux plantes couvertes d'ampoules suppurantes dont certaines s'étiraient sur toute la largeur du talon.

Jenny posa une main réconfortante sur l'épaule de Rosa.

— Je crains qu'elle ne doive reposer ses pieds deux ou trois jours.

— Vous croyez? s'enquit Rosa, dont le visage ne trahit aucune déception.

— J'en suis certaine. Un peu de pommade lui ferait aussi le plus grand bien.

Jenny donna l'ordre à l'une de ses domestiques d'aller lui chercher une graisse nauséabonde, avec laquelle Rosa massa les pieds de *doña* Gloria tandis que celle-ci priait le Seigneur de la délivrer de ses souffrances. Intarissable, elle poursuivit ses lamentations, pestant contre le peu de sommeil que lui offraient les refuges, où elle ne pouvait fermer l'œil entre l'humidité froide, la foule et la vermine.

— Dans ce cas, j'insiste, madame, pour que vous preniez ma chambre à l'auberge, intervint Jenny, qui lui servit une généreuse rasade de vin.

Doña Gloria accepta la boisson de bon cœur, se dispensant, une fois n'est pas coutume, de son traditionnel discours sur la légendaire abstinence qu'elle ne rompait qu'à Noël. Depuis que nous la connaissions, il ne se passait pas un jour sans qu'elle ne célébrât la naissance du Christ.

— Ce serait merveilleux…

— Nous ne pouvons accepter votre chambre, mademoiselle, intervint Rosa, qui interrompait sans doute sa mère pour la première fois de son existence. Nous ne pourrions la payer et…

— Enfin, ne racontez pas n'importe quoi ! Elle est déjà payée et cette pauvre femme a besoin d'une bonne nuit de repos, sans avoir à s'inquiéter de la vermine.

— C'est très aimable à vous, la remercia Rosa en rougissant. Mais je vous assure que nous sommes très bien ici, déclara-t-elle avant de promener son regard sur la salle grouillante d'animation pour vérifier que personne n'avait entendu la remarque désobligeante de Jenny. Ma mère a seulement peur des rats qui rampent sur le plancher pendant la nuit, voilà tout.

Jenny roula des yeux d'un air entendu.

— Je faisais, pour ma part, référence aux bêtes à deux pattes. Elles sont parfois tellement plus dangereuses ! conclut-elle avec un clin d'œil.

Lorsque Jenny eut convaincu Rosa, elle passa commande pour la tablée, insistant pour que nous nous joignions à elle. Nous partageâmes des tourtes à la viande, des légumes frais et la meilleure cuvée du patron avant de terminer notre repas par une tarte aux amandes tout juste sortie du four. Pendant que nous nous restaurions, Jenny nous raconta ses aventures sur le chemin, parachevant son récit par le compte rendu de mon sauvetage du midi. L'enjolivant au-delà du croyable, elle me décrivit en train de nager contre des flots torrentiels pour la secourir. Comme je lui rappelais que l'eau m'arrivait à peine au-dessus des genoux, elle pencha la tête sur le côté pour interroger Tomás :

— Ton ami est-il toujours aussi humble?

— Pas toujours, répliqua-t-il, mais il me faut reconnaître que la modestie lui sied.

À la fin du repas, même *doña* Gloria s'était considérablement égayée. Rosa, sur qui Jenny exerçait une fascination indubitable, l'interrogea longuement sur sa vie en Amérique. Jenny répondit de bon gré, sans rien trahir de la jalousie que j'avais lue sur le visage d'autres femmes face à la beauté de Rosa.

Nous quittâmes la table le ventre lourd et le cœur léger. Jenny s'accrocha à mon bras tandis que, du pas de la porte, nous regardions Rosa et sa mère traverser la place pour rejoindre l'auberge. La claudication de *doña* Gloria s'était atténuée et elle pesait moins sur le bras de sa fille. Tomás portait leurs affaires, la tête baissée dans une attitude de prière.

— Ton ami se meurt d'amour, remarqua Jenny. Une chance pour lui que Rosa soit aussi pauvre qu'elle est belle. Je suis sûre que *doña* Gloria prévoit déjà les noces.

Je la dévisageai un moment, attendant de voir son sourire se flétrir. Comment cette femme qui ne nous avait observés que quelques heures pouvait-elle se permettre de formuler pareilles théories?

— Je vous souhaite une bonne nuit de repos, Miss Jenny, répondis-je avec une inclination polie de la tête. Et si je ne vous vois pas demain, un plaisant pèlerinage.

— À toi de même. Mais tu me verras, j'en donne ma main à couper.

19

La sensation des billets dans ses mains – leur douceur de cuir fin, leur parfum, légèrement âcre et terreux – l'emplissait de satisfaction et lui donnait l'impression de toucher du doigt la réalisation de ses rêves. Elle s'imagina en train de remettre l'argent au médecin qui la soignerait. Après avoir reçu son paiement, il sortirait un instrument brillant de la forme d'un pistolet, garni d'une batterie complexe de boutons et d'accessoires. Avec un agréable bourdonnement, le laser émettrait un flot continu de lumière, comme s'il exploitait la puissance d'une force invisible aussi mystérieuse que les étoiles. Elle se déshabillerait, puis elle patienterait, couchée à plat ventre sur la table d'examen, déterminée à endurer toutes les souffrances nécessaires. Mais le traitement ne se révélerait guère plus douloureux qu'un bain bouillant, et ses résultats seraient immédiats. Dans le miroir qu'on lui tendrait, elle découvrirait une peau lisse et unie, de sa nuque à l'arrière de ses genoux. Le gentil docteur l'informerait alors que la rougeur s'atténuerait en quelques jours, au terme desquels elle serait parfaite.

Avec un soupir, Jamilet rangea dans sa boîte à chaussures les quelque deux mille dollars qu'elle avait réussi à économiser. Puis elle passa la main dans son dos et laissa courir ses doigts sur l'épais relief de la peau de ses épaules, facilement perceptible à travers le coton fin. Tirant les pans de son chemisier de sa ceinture, elle glissa ses mains sur ses reins pour imiter les caresses d'un amant. Quand la marque ne serait plus qu'un mauvais souvenir, Eddie ne pourrait choisir d'endroit plus sensuel que celui-ci, au bas de sa colonne vertébrale, ou au creux de sa nuque, pour exercer ses charmes. S'il était aussi tendre et romantique qu'elle le soupçonnait, ce serait là que débuterait leur étreinte amoureuse.

La porte d'entrée s'ouvrit et se referma dans un claquement, suivi du bruit creux de chaussures dinguant l'une après l'autre sur le sol. Jamilet, qui n'attendait pas Carmen avant une heure ou deux, devina tout de suite que quelque chose ne tournait pas rond. Rentrant à la hâte son chemisier dans sa jupe, elle se risqua dans le salon, où sa tante s'était vautrée sur le canapé. Elle n'avait même pas pris la peine de faire un détour par le frigo pour se munir de sa première canette de la soirée. Jamilet n'avait encore jamais vu Carmen négliger cette étape de sa routine. Il lui arrivait d'oublier de tirer la bonde après un bain, même souvent, ou d'oublier de sortir les poubelles le jour de la collecte des ordures. Mais sa première bière du soir, jamais elle ne l'oubliait.

Jamilet prit donc sur elle d'aller chercher dans le réfrigérateur une canette fraîche, qu'elle déposa au centre de la table basse. Elle attendit un moment puis, comme sa tante ne bougeait toujours pas, la décapsula. Elle la reposa ensuite trois ou quatre centimètres plus près. Mais Carmen paraissait ne pas avoir remarqué la présence de sa nièce. Les yeux vitreux, elle se mordillait la lèvre inférieure avec acharnement.

— *Tía* ? Ta bière est là, l'informa Jamilet.

Carmen émit un faible grognement, mais elle ne remua pas un muscle.

— Qu'est-ce qui ne va pas, *tía*?

Les yeux de Carmen s'éclaircirent imperceptiblement. Alors qu'elle semblait sur le point de parler, elle jeta brusquement sa main en avant pour s'emparer de la bière, comme une lionne bondissant sur sa proie, et la siffla en un temps record. Elle laissa ensuite la canette lui glisser des doigts et rouler sur le canapé pour atterrir sur le sol.

— Pourquoi tu es rentrée plus tôt du travail? lui demanda Jamilet, luttant contre son impulsion à ramasser le rebut.

La lèvre inférieure de sa tante se mit à trembler.

— À quoi bon trimer toute la journée? Ma vie est foutue!

— Il s'est passé quelque chose avec Louis?

Carmen acquiesça sans un mot, avant d'enfouir sa tête dans un coussin, le corps secoué de violents sanglots. Jamilet se précipita dans la salle de bains pour en rapporter plusieurs mètres de papier toilette, qu'elle plaça près du poing serré de sa tante. Les doigts de Carmen s'ouvrirent lentement pour se refermer sur l'énorme tampon, dont elle s'essuya le nez et les yeux. Un peu rassérénée, elle se redressa, le visage rouge et bouffi.

— On se fiche de ce qui s'est passé, c'est terminé, affirma-t-elle, catégorique.

— Les choses finissent toujours par s'arranger entre vous deux, *tía*. Tu le sais bien.

— Cette fois, c'est différent.

— Pourquoi?

— Parce que bobonne n'a pas eu la bonne idée de casser sa pipe au Mexique! Elle s'est servie des papiers d'une copine pour repasser la frontière. N'importe quel débile sait qu'il faut retenir la date de naissance et tout le bordel pour espérer les berner, mais cette garce gâteuse a tellement balisé qu'elle a eu un trou noir. Elle n'a même pas réussi à se souvenir du nom de sa copine quand on l'a interrogée.

— C'est pas de bol.

Jamilet savait que l'épisode avait forcément abouti à une rétention à la frontière, mais elle ne voyait pas très bien en quoi cela affectait Carmen et Louis.

Carmen fourra le coussin sous son menton et l'écrasa entre ses bras, comme un enfant qui serre son nounours.

— Il est passé au travail quand je terminais ma tournée. Il m'a dit qu'il ne pouvait pas me voir ce week-end, et peut-être même plus jamais, qu'il se sentait trop chamboulé, trop coupable avec sa femme et ses filles en cabane. Il s'est mis à chialer, à me raconter toutes ces conneries, alors je lui ai demandé s'il me prenait pour un putain de curé. T'aurais dû voir la tronche qu'il a tirée, c'était à gerber.

— Tu lui as dit ça?

Carmen écarquilla les yeux.

— Tu trouves ça vache?

Comme Jamilet confirmait de la tête, Carmen expédia le coussin auquel elle se cramponnait à l'autre bout du salon.

— Et qu'est-ce que je suis censée faire, hein? Tu n'as qu'à me le dire, toi qui es si futée!

Ses yeux s'accrochèrent à Jamilet, remplis de crainte et d'un semblant d'espoir.

— Je ne sais pas, *tía*, répondit Jamilet en se baissant pour ramasser la canette de bière vide. Peut-être qu'on devrait attendre de voir ce qu'il se passe.

Carmen souffla, laissant tomber son menton sur son buste.

— On peut poireauter jusqu'à ce que j'aie des cheveux blancs, ça ne changera rien. C'est terminé.

La police téléphona alors que Jamilet enfournait le dîner, des *enchiladas* au poulet avec lesquelles elle espérait remonter le moral de sa tante. Elle serrait encore la manique lorsque l'agent lui expliqua que Carmen était libérée sous caution, mais qu'il fallait venir la chercher car elle n'était pas en état de prendre le volant. Jamilet parcourut à toutes jambes et d'une traite les quatre pâtés de maisons qui la séparaient du poste, où elle trouva sa tante affalée sur un banc de bois avec son sac à ses pieds, tout son contenu éparpillé sur le sol. L'agent derrière la vitre lui remit les clés de voiture et le permis de conduire de Carmen, qui la gratifia d'un regard furieux, comme si elle lui reprochait sa fâcheuse situation.

Elles longèrent les deux premiers pâtés de maisons en silence, mais Jamilet attendait avec impatience d'entendre la version de sa tante, même si elle connaissait les faits dans les grandes lignes. La police avait reçu un appel pour mettre fin à une bagarre au Chabelito et, à leur arrivée dans le bar, les agents avaient trouvé Carmen le bras enroulé autour du cou d'une autre femme. Tous les témoins s'accordaient à dire que Carmen avait envoyé le premier coup de poing, même si elle ne l'avait fait qu'après avoir encaissé une bonne dose d'insultes.

— Si elle avait lâché prise quand on a débarqué, on l'aurait sûrement laissée repartir, avait précisé l'agent à Jamilet au téléphone. Mais il a fallu se mettre à deux pour la maîtriser.

L'allure de Carmen, avec sa tignasse noire en pétard et un talon cassé qui la faisait claudiquer, leur valait quelques regards curieux, mais elle ne le remarquait même pas. Elle gardait les yeux rivés sur le trottoir, s'appuyant à Jamilet lorsqu'elle se sentait chanceler sur ses pieds asymétriques.

Au bout d'un moment, elle bredouilla quelques mots.

— Qu'est-ce que tu dis, *tía* ?

— Je dis, répliqua Carmen d'une voix geignarde, qu'elle n'aurait pas dû ramener Louis sur le tapis.

— C'est ce qui t'a mise en colère ?

Carmen se tourna pour fusiller sa nièce du regard, trébuchant au passage.

— Tu ne serais pas en rogne si on venait te dire que ton jules a une autre bonne femme ?

Jamilet demeura muette.

— La garce ! grommela Carmen. Je sais qu'elle ment. J'ai mes indics, je sais qu'il n'est pas sorti de chez lui, à part pour aller au boulot. Elle a juste dit ça pour m'énerver.

— Ça a l'air d'avoir marché ! observa Jamilet, qui réussit même à émettre un petit rire.

Il en fallait toutefois plus pour dissiper la tension et Jamilet se sentit ridicule de cette piètre tentative.

— Je n'ai jamais été en taule avant, Jami, confessa Carmen d'une voix radoucie. Je suis sûre que tu ne me crois pas, mais c'est la vérité.

— Je te crois, *tía*.

— J'ai bu comme un trou pour essayer de digérer toute cette connerie qui bout à l'intérieur de moi, mais ça n'a fait qu'aggraver les choses. Cette fois, je n'ai pas réussi à ravaler ma colère, c'est elle qui m'a bouffée.

— Tu sais, je me fais du souci pour toi, *tía*.

— Eh ben, je vais t'en donner un de plus, de souci : je passe devant le tribunal dans quelques semaines et le juge risque de m'envoyer derrière les barreaux pour un bail. Deux ans peut-être.

Elles parcoururent un demi-pâté de maisons en silence.

— Je ne sais pas ce que je vais faire, Jami. Cette fois, on dirait que ma vie est vraiment foutue. Même si Louis revenait, je ne crois pas que ça arrangerait les choses.

Jamilet saisit le bras de sa tante pour la maintenir en équilibre. Alors Carmen se mit à pleurer tout bas.

— J'ai l'impression d'être un gros tas de merde, dit-elle, la bouche ruisselant de larmes. Non, pire. Un gros tas de merde, c'est trop bien pour moi, trop réel : on le voit, on le sent sous le pied, on le flaire. Moi, je suis plus un pet, un bon gros pet silencieux, un fantôme puant.

— Allez viens, on rentre, lui souffla Jamilet, qui ployait sous le poids de la détresse de sa tante. Tu te sentiras mieux quand tu te seras un peu reposée.

— Ouais, on rentre, répéta Carmen. Je veux dormir. Dormir et ne plus jamais me réveiller.

Si Jamilet n'avait jamais vraiment apprécié le café, il ne lui en fallut qu'une tasse pour réviser son jugement. Peut-être cela s'expliquait-il par le fait que le *señor* Peregrino avait pris le soin de le lui servir en personne, non sans ronchonner dans sa barbe qu'elle le préférait sûrement noyé de crème et plein de sucre, comme les enfants, mais qu'un natif du Nouveau Monde ne pouvait décemment pas éprouver de répulsion pour l'un de ses plus beaux apports à la civilisation.

— Le café éclaircit les idées et renforce l'organisme, affirma-t-il. Ceux qui s'en passent sont faibles de corps et d'esprit. Ils n'ont d'avis sur rien ou, s'ils en ont un, ils n'osent pas l'énoncer haut et fort.

Jamilet accepta une seconde tasse, un peu perturbée de voir le *señor* Peregrino faire le service. Elle continua toutefois à lui relater les événements de la veille au soir : elle était restée au chevet de sa tante jusqu'à 3 heures du matin de crainte de ne la voir, dans son désespoir, mettre ses menaces à exécution et se rendre en pyjama sur le pont de la Première Rue pour se jeter dans les flots du Los Angeles. Quand elle ne passait pas en revue les diverses façons de se donner la mort, elle pleurait sur sa solitude et l'humiliation d'une enfance partagée avec la si belle et si parfaite Lorena.

— Je sais que *mamá* aurait préféré que ce soit moi qui meure, avait-elle vagi.

Jamilet avait bien tenté d'apaiser les tourments de sa tante à l'aide de tisanes et de sages paroles, mais l'accablement qu'elle éprouvait à la voir dans cet état excédait sa capacité à comprendre ou à faire quoi que ce fût, si ce n'était prendre la mesure de son immense chagrin.

Bien qu'ému par le triste sort de Carmen, le *señor* Peregrino s'inquiétait davantage de la fatigue manifeste de Jamilet.

— Cette liaison amoureuse est vouée à l'échec, affirma-t-il. M'est avis que tu ne devrais plus y sacrifier une seule nuit de sommeil. Il y a des limites à la quantité de café qu'un organisme peut ingurgiter.

Sur ce, il se remit à disserter sur les miracles de la caféine, sur les nombreux hauts faits que la civilisation devait, sans doute aucun, à la stimulation qu'elle produisait dans les veines, sur la dette que le Vieux Continent avait envers le Nouveau Monde pour sa découverte et sa transmission. Il finit par émettre l'hypothèse que Carmen ne buvait pas son café assez corsé.

— Pourtant, elle a l'air d'aimer ça, observa Jamilet. Elle en prend trois d'affilée, sans crème ni sucre, précisa-t-elle avant de boire une petite gorgée, lui glissant un coup d'œil par-dessus le bord de sa tasse. Et puis, *tía* Carmen n'a pas peur de dire ce qu'elle pense, *señor*.

Quand elle eut terminé, elle le remercia et entreprit de mettre de l'ordre sur le plateau du petit-déjeuner.

— Laisse donc cela pour l'instant, dit-il. Je voudrais poursuivre mon récit.

Ses yeux s'embrumèrent dans son effort pour rassembler ses souvenirs.

— Je crois, commença Jamilet en s'asseyant sur le bord de sa chaise, que vous en étiez au…

Il brandit la main.

— Tais-toi une seconde! On ne s'entend plus penser.

Il ferma les paupières, comme pour se fermer à tout ce qui risquait d'interférer avec sa mémoire, et demeura ainsi un moment. Mais rien n'indiquait qu'il s'apprêtait à reprendre le fil de son histoire.

— D'accord, admit-il en rouvrant les yeux. Où en étais-je?

Jamilet répondit avec tant d'ardeur que les pieds de sa chaise raclèrent le sol.

— Jenny vous disait que Rosa était très belle, mais aussi très pauvre, et que *doña* Gloria préparait déjà le mariage.

Elle hésita quelques secondes avant d'ajouter:

— Jenny avait laissé sa chambre à l'auberge à Rosa et à sa mère, mais son comportement vous agaçait quand même un peu.

— C'est vrai, remarqua le *señor* Peregrino en posant sa tasse, prêt à continuer. Je n'ai jamais connu quelqu'un d'aussi doué pour me contrarier.

Au réveil, *doña* Gloria souffrait d'une telle inflammation des pieds qu'elle ne put quitter son lit pour le repas du matin. Rosa, affolée, vint nous chercher pour nous demander de la suivre au chevet de sa mère afin de l'aider à prendre la décision la plus sage. Jenny nous accompagna sous prétexte qu'elle connaissait des remèdes artisanaux appris de sa nourrice, une guérisseuse qui lui avait transmis tout son savoir. Et tandis qu'elle nous narrait mille et un contes à sa gloire, nous traversâmes tous la place jusqu'à l'auberge.

Nous trouvâmes *doña* Gloria alitée, le dos calé contre des oreillers et la bouche pleine de biscuits et de miel. Bien qu'elle parût à son aise, nous étouffâmes tous un cri d'horreur lorsqu'elle repoussa sa couverture pour nous montrer ses pieds. Ils avaient doublé de volume pendant la nuit et semblaient près d'exploser, au point que personne n'osait se risquer à les examiner. Personne, sauf Jenny. D'un air plus curieux qu'effaré, elle palpa les plantes boursouflées de *doña* Gloria en murmurant.

— Je crains que ce ne soit guère rassurant, conclut-elle à l'attention de Rosa. Aucune pommade n'y fera, son mal est dû à une mauvaise circulation du sang dans les pieds.

D'une voix légèrement chevrotante, Rosa demanda à Jenny ce qu'elle lui conseillait de faire. Ni mon opinion ni celle de Tomás ne semblaient plus importer, mais ce dernier s'empressa de faire connaître la sienne avant que Jenny pût répondre.

— Si c'est de repos qu'elle a besoin, nous devrions attendre tous ensemble qu'elle soit en mesure de reprendre la route, déclara-t-il d'un ton pétri d'autorité.

Jenny secoua la tête, guère impressionnée par la conviction qu'il avait insufflée dans ses mots.

— Je crains qu'elle ne puisse reprendre appui sur ses pieds avant des jours, voire des semaines.

Tomás se rengorgea, mais, à moins de porter *doña* Gloria sur son dos jusqu'à Compostelle, il ne pouvait proposer d'autre solution.

Rosa couvrit les pieds de sa mère, au grand soulagement général, avant de se tourner vers Jenny.

— Que suggérez-vous?

— Si elle espère remarcher un jour, ta mère doit renoncer au pèlerinage.

À ces mots, *doña* Gloria cessa de mâchonner son biscuit pour pousser des geignements.

— Ne devrions-nous pas consulter un médecin? s'enquit Rosa en flattant l'épaule de sa mère.

— Bien sûr, convint Jenny avec ardeur. Le plus tôt sera le mieux. Il ne fera toutefois que confirmer mon diagnostic.

— Je vais me renseigner auprès du patron, proposa Tomás.

Il se rua hors de la chambre, sans doute mû par l'espoir d'entendre le médecin contredire Jenny. Il revint moins d'une minute plus tard, triomphant.

— La chance nous sourit. Il se trouve qu'un médecin séjourne en ces lieux. À cette heure, l'aubergiste s'entretient avec lui pour voir s'il voudra bien nous accorder une consultation.

Jenny se tourna vers Rosa.

— N'aie aucune inquiétude pour ta mère, elle se remettra, pourvu qu'elle se repose. Elle ferait bien, également, de garder ses distances avec les confiseries et la boisson.

Le médecin ne tarda pas à se présenter, les pointes de sa moustache grise encore luisantes de confiture. Il se livra à un examen un peu plus long que celui de

Jenny, malgré un désir manifeste de s'éloigner au plus vite de cette patiente qui s'obstinait à exprimer sa douleur avec des braiments de mule.

— Elle ne doit plus poser un pied par terre, déclara-t-il en promenant son regard sur nous, bien en peine de savoir à qui s'adresser. Elle souffre d'un mal circulatoire, plutôt grave, d'après ce que je puis dire. Sans une amélioration, la gangrène pourrait gagner ses pieds et… elle les perdrait.

Doña Gloria se mit à beugler de plus belle, en dépit des tentatives de sa fille pour la réconforter.

— Elle doit rentrer chez elle au plus vite afin d'y recevoir le traitement adéquat, conclut le médecin, tressaillant sous l'effet des cris stridents qui montaient du lit. Et madame, reprit-il avec suffisamment d'autorité pour imposer le silence à sa bruyante patiente, je vous suggère de couper court aux douceurs et à ce petit verre de xérès avec lequel vous terminez les repas.

Sur ces belles paroles, il claqua des talons et quitta la pièce.

Des dispositions furent aussitôt prises pour organiser le retour de *doña* Gloria et de Rosa. Dans son souci de se débarrasser de l'infirme, l'aubergiste se montra fort prévenant et nous communiqua les horaires des trains en partance pour Barcelone. D'impassible, le visage de Rosa devint inerte, aussi dénué de vie qu'une tombe. Tomás, lui, la cherchait partout avec des minauderies. Je n'éprouvai qu'un infime pincement de culpabilité lorsque je lui dis ignorer où elle était alors que je venais de la voir se réfugier dans la chapelle.

Le calme était retombé sur la ville après le départ des autres pèlerins pour León, plusieurs heures auparavant. Assis sur la place, Tomás et moi regardâmes les pigeons se rassembler autour de la fontaine pour un bain énergique. Avec force battements d'ailes, ils prirent ensuite un peu de hauteur pour voltiger tel un essaim d'abeilles, comme un seul corps tendu vers un même but. Je les vis alors dessiner une masse blanche, ondoyante et changeante, qui s'étira et se ramassa sur elle-même jusqu'à former la silhouette distincte de saint Jacques. Flottant au-dessus de la fontaine, le saint pèlerin pointait son bourdon sur la route, nous pressant de reprendre le chemin.

— Vois-tu comme moi, Tomás? Au-dessus de la fontaine?

— Je vois une étrange nuée. Je n'arrive pas à distinguer…

— C'est saint Jacques. Il nous ordonne de partir, de quitter cet endroit au plus vite…

— Et d'abandonner Rosa? Jamais, Antonio, pas même pour apaiser le saint apôtre!

À cet instant, Rosa et Jenny sortirent de la chapelle bras dessus, bras dessous, un large sourire sur les lèvres.

— Ma mère m'a autorisée à poursuivre sans elle, nous annonça Rosa, débordant de joie, avant de se tourner vers Jenny. À la seule condition que je demeure avec Miss Jenny et que ses domestiques me remplacent auprès d'elle jusqu'à la maison.

— Quelle bénédiction pour nous tous! s'exclama Tomás, si fort que les oiseaux jaillirent de la fontaine dans des gerbes d'eau pour regagner leurs perchoirs sous l'avant-toit de la chapelle.

— Oui, c'est une bénédiction! convint Rosa en saisissant la main qu'il lui tendait.

Un instant, je les crus tout près de se lancer dans une gigue au centre de la place. Jamais je n'avais vu pareille démonstration d'émotions chez Rosa, mais c'était Jenny que j'étudiais avec le plus de curiosité. En retrait, elle observait Rosa et Tomás comme deux marionnettes pendues à un fil qu'elle eût actionné de ses propres mains.

Lorsque Rosa prit congé pour se consacrer aux dernières volontés de sa mère avant son départ, Tomás insista pour venir l'aider, nous laissant seuls, Jenny et moi, à méditer ce soudain revirement du destin.

— Tu ne parais pas ravi de voir Rosa demeurer parmi nous, observa Jenny, dont le sourire s'effaça. Voilà qui me surprend.

— Ce qui me surprend, moi, c'est que l'on puisse encore vous surprendre, Miss Jenny. Vous semblez accoutumée à ce que tout se déroule selon vos desseins.

J'allais poursuivre quand des cavaliers arrivèrent sur la place. Je reconnus parmi eux le soldat blond de Burgos, qui menait sa monture écumante et harassée à l'abreuvoir. Tout prêtait à croire que la troupe ne se contenterait pas de passer son chemin.

— Les connais-tu? m'interrogea Jenny.

Au même instant, l'officier m'avisa. Confiant son cheval à des subalternes, il s'avança vers nous, étudiant l'étrangère de pied en cap. S'il parut impressionné par le tissage fin de ses habits et par ses courbes féminines, je ne décelai pas, chez lui, l'éblouissement qui l'avait saisi devant Rosa.

— J'espère que vous vous portez bien, monsieur, me dit-il avec une légère inclination de la tête. Et que votre compagnon ainsi que sa sœur, Rosa, ne sont pas trop rompus par la marche.

— Sa sœur? répéta Jenny en m'interrogeant du regard.

Le soldat lui tendit sa main gantée.

— Permettez-moi de me présenter, mademoiselle : capitaine Andrés Segovia. Missionné par le gouvernement sur le chemin de Compostelle.

Jenny accepta sa main et déclina son identité, comme la jeune femme de bonne famille qu'elle était.

— Dois-je en déduire que votre intérêt pour Mlle Rosa est lié à quelque affaire gouvernementale, capitaine?

Le rouge monta aux joues d'Andrés. L'ombre d'une seconde, il sembla retomber en enfance, mais il se ressaisit aussitôt.

— Si je m'enquiers de cette charmante demoiselle, c'est parce que j'ai eu le plaisir d'échanger quelques mots avec elle et que je l'ai trouvée délicieuse.

Il se retourna promptement vers moi, perturbé par le regard inquisiteur de Jenny.

— Transmettez-lui mon meilleur souvenir, je vous prie. Ainsi qu'à sa famille, bien entendu.

— Je n'y manquerai pas, répondis-je avec un petit salut de la tête.

— Sa mère est souffrante, capitaine, s'empressa de l'informer Jenny. Elle part pour Barcelone par le train cet après-midi même.

— Vous m'en voyez navré, assura Andrés.

Piqué de curiosité, il nous aurait interrogés plus longuement s'il n'avait été appelé par ses hommes. Avec un salut raide de la tête, il tourna les talons pour s'éloigner, laissant Jenny ahurie. Profitant de cette distraction passagère, je pris congé à la hâte en prétextant la nécessité de rassembler mes affaires. Je n'imaginais pas qu'elle aurait le toupet de me retenir par le coude, me forçant à m'arrêter et lui faire face sous peine de passer pour une brute épaisse.

Elle demeura immobile et grave, comme si elle cherchait à lire dans mes pensées à la façon d'une gitane.

— Est-elle réellement… ? Non, c'est impossible !

Son visage s'épanouit et les coins de ses yeux se plissèrent dans un sourire.

— C'est une ruse. Mais pourquoi ?

— Vous ne pouvez pas tout savoir, Miss Jenny, répliquai-je avec un malin plaisir. Et certaines questions gagnent à n'être pas posées.

20

Quelques jours après son arrestation, Carmen semblait avoir repris du poil de la bête. Elle ne parlait plus jamais de Louis et se levait tôt chaque matin pour se rendre au travail, dont elle rentrait à l'heure habituelle. Ce n'était que lorsqu'elle passait en revue le courrier que l'angoisse la reprenait. N'y trouvant pas d'assignation à comparaître devant le tribunal, elle finissait par pousser un lourd soupir de soulagement.

— Tu sais, Jami, observa-t-elle lorsque deux semaines complètes se furent écoulées. Je crois que je suis tirée d'affaire.

Elle s'enfonça dans le canapé et suréleva ses pieds, réussissant même à émettre un gloussement de bon aloi.

— Paraît que ça arrive tout le temps. Des erreurs administratives, qu'on appelle ça. Un truc qui cloche avec l'ordinateur et, d'un coup d'un seul, mon affaire tombe aux oubliettes, comme ça! dit-elle en claquant des doigts.

Rassurée de voir la vie reprendre son cours, Jamilet s'arrêta un après-midi au marché pour acheter des *nopales* et concocter un ragoût spécial qu'elle souhaitait cuisiner depuis un moment déjà. En se dépêchant, elle pourrait arriver avant Carmen et se mettre rapidement aux fourneaux. Un sac dans chaque main, elle remontait la rue à pas pressés quand elle aperçut Eddie, qui attendait comme tous les jours sous le porche d'en face. Elle lui rendit son hochement de tête. Voilà à quoi se résumaient leurs relations depuis leur conversation devant la grille de l'hôpital mais, ce jour-là, cet échange silencieux échoua à satisfaire Jamilet. Si elle n'avait pas été en retard pour préparer le dîner, peut-être se serait-elle attardée dehors dans l'espoir de voir une nouvelle discussion éclore.

Mais elle était en retard. Elle gravit les marches du perron au pas de course en voyant la voiture de Carmen garée devant la maison, avec ses dés en peluche roses pendus au rétroviseur. Carmen disait que ces dés lui rappelaient que la vie n'était qu'un jeu de hasard et que la chance lui avait souri jusque-là. Maintenant qu'elle avait retrouvé l'appétit, elle devait trépigner d'impatience en feuilletant un magazine ou zappant comme une forcenée. Carmen n'aimait pas attendre ses repas. Carmen n'aimait pas attendre tout court.

— *Tía*, je suis là ! cria Jamilet en ouvrant la porte d'entrée. Je prépare le dîner tout de suite.

Comme elle n'obtenait aucune réponse, elle frappa deux coups légers à la porte de la salle de bains, qui tourna sur ses gonds pour révéler une baignoire vide.

Une décharge de peur glaciale traversa Jamilet. Elle se rua vers la chambre de sa tante, dont elle ouvrit la porte à toute volée. Carmen gisait sur son lit, les yeux entrouverts, une lettre sur la poitrine. Jamilet n'eut pas besoin de la regarder de plus près pour savoir qu'il s'agissait de la convocation au tribunal. Elle agrippa à pleines mains les épaules de sa tante et la secoua violemment.

— *Tía !* cria-t-elle. *Tía*, réveille-toi ! Réveille-toi !

Carmen ne bougea pas, ne cilla pas. Ses yeux ensommeillés ne regardaient rien ni personne. Seule une fine traînée de salive s'écoula de la commissure de ses lèvres tandis qu'un flacon de médicaments vide roulait sur le sol.

Jamilet la gifla, lui hurla de se réveiller, mais Carmen ne réagissait pas. Affolée de voir sa tante morte, ou mourante, elle se précipita dans la rue.

— Eddie ! Eddie ! Viens vite !

Elle l'appela en espagnol, puis encore en anglais, braillant presque. Comme rien ne lui assurait qu'il l'avait entendue, elle continua à s'égosiller jusqu'à ce qu'il traversât enfin la rue. Elle se mit alors à lui expliquer, mais il fonça à l'intérieur sans la laisser finir. À son tour, il empoigna Carmen par les clavicules, encore plus brutalement que Jamilet, faisant rebondir sa nuque et ses épaules sur le matelas. Comme elle ne réagissait toujours pas, il ordonna à Jamilet d'appeler les secours, puis se pencha sur Carmen pour souffler dans sa bouche de profondes bouffées d'air qui soulevèrent son torse inanimé. Il répéta ce geste, encore et encore, collant de temps à autre son oreille à ses lèvres, comme s'il essayait de saisir un secret destiné à lui seul. Puis il recommençait à souffler avec un acharnement désespéré. Il ne s'interrompit qu'une fois, pour dire à Jamilet d'aller attendre l'ambulance devant la maison.

À leur arrivée, les secouristes écartèrent Eddie. Médusée dans l'embrasure de la porte, Jamilet regarda plusieurs hommes en uniforme découper avec de grands ciseaux les vêtements favoris de sa tante. Elle portait un ensemble de lingerie carmin, le préféré de Louis. Elle se plaignait constamment de son inconfort, avant d'ajouter, en riant, qu'une femme devait consentir à certains sacrifices pour garder son jules.

— Elle est morte? demanda Jamilet à Eddie, qui haletait légèrement à côté d'elle.

— Je ne sais pas.

Un homme introduisit un long tube dans la gorge de Carmen tandis qu'un autre tentait de lui enfoncer une aiguille dans le bras. Incapable de trouver une veine, il finit par se rabattre sur la main. Tous les secouristes se regroupèrent ensuite autour du lit pour soulever Carmen et la transférer sur le brancard. Jamilet songea que sa tante n'aurait pas apprécié de roupiller alors que tant d'hommes jeunes s'activaient autour de son corps presque nu, mais les yeux de Carmen demeuraient vides, ni vraiment ouverts, ni vraiment fermés.

Le flageolement des jambes de Jamilet s'intensifia. Elle tangua sur ses pieds, prit appui contre le mur. L'un des secouristes lui demanda si elle voulait monter dans l'ambulance, mais il dut poser la question trois fois pour obtenir une réaction de sa part. Elle se tourna alors vers Eddie.

— Je crois que tu ferais bien d'y aller, dit-il.

— Tu viens avec moi?

Il hésita, avant d'enfoncer ses mains dans ses poches.

— J'peux pas.

Mais il demeura devant la maison pendant que les hommes installaient Carmen à l'arrière de l'ambulance et que Jamilet grimpait à sa suite, jusqu'à ce que le véhicule s'éloignât vers le Los Angeles County General Hospital.

Trois matins de grisaille s'étaient succédé. Le brouillard se cramponnait aux trottoirs, aux maisons et aux arbres dans une étreinte glaciale. La solitude du pavillon pesait à Jamilet, et plus encore le calme ambiant. Les voitures avaient beau ronfler dans la rue, les passants se héler sur le trottoir, les avions vrombir dans le ciel, l'épais silence de la maison étouffait les bruits de la vie extérieure. Parfois, Jamilet n'arrivait presque plus à respirer, elle avait l'impression d'inhaler le silence et de sentir son cœur ralentir pour battre à un rythme léthargique.

L'évier se remplit de vaisselle en quelques jours. Les draps restaient en boule sur les lits, la dernière canette de bière de Carmen s'éternisait sur sa table de chevet. On était encore loin du champ de bataille que Jamilet avait découvert à son arrivée, mais la puanteur qui s'échappait de l'évier lui rappelait qu'elle en prenait le chemin. L'invisible filet nauséabond ne tarderait pas à devenir si âcre qu'il la suivrait dans sa chambre pour hanter ses nuits. Pour l'instant, il lui suffisait encore de fermer la porte, de fermer les yeux et d'oublier. Elle se promit de tout nettoyer le lendemain, après le travail. Pour l'heure, elle devait se reposer pour affronter les complications qui la guettaient. Cela faisait trois jours qu'elle ne s'était pas présentée à l'hôpital. Trois jours qu'elle téléphonait pour prévenir qu'une urgence familiale la retenait. Mme Clark accueillait ses excuses en silence, puis s'enquérait d'une voix posée de la durée escomptée de son absence. La réceptionniste, qui avait à l'évidence déjà entendu ce genre de discours, ne l'interrogeait ni par compassion ni par curiosité, mais par esprit pratique, afin de pourvoir à un éventuel remplacement. Le troisième jour, elle mit Jamilet en attente et la voix de Mme B. retentit alors à l'autre bout de la ligne.

— C'est tout à fait inacceptable, Monica ! À quel genre d'urgence familiale êtes-vous donc confrontée ?

— Ma tante est malade, elle est à l'hôpital. Je dois rester près d'elle, sinon elle se met dans tous ses états.

La respiration de Mme B. s'intensifia dans le téléphone. Elle soufflait et inspirait de lourdes bouffées d'air dans le combiné, comme si elle venait de sauter à la corde, suffoquée par sa seule contrariété.

— Si vous ne pointez pas demain matin, je me verrai contrainte de vous remplacer. Au moindre changement dans ses habitudes, votre patient devient…

Elle se tut une seconde, produisant un gargouillement du fond de la gorge, avant de conclure :

— Il devient détestable !

Jamilet promit de reprendre du service le lendemain, puis s'évertua à trouver le repos d'esprit en se rappelant qu'elle n'était désormais plus seule pour prendre soin de Carmen. Louis avait réapparu et tout était revenu à la normale, voire mieux. Il avait accouru à l'hôpital quand il avait entendu les rumeurs qui circulaient au Chabelito sur la tentative de suicide de Carmen. Et il était à son chevet quand, au terme de douze longues heures de sommeil comateux, Carmen avait ouvert les yeux. Son regard était le premier qu'elle avait croisé et ils s'étaient longuement enlacés en pleurant. Louis lui avait clamé, ainsi qu'aux infirmières, aux médecins, aux femmes de service et à quiconque franchissait la porte de la chambre, que c'était elle qu'il aimait et qu'il ne vivrait plus dans le mensonge. Il lui avait promis, ainsi qu'à Jamilet, d'annoncer la nouvelle à sa femme dès son retour pour convoler en justes noces avec son véritable amour, comme il aurait dû le faire depuis des années.

— Pourquoi attendre ? Dis-le-lui maintenant, avait suggéré Carmen quand elle avait recouvré un peu de forces.

— Je ne peux pas le lui annoncer quand elle se fait du mouron pour son retour, lui avait expliqué Louis.

Mais ne te bile pas, ma petite fleur. Je suis en train d'économiser pour les faire rentrer, il va juste me falloir un peu de temps. Elles sont trois, tu sais.

— Combien il te faut?

Les yeux au plafond, il s'était lancé dans des opérations de calcul mental en silence.

— Oh, ça doit faire... *grosso modo*... deux ou trois mille dollars, avait-il conclu, un œil fermé.

— Merde! avait lâché Carmen.

Elle avait laissé retomber sa main lourdement, renversant une bonne dose de jus d'orange sur ses draps.

— Tu seras mort et enterré avant d'avoir cette somme en poche. Bon sang! Moi je le serai, en tout cas.

Louis n'avait pas répondu, se bornant à lui prendre la main pour la coller contre sa joue. En temps normal, Carmen lui aurait cherché querelle ou se serait plainte, mais elle se contenta de hausser les épaules d'un air joyeux. Elle avait retrouvé son jules, c'était tout ce qui comptait.

Jamilet n'arrivait toutefois pas à se libérer de ses inquiétudes aussi facilement. Rien ne lui garantissait que Carmen s'accommoderait longtemps de l'arrangement de Louis. Chez sa tante, la satisfaction n'était pas de ces sentiments persistants et profonds que fortifient la foi et une patience à toute épreuve, elle ne durait pas plus qu'une bonne plaisanterie. Et pour Carmen, les plaisanteries les plus courtes étaient toujours les meilleures.

Le chaos régnait dans la chambre du *señor* Peregrino. Le linge sale jonchait le sol et les plateaux de plusieurs repas étaient empilés dans un coin, où leur contenu dégoulinait sur les strates du dessous, pareils à une fontaine délabrée abandonnée à son sort depuis des années. Assis à son bureau, le *señor* Peregrino ne bougea pas lorsqu'elle enjamba les obstacles éparpillés sur le sol pour déposer son plateau de petit-déjeuner sur la table de chevet.

Devenue experte dans l'art d'évoluer sans bruit dans ses chaussures à semelles dures, elle déambula ensuite entre les diverses piles de linge afin d'y mettre un peu d'ordre.

Elle avait enregistré des progrès tout relatifs quand le *señor* Peregrino l'interrompit d'un ton bourru, sans se retourner :

— Laisse donc cela !

Jamilet sursauta, faisant aussitôt tomber le paquet de vêtements qu'elle avait ramassés.

— Je te l'ai déjà dit hier, reprit-il, sévère. Tu ne dois toucher à rien dans cette pièce. Est-ce clair ?

— Excusez-moi, *señor*, mais vous ne m'avez jamais dit ça.

Le *señor* Peregrino pivota sur son fauteuil en reconnaissant la voix de Jamilet. Il la considéra comme s'il avisait soudain un parent disparu revenu à la vie, euphorique. Puis ses yeux se plissèrent et ses lèvres se raidirent en un admirable renfrognement.

— Tu t'es donc décidée à revenir ?

— Ma tante était malade, *señor*.

— Regarde un peu ce travail ! lança-t-il en brandissant les deux bras. Regarde un peu les immondices dans lesquelles j'ai dû vivre.

— Je regrette, *señor*. Je croyais que quelqu'un d'autre nettoierait en attendant mon retour.

— Ce sont toutes des idiotes ! Je ne peux tout de même pas passer mon temps à former toutes les cruches qui franchissent cette porte. Je me suis déjà donné assez de mal avec toi et, pour une idiote, tu es moins bête que la moyenne.

Il se leva, toujours dans son pyjama, et s'étira comme s'il sortait d'un long sommeil réparateur. Une barbe de quelques jours marbrait son menton et ses joues d'une ombre argentée.

— À présent, je vais me doucher. Quand je sortirai de la salle de bains, je veux que le lit soit fait, le plancher déblayé et tous ces plateaux répugnants hors de ma vue.

Il exécuta un élégant début de révérence, avant d'ajouter :

— Puis je petit-déjeunerai au lit et nous reprendrons tes leçons. Et, si tu as de la chance, je serai peut-être d'humeur à poursuivre mon récit après midi.

— Très bien, *señor*. Vous voulez peut-être aussi que je change vos draps ?

— Oui, répondit-il en se dirigeant vers la salle de bains. Et commande du café frais à la cuisine, celui-ci sera déjà froid quand je serai fin prêt à le boire. Et… assure-toi qu'il y en ait suffisamment pour deux.

— Entendu, *señor*.

Jamilet sourit intérieurement en se mettant à trier le linge sale, mais le *señor* Peregrino s'attarda à l'entrée de la salle de bains.

— J'ai cru…, reprit-il d'une voix plus douce. J'ai cru que tu ne reviendrais pas. Tu devrais savoir qu'un vieillard comme moi a tôt fait de s'alarmer.

Levant les yeux de son travail, Jamilet croisa son regard débordant de tendresse. Une petite boule de joie monta dans sa gorge, chaude, prête à éclore, comme une graine en dormance qui, après avoir longtemps refusé de germer, sent la vie battre en elle. Elle aurait pu lui dire qu'elle aussi s'était inquiétée pour lui, qu'elle s'était demandé qui prenait soin de lui. Mais elle se ravisa et, contractant les muscles autour de ses yeux gonflés de larmes, continua à trier le linge avec des gestes brusques et impatients. Elle réussit même à exhaler un soupir las.

— Vous savez bien que je ne partirais jamais sans mes papiers, *señor*. Et puis, j'ai tant de travail à rattraper, je ne vois pas quand je vais trouver le temps de vous écouter aujourd'hui.

— Ha ! explosa-t-il dans une exclamation sonore qui se voulait amère, avant de céder à la bonne humeur. Tu abattrais trois ou quatre fois ta somme de travail pour une chance d'entendre la suite de mon histoire, tu ne dupes personne.

Jamilet sourit. Il était inutile de confirmer ce que tous les deux savaient très bien.

Deux tasses de café fumantes, dont l'une additionnée d'une généreuse quantité de crème et de sucre, trônaient sur la table de chevet lorsque Jamilet termina son nettoyage. Elle devait encore descendre les plateaux et les vêtements sales qu'elle avait relégués dans le couloir, mais la chambre resplendissait de propreté et du linge d'une fraîcheur immaculée couvrait le lit. Jamilet ouvrit la fenêtre pour laisser le soleil du milieu de matinée s'étirer dans la pièce comme un doux bras doré les invitant à s'asseoir et méditer sur la chaleur de son étreinte.

Rasé de frais, le *señor* Peregrino sentait le talc et le savon lorsqu'il porta les deux tasses à son bureau, devant lequel ils s'assirent pour déguster leur café en regardant les grains de poussière soulevés par le ménage frénétique de Jamilet voleter comme des étoiles miniatures entre l'ombre et la lumière.

— Cette fois, je me rappelle où j'en étais, annonça-t-il, non sans fierté.

Jamilet le scruta à travers la vapeur qui s'échappait de sa tasse. Elle s'en souvenait, elle aussi, mais elle ne pipa mot.

— J'avais réussi à agacer Jenny autant qu'elle m'agaçait en refusant de lui révéler la raison qui poussait Tomás et Rosa à se faire passer pour frère et sœur. Oui, je me délectais de ma victoire. J'ignorais encore qu'elle était capable de bien pis.

Il brandit la cafetière fumante devant Jamilet.

— Café? proposa-t-il, comme s'ils étaient dans un petit salon coquet ou à la terrasse d'un café.

— Oui, s'il vous plaît.

Elle lui tendit sa tasse pour qu'il la remplît. Puis elle ferma les yeux et écouta la mélodie hypnotique de sa voix avec l'impression de flotter comme les particules de poussière autour d'eux. Peut-être devait-elle uniquement cette sensation aux deux pleines cuillerées de sucre dans son café, mais elle en doutait.

Le soir tomba comme un suaire sombre sur le León. Dans la lueur dansante des bougies derrière les fenêtres, la petite place à l'extérieur du refuge semblait peuplée d'ombres fantomatiques mues d'une vie propre. J'avais passé une grande partie de l'après-midi assis à la même table. Je me rongeais les sangs. Je me demandais si je parviendrais à supporter Jenny jusqu'au terme du pèlerinage et si son amour pour Rosa coûterait la raison à Tomás, lui qui ressemblait chaque jour un peu moins à l'ami avec qui j'avais quitté mon village natal, dans une autre vie, semblait-il. Surtout, je me demandais, et c'était là ma plus grande angoisse, quand Andrés agirait. Car il agirait, je n'en attendais pas moins de ce renard bien trop rusé pour se laisser dominer sans discernement par des passions dont il enfouissait les braises au fond de son âme afin d'alimenter quelque perfide complot.

Prévenu par mes soins de la présence d'Andrés, Tomás se félicitait de cette occasion d'endosser avec plus de zèle encore son touchant rôle de frère. Lorsque je les vis, Rosa et lui, traverser la place bras dessus, bras dessous, le souffle me manqua. Vêtue d'une robe simple et coiffée d'une épaisse tresse brune qui se déroulait dans son dos, elle ne portait d'autre ornement que les émeraudes de ses iris, pourtant même les grillons se turent d'émerveillement.

Tomás entrecoupa cette entrée théâtrale de coups d'œil nerveux aux quatre coins de la place. Il avait probablement informé Rosa de l'arrivée du soldat. Un sourire crispé lui figeait les lèvres et elle n'osait promener son regard autour d'elle de crainte d'encourager un salut qui risquait de mener à davantage.

— Jenny ne se joindra-t-elle pas à nous? me demanda-t-elle en me voyant seul à table.

— Elle ne devrait pas tarder, répondis-je en servant du vin à la ronde.

De fait, la jeune femme nous rejoignit bientôt, flattant l'œil avec ses cheveux aussi rutilants que le cuivre poli et ses yeux animés d'une perpétuelle flamme de joie. Elle s'appesantissait sur son désir d'un bain chaud et d'un lit confortable quand la terreur qui se peignit sur les traits de Rosa lui imposa le silence.

Nous entendîmes le martèlement de ses bottes sur le plancher de bois avant de le voir. La main de Tomás se referma sur celle de Rosa, résolue et possessive, et les yeux de Jenny pétillèrent au-dessus de son verre, comme ceux d'un enfant qui se réjouit à l'avance d'un jeu passionnant.

Andrés nous salua tous, mais ses yeux ne quittaient pas Rosa, dont les traits ne trahirent que la gêne de devenir l'objet d'une admiration si hardie.

— Belle soirée ! remarqua le soldat, dont le regard survola le reste de la tablée.

— N'est-ce pas, capitaine ? renchérit Jenny en se tournant vers moi. Antonio, ne trouves-tu pas que cette belle soirée prête à la danse ? S'il faut en croire Tomás, tu excelles dans cet art.

— Possible…

— Ainsi donc vous dansez ? dit Andrés, tiré un instant de sa contemplation par les paroles de Jenny.

— Il se trouve que je prends, de temps à autre, plaisir à la danse.

Andrés dirigea alors la conversation vers Rosa.

— Vous qui avez certainement vu maintes fois danser l'ami de votre frère, croyez-vous pouvoir oublier un instant tout parti pris pour m'indiquer si ses talents valent sa réputation ?

— Antonio est un danseur exceptionnel, affirma Rosa, soutenant son regard interrogateur avec une conviction inhabituelle.

Visiblement ravi de cette réponse, le capitaine assena une claque sonore sur la table.

— Alors dansons ! s'exclama-t-il d'une voix retentissante. Il y a, par là, des musiciens qui nous obligeront bien.

Jenny battit des mains avec enthousiasme, mais ses paroles suivantes me glacèrent le cœur.

— Oh, n'est-ce pas merveilleux, Rosa ! s'exclama-t-elle en se penchant pour poser sa main sur son bras. Mais, dis-moi, pourquoi le capitaine s'adresse-t-il à Tomás comme à ton frère alors que tu n'es pas davantage sa sœur que moi ? Se référerait-il à la fraternité qui unit les pèlerins ? Il est vrai que nous formons tous une grande et heureuse famille !

La couleur quitta le visage de Rosa, qui devint plus pâle encore que la main gantée de blanc qu'Andrés pointa sur elle et Tomás.

— Vous n'êtes donc pas frère et sœur ?

— Bien sûr que non ! se chargea de l'éclairer Jenny, sautillant sur sa chaise à chacun de ses mots. C'est un petit jeu idiot auquel ils se livrent, personne ne veut m'expliquer pourquoi.

Le sourire qui chiffonna son visage se pétrifia dans l'attente d'une réponse, mais ses paroles ne furent suivies que d'un long silence.

Ce fut Rosa qui le brisa.

— Monsieur, nous n'avions nullement l'intention de vous froisser.

— Oh, je vous devine capable de persuader un oiseau de cesser de voler et un poisson de cesser de nager pour votre bon plaisir. Mais si vos charmes ne me laissent pas indifférent, sachez que je ne suis ni oiseau ni poisson.

Sur ce, Andrés s'éloigna sans un mot de plus.

Jamais je ne me serais cru capable de lever la main sur une femme, mais il me fallut, ce soir-là, déployer toutes mes réserves de maîtrise pour ne pas gifler Jenny à la volée. Tomás, lui, demeura impassible. On eût dit qu'Andrés l'avait dépouillé de son identité et de sa valeur sur cette terre. Rosa était, comme toujours, indéchiffrable. Ses yeux accompagnèrent le capitaine, comme s'ils pouvaient lire l'avenir sur ses larges épaules, mais son visage ne révélait rien de ce que celui-ci réservait.

Bientôt, des musiciens se rassemblèrent sur la place. Les tables furent débarrassées et à la rumeur lasse des pèlerins succéda la clameur tapageuse et joyeuse de festivités. Les pieds bosselés d'ampoules et endoloris qui avaient battu le chemin se mirent à taper le sol au son des premières notes trébuchantes. La musique des hautes terres d'Espagne possédait le pouvoir de chasser la poussière des habits des marcheurs entendant son appel et d'insuffler en eux une énergie aussi vivifiante que l'air des montagnes. En dépit de ma colère contre Jenny, elle m'emporta et mon cœur se mit à chalouper dans la ferveur du moment.

Tomás me tapota alors l'épaule pour m'indiquer du doigt le centre de la place. Du haut de son imposante stature, Andrés remuait les pieds aux accords de musique, seul, pareil à une statue militaire prenant soudain vie. Alors le souffle mélodieux des instruments à vent emplit l'espace et Andrés se mit à danser. Je connaissais cette gigue, une suite de pas difficiles qui seyait davantage aux hommes chez qui la grâce parachevait une constitution athlétique. Quoiqu'un peu raide dans l'exécution, Andrés s'en sortait très bien, produisant une forte impression sur les spectateurs, qui croisaient rarement si bon danseur. Les hommes s'attroupèrent pour l'admirer et un ou deux jeunes se joignirent bientôt à la danse, mais aucun n'affichait la puissance et la maestria du soldat. À côté de lui, ils ressemblaient à des figures de poussière indistinctes soulevées par le martèlement de ses bottes.

Le vin coula à flots et bien des pèlerins burent plus que ne le leur permettait leur bourse. À ma surprise, Tomás leva le bras pour nous faire porter un autre pichet et, en moins de temps qu'il n'en faut pour le dire, nos verres étaient pleins. Tomás tremblait d'allégresse et de soulagement lorsqu'il porta le sien à ses lèvres, persuadé qu'Andrés ne s'était pas formalisé de notre petite mascarade et ne représentait plus une menace. Après tout, comment un homme en colère aurait-il pu danser avec tant d'abandon ? Comment des desseins mortels auraient-ils pu germer dans les plis et replis d'un esprit dont le corps s'oubliait avec tant de légèreté ?

Lorsque la musique s'arrêta, maints verres furent levés en l'honneur du soldat, mais il n'adressa sa révérence qu'à notre table, les yeux rivés sur Rosa, qui lui rendit un salut poli de la tête. Il semblait égaré à se tenir ainsi au milieu de la place, inconscient de tous ces êtres qui l'adulaient quand un seul lui importait. Au bout d'un moment, il se tourna vers moi et étendit le bras dans ma direction.

— Il t'invite à le rejoindre, remarqua Jenny.

— Je n'ai pas l'esprit à la danse ce soir, répondis-je d'un air absent. Je me sens un peu las…

— Las ? Alors que nous n'avons marché de la journée ! Certains des jeunes gens qui dansaient arrivent juste et ne se sont point assis et…

Jenny se tut en entendant Andrés s'adresser à la foule, le doigt pointé sur moi. Un hoquet de joie s'échappa de sa gorge quand elle saisit la teneur du discours du capitaine.

— Je tiens de bonne source qu'un merveilleux danseur se trouve parmi nous, claironna-t-il. Peut-être pourrions-nous le persuader de partager avec nous son talent.

Un murmure d'approbation parcourut l'assistance et tous les yeux se promenèrent sur la place pour découvrir le mystérieux inconnu.

— Je suis navrée, Antonio, s'excusa Rosa, le visage pétri d'un immense regret. Je n'aurais pas dû lui dire quel danseur éblouissant tu fais. J'ai sans doute eu tort.

Je ne compris que plus tard ce que signifiaient ses paroles. Sur le moment, je ne pus ni l'interroger ni distinguer son regard implorant, car la foule me hélait, provocatrice. Je me levai, ôtai mon manteau et lissai de mon mieux ma chemise en espérant que mes compagnons pèlerins excuseraient mes chaussures poussiéreuses et mes vêtements froissés. Debout au centre de la place, j'avais bien moins fière allure qu'Andrés dans son uniforme immaculé et ses bottes cirées, néanmoins j'y demeurai, les yeux fermés, aux aguets. Le brouhaha se tut et je n'entendis plus que l'écho des montagnes et le chœur pur et enchanteur des instruments à vent. De son rythme contagieux, le tambourin m'incita à remuer la pointe du pied et à trouver le schéma fantomatique sous la mélodie, cœur de la danse. Les notes enflèrent tandis que l'orchestre se joignait à ma quête de cette union du corps et de l'esprit, de la danse et de la musique. Tandis que nous évoluions ensemble, je sentais les notes circuler dans mes jambes et mes bras. Mon contrôle était mon abandon, la précision et la synchronisation inspirant chacun de mes mouvements. Je poussai un cri de joie, auquel répondirent d'autres voix et des battements de mains au rythme de ma danse. Ouvrant alors les yeux au hasard de mes pas, je vis sur tous les visages le ravissement qu'ils lisaient sur le mien. Nous ne formions plus qu'un, épris de l'instant et de la vie. Tant que le cœur de la danse battait, que la musique retentissait et que nos voix couvraient le silence de la nuit, nous nous sentions plus forts que tout, plus forts que la mort.

Un tonnerre d'applaudissements et d'acclamations me sortit de ma transe. Je demeurai un moment au centre de la place, à bout de souffle, avant de traverser la foule, poursuivi par les louanges. Je trouvai toutefois une ambiance moins joyeuse à notre table. Si Jenny, qui se pâmait d'admiration, ne manqua pas une occasion de me féliciter en me touchant le bras, allant jusqu'à me palper la cuisse quand je m'assis, Rosa était, elle, bouleversée. Après m'avoir adressé un rapide compliment, elle s'excusa et quitta la table, les larmes aux yeux.

Tomás et moi la regardâmes se faufiler à travers la foule en direction du dortoir des femmes.

— Elle ne se sent pas très bien, elle veut s'accorder une bonne nuit de sommeil avant de reprendre la route demain, expliqua Jenny avant de se servir un autre verre de vin. Pour ma part, je m'amuse comme une folle ! Je pourrais veiller des heures. Peut-être ne vais-je pas fermer l'œil de la nuit, conclut-elle avec un sourire diabolique.

Son visage s'adoucit quand elle leva les yeux au-dessus de moi.

— Ah, capitaine Andrés ! Permettez-moi de vous complimenter pour vos talents de danseur. Un instant, j'ai cru que la terre allait s'ouvrir sous vos pieds.

Andrés n'était pas revenu seul. Avec lui se trouvait un subalterne chargé d'une petite mallette de cuir. Après avoir accepté les éloges de Jenny avec un mouvement dédaigneux du menton, le capitaine porta son attention sur moi.

— La charmante Rosa avait raison. Me voilà forcé de reconnaître que vos talents de danseur sont supérieurs aux miens.

Il adressa un signe de tête à l'officier, qui déposa l'étui de cuir sur la table entre Tomás et moi.

— Que celui de vous deux qui tient plus de l'homme que du chien ouvre ceci et tire les justes conclusions de son contenu, déclara-t-il.

Les épaules de Tomás tressautèrent, comme si une lance venait de lui transpercer le cœur, et ses yeux s'accrochèrent aux miens avec une peur furieuse qui semblait le paralyser. Je me penchais vers la mallette avec la ferme intention de découvrir ce qu'elle renfermait quand mon ami écarta ma main d'une tape pour l'ouvrir lui-même, dans une telle fanfaronnade que l'objet manqua échouer sur le sol. Andrés et son subalterne ricanèrent en voyant les yeux de Tomás s'embuer et sa mâchoire se décrocher devant le pistolet à canon long niché dans l'écrin de velours noir.

— Que signifie tout ceci ? les interrogeai-je.

— Je n'ai pas pour habitude de m'entretenir avec les chiens, mais je vais consentir à une exception, répondit Andrés en se penchant légèrement. Votre ami vient de relever le gant. Je l'attendrai donc demain matin à l'aube dans le champ à la sortie de la ville.

— Il n'a rien relevé du tout ! Vous savez aussi bien que moi que les duels sont interdits.

Le jeune soldat rit, aussitôt réduit au silence par un regard menaçant de son capitaine.

— Mon honneur fait fi des futilités de la loi, rétorqua Andrés dans un grognement grave et rageur. S'il ne se présente pas paré demain, selon ma requête, je le traquerai et l'abattrai d'une balle en plein jour s'il le faut. Et sachez que je connais cette terre comme personne. Il ne m'échappera pas.

— Dans ce cas, déclarai-je en me levant, je demande à prendre sa place. Il n'a jamais fait usage d'un pistolet, ce ne serait point un duel à la loyale.

Andrés me toisa d'un œil sévère. Sans doute s'interrogeait-il : pouvais-je me révéler aussi bon tireur que danseur ? Mais il n'avait pas à nourrir d'inquiétude. Je n'avais pas tenu de pistolet entre les mains plus d'une ou deux fois dans mon existence, personne ne jugeant le maniement des armes indispensable pour entrer au séminaire.

— Je me satisferai de l'un ou de l'autre, déclara-t-il enfin. Faites comme bon vous semble.

Lorsqu'il partit, un silence tomba sur notre table. Même Jenny paraissait sombre et pensive. Elle ne put toutefois résister à la tentation de caresser du bout des doigts les arêtes de l'étui de cuir.

— C'est votre stupidité et votre obstination qui sont à l'origine de tout cela, m'exclamai-je, n'y tenant plus, dévoré par une haine furieuse contre elle.

Elle ne broncha pas, perdue dans ses pensées.

— Si mentir est pour vous le seul moyen de défendre l'honneur d'une dame, repartit-elle, je vous plains, messieurs. Et je suis sûre que Rosa n'en pense pas moins.

Je reçus ces mots comme autant de coups de poignard. Face à un jugement si catégorique, je sentis ma fierté se flétrir et mollir. Tomás, lui, bredouilla à mon côté, mais nous ne trouvâmes rien à lui opposer et elle finit par quitter la table, nous laissant à notre désespoir.

Les discussions pour déterminer la meilleure façon de nous sortir de ce guêpier et le mieux placé d'entre nous pour affronter Andrés le lendemain suscitèrent, entre Tomás et moi, la première dispute violente de notre vie. Tomás protesta que c'était pour lui le moment ou jamais de prouver sa bravoure, que Dieu lui envoyait cette épreuve pour lui permettre de conquérir Rosa et que je manifestais une cruauté égoïste en cherchant à l'en priver. Mais alors que je m'apprêtais à me plier à sa volonté, de furieux tremblements s'emparèrent de ses membres, ne diminuant que lorsque je l'eus convaincu du ridicule de son entêtement. Il ne faisait aucun doute que j'avais plus de chances de survivre à la rencontre, ne serait-ce que parce que je ne souffrais pas de pareilles crises de spasmes.

Au fil de la nuit, nos pensées nous menèrent dans toutes sortes de directions. Nous étudiâmes brièvement l'éventualité d'une fuite, avant de conclure qu'Andrés finirait par nous trouver, comme promis, et qu'une vie de fugitifs traqués nous serait intolérable. Nous évoquâmes ensuite l'infime possibilité que le capitaine ratât sa cible ou que son tir me causât une simple blessure plutôt que la mort, passant en revue l'attitude à adopter dans chacun des cas. Puis, après avoir épuisé toutes les questions pratiques, nous inspectâmes le pistolet avec minutie afin de nous assurer de son bon état de fonctionnement. Alors, seulement, nous posâmes notre tête sur la table et fermâmes les yeux pour les deux ou trois heures qu'il nous restait avant le point du jour.

Lorsque la lueur blafarde de l'aube apparut derrière la fenêtre, j'écoutais la respiration rauque de Tomás depuis longtemps. Je le secouai doucement, lui arrachant un sursaut. L'angoisse chassa de son visage l'innocence du sommeil quand notre situation désespérée lui revint à l'esprit.

— Il est temps, dis-je.

Je saisis l'étui du pistolet, envahi d'un soulagement inattendu à l'idée de voir enfin s'achever la nuit la plus épouvantable de mon existence. Après nous être lavé le visage à l'eau glaciale du seau de la cuisine, nous sortîmes sur la place. Les édifices de pierre dessinaient des ombres noires sur le ciel pâle, sous lequel se déroulait le sentier conduisant au champ. J'imaginai le cercle d'arbres qui nous masquerait des témoins potentiels. Dans cette contrée où les chasseurs s'aventuraient souvent dehors au petit matin, nul ne s'alarmerait d'un coup de feu, si toutefois la détonation réveillait les bonnes âmes endormies.

Je nouais mes lacets, appuyé à Tomás, lorsque j'entendis une porte s'ouvrir et se refermer à l'autre bout de la place. Deux formes humaines s'attardèrent devant l'auberge, indiscernables dans l'obscurité embrumée. L'une d'elles, une femme, s'approcha alors de nous. Un halètement imperceptible s'échappa de la bouche de Tomás. Rosa portait son châle autour de son visage comme une pèlerine, les épaules voûtées contre le froid.

Quand elle se trouva devant nous, elle étendit le bras vers moi.

— Il n'y aura pas de duel. S'il te plaît, Antonio, donne-moi le pistolet.

Comme l'autre silhouette la rejoignait, nous découvrîmes Andrés, dont la veste déboutonnée révélait le torse nu.

Une fureur ardente me brûla la gorge.

— Qu'as-tu fait, Rosa?

— Il me fallait agir, mais ce n'est pas ce que tu crois.

Son bras demeurait devant elle pour recevoir l'étui de cuir, mais je ne pouvais me résoudre à le lui remettre.

Andrés avança d'un pas.

— Fais ce qu'elle te demande, dit-il d'une voix fatiguée qui, dépouillée de sa bravade, n'exprimait plus que sa profonde envie de retrouver son lit. Je me rétracte. Il n'y a plus de duel… ni pour l'un ni pour l'autre. Je n'importunerai plus cette dame et mon chemin ne croisera plus jamais le vôtre. Mais je vous demande de me rendre le pistolet. C'est une pièce de collection, j'y tiens beaucoup.

Pris au dépourvu, je donnai l'étui à Rosa, qui le rendit à Andrés. Il lui adressa un bref regard mais, malgré la splendeur divine du visage de la jeune femme dans la lueur grisâtre du petit matin, ses yeux ne reflétaient plus l'adoration avec laquelle il la contemplait quelques heures plus tôt.

En regagnant le refuge, Tomás et moi exhortâmes Rosa de nous fournir des explications, mais elle refusa d'une secousse de la tête. Avec un sourire triste, elle nous assura qu'elle n'avait pas mis à mal sa vertu et que rien d'autre n'importait. Je la crus sur parole, je ne pouvais concevoir qu'un homme se séparât aussi facilement de cette femme après avoir goûté au plaisir suprême de sa compagnie. Il n'en demeurait pas moins que, cette nuit-là, il s'était produit entre elle et le soldat une chose extraordinaire, au point que je la soupçonnais de posséder un pouvoir secret encore plus puissant que sa beauté.

Quelques heures plus tard, le martèlement des sabots sur les pavés nous indiqua que le capitaine quittait la ville avec ses hommes, à notre grand soulagement. Ainsi qu'il l'avait promis, sa route ne croisa plus jamais la nôtre.

21

Quelque chose avait changé chez Louis. Presque chaque soir fidèle au poste, il vouait toujours à Carmen la même adoration, la couvrant de compliments sur son allure si sexy, sa voix si charmante, ses mensurations si provocantes, mais Jamilet décelait en lui une différence qui lui donnait le frisson malgré la chaleur de la cuisine. Elle n'aimait pas beaucoup y penser, mais il lui semblait que les aiguilles d'une petite horloge égrenaient les secondes et les minutes dans la tête de Louis, lui rappelant à chaque instant qu'il consacrait à Carmen que c'était autant de temps qu'il ne passait pas là où il aurait dû être. Il en devenait nerveux, presque méconnaissable. Il lui arrivait de ne pas écouter les histoires drôles de Carmen qui, d'ordinaire, les faisaient tous les deux mourir de rire, en particulier s'ils s'en étaient jeté quelques-uns derrière la cravate. Mais là aussi, il y avait du nouveau : Louis ne buvait presque plus. Il ingurgitait une ou deux bières pour sauver la face, mais seulement quand Carmen lui demandait d'un air renfrogné s'il comptait devenir pape. Alors il grimaçait un sourire penaud et lui expliquait qu'il faisait des heures supplémentaires pour économiser de quoi faire revenir sa famille et mettre de l'ordre dans ses affaires.

L'idée que Louis tenait promesse suffisait souvent à tranquilliser Carmen, mais elle braquait parfois sur lui des yeux brûlants de suspicion. Il paraissait alors se ratatiner un peu plus à chaque justification, se ramollir sous le feu de son regard furieux, se désarticuler pour se transformer en une masse frémissante, un ragoût de chair humaine cuisant dans sa culpabilité.

— Ce sera différent quand la bourgeoise sera revenue, Carmencita, plaidait-il, paumes tendues.

— Ouais, bien sûr !

Carmen rejetait la tête en arrière, puis croisait les bras et les jambes pour détourner de lui tout son être, contorsionnée comme un bretzel géant. Elle ne lui accordait alors plus un regard de la soirée, tout occupée à se vernir les ongles des orteils et à s'esclaffer devant des émissions qui, en temps normal, ne lui arrachaient pas un sourire. Le rire donnait à Carmen un sentiment de force, comme si elle pouvait à l'envi chasser sa contrariété.

Malgré tout, Louis restait près d'elle sur le canapé et se forçait même à descendre une autre bière. Quand Jamilet ramassait les canettes vides, elle notait que ses rides s'étaient creusées et qu'il avait perdu plus de poids qu'il ne pouvait se le permettre, au point que ses chaussures bâillaient à ses pieds. Mais il lui suffisait de se tourner vers sa Carmen, même si elle était rosse, pour rayonner de santé et respirer la béatitude.

Un soir qu'elle faisait la vaisselle, Jamilet lui demanda quand il pensait pouvoir rapatrier sa femme. Bien trop fière pour le questionner franchement, Carmen ne trouvait rien de mieux que de recourir à des commentaires narquois sur l'impatience surprenante avec laquelle elle attendait le retour de la vieille garce, et autres remarques de cet acabit.

Louis passa des doigts nerveux sur sa moustache et lança un regard à Carmen, qui, assise sur le canapé, dévorait à belles dents le contenu d'un paquet extra-large de biscuits soufflés au fromage.

— Ça va prendre un peu plus longtemps que je pensais, reconnut-il. Je dois aussi leur envoyer de quoi vivre là-bas, il va me falloir un bon bout de temps pour rassembler la somme.

Jamilet se voulait encourageante, mais les nerfs de sa tante devenaient chaque jour plus fragiles et elle redoutait le pis s'ils venaient à craquer encore.

— Si tu veux, je peux leur montrer où j'ai traversé le fleuve, proposa-t-elle, surprise par l'accent désespéré de sa voix. Ce n'était pas si compliqué.

— C'est très gentil de ta part, Jamilet, mais la bourgeoise est très vieille. Aussi vieille que moi. Je la vois mal traverser un fleuve à la nage, comme une jeunette.

— Louis ! hurla Carmen du salon. Ramène tes fesses ! Tu sais bien que je déteste te raconter le début du film.

— J'arrive, Carmencita ! cria-t-il avant de se retourner vers Jamilet pour lui murmurer : Je crois que le vrai problème c'est que… j'ai plus de femmes que je ne peux me le permettre.

C'était la seconde fois de la semaine que Carmen ne trouvait pas ses clés de voiture au moment de partir au travail. Jamilet se joignit aux recherches tandis que sa tante l'accablait de reproches, la traitant de « maboule du rangement » obsessionnelle, une accusation qu'elle lui portait souvent mais qui, ce matin-là, était dépourvue de la tendresse qu'elle y mettait d'ordinaire. Après avoir mis la maison sens dessus dessous, elles dénichèrent les clés dans le panier de linge sale, tout au fond de la poche du pantalon que Carmen avait laissé traîner par terre dans la salle de bains la veille au soir. Deux jours plus tôt, elles les avaient retrouvées dans le réfrigérateur, où elles seraient restées si Jamilet n'avait pas eu l'idée de décongeler du poulet pour le dîner.

— Tu vois? s'écria Carmen en pointant ses clés sur le visage de sa nièce. Le jour où tu laisseras les choses à leur place!

Et elle quitta la maison en quatrième vitesse, laissant Jamilet verrouiller la porte d'entrée.

Jamilet détestait arriver en retard. Non seulement le *señor* Peregrino le voyait d'un mauvais œil, mais cela réduisait leur temps pour la lecture et il préférait reporter au lendemain la suite de son histoire plutôt que de rogner sur la leçon. Elle parcourut à toutes jambes les premiers pâtés de maisons avant d'être ralentie par un point de côté, qui la força à passer au petit trot, puis au pas rapide. Elle pila net en approchant de la grille de l'hôpital. Eddie se tenait appuyé contre les barreaux. Cette fois, il n'y avait aucun doute : il l'attendait.

Leur dernière rencontre remontait à quelques jours seulement, mais cela lui semblait une éternité, perpétuée par des inquiétudes et des peurs qu'elle parvenait à peine à comprendre, et encore moins à gérer. Elle l'avait entrevu une ou deux fois avec Pearly sous le porche d'en face, mais elle n'avait pas osé lui adresser un signe ni un regard. Elle n'avait pas encore pu le remercier d'avoir porté secours à Carmen.

Comme elle réduisait la distance entre eux, elle s'aperçut qu'elle ne s'était donné qu'un vague coup de peigne dans les cheveux le matin. La quête des clés de sa tante l'avait tant monopolisée qu'elle ne savait même plus si elle s'était débarbouillée pour chasser le sommeil de ses yeux. Elle effleura rapidement son visage et ses cheveux.

Eddie se détacha du portail en la voyant. Ils ne se saluèrent pas, mais Jamilet s'approcha suffisamment pour sentir la chaleur de sa présence. Le souffle presque coupé par l'émotion, elle attendit qu'il dît quelque chose, espérant que, dans le cas contraire, elle trouverait des mots pour justifier l'instant et le prolonger au-delà d'une simple rencontre fortuite.

— Comment elle va, ta tante? lui demanda-t-il.

— Bien, répondit-elle, haletante. Très bien. Je... Je n'ai pas pu te remercier de l'avoir aidée.

— C'est rien.

— Je t'ai vu en face mais je ne voulais pas...

— Je comprends, dit-il d'une voix faible.

La conversation aurait pu s'achever là mais, tandis que l'un et l'autre attendaient d'être poussés à sa conclusion naturelle, ils demeuraient immobiles, regardant la vapeur de leur souffle se mêler avant de se dissiper. À mieux l'observer, Jamilet remarqua que ses yeux étaient bouffis et ternes. Il avait la même mine que les hommes qui ont passé la nuit à boire, mais cela l'aurait étonnée de sa part.

Il s'accrocha à la grille pour se maintenir en équilibre, les traits tendus par son incapacité à s'exprimer. Il ouvrit la bouche, la referma, l'ouvrit encore.

— Je... euh... je sais que tu dois aller au boulot. Je veux pas te mettre en retard.

Jamilet le laissa à peine achever sa phrase.

— Ce n'est pas grave, tu sais.

— Je suis parti ce matin, je savais pas vraiment où j'allais ou quoi. Je me suis retrouvé ici, je sais pas pourquoi.

Ses traits s'adoucirent un instant, avant d'être saisis par une expression pleine de souffrance, partagés entre la rudesse et une tendresse douloureuse. Sans réfléchir, Jamilet posa la main sur son bras. À ce contact, les mots dégringolèrent de sa bouche les uns après les autres.

— Sûrement parce que tu savais qu'elle était malade... tu sais?

Des larmes scintillèrent au coin de ses yeux. Jamilet laissa sa main sur son avant-bras, sans un mot.

— Mais j'étais furax, reprit-il, en secouant la tête avec un petit rire, comme s'il cherchait à comprendre une mauvaise blague. Je voulais pas en parler.

Il lui jeta un regard accusateur avant de se figer. Puis il baissa la tête et ses larmes formèrent de chauds ruisseaux entre les doigts de Jamilet.

— Elle est morte quand? lui demanda-elle après plusieurs secondes de silence.

Eddie leva son bras libre pour s'essuyer le nez avec sa manche, puis renifla.

— Cette nuit.

Jamilet n'arrivait pas à se concentrer sur sa leçon. Elle n'écoutait que d'une oreille le *señor* Peregrino tandis qu'il reprenait les erreurs de son dernier devoir, et même si elle réussissait à lui répondre avec une certaine cohérence, son esprit vagabondait comme un cerf-volant constamment chatouillé par de soudaines rafales de vent, paré à prendre son envol et s'élancer dans le ciel. Mais c'était sans compter avec le *señor* Peregrino, qui tirait sur son fil pour la ramener de force sur la terre ferme en insistant pour lui enseigner les différences orthographiques entre les homophones.

Comment aurait-elle pu s'intéresser à ce qu'il racontait alors qu'elle avait rendez-vous le soir même avec Eddie sous l'arbre où ils s'étaient retrouvés la première fois? C'était son idée à lui. «Rendez-vous ce soir, lui avait-il dit sans une hésitation. On ira se balader ou un truc comme ça… OK?» Un sourire avait éclos sur ses lèvres tandis que Jamilet, incapable de toute autre réaction, acquiesçait de la tête. Elle serait là quand il le voudrait, comme il le voudrait. Soudain, sa vie tendait à un but extrinsèque. Elle éprouvait un désir irrationnel de rire, de crier, de regarder dans le vide pour s'absorber dans la contemplation de ce miraculeux coup de théâtre.

Sans bien savoir comment, elle réussit à tenir jusqu'au déjeuner sans paraître trop distraite, même si le *señor* Peregrino la considérait avec une certaine curiosité. Et lorsqu'il écarta du bout du pied la chaise du bureau pour l'inviter à s'asseoir pendant qu'il reprenait son récit, Jamilet ne se le fit pas répéter.

— Bien, dit-il. Où en étais-je?

Elle porta son attention sur lui avec un soubresaut. Le regard perdu dans le bleu pastel des draps sur le lit, elle était en train de se demander ce qu'elle porterait le soir. Elle avait déjà décidé de se détacher les cheveux puisqu'ils avaient bien poussé.

— Pardon?

— Dans mon récit, où en étais-je?

Il la regarda se tortiller sur sa chaise à la recherche d'une réponse, puis il se pencha en avant sur son fauteuil.

— Tiens, tiens! Ta mémoire ne serait-elle pas aussi fiable que tu le penses?

— J'ai bien peur que non, *señor.*

Il se carra dans son fauteuil, satisfait.

— Une chance que je m'en souvienne parfaitement, moi.

Plus nous grimpions dans les montagnes qui gardent l'entrée d'El Bierzo et de la Galice, plus nous

nous enfoncions dans les forêts, plus nous trouvions la pluie. D'incessantes trombes d'eau nous tombaient sur la tête et détrempaient le chemin, si bien que la boue engloutissait nos pieds à chacun de nos pas. Ces torrents rendaient impossibles conversations et chants et nous arrivions à destination sans joie en fin d'après-midi, après avoir survécu à une autre journée. Même Jenny était sombre.

Contrairement à mes compagnons, j'appréciais ces pluies. Elles se prêtaient aux longues heures d'introspection dont j'éprouvais le cruel besoin. On dit que frôler la mort rend l'homme soudain plus sage, aussi autorisais-je mon esprit à vagabonder en toute liberté. Pareil à un oiseau errant, il voltigeait, explorant le monde, se posant où bon lui semblait. Un matin que, de la berge d'une rivière, je regardais Rosa franchir à pas prudents un pont glissant, je fus soudain assailli de pensées. Je songeai à son humilité, à sa patience face aux incessants bavardages et aux airs de Jenny, à la bonté avec laquelle elle accueillait à tout instant la mine pathétique de Tomás, toujours sensible au supplice qu'il endurait pour elle et dont elle n'ignorait rien. Je songeai aussi à la façon dont elle nous avait sauvé la vie, à cette détermination tendre avec laquelle elle m'avait réclamé le pistolet. Quelle femme extraordinaire se tenait là, devant mes yeux !

Une joie tranquille déferla en moi quand je compris que mes sentiments pour Rosa n'avaient rien de sinistre ni de mal, qu'ils n'étaient pas le fruit de la luxure, ni de pensées secrètes réclamant l'assouvissement sous les couvertures aux heures les plus solitaires de la nuit. Mes premiers émois avaient pris un tour merveilleux car j'arrivais désormais à faire abstraction de sa beauté pour me délecter de toute la splendeur de son être.

De la posséder, je ne rêvais plus. Il me suffisait de la contempler, d'entendre le son de sa voix, de savoir que nos regards se tournaient vers le même soleil, la même lune. Je ne pouvais plus nier que je l'aimais à mourir. Pas plus que je ne pouvais le lui avouer, conscient que cela ne lui causerait qu'affliction. Elle paraissait, comme toujours, habitée de préoccupations qui transcendaient les soucis du commun des mortels, aussi craignais-je que, par quelque mystère, des déclarations ne contribuent qu'à alourdir son fardeau. Je ne pouvais lui donner plus belle preuve de mon amour que de le taire et d'en souffrir dans la solitude.

Je ne partageai pas non plus ma découverte avec Tomás, qui s'encroûtait toujours plus dans sa misère, déplorant d'avoir laissé échapper une chance unique d'illustrer son courage devant Rosa. Combien de fois l'entendis-je regretter de n'avoir pas arraché le pistolet de mes mains et refusé le repentir d'Andrés, convaincu que Dieu l'aurait récompensé d'une telle action en lui accordant la victoire. Nous n'étions plus qu'à quelques semaines de marche de Compostelle. Notre arrivée marquerait la fin de notre pèlerinage et, avec lui, de ses espoirs de conquérir Rosa.

— Je lui déclarerai mes sentiments avant la Saint-Étienne, me confia-t-il un soir, après que Jenny et Rosa se furent retirées. Je l'inviterai à revenir au village avec moi en épouse, ainsi que j'aurais dû le faire depuis longtemps déjà, ainsi que je l'aurais fait si je n'étais si pleutre.

— La Saint-Étienne tombe après-demain, observai-je.

— Je le sais, répliqua-t-il avec rudesse. Si elle n'accepte pas ma demande, je serai contraint de considérer ce pèlerinage, et ma vie entière, comme un vaste gâchis. Et alors je ne balancerai pas, je prendrai les mesures qui s'imposent.

— Qu'insinues-tu, Tomás?

Il ne répondit pas, se levant et me laissant seul devant le feu à méditer ses intentions et siroter mon vin. Malgré son âpreté, je savourais la douceur d'un amour qui ne m'inspirait ni désespoir ni remords. Je pouvais fermer les paupières et voir Rosa cheminer sur le chemin, incarnation de la Sainte Vierge illuminant de sa grâce le sentier devant nous. Je me perdais dans ces visions lorsque je ressentis soudain une chaleur plus ardente que celle que me procurait le feu. J'ouvris les yeux pour la découvrir debout devant moi.

— Je m'excuse de t'importuner, Antonio, dit-elle avec une légère inclination de tête. Je ne trouve pas le sommeil. Puis-je m'asseoir un instant avec toi?

Je me redressai sur ma chaise et en saisis une autre à bout de bras pour la rapprocher du foyer.

— Tu ne m'importunes pas. Je t'en prie, prends place. Le feu est très agréable.

Je lui servis un verre de vin, qu'elle accepta d'un hochement de tête. Comme elle s'asseyait, m'effleurant le genou du bord de sa cape, un frémissement de plaisir me parcourut. Mais son visage à elle était crispé d'anxiété.

— Rien ne semble te bouleverser, Antonio, observa-t-elle d'une voix douce. Tu es toujours si calme, si sûr de toi.

Je fus déconcerté par la légère note accusatrice que je décelais dans sa voix.

— Si tu me permets de reprendre tes paroles, les choses ne sont pas toujours ainsi qu'on les croit.

Elle se détourna en souriant, m'offrant à contempler son profil, plus délicat que le verre qu'elle tenait au bord de ses lèvres.

— J'aimerais te confier un secret, si tu veux bien l'entendre, me dit-elle, les joues empourprées.

— J'en serais honoré.

— Voilà un moment que je réfléchis à la manière de le dire et, à présent que nous nous trouvons si près de notre destination, j'ai conscience qu'il me faut parler maintenant ou y renoncer à jamais, expliqua-t-elle en posant son verre pour se tourner vers moi. Tu dois comprendre que je n'attends rien de toi, sinon que tu m'écoutes.

— Je comprends, répondis-je, même si je n'y comprenais rien.

Sa voix avait légèrement grimpé dans les aigus, comme celle d'une jeune fille confessant une peccadille.

— Je n'ai encore révélé à aucun autre pèlerin que, si j'ai pris la route de Compostelle, c'est dans le dessein de me conforter dans ma vocation pour l'Église. Ma mère n'a jamais vu d'un bon œil mon projet d'entrer en religion. Notre famille est pauvre, elle souhaite depuis toujours me voir épouser l'homme le plus riche qu'elle puisse trouver pour moi. Les prétendants ne manquaient pas chez nous, remarqua-t-elle, non pas par vantardise, mais pour déplorer ce fait. Ils se présentaient à toute heure du jour et de la nuit, chargés de cadeaux, débordant de promesses, mais tous, je les éconduisais. J'avais l'espoir, le vœu de réussir, grâce à ce pèlerinage, à convaincre ma mère de mon plus sincère dévouement à Dieu.

Je l'écoutais la gorge serrée d'émotion, incapable de croire que pareille analogie existât entre nos deux quêtes. J'aurais voulu lui révéler que nos cœurs renfermaient tous deux le même secret, mais je demeurai muet et à l'écoute, ainsi qu'elle me l'avait demandé.

Elle ancra ses yeux dans les miens.

— J'ai conscience d'enfreindre toutes les règles de bienséance en m'ouvrant ainsi. Présente, ma mère m'aurait coupé la langue, mais je prie pour un miracle et ma foi est grande, affirma-t-elle, joignant des mains tremblantes sur ses genoux tandis que ses yeux s'emplissaient de larmes. Vois-tu, plutôt que de renforcer ma conviction première, le pèlerinage m'en a donné une autre. Je me suis éprise de toi, Antonio. Je t'aime depuis que je t'ai entendu chanter la première fois sur cette esplanade.

Imagine la réaction d'un jeune homme qui entend pareille confession de la bouche de la créature la plus sublime, la plus parfaite qu'il lui eût été donné de croiser ! Eussé-je été debout, je me serais effondré à genoux. Je peinais à respirer, à cligner des yeux pour vérifier que je ne souffrais pas de quelque hallucination fantastique et bizarre.

Nous demeurâmes muets un moment. Elle détourna le regard pour admirer le feu tandis que je ne la quittais pas des yeux, effrayé à l'idée qu'elle se volatilisât si je m'avisais de bouger. Ce fut elle qui finit par briser le silence.

— Tu m'as écoutée comme je te l'ai demandé, Antonio. Si tu désires t'exprimer à présent, je… eh bien… ne crains pas de me causer de la peine. Je me suis préparée, il n'est nul besoin d'être un esprit brillant pour deviner tes sentiments envers Jenny.

— Mes sentiments envers Jenny ?

Son insinuation me fit l'effet d'un seau d'eau glacée s'abattant sur ma tête. Un certain malaise s'empara de Rosa, car elle trahissait, non plus son secret, mais celui d'autrui.

— Les mots m'ont échappé, mais je vois comme vous êtes accordés tous les deux. Dans les circonstances, je ne puis que m'intéresser à la question, se justifia-t-elle en esquissant un sourire coupable.

— Sois assurée, bien chère Rosa, que je n'ai pour Jenny aucun sentiment, du moins pas de ceux que tu suggères.

Tout doucement, comme si je m'approchais d'un papillon d'une espèce rare susceptible de s'envoler à travers champs et de disparaître à jamais, je pris ses mains entre les miennes, me laissant envahir par la douce chaleur de ce contact. C'était presque trop – associer le toucher à la vue dans mon expérience sensible d'elle –, mais je sus rester posé, tandis que j'inhalais le souffle suave qui s'échappait de ses poumons. Je bredouillai en songeant qu'elle ignorait tout de mon amour pour elle, mais je finis par trouver les mots, pareil à un homme qui doit trouver son chemin pour survivre.

— Décuple cent fois tes sentiments pour moi et peut-être parviendras-tu à concevoir ce que j'éprouve pour toi. Moi-même, je suis incapable d'appréhender cet amour, mais je suis prêt à m'y soumettre de tout mon être, ainsi que j'aurais dû le faire depuis le début.

— Ne te ris pas de moi, Antonio.

Elle me scruta pour discerner la vérité de mon cœur, avant de me gratifier d'un sourire miraculeux.

Alors je portai ses mains à mes lèvres et, par ce geste, scellai notre amour à tout jamais.

Lorsque Jamilet ouvrit les yeux, le *señor* Peregrino avait fermé les siens, et un sourire lointain flottait sur ses lèvres. Elle eut la nette impression qu'il continuait son récit sans se donner la peine de le relater à voix haute.

— Excusez-moi, *señor*, vous avez arrêté de parler.

Les paupières du vieil homme frémirent.

— J'en suis conscient.

Malgré la rudesse de sa voix, un sourire subsistait sur ses lèvres. Il ouvrit soudain les paupières et cligna des yeux.

— Je médite sur l'instant le plus précieux de ma vie avant de poursuivre, expliqua-t-il, aiguisant son regard. C'est curieux… Quand nous avons commencé, tu ne semblais guère intéressée par le développement de mon histoire, et maintenant il ne faudrait plus que je m'arrête. Cela dit, je ne devrais pas m'en étonner, étant donné l'état d'esprit dans lequel tu te trouvais ce matin.

— Il n'y a pas un instant où votre histoire ne m'intéresse pas, *señor*.

— Jamilet ! s'exclama-t-il en croisant les bras, la tête penchée sur le côté. Je ne suis pas aussi dupe que tu le crois.

Il hocha lentement la tête en l'observant, comme s'il lui suffisait de suivre le contour de ses sourcils ou la courbe de sa joue pour tout savoir d'elle. Comme Jamilet s'apprêtait à protester, il lui imposa le silence d'un geste de la main.

— L'extrême préoccupation qui t'habite aujourd'hui ne laisse subsister en moi aucun doute : ou tu souffres d'amour, ou tu souffres d'obsession.

Jamilet rougit en se tripotant les mains, cependant elle ne prononça pas un mot et s'affaira à rassembler les tasses et cuillères à café, avant de se figer.

— *Señor*, comment on sait si c'est de l'amour ou de l'obsession ?

— Au début, on ne le sait pas. Il faut du temps pour le déterminer. Mais sache que tout ce qui est de vraie valeur résiste à l'épreuve du temps, et ainsi en va-t-il de l'amour.

— Mais comment je peux aimer quelqu'un que je ne connais presque pas?

— C'est chose courante, répondit-il en se penchant en avant dans son fauteuil. Mais méfie-toi, Jamilet. Dans l'état qui t'agite, les apparences sont parfois trompeuses.

22

Le hasard faisait bien les choses. Carmen et Louis avaient prévu de dîner au restaurant puis d'aller au cinéma ce soir-là, un programme qui les éloignerait plusieurs heures de la maison. Quand ils furent partis, Jamilet se glissa dans la chambre de sa tante pour étudier la collection de parfums qui trônait sur la coiffeuse. Optant pour le flacon en vrille dont le verre semblait déformé par la flamme et les tiraillements de l'amour, elle s'en appliqua une goutte derrière les oreilles et sur les poignets, comme elle avait vu sa tante le faire. Après réflexion, elle se dispensa de la dernière touche sur le décolleté. Elle s'en remettait au corsage violet à manches longues que Louis lui avait donné pour bien la couvrir. Quand elle y aurait ajouté un sweat-shirt, Eddie ne risquerait pas de voir plus qu'elle ne voulait lui montrer.

Elle attendit sous les branches du platane, en dehors du halo de lumière que projetait le réverbère, un peu étourdie par sa propre odeur. Le parfum sentait plus fort qu'elle ne l'avait imaginé. Cueillant une feuille humide au-dessus de sa tête, elle s'en frotta les poignets, puis le pli derrière les oreilles. Quelle idiote elle faisait de rêver de le séduire à un moment pareil ! Eddie voulait juste lui parler de la mort de sa mère ; pour tout le reste, il avait Pearly. À cette heure, ils devaient encore se tripoter sous le porche. Un peu détendue par cette vision, Jamilet renifla la feuille pour vérifier qu'elle avait réussi à se débarrasser d'un peu de sa bêtise, mais ses sens ne semblaient pas fonctionner correctement. Un bourdonnement étranger la cernait, lui brouillant la vue et lui troublant l'ouïe. Elle prit une profonde inspiration. Elle devait se calmer, Eddie serait là d'une minute à l'autre… à moins qu'il n'eût oublié leur rendez-vous parce que Pearly le consolait comme savent si bien le faire les filles.

Mais un léger bruissement annonça bientôt son arrivée.

— Viens, lui chuchota-t-il.

Tournant les talons, il la précéda dans la rue sans la hâte qu'il avait manifestée le soir où il lui avait montré le chemin de l'asile. Jamilet, qui cette fois le suivait sans difficulté, s'assura avec quelques coups d'œil bien dosés qu'il était plus serein et reposé que le matin. Bien que perdu dans ses pensées, il semblait se diriger vers un endroit précis. Il y avait de la détermination dans sa foulée quand il tourna à un coin de rue, après plusieurs pâtés de maisons parcourus en silence.

— T'aimes les canards ? finit-il par lui demander.

— Tu veux dire… les oiseaux ?

Il laissa échapper un petit rire.

— Ouais, tu sais, ceux qui ont le bec plat et qui font coin coin.

— Euh… oui.

Jamilet remarqua alors le sac en plastique qui se balançait au bout de la main d'Eddie.

Bien qu'elle eût souvent traversé le quartier pour se rendre au marché, elle ignorait l'existence du parc. Il se trouvait en retrait de la rue, derrière un bosquet triste, asphyxié par les gaz d'échappement de la circulation incessante. Une fois qu'ils furent passés derrière les arbres, le vacarme de la chaussée s'atténua et, dans le doux ronronnement des moteurs, Jamilet se concentra sur la respiration régulière d'Eddie. Suivant un sentier le long de l'étang, il rejoignit un monticule garni d'une table et d'un banc, sur l'autre rive. D'un bond, il s'assit sur la table et posa ses pieds sur le banc, ménageant un large espace pour Jamilet. Elle laissa un bon demi-mètre entre eux, si bien qu'elle dut se pencher un peu pour prendre des miettes de pain quand il ouvrit son sac en plastique.

Eddie en jeta une première poignée. Aux bruits de leur chute succédèrent les nasillements rauques et grincheux des palmipèdes sortis de leur torpeur. Quelques secondes plus tard, tous les canards de la mare se dandinaient à leurs pieds. Comme Jamilet leur lançait davantage de pain, ils intensifièrent leurs joyeux coups de trompette, guère habitués à tant de générosité de la part des humains à cette heure tardive. Elle leur servit une nouvelle dose, prise d'une folle envie de les exhorter à baisser d'un ton. Elle ne voulait surtout pas que quelqu'un les surprît. Jamais elle ne s'était sentie aussi proche du paradis qu'en cet instant, assise dans ce parc avec Eddie, à nourrir les canards.

Le sac fut vidé en moins de cinq minutes. Exaspérés de voir leur bonne fortune les abandonner aussi vite, les palmipèdes regagnèrent avec des dandinements et des coin-coin mécontents leurs pénates aquatiques parmi les herbes hautes près de la rive. Le silence s'empara de nouveau de l'obscurité.

— Elle est morte quand, ta mère ? l'interrogea Eddie.

— Il y a un an environ.

— Elle a été malade longtemps ?

Jamilet soupira. Malgré la tiédeur de la nuit, elle frissonnait de la tête aux pieds.

— Elle a dû rester alitée pour reposer son cœur pendant longtemps, oui.

Glissant ses mains sous le creux de ses aisselles, elle lui raconta alors la longue maladie de Lorena, passant sous silence sa conviction que c'était la détresse causée par la marque qui avait tué sa mère. Eddie l'écouta avec tant d'attention qu'elle craignit qu'il ne décelât dans son récit une lacune, une omission aussi flagrante qu'un trou béant dans une toiture, ouvert à la pluie, à la neige et à tout ce qui tombe du ciel.

— Ma mère, elle, elle a pas été malade longtemps, se contenta-t-il de dire lorsqu'elle eut terminé. Tout le monde dit que c'est bien, qu'elle a pas souffert.

Qu'aurait-elle pu répondre à cela? Eddie aspirait au réconfort de leur chagrin commun, mais lorsque sa mère à elle avait rendu son dernier souffle, elle avait éprouvé une délivrance indigne d'une fille en deuil. Sa mère partie, elle n'avait plus à plonger dans ses beaux yeux sombres qui la retenaient prisonnière de peurs inconnues. Car quand Lorena levait le regard du carrelage qu'elle frottait chez les Miller pendant que Jamilet jouait avec Mary, l'épaisse mèche de cheveux qui lui barrait les yeux ne suffisait pas à masquer l'intensité douloureuse de ses prunelles. Et lorsque, assise sur la chaise à bascule près de la fenêtre, elle observait Jamilet en train de travailler dans le carré de piments, sa bouche s'incurvait en un sourire perdu comme si elle contemplait, non pas sa fille, mais l'innommable fatalité.

Les pieds d'Eddie se rapprochèrent de quelques centimètres de ceux de Jamilet, qui s'aperçut qu'elle ne l'avait pas écouté avec l'attention qu'il lui avait accordée.

— On t'a déjà dit que…

Il s'interrompit, fourrant les mains dans ses poches.

— … que t'es différente… enfin… un peu…

Jamilet crut se liquéfier de l'intérieur.

— Oui, répliqua-t-elle en pivotant légèrement vers lui.

— Je dis pas que c'est mal, reprit Eddie.

— C'est rien.

Se détournant imperceptiblement, elle regarda les phares des voitures qui circulaient derrière les arbres fouiller l'obscurité, cherchant à pénétrer le coussin moelleux d'herbe et de paix qui les enveloppait pour les débusquer. Trop courts pour les atteindre, ils ne trouvaient que des pans de végétation, de terre et d'arbres, autant d'instantanés de la normalité dans laquelle se dénouait leur paisible aventure. Elle entendit le frottement du jean d'Eddie sur le bois fendillé quand il se rapprocha, sentit son regard sur son profil. Elle n'arrivait plus à bouger, ni même à ciller. Elle était tétanisée par son désir brûlant d'être trouvée, ce désir dont les insurrections sporadiques s'attaquaient à sa peur d'être découverte.

Le tissu de son corsage frotta sur son bras. Eddie touchait sa manche, et elle, elle ne pouvait toujours pas esquisser un geste.

— T'as pas chaud avec ça ?

— Non, pas vraiment.

Elle pressa contre ses aisselles ses mains moites de transpiration.

Eddie pivota pour regarder dans la même direction qu'elle, la respiration profonde.

— Je vais pas te sauter dessus, tu sais, tu peux être plus relax. Je voulais juste un peu de compagnie. Je venais ici avec ma mère, c'est tout.

— Quand tu étais petit?

— Ouais. Elle venait me chercher à l'école tous les après-midi. Elle apportait du pain, elle savait que j'aimais donner à manger aux canards.

— Ce devait être quelqu'un de bien, nota Jamilet.

Eddie bascula en arrière sur ses coudes pour adopter la position que Jamilet lui avait vu prendre d'innombrables fois sous le porche de Pearly.

— Ouais, mais elle avait son caractère! remarqua-t-il avec un sifflement bas. Mais bon, disons que c'était quelqu'un de bien la plupart du temps.

Jamilet desserra les poings. Trouvant le courage de se retourner, elle le considéra et se perdit un instant dans la ligne large entre ses épaules. Un faisceau de phares balaya la table, révélant qu'il l'observait lui aussi, comme s'il cherchait à comprendre son deuil dans l'arête délicate de son nez et ses grands yeux doux. Il détourna le regard.

— Tu crois que… peut-être… elle est là en ce moment? dit-il d'une voix à peine plus haute qu'un murmure. Enfin… tu sais… y en a qui croient que, quand on meurt, le fantôme traîne dans le coin, ou un truc comme ça, pour voir si tout roule. Pas qu'il hante les maisons et tout, mais qu'il regarde…

Jamilet médita un instant sur la question. C'était le moment ou jamais de faire preuve de spiritualité et de s'inspirer de sa grand-mère, mais il lui était presque impossible de transcender le domaine physique dans le périmètre d'Eddie. D'impérieuses sensations déferlaient dans tout son corps. Et tandis qu'un agréable fourmillement remontait le long de ses cuisses et s'insinuait dans ses hanches, une délicieuse chaleur émanait de son abdomen, colorant ses joues. Elle le considéra de nouveau, ses prunelles scintillantes, sa bouche lisse crispée contre l'implacable flot de douleur qui, comme le matin, menaçait de le submerger. Une seconde, elle éprouva pour lui la tendresse d'une mère pour son enfant endormi, mais alors elle perçut sa force, aussi compacte, aussi vraie que sa souffrance, et tout l'attrait de sa complexité. À ces émotions s'ajoutait l'émerveillement de partager ce moment seule avec lui sur une table du parc, dans le crépuscule d'une nuit de printemps. Et tout son être trembla sous l'assaut d'un sentiment inédit qui la poussa à répondre à ses désirs et à trouver les mots qu'il voulait entendre.

— Elle est là, Eddie, lui dit-elle, les yeux ancrés dans les siens. Elle t'aime toujours. Ça, rien ne le changera.

Les muscles de son visage se détendirent en un sourire et, s'allongeant complètement sur la table, il glissa ses mains sous sa tête pour contempler le ciel nocturne à travers les branchages.

— Y a beaucoup d'étoiles ce soir. Regarde ça.

D'un mouvement vif, il se décala pour laisser à Jamilet plus d'espace qu'il ne lui en fallait pour s'étendre.

Couchée sur le dos, Jamilet distingua des étoiles pâles et clairsemées derrière le voile vaporeux de la brume et des lumières urbaines. Il y en avait assez pour en perdre le compte.

— Hé! T'as vu ça? s'exclama-t-il avec un enthousiasme d'enfant. Une étoile filante!

Jamilet fixa avec intensité le ciel avant de secouer la tête.

— Je l'ai ratée.

Ils demeurèrent silencieux un moment.

— Tu sais ce qu'on raconte sur les étoiles filantes? lui demanda Eddie.

— Que c'est une âme qui monte au paradis.

— Tu y crois à ce truc, toi?

— Ouais, répondit Jamilet, qui n'y avait pourtant jamais réfléchi auparavant. Pas toi ?

La respiration d'Eddie s'accéléra tandis qu'un silence s'installait entre eux, chaque seconde plus lourd de chagrin et de son besoin de contenir l'ouragan de douleur qui grondait en lui pour que seule le parcourût une brise fluette. Malgré ses efforts, sa peine étouffée jaillit de son cœur et il pleura. Il ramena sa main contre son flanc. Jamilet croyait qu'il cherchait un mouchoir quand elle sentit ses doigts se poser sur son poignet, où ils s'attardèrent un moment avant de glisser sur sa paume pour trouver les interstices entre ses doigts et s'y replier, doux et chauds.

Ils demeurèrent ainsi longtemps, sans qu'aucun d'eux prononçât une parole.

— Ma tante va s'inquiéter si je ne suis pas à la maison quand elle rentre, finit par remarquer Jamilet.

Comme ils se redressaient pour partir, elle perdit pied et plongea dans l'incertitude. Il lui semblait que, pendant quelques précieux instants, les merveilles des cieux s'étaient révélées à ses yeux, que les mystères de l'univers s'étaient livrés à elle. Et maintenant elle était supposée reprendre une vie normale sur la terre, comme si de rien n'était.

Ils revinrent sur leurs pas, laissant une distance convenable et amicale entre eux. Eddie s'arrêta à quelques mètres du platane.

— Pearly et moi… on est plus ensemble, annonça-t-il platement. Mais il vaut quand même mieux pour toi qu'elle nous voie pas.

Les yeux de Jamilet s'écarquillèrent.

— Vous avez rompu ?

— Je te raconterai plus tard, répliqua-t-il en haussant les épaules, avant de braquer le regard derrière elle. Dis, c'est pas la tire du vieux ?

Jamilet se retourna. La Ford Pinto de Louis stationnait devant le pavillon et, à l'intérieur, lui et Carmen échangeaient une longue étreinte. Jamilet adressa à peine un dernier mot à Eddie avant de filer à pas feutrés jusqu'à la porte d'entrée, où elle réussit à donner l'impression qu'elle venait de sortir en entendant le moteur de la voiture. Quand elle jeta un dernier regard en direction de l'arbre, Eddie avait disparu.

Rayonnant de fierté, le *señor* Peregrino scotcha le dernier exercice d'écriture de Jamilet au mur.

— Ce que tu vois là, déclara-t-il avec cérémonie, est de loin ton plus beau travail. Te rends-tu compte que tu n'as pas commis une seule erreur?

Jamilet rougit.

— Vous êtes sûr, *señor* ? D'habitude, j'en fais au moins deux ou trois.

— Pas une seule! insista-t-il. Le temps où je pouvais t'instruire au seul moyen de feuilles blanches et d'un stylo est révolu. Nous allons devoir emprunter des livres à la bibliothèque.

Jamilet joignit les mains à cette pensée.

— On peut y aller ensemble, *señor.* Je suis sûre que si je parle à Mme B…

— À la vérité, tu sais à présent lire et écrire assez bien pour te passer de moi, soupira-t-il. Et puis, tu mérites un peu de repos, un petit congé. Que dirais-tu d'interrompre tes études une semaine?

— Ça me va, *señor.* Surtout que, comme ça, vous aurez plus de temps pour me raconter votre histoire.

Il s'enfonça dans son fauteuil et se mit à ranger son bureau.

— Tu seras soulagée d'apprendre que je ne poursuivrai pas, Jamilet. Je n'ai pu que constater combien tu étais préoccupée ces derniers temps. Tout bien pesé, il va de soi que les centres d'intérêt d'un vieillard ne sont pas nécessairement les mêmes que ceux d'une jeune femme. Aussi vais-je te rendre tes papiers séance tenante. Tu pourras ensuite agir à ta guise.

Jamilet, qui, quelques mois auparavant, aurait bondi de joie à cette annonce, se sentit flouée. Pour la première fois de sa vie, elle jugea capital de réclamer justice.

— Ce n'est pas juste, *señor* ! protesta-t-elle avec une détermination surprenante. On avait un accord. Je devais écouter votre histoire en entier, jusqu'à la fin, et après vous deviez me rendre mes papiers. Pas avant.

Le *señor* Peregrino inclina la tête de côté. Une expression interrogatrice jouait sur son visage.

— Aurais-tu oublié que je les ai dérobés? Enfin, trouvés serait un terme plus exact, remarqua-t-il en haussant les épaules. Reste que je t'ai imposé cet arrangement, cela nul ne peut le nier.

— Mais… mais… ça ne compte plus maintenant, rétorqua Jamilet, à toute allure, comme pour s'empêcher de trop réfléchir.

— Et pourquoi donc, mon enfant?

Il la dévisagea sans un battement de paupières, s'efforçant de percevoir ce que cachait l'éclat juvénile de sa figure.

— Parce que je… je veux entendre la fin de votre histoire. Je dois l'entendre parce que… parce que je n'ai plus d'histoires à moi.

— D'histoires à toi?

Elle confirma en hochant énergiquement la tête.

— Avant, j'imaginais sans arrêt des histoires, mais depuis que j'écoute la vôtre, je n'arrive plus à inventer les miennes.

— Je vois, dit-il avec une certaine consternation. Une fois de plus, tu m'accuses d'invention.

— Vous n'inventez pas un peu parfois? lui demanda-t-elle timidement.

Le regard du *señor* Peregrino se ferma, tourné vers lui-même, tandis qu'il élaborait sa réponse. Puis il se redressa dans son fauteuil et ses yeux s'éclairèrent.

— J'ai appris qu'inventer est le propre de l'homme, Jamilet. De l'instant où il ouvre les yeux le matin à celui où il les ferme le soir, du jour de sa naissance au jour de sa mort, tout ce qui l'entoure n'est qu'illusion. La réalité émerge au fil du temps, des expériences auxquelles il choisit de croire.

Concentrée sur ses yeux étincelants, Jamilet chercha à saisir le sens de ses paroles. Comme d'habitude, il lui échappa, mais elle ne s'en sentit pas moins inspirée. Elle se leva et, les épaules droites, déclara :

— Alors je choisis de croire à votre histoire, *señor*. C'est ma réalité et vous avez tort de m'en priver.

Il laissa échapper un petit rire avant de retrouver son sérieux, les joues tremblotantes d'émotion.

— Tu es une enfant étonnante, Jamilet. Et c'est pour moi un divertissement permanent que d'en être le témoin.

— Dans ce cas, vous pouvez bien me divertir aussi en retour.

— Eh bien, je ne sais…

— Vous ne pouvez quand même pas vous arrêter au moment le plus passionnant de l'histoire, même s'il y en a eu beaucoup d'autres.

— Il est vrai, convint-il, gagné malgré lui par son enthousiasme.

— Il y a eu le moment où vous avez vu Rosa pour la première fois, puis celui où vous avez tenu tête à

Andrés, et puis celui où Rosa vous a sauvé du duel, Tomás et vous. Mais cette dernière partie, c'est la meilleure de toutes.

— Le penses-tu vraiment?

— Oh oui! Mais il faut que je vous dise que, moi, je savais depuis le début que Rosa était amoureuse de vous.

— Comment peux-tu être si affirmative? la questionna-t-il, indubitablement enchanté par sa prédiction.

— Parce que, sinon, vous n'auriez eu aucune raison de me raconter cette histoire, vous ne croyez pas?

Pour toute réponse, le *señor* Peregrino sourit et, croisant les bras sur sa poitrine, jaugea son élève avec une admiration certaine.

Et ce fut ainsi que, plus tard dans l'après-midi, il reprit son récit.

En un instant, mon monde changea à jamais. Que m'importait que la nuit succédât au jour, qu'il fallût manger pour se rassasier ou dormir pour se délasser? Je fus pris dans un tourbillon d'extase qui chamboula soudain toutes mes priorités. Rosa m'aimait, rien d'autre ne comptait plus. Je me sentais aussi indigne d'elle qu'un ver arraché à la terre pour être porté sur un trône doré. Et bien que tout, chez mon ange, ne me parût que perfection, je me demandais si elle possédait toute sa raison pour m'aimer, moi, quand mille autres aussi riches qu'accomplis s'offraient à son choix. Je chassais toutefois cette pensée de mon esprit aussitôt qu'elle y surgissait. L'amour qui habitait mon cœur triomphait de tous mes doutes.

Dans ces circonstances, je ne pus qu'informer Rosa du projet de Tomás de demander sa main. Je lui expliquai qu'il souffrirait tant d'apprendre notre amour que la nouvelle risquait de sonner le glas de son pèlerinage, voire pis. En outre, bien que moins convaincu que Rosa de l'affection profonde que me portait Jenny, je ne doutais pas que nous courrions au désastre si celle-ci venait à découvrir la vérité. Nous convînmes donc de contrecarrer toutes les tentatives de Tomás pour s'entretenir seul avec Rosa jusqu'à notre arrivée à Compostelle. Là, nous annoncerions la vérité à nos deux compagnons. Sûrement le miraculeux pouvoir d'amour et de guérison de l'apôtre soulagerait-il alors leur douleur et nos angoisses. En attendant, nous jurâmes de garder secrets nos sentiments et nos projets de mariage.

Le chemin nous conduisit à travers des villages aux toits de chaume ceints de verts pâturages où paissaient vaches et moutons. Tandis que nous prenions de l'altitude, longeant les crêtes solitaires, mon amour et mon imagination fleurissaient avec la bruyère, le genêt et le serpolet. Je me représentais mon retour au pays, Rosa à mon bras. La route cahoteuse sur laquelle nous progressions me rappelait celle de mon village, qui offrait d'abord au regard la vieille église, avec sa tour et son portail de pierre battus par les intempéries. Les cloches retentissaient, bien sûr, et entre les rideaux se glissaient les regards furtifs des voisins. Les vieillardes édentées restaient bouche bée et les enfants levaient le nez de leur besogne pour admirer l'ange ténébreux, dont la beauté les laissait sans voix. Avertis de ma décision de quitter le clergé, pour une femme qui plus est, mes parents rougissaient de savoir leur fils aussi vulnérable à la chair que les rejetons du voisin, convaincus qu'aucune femme ne justifiait pareille décision. Mais la vue de Rosa faisait taire leurs reproches, le son de sa voix et sa personnalité finissaient de les persuader de son mérite et de l'infaillibilité de mon choix, avec la même éloquence que si saint Jacques en personne leur était apparu pour bénir notre union. Et l'accueil froid qu'ils m'avaient réservé se transformait aussitôt en festivités en l'honneur des jeunes époux.

Les heures filaient quand ces idées m'occupaient l'esprit et il me suffisait de couler un regard à la dérobée à mon exquis trophée pour supporter la pire douleur dans mes pieds. Cependant, je ne pouvais envisager le retour sans songer à Tomás. Il serait là, lui aussi. Mais alors que j'essayais de l'imaginer heureux à nos côtés, associé à notre joie, ma vision s'embrumait et, quand les nuages s'ouvraient enfin, je voyais son corps inerte pendu à un arbre, les orbites vides et ensanglantées par les incessants coups de bec des oiseaux. Ces pensées aussi, je les chassais de mon esprit. Compostelle, me rappelais-je, était la terre des miracles.

Bien que rompus, nous décidâmes de continuer quelques kilomètres après Foncebadón. La nouvelle circulait que la ville voisine abritait une auberge qui, en échange d'une somme modique, mettait à disposition des pèlerins une baignoire d'eau chaude dans laquelle un homme pouvait s'immerger tout entier. Le coût des ablutions dépendait du nombre de personnes disposées à utiliser la même eau.

Nous parcourûmes les derniers kilomètres avec un regain d'énergie, pressés de goûter à ce luxe rare. D'un regard à Tomás, je vis qu'il observait Rosa avec des yeux flamboyants. Il ne lui restait plus que quelques précieux jours et je nourrissais la certitude qu'il ne tarderait pas à lui ouvrir son cœur.

À notre arrivée à l'auberge, le bain fut préparé dans une petite pièce adjacente à la cuisine. Il était ainsi plus facile pour le domestique de transporter, l'un après l'autre, les pleins seaux d'eau chaude nécessaires au remplissage de la profonde cuve en métal. Nous n'eûmes ensuite pas à nous interroger sur l'ordre dans lequel nous profiterions du bain car Jenny bondit sur ses pieds et, sans un mot, disparut dans le petit cabinet. En attendant notre tour, nous sortîmes cueillir les quelques rares rayons du soleil de Galice. La brume épaisse qui pesait sur les jours se déchira soudain pour révéler un monde coloré comme par magie. Rosa s'assit en bordure d'un champ qui sommeillait, les joues rosies par la chaleur du soleil. M'emparant d'un bâton pointu, j'entrepris de curer la boue incrustée sous mes semelles, qui tomba sur le sol en larges plaques.

Tomás s'éclaircit la gorge.

— Rosa, j'espérais que nous pourrions avoir une conversation après le repas ce soir…

— Ce soir?

— Oui, si tu n'y vois pas d'inconvénient.

Rosa haussa les épaules.

— Pourquoi ne pas l'avoir maintenant, ici même?

D'un regard, Tomás m'implora de partir, mais je feignis d'être bien trop absorbé dans le décrottage de mes souliers pour le remarquer.

— Mon ami, je crois qu'il y a, dans la cuisine, une lourde brosse qui conviendrait parfaitement à cet emploi, lança-t-il, s'efforçant de paraître jovial et désinvolte dans sa tentative pour se débarrasser de moi.

— Je tiens là une méthode plutôt efficace, à la vérité, répondis-je.

Comme pour souligner mes paroles, je parvins à détacher un énorme morceau de terre, qui se désagrégea au contact du sol.

Tomás se leva avec un soupir, dirigeant son regard vers les prairies qui miroitaient sous la caresse du soleil. Un agréable sentier serpentait à travers champs en direction des contreforts. Il s'apprêtait à inviter Rosa à s'y promener en sa compagnie, j'en étais convaincu. Mais alors qu'il rassemblait son courage pour formuler sa demande, Jenny sortit de la cuisine dans un nuage de vapeur, un sourire rosé sur les lèvres. Jamais je ne m'étais tant réjoui de la voir.

— J'ai repris figure humaine, annonça-t-elle. Je dois peser cinq kilos de moins qu'avant de plonger dans cette baignoire.

Rosa laissa échapper un petit rire nerveux, aussi soulagée que moi d'avoir éludé la conversation avec Tomás. Sans perdre de temps, elle prit congé, prétextant qu'elle ne souhaitait pas laisser refroidir l'eau, et Jenny la suivit à l'intérieur pour s'accorder une longue sieste.

Lorsque nous fûmes seuls, Tomás se rassit près de moi, sans cacher son agacement.

— Je ne t'ai jamais vu t'intéresser autant à l'état de tes souliers, Antonio.

Je tendis mon bâton dans sa direction.

— Je peux m'occuper des tiens, j'ai presque fini avec les miens.

Ignorant mon offre, il me scruta avec intensité, comme s'il cherchait à lire dans mes pensées. Lorsqu'il reprit la parole, je perçus dans sa voix une résignation que je ne connaissais, hélas, que trop bien.

— Tu n'as pas à te soucier pour moi, Antonio. Si l'amour que j'éprouve ne trouve pas sa réciproque, je saurai ce qu'il me reste à faire.

Je jetai mon bout de bois par terre.

— Tu agis comme un insensé ! Aucune femme ne mérite que tu perdes la raison pour elle, encore moins la vie.

— Et pourquoi donc? répliqua-t-il. N'est-il pas écrit dans la Bible que l'homme quittera père et mère pour s'attacher à son épouse et l'aimer plus que sa propre vie? Je ne demande qu'à embrasser la mort si, grâce à ce geste, Rosa prend la mesure de mon amour.

J'ignorais quelle réaction adopter face à ce Tomás étrangement transformé. J'aurais voulu le secouer par les épaules pour le ramener à la raison. Quelques mois auparavant, il aurait pris ce geste à la rigolade, me gratifiant en retour d'une bourrade taquine, mais, à présent, il l'interpréterait comme une attaque et riposterait en animal blessé.

Aussi pesai-je mes mots lorsque je lui répondis.

— Sans doute serait-il plus sage de patienter jusqu'à notre arrivée à Compostelle. Là, nous trouverons tous la force d'accepter ce qui nous échoit, et nous pourrons reprendre notre existence avec un regain d'espoir.

Tomás me présenta un masque plus résolu que jamais.

— Cela vaut sans doute pour toi, Antonio. Mais pour moi, il n'y a plus ni espoir ni doute, ni misère ni joie. Il n'y a plus que Rosa.

23

Cela faisait plus de deux semaines que Jamilet n'avait pas posé les yeux sur la marque. Quand elle prenait son bain, elle ne promenait plus ses mains sur ses épaules et derrière ses cuisses, préférant imaginer la caresse d'Eddie sur la peau lisse de sa gorge et de ses seins. Elle se demandait alors si l'amour, le vrai, était assez puissant pour produire des miracles et, chaque soir qu'elle se préparait pour retrouver Eddie, se persuadait que le monde en était rempli et qu'ils étaient aussi nombreux que les étoiles du ciel.

Ils se donnaient rendez-vous au parc tous les mercredis, après le départ de Carmen et de Louis. Un soir, Eddie l'emmena sur la tombe de sa mère et lui confia qu'il ne s'y était jamais rendu avec personne d'autre. Souvent ils se donnaient la main, comme ce premier soir près de la mare, mais ces étreintes se révélaient toujours aussi fugaces que tendres. Eddie relâchait aussitôt Jamilet, après avoir gardé sa main dans la sienne une infime seconde de plus. Jamilet savait que l'inévitable finirait par se produire.

— Pourquoi tu mets toujours des manches longues et tu te couvres autant? lui demanda Eddie en la raccompagnant au platane après leur dernier rendez-vous, un soir particulièrement chaud.

Jamilet aurait dû avoir une réponse toute prête à lui donner, mais malgré tous les scénarios qu'elle s'était joués et rejoués dans sa tête, malgré toutes les stratégies qu'elle avait échafaudées pour l'éconduire en douceur sans le décourager, jamais elle n'avait envisagé une question si simple pour entamer la discussion. Les diverses réponses possibles s'entrechoquèrent dans son esprit. Tant de mensonges boiteux, tous plus ridicules les uns que les autres, s'offraient à elle. Après avoir pris une profonde inspiration, elle tenta sa chance avec la première idée qu'elle parvint à articuler.

— Ma tante ne veut pas de petit-neveu tout de suite, lâcha-t-elle.

Abasourdie par ses propres mots, elle ignorait où ceux-ci la mèneraient quand elle continua courageusement, d'une voix trébuchante :

— Elle me force à porter ça pour éloigner les garçons.

Elle se tut, convaincue d'avoir raconté une fable assez grotesque pour qu'elle en fût drôle.

Mais Eddie ne riait pas, perplexe, voire un brin contrarié.

— Avec les fringues dingues qu'elle met ? s'étonna-t-il. Qu'est-ce que ça peut bien lui faire que tu montres un centimètre carré de peau ?

Jamilet haussa les épaules. Elle réussit même à afficher elle aussi un léger mécontentement.

— Je sais, c'est ce que je lui dis toujours. Mais tant que je vis sous son toit, je dois lui obéir.

— Toutes les filles que je connais se ficheraient complètement de ce que les autres pensent, elles se fringueraient comme elles voudraient. Mais toi t'es différente, j'imagine… pas comme une fille normale.

Et depuis, rien ne tourmentait plus Jamilet que ces derniers mots.

Les températures clémentes du printemps cédèrent la place à la chaleur impitoyable de l'été, qui transformait parfois la chambre du cinquième étage en fournaise. Certains jours, de la vapeur semblait s'échapper du plancher et Jamilet avait beau laisser couler indéfiniment le robinet d'eau froide, il en jaillissait toujours de l'eau chaude. Elle se demandait comment le *señor* Peregrino parvenait à rester aussi concentré sur son courrier quand elle arrivait à peine à mettre deux idées bout à bout. Elle interrompit sa lecture pour ouvrir grand la fenêtre, d'où elle contempla la brume de chaleur immobile. Même les oiseaux se reposaient, muets. Aucun autre son ne troublait l'après-midi, à part le ronronnement de la circulation, si régulier qu'il se confondait presque avec l'épaisseur du silence. Le tintement du camion de glaces perçait de temps à autre dans le lointain, mais jamais le véhicule ne s'aventurait dans l'allée de l'asile, sinon Jamilet aurait dévalé l'escalier pour leur en acheter une à chacun.

— Tu rêvasses, observa le *señor* Peregrino. Ou alors tu te complais dans l'une de tes fantaisies.

— Je pensais juste que ce serait agréable de manger une glace. Il fait tellement chaud !

Il en convint d'un hochement de tête, puis s'essuya le front avec son mouchoir.

— Ce doit être le jour le plus chaud de l'année, mais je crains que la température n'augmente encore.

— Comment vous pouvez le supporter, *señor* ? Pourquoi on ne descendrait pas dans le jardin pour profiter un peu de la brise ? On peut lire en bas.

Il se replongea dans ses papiers.

— Tu n'as qu'à y aller, je t'attends ici.

— Vous avez le droit de sortir, *señor*, remarqua sans ménagement Jamilet, enhardie par son inconfort physique. Mme B. me l'a dit en personne, et elle dirige tout l'hôpital. Pourquoi vous restez toujours dans votre chambre ? Pourquoi vous ne vous baladez pas dans le parc, comme les autres patients ?

Le *señor* Peregrino détourna le regard, les yeux assombris par une mélancolie étrange et amère.

— Parce que je ne suis pas comme les autres patients, ne t'y trompe pas ! En outre, ta Mme B., comme tu l'appelles, ne me dirige pas, moi ! Je quitterai ma chambre le temps venu, pas quand toi, Mme B. ou n'importe qui d'autre le voudra.

Jamilet, qui ne savait jamais où se mettre quand le *señor* Peregrino puisait ses paroles dans la réserve secrète de haine au fond de son cœur, demeura silencieuse. Mais quand elle se risqua à lui jeter un regard, elle constata que sa bouche s'était figée dans cette moue têtue qu'elle lui connaissait si bien. S'il avait souri à cet instant, son nez, ses yeux et ses oreilles se seraient sûrement décrochés de son visage.

Contre toute attente, la mauvaise humeur du *señor* Peregrino se dissipa rapidement. Environ une heure plus tard, il proposa donc à Jamilet de s'asseoir pour écouter la suite de son récit en attendant que passât le plus fort de la chaleur. Une splendeur tranquille illumina son visage dont les lignes dures, enracinées vers le bas, se déployèrent vers le haut comme des branches mourantes soudain convoquées par un nouveau jour.

— La peur m'habite, me murmura Rosa un matin de bonne heure dans la salle commune, alors que nous

nous apprêtions à prendre la route. Mais j'ignore la nature de cette peur qui me hante.

Je m'efforçai de comprendre ses mots et de découvrir le noyau de ses craintes, mais mon attirance pour elle, conjuguée à l'écrasant désir de la protéger et de lui épargner toute souffrance, ébranlait ma réflexion.

— Rassure-toi, mon amour, lui dis-je en lui caressant tendrement la main. Je ne laisserai aucun mal t'arriver.

Je retirai promptement ma main en entendant s'activer le loquet de la porte. Tomás apparut, les traits brouillés par le sommeil et l'inquiétude. Mais après s'être repu de la vue de Rosa pour le petit-déjeuner, il trouva, comme chaque matin, la force de porter son barda avec le fardeau de son existence. Cela faisait plusieurs jours qu'il se nourrissait à peine et, toutes les nuits, je l'entendais s'abandonner à des rêves tourmentés. J'avais bien tenté de l'en sortir une ou deux fois, mais il m'était devenu impossible de l'apaiser.

Jenny nous rejoignit peu après. Avec son exubérance coutumière, elle nous communiqua ses projets pour la journée : la distance qu'elle souhaitait couvrir, l'étape qu'elle jugeait la meilleure pour terminer la marche et les haltes qu'elle recommandait en chemin.

— Jenny a le cœur d'un lion et la ruse d'un renard, me confia un jour Rosa. J'aimerais tant être davantage comme elle, Antonio.

— Par pitié, non ! lui répondis-je, exagérant ma détresse dans l'espoir de gagner son rire si précieux. Autant dire que tu veux peindre des moustaches à la Joconde ou doter un cochon d'ailes de faucon.

Mais l'émerveillement de Rosa, dont les yeux scintillaient encore du désir de ressembler à Jenny, éclipsait l'estime dans laquelle elle tenait mon humour, je le crains.

Les montagnes sauvages de Galice apparurent bientôt à l'ouest et l'effervescence des pèlerins augmenta à mesure que nous approchions de notre destination, dont ne nous séparaient plus qu'une ou deux semaines de marche. Dans tous les villages, dans toutes les bouches de pèlerin, il n'y en avait plus que pour la gloire de la cathédrale de Compostelle et les nombreux prodiges attribués à son saint. Mon miracle accompli, je consacrais toutes mes prières à Tomás. Il cheminait en tête du groupe, jetant de temps à autre un regard par-dessus son épaule pour s'assurer de la présence de Rosa, qui marchait d'ordinaire au côté de Jenny puisque nous mettions un point d'honneur à ne jamais demeurer ensemble.

En dépit de l'impatience qui m'étreignait à la pensée de mon union avec Rosa et à la perspective de rentrer avec elle au village, une étrange tristesse s'empara de moi quand je pris conscience de l'imminence de la fin de l'aventure. Sur le chemin, mon cœur et mon esprit avaient, au rythme de mon pas lourd, trouvé leur paisible cadence. Les distractions futiles de la vie avaient disparu. Nous possédions tout ce dont nous avions besoin et chaque instant puisait sa complétude dans la connaissance que nous y trouvions de nous-mêmes et des autres. Je savais que tout changerait lorsque nous retrouverions le monde réel. Même avec Rosa auprès de moi, tout changerait.

Accélérant le pas, je rattrapai Tomás en quelques enjambées. Il marmonnait, les yeux mi-clos, mais curieusement il ne trébuchait pas, posant sur le sol un pied sûr et stable. Sentant ma présence, il leva la tête et repoussa sa capuche pour me dévisager avec des yeux vides qui contrastaient avec le sourire bienveillant qu'il m'adressait autrefois.

— Tu parais bien fatigué aujourd'hui, mon ami, observai-je, non sans culpabiliser de la désinvolture avec laquelle j'engageai la conversation alors que mon cœur était lourd du secret que je portais.

— Et toi, tu parais fort allant, comme si tu n'étais qu'au début du chemin, et non à son terme.

Craignant que l'afflux de sang à mon visage ne me trahît, je butai sur une pierre.

— Sans doute est-ce ma joie de contempler la cathédrale qui ravive mes forces et m'aide à détourner mes pensées de mes pieds douloureux.

Soudain, la brise qui soufflait des montagnes se déchaîna, nous forçant à rabattre nos capuches. Rosa et Jenny marchaient derrière nous, bras dessus, bras dessous, emmitouflées dans leur châle pour combattre le froid. Le vent agita furieusement les arbres, portant à nos oreilles le mugissement du bétail en quête d'un lieu sûr. Dans le ciel, un épais manteau de nuages noirs avançait vers nous à une allure menaçante. Apercevant un abri à bestiaux inoccupé, j'y conduisis d'un geste mes compagnons, convaincu que l'orage éclaterait d'une seconde à l'autre.

Nous nous blottîmes sous le toit de chaume rudimentaire pour contempler le spectacle de la nature. Le ciel s'enténébra et sa masse d'un gris effroyable se démonta comme une mer en colère au-dessus de nos têtes, écumant dans les hurlements du vent. Le tonnerre retentit avec un grondement trépidant qui fit trembler toutes les créatures, et même les pierres, dans son sillage. Nous ne fîmes plus qu'un avec les grenouilles, les oiseaux et les coléoptères qui se carapataient pour trouver refuge sous nos pieds. Un froid glacial, aussi dense que les montagnes au loin, imprégnait l'air et nous oppressait. Bientôt, la pluie s'abattit sur la terre en épais rideaux de glace et de givre, battant la paille du toit et mutilant les feuillages.

Je me rapprochai de Rosa, qui scrutait l'orage avec des yeux verts semblables à des braises célestes. À sa vue, le froid me quitta et la tête me tourna dans le ravissement que me procuraient les innombrables beautés et bontés de la vie. Estimant prudent d'opérer à l'insu de Jenny et de Tomás, je cherchai sa main sous le fouillis de nos capes et ballots. Et tandis que la tempête faisait rage, nos doigts s'enlacèrent. Mon cœur éclata avec plus de force que le tonnerre lorsqu'elle me frôla la paume, puis caressa chacun de mes doigts avec une tendresse exquise. À mon tour, j'explorai avec lenteur ses doigts soyeux, l'un après l'autre, de la base à la pointe, seulement interrompu dans mes effleurements par une bague à son majeur. Près de moi, Tomás frissonnait en récitant le chapelet, implorant le Seigneur de nous épargner une fin certaine ; et moi je transpirais d'ardeur, à tel point que je finis par retirer ma main de crainte que, abandonné par le sang-froid, je ne trahisse notre secret.

Lorsque l'orage s'apaisa, ce fut Jenny qui, la première, prit la parole.

— Je suis gelée jusqu'à la moelle, murmura-t-elle, légèrement haletante. Il faut que j'avale quelque chose de chaud avant de poursuivre.

— Il y a un village au pied de cette colline, dis-je.

Après avoir rangé son chapelet dans sa pochette de cuir, Tomás se risqua le premier hors de notre refuge pour évaluer la force du vent. Aux hurlements des bourrasques avait succédé un doux ronronnement et, tout autour de nous, la pluie se changeait en délicates volutes de brume. Il se planta au milieu du sentier et tendit les bras, comme un matador bravant un taureau, avant de jeter un coup d'œil à Rosa, visiblement fort aise de constater qu'elle l'observait avec un certain intérêt.

— Nous pouvons reprendre la route sans danger, claironna-t-il, comme s'il tutoyait l'orage. Mais je vous recommande de regarder où vous posez les pieds pour ne pas glisser, le sol est couvert de boue et de flaques. Suis-moi, Rosa, je vais t'indiquer le chemin.

Nous nous aventurâmes hors de l'abri comme si nous sortions d'une longue hibernation. Bien que courbatu, je me sentais un homme neuf. Les joues de Rosa étaient enluminées, ses lèvres arrondies en un mince sourire tandis qu'elle regardait Tomás serpenter sur le sentier en sautillant par-dessus les ornières remplies d'eau. Je dois reconnaître que j'éprouvai une pointe de jalousie en constatant l'amusement qu'il lui procurait, mais je me rassurai aussitôt. Ses sentiments pour moi dépassaient de loin le simple divertissement.

Jenny s'ébroua de la tête aux pieds.

— Quant à moi, je n'ai qu'à trouver le chemin toute seule, remarqua-t-elle avec une inclination de tête qui témoignait de la vexation que lui avait infligée la négligence de Tomás.

— Je vais t'aider également, bien sûr, se rattrapa-t-il, quelque peu embarrassé.

Pour faire bonne mesure, il lui tendit la main, mais elle le chassa d'un geste, puis ajusta son châle avec un soin affecté.

— Nous autres, dames, pouvons nous débrouiller seules, n'est-ce pas, Rosa? déclara-t-elle en donnant le bras à cette dernière afin qu'elles reprissent leur marche ensemble. Messieurs, peut-être devriez-vous prendre les devants afin de repérer un café digne de ce nom où nous pourrons retrouver figure humaine.

— Il me paraît plus sage que nous demeurions ensemble, déclara Rosa en tapotant le bras de Jenny d'un geste chaleureux et amical.

Des étincelles jaillirent dans les yeux jaune-gris de Jenny.

— Bêtises ! articula-t-elle, envoyant chaque syllabe cogner contre ses dents comme si seule sa condition de dame la retenait de cracher. Nous ne risquons rien. Je suis capable de te protéger bien mieux qu'aucun de ces deux-là.

Elle s'empourpra et, tandis qu'elle enrageait dans la brume, son teint prit un éclat orangé sur le vert foncé du pâturage couvert de pénombre. À cet instant, un éclair étincelant attira mon attention sur ses mains. Mes genoux faiblirent, comme si un cheval venait de m'envoyer une ruade dans le dos. Jenny portait au majeur un anneau en or formé de deux serpents entortillés couronnés d'une paire d'ailes. C'était le bijou auquel mes doigts s'étaient heurtés quelques instants plus tôt. Rosa, elle, ne portait pas de bague.

Tout le temps que nous descendîmes la colline en direction du village, je sentis sur mon dos le regard impitoyable de Jenny, telle une lance m'aiguillonnant. Lorsque nous arrivâmes enfin, je m'assis à l'écart près du feu. Tomás me rejoignit avec, dans la main, un godet de cidre chaud.

— Le froid t'aurait-il affecté ? s'enquit-il avec une inquiétude sincère.

J'aurais presque cru entendre le Tomás de mes souvenirs. Contre toute attente, sa présence me réconforta. Un instant, je souhaitai que nous retrouvions notre vie d'autrefois, tout pour ne pas me sentir pareil à un pauvre fou séduit par son ombre en plein jour.

— Je vais bien, le rassurai-je.

J'acceptai le cidre et me forçai à le boire avant de me retourner. Je pensais trouver Rosa, mais ce fut Jenny que mon regard croisa. Elle s'était vautrée sur une chaise et son châle, rejeté dans son dos, révélait son corsage humide plaqué contre son buste. Me surprenant en train de l'observer, elle lut mon expression tel un savant qui n'ignore rien des intentions les plus scabreuses de l'homme. Son visage, relâché et las une seconde plus tôt, se contracta de plaisir pour m'offrir un sourire.

Je me détournai et inhalai les vapeurs du cidre, mû par l'espoir qu'elles me ramèneraient à la raison, mais même après plusieurs godets et un repas dans le ventre, je ne respirais plus que l'odeur de Jenny.

24

À l'exception du cône de lumière pâle qu'une petite lampe projetait sur le coin de sa table de travail, le bureau de Mme B. était plongé dans l'obscurité. Elle entreprit de se lever quand Jamilet entra, avant de se raviser, se laissant retomber sur les quelques centimètres qu'elle était parvenue à mettre entre son siège et elle. Jamilet n'avait pas vu sa supérieure depuis plusieurs semaines et, malgré la pénombre, elle fut frappée par sa déchéance physique. Auparavant tendu sur son ventre, son uniforme blanc bombait et ses boutons s'accrochaient désespérément au tissu pour ne pas sauter. La chair qui enrobait son visage s'était épaissie par endroits et relâchée ailleurs, si bien que des pans entiers de sa figure paraissaient fondre.

D'un geste, elle invita Jamilet à s'asseoir sur la chaise face au bureau, puis elle braqua sur elle ses étranges yeux gris et tenta un sourire exsangue qui n'améliora guère son apparence.

— Cela fait un moment que nous n'avons pas conversé toutes les deux, commença-t-elle. Les jours ont filé et je dois reconnaître que je suis impressionnée que tu aies tenu aussi longtemps. Bien plus longtemps que quiconque, en réalité. Je serais curieuse de comprendre pourquoi.

Jamilet baissa les yeux.

— Je fais mon travail, marmonna-t-elle.

— Les autres aussi le faisaient, remarqua Mme B. en levant le nez, comme pour flairer l'air à la recherche d'indices. Et elles avaient de meilleures références.

Toutes deux se mesurèrent du regard pendant un long et désagréable moment qui ne contribua qu'à accroître le malaise de Jamilet. Elle sentit la sueur de ses paumes traverser le tissu de sa jupe et humidifier ses cuisses.

— Il a l'air moins agressif qu'avant, observa-elle pour briser le silence.

— Il est agressif depuis son arrivée dans l'établissement, répliqua Mme B. avant de se radoucir. À moins que tu n'aies découvert quelque chose qui aurait échappé aux autres, un moyen de le calmer, ajouta-t-elle en penchant la tête d'une manière si aimable qu'elle en devenait presque humble. Auquel cas je te serais infiniment reconnaissante de partager avec moi ce que tu sais.

— Peut-être que... Peut-être que c'est parce que j'écoute son histoire. Je sais que je ne suis pas censée engager de conversation inutile avec lui, mais...

Mme B. se pencha sur son bureau, les yeux ronds et la bouche molle, béante de curiosité.

— Raconte-moi donc un peu cela.

Jamilet tenta de se rappeler si le *señor* Peregrino lui avait commandé de garder son récit secret. Presque certaine qu'il n'en était rien, elle expliqua :

— Dans son histoire, c'est un jeune homme qui part pour la ville légendaire de Compostelle. En chemin, il rencontre une très belle femme qui s'appelle Rosa. Mais, franchement, je ne crois pas qu'une femme puisse être aussi belle qu'il la décrit, je pense qu'il invente parfois.

D'ailleurs je le lui ai dit, et il l'a tellement mal pris qu'il a bien failli arrêter…

— Ton avis ne m'intéresse pas, Monica, c'est l'histoire que je veux connaître, intervint Mme B., dont la chair autour de la bouche s'étira en un bref sourire forcé. Je t'en prie, poursuis.

— Il a un ami, Tomás, qui est aussi amoureux de Rosa…

— Donc, si j'ai bien compris, le jeune homme, le prénommé…

— Antonio, s'empressa de compléter Jamilet.

— Oui, cet Antonio, il est amoureux de Rosa, c'est bien cela?

Jamilet confirma avec des hochements de tête enthousiastes.

— Oui, mais au début il ne sait pas si c'est de l'amour ou de l'obsession. Et puis il y a aussi Jenny, mais elle ne fait souvent que l'énerver.

Un étrange voile se posa sur les yeux de Mme B., qui fixait toujours son employée.

— Continue, grommela-t-elle.

— Au début du chemin, ni Tomás ni Antonio ne déclarent à Rosa leurs sentiments pour elle mais, un jour, Rosa avoue à Antonio qu'elle l'aime. Alors ils décident de se marier à leur arrivée à la cathédrale et… c'est tout ce dont je me souviens, conclut Jamilet, alarmée par le curieux effet que produisait son récit sur son employeuse.

Mme B. avait clos les paupières, comme si elle cherchait à se fermer à ce qu'elle entendait, les mains serrées en deux poings crispés. Lorsque Jamilet se tut, elle s'éclaircit la gorge et s'ébroua dans un effort pour se calmer, mais elle paraissait différente, affaiblie. Quand elle reprit la parole, le souffle lui manquait.

— Tu ne dois pas laisser ton patient se complaire dans ses délires, ni l'écouter parler de personnages imaginaires! Cela ne fera qu'aggraver son état.

— Mais il est plus calme quand il me raconte son histoire, c'est pour ça qu'il va si bien.

Jamilet retomba dans le silence face à l'expression hideuse qui distordait les traits de Mme B.

— Parce que tu crois qu'une fille d'à peine vingt ans peut comprendre le mal d'un vieil homme qui n'a pas mis un pied hors de sa chambre depuis des années et ne supporte pas le son de son propre nom? éclata-t-elle alors avec un ricanement cynique. Depuis le jour où il est arrivé dans cet établissement, il refuse l'aide de psychiatres. Sans doute que s'il ne perdait pas tant de temps à te faire la causette, il parlerait à quelqu'un qui pourrait vraiment l'aider.

Jamilet demeura un instant muette avant de retrouver sa voix.

— Je devrais monter maintenant, dit-elle en se levant et reculant de quelques pas vers la porte. Il n'aime pas que j'arrive en retard.

— Oui, fais donc. Et informe ton patient que je te changerai d'affectation dans les plus brefs délais puisque tu as enfreint le règlement et que je suis persuadée que ta présence le perturbe profondément.

Jamilet ne perdit pas de temps à attendre l'ascenseur. Elle gravit à toute vitesse et d'une traite les cinq volées de marches jusqu'à l'étage du *señor* Peregrino, puis frappa à sa porte, hors d'haleine. Encore au lit, il lisait l'un de ses nombreux courriers. Jamilet s'avança à son chevet, les mains nouées devant elle dans un geste de prière implorante.

— *Señor*, il s'est passé une chose terrible.

Levant les yeux de sa lecture, il avisa ses joues enflammées et nota l'absence de petit-déjeuner entre ses mains.

— Ne me dis pas qu'ils ont encore carbonisé mes œufs ! Eh bien laisse-moi te féliciter de ne pas t'être fatiguée à me les monter.

— Ça n'a rien à voir avec vos œufs. C'est beaucoup plus grave, *señor* : Mme B. va me changer de poste. Aujourd'hui, dans cinq minutes peut-être.

Son front se rida, mais il chassa son inquiétude d'un geste de la main.

— Sottises !

— C'est elle qui me l'a dit. À l'instant.

Il se mit à rassembler les lettres pliées éparpillées sur son lit.

— Allons, pourquoi irait-elle prendre une décision aussi ridicule alors que je n'ai toléré personne d'autre que toi depuis des années ?

Le feu monta au visage de Jamilet.

— Elle est en colère, *señor*. Elle a un comportement bizarre.

— Oui, cela lui prend parfois, observa-t-il, guère alarmé.

Jamilet baissa la tête et se mit à se tordre les mains.

— Je suis désolée, *señor*, je lui ai parlé de votre histoire. Elle voulait savoir pourquoi vous alliez mieux, alors je lui ai parlé de Rosa, de Tomás, de Jenny et de votre pèlerinage à Compostelle, expliqua Jamilet en constatant, d'un regard, que la mine grave du *señor* Peregrino ne s'était pas assombrie autant qu'elle l'imaginait. Elle s'est énervée et elle m'a dit de ne pas vous encourager dans… dans vos…

— Délires ?

— Oui. Ensuite elle m'a dit que j'avais désobéi à ses instructions et qu'elle allait me changer d'affectation dans les plus brefs délais.

Le *señor* Peregrino s'enfonça dans ses oreillers avec, dans l'œil, une étincelle joyeuse qui n'échappa pas à Jamilet.

— Vous n'êtes pas fâché contre moi?

— Pas le moins du monde, la rassura-t-il en haussant les épaules. Mais je crois que, dorénavant, tu devrais éviter de lui rapporter mon récit, si ce n'est pas trop te demander.

— Je ne comprends pas pourquoi elle s'est mise dans cet état.

— Tu ne tarderas pas à le comprendre, ainsi que bien d'autres choses encore, dit-il avec un nouveau haussement d'épaules, avant de se remettre à organiser ses lettres. Mais tu n'as pas à t'inquiéter, Jamilet. Mme B. n'osera pas te changer de poste sans me consulter au préalable.

Une telle autorité perçait dans son affirmation que Jamilet le crut sur parole, suffisamment rassérénée pour descendre à la cuisine et entamer sa journée de travail.

Lorsqu'elle réapparut avec son petit-déjeuner, le *señor* Peregrino s'était douché et habillé. Aussitôt, il servit deux tasses de café et l'invita à s'asseoir avec lui. Puis il s'éclaircit la gorge et reprit sa narration avec une urgence accrue, une tension dans la voix que Jamilet mettait moins sur le compte de leur conversation matinale que de ce qu'il s'apprêtait à lui révéler.

Nous touchions à l'apogée de notre pèlerinage. La femme que j'adorais m'avait déclaré sa flamme et son désir de partager avec moi le restant de ses jours. Nous nous vouions un amour vrai, pur, nourri de l'intelligence sacrée de la volonté divine, celle-là même qui nous poussait l'un vers l'autre. Rosa incarnait à mes yeux la perfection de corps et d'esprit et un avenir radieux s'offrait à nous. Tout aurait dû aller pour le mieux dans le meilleur des mondes. Et pourtant...

Depuis notre moment d'intimité accidentel pendant l'orage, Jenny s'était transformée en monstre. J'ignore comment elle interpréta l'incident, mais je ne peux que supposer qu'en connaître les tenants et les aboutissants ne l'intéressait guère. Elle saisissait la moindre occasion de m'approcher et de me flatter par d'incessants discours. Je n'avais qu'à lever le nez pour la trouver, qui se pomponnait pour mon bon plaisir ou souriait avec son éternelle complaisance. Si elle avait jamais éprouvé pour moi quelque attirance, celle-ci avait indubitablement viré à l'obsession. Je le lisais dans son regard et redoutais les conséquences d'un sentiment si puissant chez une femme de sa trempe. Dans un sens, elle m'inspirait encore plus d'alarme qu'Andrés.

Rosa remarqua le comportement de Jenny et l'anxiété qu'il me causait. Un jour que nous nous délassions au bord d'une petite rivière, elle me questionna, ses yeux d'un vert plus sombre que les ombres fraîches qui nous entouraient.

— Doutes-tu encore de l'affection que te porte Jenny?

Je m'arrachai à mes angoisses pour vérifier la position de nos compagnons. Tomás remplissait sa gourde au ruisseau pendant que Jenny cueillait des baies dans un fourré. Je pouvais parler sans crainte.

— C'est une idiote, néanmoins je crois que nous ne devrions pas tarder davantage à leur révéler la vérité, à Tomás et elle. Nous ferions mieux de tout leur avouer maintenant.

Rosa sonda mon visage.

— Pourquoi donc? Je ne suis pas jalouse, Antonio. J'ai foi en ta droiture, tu ne feras jamais rien qui pourrait compromettre notre amour.

Comment pouvais-je lui expliquer que, pensant que c'était la sienne, j'avais caressé la main de Jenny pendant l'orage? Comment pouvais-je risquer d'entamer l'infaillible foi qu'elle me portait?

— Je souhaite que tous sachent mon amour pour toi, voilà tout.

Elle sourit tendrement.

— Il n'y a plus longtemps à attendre, mon aimé. Si le ciel est clément, nous atteindrons Compostelle dans quelques jours. Je te conjure de faire preuve de patience.

Le soleil se couchait lorsque nous arrivâmes à Ponferrada, un bourg trépidant qui prospérait au confluent de deux cours d'eau. Agacé d'être importuné pendant son souper, le prêtre nous indiqua le chemin du dortoir, une vaste pièce adjacente à l'église et dotée d'un généreux foyer que la paroisse mettait à la disposition des pèlerins. À notre joie, nous le trouvâmes vide, avec pléthore de bûches empilées près de la porte pour alimenter le feu. Nous achetâmes du jambon chez le boucher et conclûmes notre journée par un repas de pain et de salaisons, arrosé de plus de vin de pays que de raison. D'une gaieté inhabituelle, Tomás mettait un point d'honneur à remplir nos verres aussitôt que nous en avions bu la moitié. Sans m'inquiéter qu'il ne terminât pas le sien, j'accueillis de bon gré le sursis temporaire que m'accordait la boisson en m'arrachant à mes angoisses et je me réjouis par avance d'une paisible nuit de sommeil.

Après le dîner, nous étendîmes nos couvertures sur le sol à l'autre bout de la salle, laissant Rosa et Jenny s'installer près du feu. Tomás priait, ses doigts entrelacés des grains de son chapelet et son visage comme toujours tourné vers Rosa, pareil à une fleur puisant dans le soleil nourriture et chaleur. Fermant les yeux, j'attendis que l'assoupissement me délivrât de mon tourment, ne fût-ce que pour quelques heures. Le lendemain m'offrirait peut-être l'opportunité de parler à Rosa, je priai donc pour trouver l'inspiration et le courage de lui révéler ce qu'il s'était produit entre Jenny et moi pendant l'orage. J'avais réussi à me convaincre qu'elle montrerait sûrement de l'indulgence pour ma grossière erreur. Peut-être même en ririons-nous ensemble. Sur cette pensée réconfortante, je m'endormis profondément.

Comment s'orienta-t-elle jusqu'à moi au cœur de la nuit sans réveiller les autres, je ne saurais le dire. Je rêvais de Rosa quand ses bras m'étreignirent sous les couvertures. Certain que mon songe s'était fait réalité, je gémis de plaisir quand elle prit ma main pour la poser sur son sein.

— Calme-toi, Antonio, chuchota-t-elle avec un petit gloussement de rire.

J'ouvris alors les yeux pour les fixer sur le visage à quelques centimètres du mien. J'aurais reconnu entre tous l'éclat fané de son sourire, large et jaune, pareil à ses yeux.

Je ne sais comment, une fois remis de mon horreur, je trouvai la force de libérer ma main de l'étreinte de Jenny.

— Retourne dans ton lit, lui ordonnai-je tout bas, comme un animal blessé pris au piège.

— Je sais, à la façon dont tu m'as caressée pendant l'orage, que tu m'aimes aussi, siffla-t-elle en s'emparant de nouveau de ma main, que je lui arrachai aussitôt.

— Je ne t'aime pas. Je ne t'aimerai jamais.

Son visage se convulsa. La lueur dansante du feu jouait sur ses traits dans l'obscurité, la rendant plus laide encore. Avec un sourire, elle passa sa langue sur ses lèvres.

— Dans ce cas, pourquoi viens-tu de me faire l'amour?

Pour toute réponse, je la repoussai loin de ma couverture, sur le sol froid. Elle tenta de revenir avec force tortillements, mais je la tins à distance en plaçant mon pied au milieu de son ventre.

— Nous sommes faits l'un pour l'autre, Antonio, lâcha-t-elle, à bout de souffle et au bord du rire, si ce n'était des larmes. Tu le sais aussi bien que moi.

— Silence! Tu vas réveiller les autres. Maintenant, regagne ton lit.

Elle lissa tant bien que mal sa chemise de nuit.

— Tu m'as fait l'amour, Antonio, dit-elle dans un murmure. Et ce n'est que la première fois. Cela, je peux te le jurer.

Sur ce, elle se coula jusqu'à ses couvertures.

Il me fut impossible de retrouver le sommeil et, au matin, je pus à peine avaler quelques bouchées de mon repas. Rosa, elle, paraissait reposée et mangeait de bon appétit en écoutant avec beaucoup d'attention l'exposé de Tomás sur les hauts faits des Templiers qui, depuis le Moyen Âge, protégeaient les pèlerins sur le chemin de Compostelle. À l'entendre parler avec tant d'autorité, on eût pu croire qu'il avait lui-même été chevalier de l'ordre, mais je ne m'en formalisais pas. Heureux que Rosa semblât tout ignorer des événements de la nuit passée, je me jurai de mettre tout en œuvre pour qu'il en demeurât ainsi. Aucune femme ne pourrait comprendre de quel mal j'avais été le jouet et j'avais la certitude que je perdrais à jamais son amour si elle venait à les apprendre.

À cet instant, Jenny apparut et s'installa près de Rosa, courtaude et le teint cireux par comparaison. Saisi d'un soudain haut-le-cœur, j'écartai les restes de mon petit-déjeuner.

— Je suis si harassée! se plaignit-elle avant de bourrer sa bouche de pain.

— N'as-tu pas bien dormi? s'enquit Rosa.

— Oh, très bien, mais j'ai été visitée par un rêve des plus incroyables, répliqua-t-elle en m'adressant un clin d'œil. Avez-vous jamais fait un songe si réaliste que vous ne pourriez jurer que ce n'est pas la réalité?

Rosa répondit d'un signe affirmatif, souriante, tandis que Tomás posait sa tasse de café, visiblement intrigué.

— Eh bien, laissez-moi vous dire que j'ai fait, la nuit dernière, un rêve qui ne peut être que l'œuvre du diable en personne…

Avant qu'elle pût terminer sa phrase, je poussai du coude la cafetière de céramique, qui alla se briser sur le carrelage à nos pieds. Nous nous levâmes d'un seul élan et nettoyâmes le sol en un instant. Même Jenny nous prêta main-forte. Quand tout fut propre, elle tortilla la serpillière avec un sourire impénétrable.

— Il est tard, remarquai-je. Nous devrions nous mettre en route si nous ne voulons être forcés de déjeuner ici.

Comme tous acquiesçaient, nous nous apprêtâmes à partir, mais Jenny ne me lâchait pas des yeux. Tandis que je sanglais mon barda, elle s'adressa à moi seul.

— N'aimerais-tu pas entendre le récit de mon rêve, Antonio?

Je m'affairai alors à relacer mes souliers, ignorant sa remarque.

À compter de ce jour, je ne m'éloignai plus de Rosa. Peu m'importait d'éveiller les soupçons, j'étais prêt à tout pour empêcher Jenny de lui parler avant notre arrivée à Compostelle.

Le *señor* Peregrino se resservit du café, puis en proposa à Jamilet, qui refusa d'une secousse de la tête, l'air déconfit.

— Tu en prends d'ordinaire une seconde tasse. N'est-il pas à ton goût aujourd'hui ?

— Je n'ai rien contre le café, *señor*, riposta-t-elle en posant sa tasse vide sur le bureau. C'est juste que je n'aime pas, mais alors pas du tout, le tour que prend votre histoire, s'expliqua-t-elle en lui lançant un regard plein de défi. Est-ce que tout doit toujours être aussi compliqué ?

Le *señor* Peregrino réfléchit un moment avant de répondre en inclinant lentement sa tête blanche.

— Peut-être pas, mais alors les histoires ne seraient guère passionnantes, déclara-t-il en se penchant pour remplir la tasse de Jamilet. Et la vie encore moins.

25

Le secret devint à Jamilet aussi familier et douillet qu'une chaude couverture par une nuit fraîche, et elle s'emmitoufla dans ses plis. Eddie semblait s'en accommoder. Il acceptait que la surveillance stricte de sa tante restreignît leurs rendez-vous aux jours où elle sortait avec Louis et, par chance, depuis peu Carmen et Louis s'absentaient plus souvent que de coutume. Le secret ajoutait, en outre, une touche de mystère à leur relation déjà énigmatique, même si Jamilet soupçonnait Eddie de ne voir en elle qu'une bonne copine sur qui compter lors d'un coup dur. Ils se retrouvaient au parc en compagnons occasionnels, Eddie pour parler, Jamilet pour écouter et lui apporter, en loyale amie, les réponses les plus à même de le réconforter.

« Des tas de garçons pleurent, Eddie, lui disait-elle. Les garçons sont durs à l'extérieur et doux à l'intérieur, et pour les filles, c'est l'inverse. » Ou encore : « C'est normal d'avoir peur. Sinon, comment tu pourrais savoir quand tu es courageux ? » Elle ne savait ni d'où lui venait cette sagesse, ni comment elle parvenait à la matérialiser en mots, mais son puissant désir d'incarner ce dont Eddie avait besoin allait puiser ces pensées dans les profondeurs de son inconscient, comme un mineur désespéré, forcé d'extraire des pierres précieuses sous peine d'être banni à jamais.

Cependant, tout bascula un soir où Eddie arriva au parc avec un cadeau pour elle. Jamilet plongea la main dans le sac en plastique qu'il lui remit pour en sortir un T-shirt jaune pastel, avec de fines bretelles. Son coton léger était doux entre ses doigts. Pearly avait le même modèle dans toutes les couleurs de l'arc-en-ciel et parfois, quand elle remuait rien qu'un peu, une bretelle glissait de ses épaules lisses, et elle la remontait, encore et encore, tant et si bien qu'elle donnait l'impression de passer sa vie à s'habiller et se déshabiller devant Eddie et tous ceux qui passaient par là.

— Ça te plaît? s'enquit Eddie. Je l'ai acheté pour toi dans le centre.

— Il ne fallait pas.

Eddie fit mine de se vexer.

— Je fais ce que je veux!

Du bout du doigt, il écarta une mèche de cheveux des yeux de Jamilet.

— Mets-le pour moi la semaine prochaine, OK?

Jamilet colla le doux tissu contre sa joue et respira l'odeur de neuf. Pour l'heure, rien ne l'empêchait de savourer la beauté de ce geste et ce cadeau venu du cœur. Rien ne l'empêchait de jouer la petite amie au comble du bonheur qui s'imagine combien elle sera jolie pour lui dans ce vêtement. De sourire et de le charmer en se couvrant le torse du T-shirt et se cambrant un peu pour souligner la courbe de sa poitrine. Tout cela, elle réussit à l'accomplir avant de lui demander:

— Pourquoi la semaine prochaine?

— Parce que je vais te présenter à des amis.

Jamilet se sentit rougir d'émotion à l'idée de s'aventurer avec Eddie dans le monde réel, comme une vraie petite amie. Mais voilà, il voulait pour cela qu'elle eût la tête de l'emploi. Un chemisier à manches longues d'uniforme d'école catholique et une jupe bleu marine tombant sous le genou ne feraient pas l'affaire.

— Et si Pearly l'apprend? murmura-t-elle.

— Elle m'a oublié, depuis le temps.

Jamilet contempla le visage d'Eddie : sa peau brune et unie, ses yeux brillants, baignés d'assurance et d'humour, ses lèvres pleines fendues en un sourire si charmant qu'il menaçait de faire tomber à la renverse ceux qu'il prenait au dépourvu. Chaque fois qu'il lui adressait l'un de ses éblouissants sourires, elle n'arrivait plus à trouver ses mots ni à les assembler en phrases cohérentes. Elle ne se lasserait jamais de l'adorer.

— T'es une chic nana, pas vrai? remarqua-t-il en se penchant pour l'embrasser.

— Je ne crois pas.

Il se figea, ses lèvres si près des siennes qu'elles les frôlèrent lorsqu'il lui demanda :

— Qu'est-ce que tu crois pas?

— Je ne crois pas qu'elle t'ait oublié.

Jamilet avait l'impression d'être sortie de son corps, de cette forme étrangère dont les bras et les jambes s'agitaient dans toutes les directions comme des tentacules. Chaque cellule reflétait, en hologramme, les possibilités infinies qu'engendrait son imagination. Un courage inconnu la possédait, abolissant les peurs familières dont elle n'avait jamais été sevrée, se dérobant à sa réalité. Était-ce le fait de l'amour? Elle avait toujours entendu dire que l'amour était plus fort que tout, qu'il déplaçait des montagnes. À l'état le plus pur, il pouvait triompher de la mort. Dans ses formes moindres, sa magie brouillait la vue et changeait l'apparence des choses, adoucissant les angles, estompant les défauts, les effaçant presque. Sous l'effet de l'amour, l'esprit ne voyait que ce que le cœur daignait lui montrer.

Mais pour ne pas flétrir, pour ne pas périr, cet amour-là réclamait l'honnêteté, quoi qu'il en coûtât. Une graine pleine d'avenir peut s'exalter de voir ses pousses tendres percer à la surface du sol, mais la mort guette aux premiers rayons de soleil. Si un amour vrai devait germer entre eux, Jamilet savait qu'elle devrait montrer la marque à Eddie.

Elle enfila le T-shirt qu'il lui avait offert et le déroula sur son torse. Par un soir aussi doux, il n'y avait que les vieilles dames pour porter un tricot, et encore, elles le gardaient soigneusement plié sur le bras au cas où elles viendraient à avoir froid. Son gilet bleu marine reposait sur son lit, tout propre. Certes, elle était déterminée à montrer la marque à Eddie ce soir, mais rien ne l'obligeait à une révélation grossière et plus choquante que nécessaire. Ce genre de situation réclamait de la délicatesse et des explications minutieuses pour permettre à l'esprit d'assimiler lentement ce que les yeux peinaient à saisir.

Jamilet n'avait plus regardé la marque depuis plusieurs semaines. Elle avait interrompu son rituel nocturne lorsque la fréquence de ses rendez-vous avec Eddie s'était accrue, par simple oubli, tant son humeur était légère et son esprit entièrement absorbé dans l'épanouissement de leur relation. Elle se convainquit que les rêves pouvaient s'associer et s'encourager mutuellement, comme des amis. Si son premier rêve se réalisait et qu'elle conquérait le cœur d'Eddie, ne serait-il pas possible que la marque perdît son pouvoir ? Peut-être n'était-ce rien, comme le disait *tía* Carmen. Peut-être l'angoisse contagieuse de sa mère avait-elle, pendant toutes ces années, creusé sa détresse alors que la marque n'était qu'une tache, une ombre, une illusion.

Carmen avait annoncé qu'elle dînerait avec Louis dans un restaurant où l'on servait l'eau dans des verres à vin, si bien que même les buveurs de bière se fondaient dans le paysage, et qu'ils iraient ensuite au cinéma. Jamilet et Eddie avaient donc tout leur temps. Ils s'étaient donné rendez-vous près de la mare, comme à leur habitude. De là ils se rendraient chez Eddie pour y retrouver quelques amis. Jamilet comptait lui montrer la marque au parc, quand ils seraient encore seuls, et insister pour remettre son gilet quoi qu'il en dît, car ses amis, imperméables aux effets grisants de l'amour, ne la verraient qu'avec leurs yeux.

Alors qu'elle traversait le bosquet, elle avisa Eddie, assis sur leur banc, occupé à tirer sur un petit fil qui sortait de la couture intérieure de son jean. Elle s'arrêta un moment pour l'admirer, s'attardant sur la large ligne de ses épaules et le lustre de ses cheveux bruns. En la voyant émerger de l'ombre, il se leva lentement pour la considérer avec attention. La lueur faible du crépuscule jetait sur le parc un grain argenté de photographie en noir et blanc prise sous la pluie. Sous le gilet de Jamilet, la marque palpitait, comme si elle devinait l'imminence de la liberté et, avec elle, la sensation curative de l'air frais grouillant de témoins : les oiseaux, les écureuils, les arbres, le monde entier et, bien sûr, Eddie.

Jamilet buta contre une racine d'arbre. D'ordinaire, elle se serait esclaffée avec Eddie quand il lui demanda en plaisantant si elle avait déjà trinqué avec sa tante, mais elle n'arrivait même pas à sourire tant elle était concentrée sur son objectif. Elle avait répété au moins cinquante fois devant le miroir, inclinant la tête d'un côté et de l'autre, déterminant la façon dont elle placerait ses mains, le moment où elle retirerait son gilet. La scène était minutieusement chorégraphiée et écrite, elle ne pouvait pas se laisser distraire par Eddie, comme elle le faisait toujours.

— Tu l'as mis, constata-t-il avec une satisfaction évidente. Mais c'est quoi ce gilet? Il fait presque trente degrés!

Il portait la version masculine du T-shirt de Jamilet, d'un blanc immaculé sur son torse musclé.

Jamilet oublia instantanément son texte. Elle aurait déjà dû être en train de lui parler, de lui décrire les peurs irrationnelles des villageois arriérés qui la prenaient pour le démon. Elle devait commencer par le début car Eddie ignorait presque tout de son enfance, alors qu'elle savait tout de la sienne. Elle avait estimé qu'il lui faudrait près d'une demi-heure rien que pour s'expliquer, sans les questions et les digressions. Le crépuscule se serait alors ombré de gris, exactement comme elle le souhaitait. Il découvrirait ainsi sa monstruosité sous l'éclairage le plus clément, puis elle l'autoriserait à en voir peu à peu davantage, laissant à son amour le temps de combler les cavités austères de son désespoir, jusqu'à ce que la révélation fût complète.

Il s'approcha et posa la main sur son épaule, mais quand elle comprit qu'il ne comptait ni la saluer ni l'embrasser, mais retirer son tricot, Jamilet le repoussa d'une tape, sans réfléchir. Il parut surpris par ce geste cinglant, exécuté sans jeu. Toutefois pas autant que Jamilet, qui n'avait jamais réagi aussi vite de sa vie. Elle recula d'un pas, fouillant sa mémoire, incapable de trouver ses mots face au regard blessé d'Eddie. Enfin, elle se souvint. Elle devait commencer par la rentrée des classes, quand les enfants lui avaient jeté des pierres. Ce récit l'émouvrait, le peinerait, alors elle lui demanderait s'il avait déjà vu une tache de naissance et enchaînerait sur le rendez-vous chez le Dr Martínez et la raison de son départ pour l'Amérique.

— Qu'est-ce qui te prend? l'interrogea Eddie. Je veux juste te voir sans ton gilet.

— Pas tout de suite, bredouilla Jamilet. J'ai quelque chose à te dire avant.

Le sourire d'Eddie s'élargit.

— Ça te va super bien, même mieux que je pensais, remarqua-t-il en s'avançant. Je parie que t'as de jolies jambes aussi, mais chaque chose en son temps.

— C'est dur à expliquer, continua en balbutiant Jamilet, dont les pensées s'évaporaient dans la chaleur.

— Quoi? lui demanda-t-il en lui caressant la joue, se penchant sur elle pour la scruter. Pourquoi t'as les larmes aux yeux?

Jamilet détourna le regard, les genoux soudain faibles et flageolants, avant de ramener les pans de son gilet contre elle des deux poings, rattrapée de plein fouet par la réalité. Que lui prenait-il? Elle était folle de croire qu'Eddie réagirait différemment à la marque, à cette laideur inimaginable. Aucun amour ne pourrait jamais vaincre cette horreur que même sa propre mère n'avait pu accepter et dont le combat lui avait sûrement coûté la vie.

Jamilet reposa son regard sur Eddie, qui hésitait entre un sourire et un froncement de sourcils, son arcade gauche secouée par un tic nerveux.

— Je crois que je ferais mieux de rentrer, murmura-t-elle.

— Pourquoi?

— Je crois que…

— C'est ta tante?

Jamilet secoua la tête.

— Je ne sais pas… Je… Je devrais partir.

Elle tourna les talons et se dirigea à pas rapides vers le bosquet à l'entrée du parc. Seulement quelques mètres la séparaient des arbres quand elle l'entendit courir derrière elle. Il l'arrêta d'une main ferme sur son épaule, au milieu d'un carré d'herbe illuminé par les derniers rayons de soleil. Elle resserra son gilet autour d'elle.

— Parle, merde! lui dit-il en lui saisissant les deux épaules pour la secouer gentiment. Pars pas comme une voleuse!

— Tu ne peux pas comprendre, répondit Jamilet dans un souffle.

— Comment tu peux en être si sûre si t'essaies pas de m'expliquer?

— Parce que personne ne comprend, à part *tía* Carmen. Elle est la seule à ne pas avoir peur.

— Mais peur de quoi?

Il sembla à Jamilet que quelqu'un d'autre répondait. L'écho lointain d'une voix étrangère résonna et ses mots retentirent comme une psalmodie.

— De la raison. De la raison pour laquelle je porte toujours des manches longues. De la raison pour laquelle je ne suis pas comme les autres filles.

Eddie fourra ses mains dans ses poches.

— Et c'est quoi, la raison?

Elle contemplait un précipice, un pied suspendu dans le vide entre celle qu'elle était et celle qu'elle pourrait être. Elle demeura en équilibre plusieurs secondes, jusqu'à sentir soudain son corps perdre forme et son être fondre dans le néant. Elle envisagea de franchir le pas, mais l'espoir d'une vie meilleure ne réussit pas à la raffermir et elle lâcha pied. Ses jambes s'alourdirent sous l'effet d'un poids qui remonta dans ses poumons, gênant sa respiration. Eddie parlait, il lui posait des questions inquiètes, mais il était toujours de l'autre côté. Elle ne l'écoutait plus. Elle ne cherchait plus à modeler son esprit et son âme sur les siens, ne cherchait plus à ce qu'il se complût dans l'adoration qu'elle lui vouait. Et lui ressentait sans doute ce manque, s'interrogeait.

Sans un mot de plus, elle fit volte-face et s'élança vers les arbres. Ses pieds martelèrent le sol à une vitesse infernale tandis que son gilet volait comme une cape dans le vent et que ses cheveux battaient son visage, l'aveuglant presque. Elle ne pensait plus à Eddie. Elle fuyait, fuyait loin du précipice, fuyait comme elle aurait dû fuir avant d'être atteinte par les pierres des années auparavant. Mais avant qu'elle parvînt à rejoindre la rue, Eddie se jeta sur elle et ils roulèrent dans l'herbe. Avec des mots pleins de colère, il lui dit d'arrêter de détaler comme un chien fou. Puis il la cloua au sol, une main de chaque côté de la tête, et l'enfourcha, essoufflé et cramoisi, son T-shirt blanc maculé de terre.

— Tu cours vite, petite! lâcha-t-il en approchant son visage du sien, comme pour l'embrasser. Qu'est-ce qui te fait courir si vite?

Il n'attendait pas de réponse à sa question, trop perplexe de la voir si brusquement transformée. Il se dégageait d'elle une beauté inquiétante. On aurait dit un oiseau fragile, aussi facile à soumettre par la crainte que prompt à s'envoler s'il venait à le relâcher une seconde.

Jamilet balançait la tête d'un côté à l'autre, les yeux rivés sur le ciel derrière lui, s'efforçant une fois de plus de trouver les mots. Elle n'avait jamais parlé de la marque à quiconque en dehors de ceux qui connaissaient déjà son existence. La révéler aux profanes revenait à décrire l'amour en trois ou quatre mots : c'était hors de sa portée. Pourtant c'était son essence même, sa raison d'être.

Mais lorsque son regard se reposa sur le visage d'Eddie, ses pupilles étaient fixées sur la courbe de son cou, près de la bretelle du T-shirt. Les vêtements de Jamilet avaient été dérangés dans la mêlée, révélant les bords minces de la marque qui se refermaient sur sa gorge comme des doigts graciles. Il se redressa, toujours à califourchon sur elle, sans quitter un instant les traces des yeux.

— C'est quoi sur ton cou ? l'interrogea-t-il, effrayé à l'idée de l'avoir blessée.

Comme il relâchait un peu ses poignets, elle libéra ses bras d'un large geste et, d'un seul mouvement fluide, le repoussa, l'envoyant valser sur le dos. Elle se releva en un éclair, mais à peine avait-elle fait un pas qu'il lui agrippa le pied. Déséquilibrée, elle s'écrasa sur le ventre. Elle sentit de nouveau le poids d'Eddie sur elle, puis son gilet qui quittait son corps et son nouveau T-shirt qui remontait sur son dos, découvrant une grande partie de la marque. Ses poings se refermèrent sur l'herbe. Tandis qu'elle patientait, l'odeur de la terre et l'air frais sur sa peau l'emplirent d'une telle paix qu'elle crut rendre l'âme. Elle ferma les paupières, comme pour informer la mort qu'elle acceptait son sort.

Elle se représenta le visage d'Eddie, ses yeux ronds effarouchés, sa mâchoire légèrement décrochée par le choc. Même s'il avait perdu l'usage de la parole, elle se sentait beaucoup mieux. Tout cela, elle l'avait vécu. Elle connaissait la suite, elle savait comment se déroulerait cette scène par trop familière.

— C'est une tache de naissance, dit-elle en crachant la terre qui avait pénétré dans sa bouche. Et non, ça ne fait pas mal.

Eddie, qui n'avait pas eu le réflexe de détourner le regard, haletait. Peut-être aurait-elle dû l'avertir que plus il contemplait la marque, plus l'horreur s'intensifierait, mais elle demeura silencieuse. Ce serait bientôt fini.

— Pourquoi tu m'en as pas parlé? lui demanda-t-il enfin.

Il s'était exprimé sur un ton différent, comme ramené à sa condition humaine par une réalité qui échappait à sa compréhension.

— Je n'en parle à personne!

Le poids d'Eddie s'allégea sur son dos. Elle se releva après lui, époussetant la terre qui s'était accrochée à son pantalon, son ventre, ses bras et ses cheveux, avant de s'ébrouer tout entière.

Eddie la dévisagea, surpris de la voir capable de mouvements normaux après ce qu'il venait de découvrir.

— Est-ce qu'il y a… enfin… est-ce que ça peut partir?

Un étrange sentiment de puissance s'empara de Jamilet face à l'ébahissement et à la crainte qu'elle lisait dans ses yeux. Elle aurait pu lui parler du médecin qu'elle comptait consulter et des économies qu'elle cachait dans sa chambre, mais elle ne voulait pas passer pour une pauvre naïve. Autant clamer à tous vents qu'elle deviendrait un jour une star du grand écran.

— Non, il n'y a rien à faire.

Et comme elle prononçait ces mots, elle accepta, pour la première fois, leur vérité. Sa grand-mère l'avait compris. Sa tante, à sa façon, avait tenté de le lui faire entendre. Même le Dr Martínez le savait. Mais ce ne fut qu'à cet instant, face à l'expression craintive d'Eddie, qu'elle prit conscience qu'il lui faudrait vivre avec la marque jusqu'à la fin de ses jours.

Il faisait presque nuit, pourtant aucun d'eux ne cherchait à partir. Eddie se mit à jeter des regards autour de lui, trépignant comme un cheval fougueux, avant de s'immobiliser.

— Tu veux que je te raccompagne?

La tendresse dans ses yeux résistait à son envie folle de prendre ses jambes à son cou et de fuir le plus loin possible. Jamilet le savait, tout comme elle savait qu'elle ne pourrait le retenir très longtemps dans cette transe incertaine qu'engendrent le dégoût et la pitié.

— Je connais le chemin.

Et elle le libéra.

Pendant la nuit, tandis qu'elle gisait épuisée dans son lit, Jamilet décréta qu'il était bon de haïr. Durcie et fortifiée par les sentiments amassés en elle, elle n'évoquait plus une chétive créature qui risque à tout instant d'être emportée par une rafale de vent ou secouée par une quinte de toux. Tandis qu'elle méditait là-dessus, elle haïssait sa faiblesse d'esprit et sa complaisance de mauviette. Cette lâcheté qui se faisait passer pour de la gentillesse la rendait malade. Et elle se haïssait, haïssait ses racines, et son existence si étriquée qu'elle tenait dans une boîte à chaussures. Elle s'endormit ainsi, bercée par sa détermination inébranlable à haïr. Peut-être fallait-il cela pour la remplumer un peu.

26

Levant haut le plateau du petit-déjeuner, Jamilet frappa un coup à la porte de la chambre avant de la pousser, sans attendre la permission du *señor* Peregrino. Ce dernier était encore couché, ce qui n'avait rien d'étonnant étant donné qu'elle était arrivée plus tôt que de coutume. Il préférait prendre son petit-déjeuner après sa douche, mais Jamilet avait décidé qu'il ne pouvait raisonnablement pas s'attendre à la voir gravir cinq étages à la première heure du matin, puis les descendre et les remonter juste pour que son café fût assez chaud pour « plumer un poulet ». À compter de ce jour, il devrait se satisfaire d'un café assez chaud pour y dissoudre une ou deux cuillerées de sucre, un point c'était tout.

Elle posa lourdement le plateau sur le bureau, avant de se retourner pour voir si le bruit avait dérangé le *señor* Peregrino. Voyant qu'il n'avait pas bougé, elle reprit le plateau et le déposa de nouveau sur le meuble, puis laissa tomber la petite cuillère dans la tasse. Ne décelant toujours aucune réaction du côté du lit, elle passa à la salle de bains. Le *señor* Peregrino lui avait donné l'instruction de ne nettoyer la pièce qu'après sa douche matinale, car la buée qui s'y déposait formait une moisissure qui lui répugnait profondément.

Ignorant cette consigne, elle résolut de commencer le ménage pendant qu'il dormait. À quoi bon attendre qu'une chaleur étouffante régnât dans la pièce?

Elle briquait la porte de la douche quand il l'appela d'une voix encore lourde de sommeil. Elle s'empressa de se rendre à son chevet, les traits impassibles, le menton relevé et les yeux limpides.

— Oui, *señor* ? lança-t-elle, presque au garde-à-vous.

— Que fais-tu ici de si bon matin? lui demanda-t-il en se calant sur ses oreillers, les cheveux dressés sur sa tête comme une gigantesque flamme blanche.

— Mon travail, *señor*. Ça me paraît pourtant évident.

D'un coup d'œil, elle vérifia que son ton cassant avait produit chez lui un choc satisfaisant, puis détourna vite le regard, sans pouvoir apprécier sa réaction dans toute sa splendeur.

— Je te prie d'excuser ma stupidité.

Jamilet rejeta les épaules en arrière.

— Et j'ai décidé que ce serait plus pratique de monter votre petit-déjeuner dès que j'arrive au lieu d'attendre que vous ayez pris votre douche. Ça m'évitera de faire toutes ces allées et venues dans l'escalier, ce que je hais!

Le *señor* Peregrino tressaillit à ce dernier mot. Non seulement il ne l'avait encore jamais entendu dans la bouche de Jamilet, mais elle l'avait craché avec une ardeur peu commune. Il se redressa tout à fait pour l'étudier plus attentivement.

— On ne te reconnaît pas ce matin, observa-t-il en plissant les yeux. Te serais-tu coupé les cheveux?

— Je préfère les avoir courts, c'est plus pratique.

— Tourne-toi.

Elle hésita une seconde avant d'obéir.

— On dirait que tu les as cisaillés sans même regarder, ou dans le noir.

Jamilet baissa la tête, muette. Tandis que le *señor* Peregrino se levait pour aller chercher lui-même son plateau, elle suivit du coin de l'œil le trajet de ses pieds nus sur le plancher du lit jusqu'au bureau, puis en sens inverse. Elle l'entendit se servir son café, puis reconnut le bruit râpeux d'un couteau beurré sur un toast.

— Je vois clair dans ton jeu, déclara-t-il. Tu te punis avec l'espoir de trouver quelque inspiration dans la cruauté que tu t'infliges et de décourager ton monde.

— Je ne vois pas de quoi vous parlez, *señor*.

— Oh, si, tu vois très bien, ma chère.

Il mordit dans sa tartine et reprit la parole avant d'avoir complètement dégluti, ce qui lui donna une petite quinte de toux.

— Il n'y a que les affaires de cœur pour provoquer une réaction aussi extrême. Si je m'écoutais, je hasarderais que le jeune homme à l'origine du coup que tu as reçu à la joue il y a peu n'est pas innocent à tout cela.

Jamilet soupira, curieusement soulagée.

— J'ai décidé de le haïr, *señor*.

— Tiens donc! Tu devrais pourtant savoir que l'on ne peut pas plus décider de haïr que d'aimer…

Jamilet virevolta sur ses pieds, les poings serrés le long du corps.

— Bien sûr que si! C'est exactement pareil que quand je décide de me lever à l'aube alors que mon corps et mon esprit me dictent de continuer à dormir. Au bout d'un moment, je ne sens plus la fatigue et je ne pense plus à retourner au lit. C'est pareil pour aimer et haïr!

— Peut-être, lui accorda le *señor* Peregrino en buvant son café à petites gorgées. Mais, pour cela, tu dois te leurrer au point de te convaincre que la volonté seule définit la réalité, indépendamment de l'expérience et des espoirs les plus fous que tu conçois au fond de ton cœur. Il te faut renier à la fois ton cœur, ton esprit et ton corps.

Jamilet passa la main sur sa nuque hérissée de mèches rases. Elle avait coupé ses cheveux si court qu'elle devait relever son col pour dissimuler la marque.

— Assieds-toi et bois donc un peu de café avec moi, lui dit le *señor* Peregrino.

Elle s'exécuta, acceptant la tasse qu'il lui tendait. La chaleur du récipient remonta dans ses doigts, ses paumes et ses bras, jusqu'à ce que ses épaules s'arrondissent et s'amollissent, reflétant son état intérieur.

— Je poursuivrai mon récit après le petit-déjeuner. Mais avant, je veux que tu comprennes que si je puis aisément concevoir les qualités uniques d'un cœur brisé, jamais je ne tolérerai l'irrespect. Est-ce clair?

— Oui, *señor*.

Et après qu'ils eurent partagé le café et les toasts à la confiture, l'histoire reprit.

Le soleil avait déjà commencé son ascension dans le ciel pâle lorsque nous aperçûmes les flèches de la cathédrale flottant dans le lointain depuis le Monte de Gozo. J'avais peine à me résigner à l'imminente fin de notre pèlerinage. Bien plus qu'une destination, Compostelle était devenu, dans mon idée, le sens même de l'existence sur cette terre et je craignais que mon esprit, souffle infime ici-bas, ne s'évaporât quand s'ouvriraient les nuages.

Tandis que nous descendions tous les quatre en direction de la ville en contrebas, j'entendis pour la première fois fredonner Rosa, dont la douce voix se dissipait avec la brume. Je me joignis à elle et, alors que notre chant se déversait sur les collines, je pris conscience, le cœur gonflé de joie, que j'embrassais mon destin : aimer cette femme extraordinaire jusqu'à mon dernier souffle, élever avec elle nos enfants, me perdre à jamais dans notre union.

Je sentis alors sa main se glisser dans la mienne. Sans plus nous préoccuper du regard de Tomás et de Jenny, nous marchâmes ensemble vers la cathédrale comme des promis se rendant à leurs noces. Quand je me tournai vers Rosa, son visage resplendissait dans la lumière délicate du matin. Elle avait repoussé sa capuche et la rosée pailletait ses cheveux de milliers de diamants. Aucun de nous n'osa jeter un regard en arrière, mais je devinais l'amertume de nos compagnons, plus sombre que les nuages au-dessus de nos têtes, et une déception à la hauteur de notre joie.

Nous perdîmes de vue la cathédrale en nous engageant dans le labyrinthe de ruelles cernant la vieille ville, jusqu'à ce que, débouchant sur sa place, nous la vissions se dresser devant nous, plus majestueuse encore que dans mes rêves. Ses vénérables pierres grises semblaient respirer la vie des innombrables fidèles qui s'étaient recueillis à son pied au fil des siècles. Au sommet de sa plus haute flèche, saint Jacques Apôtre, muni de son bourdon et de son chapeau à large bord, accueillait tous ceux qui marchaient sur ses pas, comme lui pèlerins de foi, âmes courageuses et errantes, enfants de Dieu.

Je franchis avec Rosa le portail principal du sanctuaire, plein du sentiment de n'être qu'une goutte d'eau dans un vaste fleuve de vie. À l'intérieur, nous nous plaçâmes dans la file formée par des centaines d'autres pèlerins afin de voir de nos propres yeux la crypte du saint, de toucher son manteau et de lui donner l'accolade, le rituel qui marquerait la fin officielle de notre pèlerinage. Immédiatement après, nous entendions trouver un prêtre pour célébrer notre union, à l'instant s'il le fallait. Peu nous importait de nous marier avec des chaussures encore couvertes de poussière tant nous tenions à réaliser la destinée que nous savions nôtre. En écoutant les murmures des prières et les pleurs dans la cathédrale, je compris que jamais je ne serais aussi proche de Dieu qu'au côté de Rosa. Submergé d'émotion, j'entourai son visage de mes mains et l'embrassai avec la tendresse que l'on réserve aux saints, puis encore pour lui faire savoir que je l'aimais de toute mon âme, et une troisième fois pour goûter à nouveau au délice de ses lèvres.

Ensemble, nous gravîmes l'escalier menant au saint apôtre. S'il était donné à l'homme d'enfiler les instants de sa vie comme des perles sur le fil de l'existence, celui-ci eût été mon plus précieux joyau.

— Il nous faut remercier saint Jacques, me dit Rosa. En tant que pèlerins et en tant que futurs époux.

— Oui, convins-je avec fougue. Il nous faut lui demander de bénir notre union et les nombreux enfants qu'elle nous donnera, ainsi que les petits-enfants et les arrière-petits-enfants.

À me tenir si près d'elle, j'avais la ferme intention de m'atteler dès que possible à la tâche d'assurer notre descendance.

Un spectacle éblouissant nous accueillit dans la crypte, où les ciselures d'or s'enchevêtraient de toutes parts, du sol au plafond, inspirant la plus profonde révérence. Cependant, rien n'égalait la splendeur de la statue dorée du saint apôtre qui nous tournait le dos, face à l'assemblée. Ensemble, nous lui donnâmes l'accolade tandis que nos prières s'envolaient dans la cathédrale et, filtrant à travers les vitraux et les pierres moussues, s'élevaient au-delà des nuages toujours plus épais pour s'échapper dans les cieux et toucher l'oreille de Dieu.

Il ne fut pas aisé de trouver un prêtre qui consentît à nous voir car tous s'employaient à leur office, toujours plus pressant le dimanche. Contrairement à la messe quotidienne des pèlerins, la cérémonie dominicale exigeait l'usage d'un gigantesque encensoir pendu aux chevrons, le *botafumeiro*, qui se balançait au-dessus des fidèles pendant le service. La religion n'expliquait pas à elle seule cette tradition qui, au fil des siècles, avait permis de masquer la pestilence des jacquets privés d'eau et de savon pendant plusieurs mois.

Enfin, nous trouvâmes un jeune prêtre qui sortait du confessionnal. Harassé et affaibli par le déluge de péchés qu'il avait dû absoudre, il tenta de son mieux de nous éviter, mais Rosa réussit à le captiver par sa douce supplication. Il l'écouta sans quitter son visage des yeux et accepta de nous unir le lendemain à 11 heures en échange d'une obole. Puis il nous quitta, non sans jeter un coup d'œil au ventre de Rosa afin de vérifier si elle portait un enfant.

Nous assistâmes à la messe et regardâmes le *botafumeiro* tanguer au-dessus de nos têtes, ennuageant la nef d'une odorante fumée. Malgré mes efforts pour garder mes yeux sur l'autel, je ne pouvais m'empêcher de me tourner avec ravissement vers la femme à côté de moi, qui deviendrait bientôt mienne. Nous avions sans doute échangé moins de cent mots, en tout et pour tout, pourtant il me semblait qu'elle faisait partie de mon esprit. Et alors que les autres pèlerins imploraient

Dieu de leur donner l'absolution afin de regagner leur foyer avec l'assurance de se voir ouvrir les portes du paradis, je Le remerciai de m'accorder le paradis terrestre et l'extraordinaire grâce de l'amour de Rosa.

— Je serai bon pour elle, Seigneur, jurai-je. Je la protégerai de tous les maux et pourvoirai assidûment aux besoins de nos enfants.

La messe se conclut par des cantiques des quatre coins du monde. Des voix retentirent en français, en italien, en grec, en anglais, et tous les visages se tournèrent vers l'autel pour louer le Seigneur et l'apôtre Jacques le Majeur. L'assistance forma ensuite une file pour sortir sur l'esplanade, qui baignait dans l'or éclatant du soleil. Emportés dans la liesse, nous rîmes avec la foule, et chantâmes, et bûmes une ou deux gorgées de vin à l'outre qu'un pèlerin partageait à la ronde. Ce ne fut qu'alors que j'avisai Tomás. Debout dans l'embrasure de la porte de l'auberge, il nous dévisageait comme si la place n'abritait que nous. À son tour, Rosa l'aperçut. Ne voyant Jenny nulle part, je présumai qu'elle se reposait car elle se plaignait depuis plusieurs jours de maux de ventre.

Je priai Rosa de rentrer afin de me laisser m'entretenir en privé avec Tomás. Pendant la messe, j'avais décidé de l'informer de notre union avant la cérémonie, contrairement à nos projets initiaux, afin de lui demander d'en être le témoin. J'espérais que ce geste marquerait un premier pas vers le salut de notre amitié.

Pour la première fois, Rosa passa à côté de Tomás sans attirer son regard ni faire naître un sourire sur ses lèvres. Ses yeux, sombres et graves, demeurèrent ancrés aux miens.

Avec une longue inspiration, je me redressai et pris ma tâche à bras-le-corps.

— Je n'ai pas été honnête avec toi, mon ami…

— Et moi qui te tenais pour l'être le plus noble de ma connaissance ! J'en arrive à me demander si tu n'es pas le diable incarné.

— À cause de Rosa ?

Je posai ma main sur son épaule, mais il la repoussa d'un haussement.

— Cela n'a rien à voir avec Rosa. Malgré ma réticence à l'admettre, je suis bien obligé de reconnaître que la pauvre innocente s'est éprise de toi.

— Comme je me suis épris d'elle. C'est pourquoi je t'annonce que nous nous marions demain matin. Et j'aimerais que tu sois auprès de moi en cet heureux jour, Tomás.

Il ne m'avait pas quitté des yeux, mais il sembla me découvrir pour la première fois.

— Antonio, Jenny attend un enfant. J'étais présent, à l'instant, quand le médecin l'a examinée.

Je chancelai, tout près de m'effondrer.

— C'est impossible, soufflai-je.

Tomás s'approcha de moi.

— Elle dit qu'elle s'est étendue avec toi une nuit, alors que nous dormions tous, me chuchota-t-il. Elle dit que l'enfant est de toi. Mais peut-être fait-elle erreur…

J'avouai sur-le-champ, accablé.

— Il est vrai qu'elle est venue à moi au milieu de la nuit, mais j'étais désorienté et assoupi, j'ai cru que c'était Rosa…

Tomás posa une main secourable sur mon bras. Il en avait assez entendu.

— Le médecin lui donne moins de quatre semaines de grossesse, mais les signes ne laissent aucun doute.

De son ton calme et résolu, il m'exposa alors la solution honorable au problème. Au son apaisant de sa voix, l'angoisse me quitta pour me laisser frissonnant, en état de choc. En bon chrétien, je n'avais d'autre choix que d'oublier Rosa et de prendre Jenny pour épouse. Avec le temps, j'apprendrais à l'aimer, me rassura-t-il, et Dieu répandrait sur nous Sa grâce. Toute autre conduite me vouerait à la damnation, dans la vie terrestre comme dans la vie éternelle.

Je laissai la sainte sagesse de Tomás s'insinuer dans mon cœur comme l'unique contrepoison au désespoir le plus profond. Jamais je ne m'étais autant cramponné à lui.

Il me conduisit jusqu'à une pièce qu'il nous avait réservée tout au fond de l'auberge, à l'écart de l'infirmerie où se délassait Jenny. Il me surveilla tout l'après-midi, comme s'il craignait de me voir aller au-devant de la mort en me jetant par la fenêtre la plus proche.

Le soir, les cloches annonçant le dîner résonnèrent dans les couloirs de pierre. Tous les pèlerins savaient que cette auberge servait les meilleurs repas du chemin et que l'on s'y rassasiait de viande, de légumes frais et de bon vin, tous préparés avec amour pour les courageux qui avaient trouvé la force et l'inspiration de terminer le pèlerinage. Pourtant je restai prostré, incapable de me libérer de l'engourdissement qui s'était emparé de mon esprit et de chaque parcelle de mon corps. Tout l'après-midi, j'avais murmuré les paroles prononcées par Tomás, horrifié, captivé par leur pouvoir de briser ma vie, mes rêves et, avec eux, tout mon être. « Jenny attend un enfant, marmonnais-je sans cesse, comme un fou, avant d'y adjoindre les quelques mots qui scellaient mon cercueil : L'enfant est de toi. »

J'imaginais sans mal la scène qui se déroulait dans l'infirmerie tandis que je contemplais ma ruine. Jenny, allongée sur un lit, un bras fléchi sur son front, prononçait ma condamnation de ses minces lèvres pâles qui remuaient à peine. Et Rosa l'écoutait, assise, les mains sagement jointes sur son giron, sans que son visage stoïque et serein trahît l'agonie de son cœur. Car j'avais la certitude que rien ne pourrait l'inciter à dévoiler à Jenny nos projets de mariage.

Tomás me secoua doucement.

— Antonio, tu dois manger. Quoi qu'il advienne, tu dois te nourrir.

— Tomás, comment cela est-il possible ?

— Il faut te racheter, murmura-t-il. Rien d'autre n'a d'importance à présent.

Je me laissai donc conduire par la main et nous amorçâmes notre marche anémique jusqu'au réfectoire. Jamais je ne m'étais senti aussi proche de Tomás, qui paraissait pénétré du même sentiment. Mon immense désespoir éclipsait son désappointement de savoir que le cœur de Rosa lui resterait à jamais étranger.

La salle commune présentait des dimensions et une élégance extraordinaires. Entre ses murs de pierre, tendus du sol au plafond de tapisseries éclatantes, plusieurs longues tables placées bout à bout accueillaient de gigantesques soupières remplies de ragoûts au délicieux fumet, ainsi que des montagnes de pain fumant tout juste sorti du four. La joie satisfaite des pèlerins animait le lieu. Dans un coin, deux hommes jouaient de la guitare et de la flûte, dont les notes étaient étouffées par le cliquetis des verres et les mille et une voix désireuses de narrer les miracles dont le chemin s'était fait le témoin.

Tomás me tira vers une table, où il me força à m'asseoir avant de me servir une assiette. À la première bouchée, je trouvai la nourriture écœurante et l'atmosphère festive insoutenable. Crachant mon morceau de viande, je sortis comme un ouragan de la salle, me heurtant, dans mes longues foulées, à des pèlerins interdits qui se gardèrent bien de me chercher querelle lorsqu'ils virent le dégoût peint sur mon visage. De retour dans ma chambre, je m'effondrai sur mon grabat. Mon esprit n'était plus qu'une vieille serpillière fatiguée, pourtant je m'escrimais, inlassable, à essorer la crasse retenue dans ses fibres. Et toujours mes pensées se tournaient vers la fuite. Moi qui avais passé tous ces mois sur le chemin, à tenter d'échapper au sacerdoce, où allais-je fuir encore? Un froid soudain s'infiltra dans mes os quand j'étudiai les autres possibilités. La marche avait éreinté Jenny. Je l'imaginai les mains recroquevillées sur son ventre, la bouche tordue de douleur. Puis j'imaginai le fœtus, que je me représentais comme une boule de cire fondue avec des bourgeons pour bras et pour jambes, venir au monde avant son temps, incapable de prendre son premier souffle. Et ce fut avec ces abominables prières sur les lèvres que je sombrai dans un sommeil de mort.

La chambre était plongée dans la pénombre lorsque le bruit de la porte me réveilla. Rosa se tenait sur le seuil de la pièce dans une colonne de lumière, pareille à un être étranger à cette terre. D'un regard par-dessus son épaule, elle s'assura que le couloir était vide avant d'entrer, verrouillant derrière elle.

— Antonio, chuchota-t-elle, le souffle coupé par la peur. Il me fallait te voir seule. Tomás ignore que je suis ici.

J'agrippai mon oreiller.

— Rosa, commençai-je d'une voix suppliante d'enfant. Il faut me croire quand je dis que je n'ai pas…

Elle s'agenouilla près de moi et posa ses doigts sur mes lèvres.

— Je ne suis pas venue pour t'entendre en confession, Antonio, ni pour recevoir des explications.

— Alors pourquoi?

Son regard s'intensifia, flamboyant, mais elle demeura muette. On eût dit un ange égaré qui, trouvant refuge ici, dans le recoin le plus infâme de la terre, parvenait par sa seule présence à l'embellir un peu.

— Je t'ai déjà sauvé une fois, dit-elle. Je suis venue te sauver encore.

— Si tu veux me sauver, pars avec moi de ce pas. Profitons de la nuit pour fuir sans un regard en arrière.

— Et qu'adviendra-t-il de Jenny et de l'enfant qu'elle porte?

Même si cela semblait impossible, je ne trouvai plus en moi la force de nier.

— Je ne l'aime pas.

— Je ne puis la blâmer, reprit Rosa, comme possédée. Si le courage ne m'avait manqué, je serais aussi venue te retrouver sous tes couvertures. Combien de fois ai-je veillé la nuit, à m'imaginer cette rencontre, et avec quel plaisir…

— Ne me torture pas, Rosa. Pars avec moi maintenant, avant qu'il soit trop tard.

Je m'agenouillai devant elle comme devant une sainte et, pressant ses mains contre mon front, je pleurai. Sans un mot, elle se leva et, tandis que je demeurais prostré à ses pieds, elle dégrafa sa jupe et la laissa s'échouer par terre. L'instant d'après, son corsage voleta jusqu'au sol, suivi de plusieurs sous-vêtements, chacun plus petit que le précédent, jusqu'à ce qu'elle se présentât à moi dans une parfaite nudité.

Saisi d'émotion, j'étendis les bras pour l'attirer à moi. Notre amour physique mêla l'extase au désespoir. Chacun de nos gestes était soumission à une passion dépassant l'entendement, consommation d'un amour parfait.

Elle se rhabilla à la hâte, encore haletante.

— Je te demande simplement une chose, Antonio, me dit-elle avant de franchir la porte. Ensuite, tout sera pardonné. Je te prie de suivre ta conscience. Ainsi la volonté de Dieu s'exprimera, et non notre bon vouloir, et nous aurons tous deux la tranquillité d'esprit, si ce n'est l'objet de notre amour.

Sur ce, elle partit sans même un baiser d'adieu.

Et, avec elle, tout ce que la vie recelait d'espoir et de beauté disparut dans la brume galicienne.

Les paupières du *señor* Peregrino papillonnaient entre la veille et le sommeil, mi-closes. Il n'avait plus prononcé un mot depuis plusieurs minutes et Jamilet, fascinée par son récit, regardait sa poitrine se soulever et s'affaisser au rythme de sa respiration régulière. Si elle n'intervenait pas, il succomberait au sommeil.

— Et alors? l'interrogea-t-elle sans préambule.

Les yeux du *señor* Peregrino s'écarquillèrent.

— J'ai épousé Jenny le lendemain matin, évidemment.

— Je ne vous crois pas.

— Et pas plus tard que le jour suivant, nous avons pris nos billets pour embarquer sur un navire qui mettait le cap pour des territoires bien loin de Compostelle, de l'Espagne et du monde que je connaissais, ajouta-t-il avec une morne résignation. Nous avons vécu plusieurs années dans la famille de Jenny, au Mexique, puis les affaires nous ont menés ici, à Los Angeles, où nous sommes restés.

— Mais comment avez-vous pu choisir Jenny alors que vous aimiez Rosa?

Il cligna lentement des yeux.

— Je te rappelle que Rosa m'a elle-même supplié d'agir ainsi que je le croyais conforme à la volonté divine. En définitive, je ne pouvais abandonner la femme qui portait mon enfant.

Il pressa ses deux paumes sur ses yeux et secoua la tête, comme s'il souffrait d'une violente migraine.

— Au fil des ans, j'ai réussi à me convaincre que Rosa n'était qu'une création de mon imagination et que l'amour que je lui vouais ne valait guère plus qu'un feu de paille nourri par la luxure de la jeunesse. Mon esprit s'est discipliné à mesure que je me résignais à ma destinée auprès de Jenny. J'ai même fini par l'estimer pour ses nombreux talents. Son intelligence ne faisait aucun doute, elle a d'ailleurs concrétisé son intérêt pour les études. Nous nous sommes révélés de bons associés en affaires, à défaut de mieux. Avec le temps, j'en suis venu à aimer, plus que la femme avec qui je partageais mes jours, une existence consacrée à l'acquisition de richesses et des prérogatives qui leur sont assorties. Nous avons repris de nombreuses sociétés, notamment une chaîne d'hôpitaux et de centres de soins, dont l'hôpital psychiatrique de Braewood.

— Vous êtes le propriétaire de l'asile? s'exclama Jamilet, incrédule.

Le *señor* Peregrino confirma d'un hochement de tête presque coupable.

— Et le bébé?

Il soupira.

— Jenny a perdu l'enfant qu'elle portait pendant notre traversée pour l'Amérique et le destin ne nous en a pas donné d'autre. Du moins était-ce ce que je croyais avant de trouver ceci.

Il ouvrit le tiroir de son bureau pour en sortir les courriers qu'il étudiait à longueur de journée.

— Ces lettres ont tout changé, dit-il en les étalant devant eux.

— Pourquoi, *señor*?

Il partit d'un petit rire, mais de l'amertume perçait dans sa voix.

— Les voies de la trahison sont des plus insidieuses, ma chère. Tel un serpent, elle se glisse à travers les ans, invisible, jusqu'au jour où nous la découvrons nichée dans notre lit depuis toutes ces années, prête à nous dévorer dans notre sommeil.

D'un geste brusque, il s'empara de la lettre la plus proche pour la brandir devant les yeux de Jamilet.

— Ces lettres ont été rédigées voilà fort longtemps, peu après mon départ d'Espagne, mais je n'en connais l'existence que depuis trois ans. Je les ai trouvées dans le grenier, alors que je cherchais un vieux jeu de clubs de golf à prêter à un ami. Elles étaient rangées dans une boîte à chaussures qui s'est renversée pendant ma fouille. J'ignore pourquoi Jenny ne les a pas jetées, mais elle n'a jamais su garder un secret. J'ai tout de suite reconnu l'écriture de Tomás. Il n'avait que rarement répondu à mes nombreux courriers, tu comprendras donc mon choc lorsque j'ai découvert qu'il correspondait assidûment avec Jenny. Ce n'était toutefois rien comparé à ce que j'ai éprouvé en apprenant ce que renfermaient ces lettres.

Il jeta le courrier qu'il brandissait sur le bureau avec les autres.

— En les lisant, j'ai compris que Jenny et Tomás avaient noué, sur le chemin, une entente secrète, unis par leur obsession commune, de Tomás pour Rosa et de Jenny pour moi. Lorsqu'ils ont soupçonné l'amour qui grandissait entre Rosa et moi, ils ont ourdi un complot, profitant de mon ignorance de l'organisme féminin. La trame était simple : Jenny devait se glisser dans mon lit pour me séduire, puis prétendre qu'elle portait mon enfant. Tous deux savaient que cela briserait le lien qui m'unissait à Rosa et ruinerait nos projets d'union.

Le *señor* Peregrino croisa les bras avec un air de triomphe paradoxal.

— Mais ce que ni Tomás ni Jenny n'ont prévu, c'est que le destin ne choisirait pas Jenny, mais Rosa pour porter mon enfant.

— La nuit où Rosa est venue dans votre chambre…, avança Jamilet avec des yeux émerveillés.

— En effet. Et ce que j'ai appris par la suite m'a presque anéanti. Dans ses lettres à Jenny, Tomás relatait que Rosa se trouvait tant affaiblie par sa grossesse qu'elle risquait fort de ne pas survivre à l'enfantement. Consciente de son état, elle l'a supplié de me trouver afin de ne pas livrer notre enfant à une vie d'orphelin. Tomás lui a fait croire qu'il entretenait avec moi une fidèle correspondance et lui a assuré que Jenny et moi élèverions cet enfant comme le nôtre, expliqua le *señor* Peregrino, soudain pris de tremblements. Et quelques jours seulement après avoir donné naissance à notre enfant, Rosa a rendu son dernier souffle dans les bras de Tomás.

Avec un soupir, il prit dans son bureau une petite bible à couverture de cuir.

— J'ignore la suite, si l'enfant est demeuré en Espagne ou s'il a été envoyé au Mexique, ainsi que le pensait Rosa. Les lettres ne révèlent rien et lorsque j'ai interrogé Jenny, elle a nié savoir quoi que ce soit à ce sujet. Elle a argué que j'interprétais les lettres, elle m'a même accusé de les avoir écrites de ma propre main pour la torturer avec le douloureux passé. Elle est redevenue le monstre que j'avais connu sur le chemin et une haine glaciale a grandi entre nous.

» Rien n'était plus fort que cette haine, hormis mon désir de retrouver mon enfant. Je me suis lancé dans d'interminables recherches auprès des autorités, ici et à l'étranger. Mes activités m'ont doté d'amis influents, j'ai donc tiré quelques ficelles afin d'avancer dans ma quête. J'ai même recruté un détective privé pour m'assister, le plus onéreux de tous, mais tu n'imagines pas combien il est difficile de trouver l'enfant sans nom d'une femme morte il y a si longtemps ! Je ne savais même pas s'il s'agissait d'un garçon ou d'une fille.

» Lorsque j'ai été forcé d'accepter mon échec, j'ai sombré. Pendant des semaines, je n'ai plus adressé la parole à personne, j'ai refusé de m'alimenter, j'ai à peine fermé l'œil. Je n'arrivais pas même à travailler, l'unique occupation qui ait jamais donné un sens à ma vie. Pour finir, j'ai refusé de mettre un pied dehors. Tout le monde a cru que je devenais fou et j'avais beau tenter de m'expliquer, Jenny se trouvait toujours dans les parages pour déclarer que toutes mes années de dur labeur et de tension nerveuse m'avaient rattrapé. Il m'était impossible de faire entendre la vérité et même mes amis proches, qui auraient pu m'aider à une époque, ont fini par douter de ma parole. Combien de fois les ai-je surpris en train d'échanger des regards compatissants avec Jenny ! Privé de tout espoir, j'ai fini par perdre intérêt à tout.

— Et Jenny, *señor* ? Qu'est-ce qui lui est arrivé ? l'interrogea Jamilet en se remémorant soudain les propos du gardien sur la femme découpée en petits morceaux. Vous l'avez tuée ? C'est pour ça que vous êtes ici ?

Le *señor* Peregrino replaça la bible dans son tiroir avant de joindre les mains.

— Je ne peux nier que la pensée m'a traversé l'esprit une ou deux fois, mais non, je n'ai pas tué Jenny. Elle continue à me poursuivre. Jamais elle ne me laissera en paix, pas même maintenant que je mène mon existence d'ermite.

— Mais je suis la seule personne à monter ici, *señor*.

— Il est vrai, mais Jenny n'est jamais loin, dit-il en rassemblant ses lettres pour les ranger dans son tiroir. Vois-tu, ma chère, Jenny et Mme B. ne font qu'un.

27

Le lendemain matin, lorsque Jamilet franchit le portail et remonta le sentier vers l'entrée principale de l'hôpital, elle entendit le chant, qui s'envolait mélodieusement pour s'attarder dans la cime des arbres. Elle s'arrêta pour écouter plus attentivement, admirative des tons mystiques de cet air ancestral qui lui semblait pourtant aussi familier qu'une berceuse. Quand elle reprit sa marche, ce fut en douceur, du pas que son imagination prêtait aux pèlerins qui atteignaient le sommet d'une pente escarpée d'où ils contemplaient le chemin devant eux et les kilomètres parcourus. Bien qu'elle ne comprît pas les paroles de la mélopée, elles ondoyaient, harmonieuses, pour s'immiscer dans son âme, démêlant leur signification, rognant ses espoirs et ses craintes.

Comme tous les matins, Jamilet alla pointer, puis monta les cinq étages pour rejoindre son poste. Mais maintenant que le *señor* Peregrino avait terminé son récit, elle avait l'impression de se trouver au seuil de quelque chose d'extraordinaire. Elle hésita devant sa chambre, envahie d'un sentiment proche de celui qu'elle avait éprouvé le premier jour. Elle frappa malgré tout et, au son de sa voix, pénétra dans la pièce pour le trouver au lit, l'œil pétillant et un sourire flottant sur les lèvres. Ce ne fut qu'alors qu'elle avisa la valise ouverte sur le bureau et la pile soignée de vêtements sur le fauteuil. Ses chaussures étaient alignées contre le mur, et les tiroirs de son placard ouverts et presque vides.

— Tout interminable que fut mon séjour ici, il semble à présent être passé à la vitesse de l'éclair, observa-t-il quand il nota son désarroi. Les heures se révèlent parfois aussi capricieuses et irascibles qu'un enfant gâté.

Jamilet lui présenta un visage dénué de toute expression.

— Où vous allez, *señor* ?

Il cligna des yeux.

— Le temps est venu. Je pars pour l'Espagne, pour Saint-Jacques-de-Compostelle, ainsi que j'en nourris depuis longtemps le projet.

À ces mots, une tristesse inattendue s'abattit sur Jamilet, avec une telle force qu'elle s'empressa de trouver une excuse pour interrompre leur discussion et, dans une semi-hébétude, alla vaquer à ses occupations habituelles dans la salle de bains. Elle ne tenait pas à ce que le *señor* Peregrino remarquât ses yeux gonflés de larmes, il lui fallait un peu de temps pour recouvrer son calme. Elle se présenta à la cuisine à l'heure habituelle pour recevoir son plateau de petit-déjeuner et remonta un peu rassérénée. Elle nota toutefois que le *señor* Peregrino se comportait lui aussi de façon curieuse. Elle ne lui avait jamais vu un sourire aussi secret. Quand il l'invita à s'asseoir pour partager avec lui une de leurs dernières tasses de café rituelles, elle trouva son ton étrange, comme s'il étouffait un fou rire.

— On dirait que vous avez presque terminé vos valises, déclara-t-elle entre deux gorgées de café. Vous partez quand ?

— Demain soir.

— Et il fait beau à Compostelle? demanda-t-elle d'une voix qu'elle voulait désinvolte, dans l'espoir de tromper la violence de ses émotions.

— Si tu avais écouté mon récit avec attention, tu m'épargnerais cette question, Jamilet.

Comme elle se troublait, sa tasse et sa soucoupe s'entrechoquèrent dans sa main.

— Je sais qu'il pleut beaucoup, et aussi qu'il y a du brouillard, mais c'est l'été. Il pleut aussi l'été?

— Possible, répondit-il en la dévisageant. Mais assez parlé de la pluie et du beau temps! Je suis disposé à prendre mon petit-déjeuner.

Il leva les bras pour que Jamilet lui apportât son plateau, qu'elle posa en équilibre sur ses genoux. Après avoir soulevé la cloche qui couvrait l'assiette, elle s'assit sur sa chaise pour le regarder manger de bon appétit, apparemment peu soucieux de l'aventure qui l'attendait.

— Pourquoi partez-vous maintenant, *señor*?

Il secoua la tête de haut en bas en avalant une bouchée.

— Dimanche prochain, c'est le 25 juillet, le jour le plus saint de l'année à Compostelle. En partant demain soir, j'arriverai juste à temps.

Quand il eut terminé de manger, il leva de nouveau les bras pour permettre à Jamilet de le débarrasser du plateau. Il repoussa ensuite ses couvertures et balança ses jambes hors du lit. Ses pieds cherchèrent un instant leurs pantoufles, puis il s'immobilisa et riva ses pupilles sur Jamilet.

— Voilà quelques mois, tu m'as demandé si je te racontais une histoire vraie ou une invention. Te souviens-tu de la réponse que je t'ai donnée alors?

Jamilet acquiesça de la tête.

— Vous avez dit que tout n'est qu'illusion dans la vie et que la vérité, c'est ce que nous choisissons de croire.

— C'est exact. À présent, c'est à mon tour de te poser la question. Crois-tu mon histoire vraie ou penses-tu que c'est une fantaisie?

Jamilet se demanda, abasourdie, pourquoi le *señor* Peregrino, si sûr de sa vérité, s'intéressait à son opinion. Elle devait reconnaître que son histoire la séduisait depuis le début, tout comme le pouvoir de ses convictions, mais elle n'en savait pas assez sur l'art de tromper pour affirmer davantage. La vérité possédait-elle la même force d'attraction que la chaleur du soleil, y compris dans sa forme la plus brute? Pouvait-elle revendiquer son existence par sa seule présence? Si Jamilet se sentait incapable de répondre à de telles interrogations, elle savait, en revanche, qu'elle ne doutait pas du *señor* Peregrino. Les mots pour décrire ce sentiment pourtant si essentiel à son être se dérobaient. Elle savait simplement qu'elle ne doutait pas, comme elle ne doutait pas du ciel, quand bien même elle ne l'avait jamais touché et ne pouvait prouver, ni à elle ni à quiconque, que cette étendue de néant au-dessus de sa tête était bien le ciel et non une illusion.

— Je crois que votre histoire est vraie, *señor*.

Il sourit, sans quitter son visage des yeux.

— J'attendais le moment idéal pour te confier la révélation que j'ai eue, voilà quelques semaines. Cela s'est produit alors que le sommeil s'emparait lentement de mon cerveau, mais avec une telle intensité que je n'ai pu fermer l'œil par la suite.

Il frémit, comme si des bribes de cette expérience l'affectaient encore, avant de reprendre :

— J'ai entendu une voix, une voix aussi puissante que le tonnerre, mais d'une tendresse telle qu'elle a fait taire toutes mes peurs. Et cette voix m'a dit que jamais je ne trouverais l'enfant que je cherchais, mais que je ne devais plus désespérer car son enfant à lui m'avait trouvé.

Il joignit les mains, avant de conclure :

— Et cet enfant, c'est toi, ma chère !

Jamilet bondit sur ses pieds.

— Mais *señor* !

À son tour, le *señor* Peregrino se leva et se dirigea à pas traînants vers la salle de bains, imperturbable.

— Aussi n'est-il que juste que tu m'accompagnes en Espagne afin que nous exprimions ensemble notre gratitude à saint Jacques. Tu n'as pas à te soucier des dépenses ou des détails, j'ai pris toutes les dispositions nécessaires.

— Ce n'est pas une révélation, *señor*. Vous avez tout inventé !

Il avait presque atteint la salle de bains quand Jamilet, s'élançant devant lui, lui en bloqua l'entrée.

— *Señor*, je ne suis pas votre petite-fille, affirma-t-elle, les bras raidis le long de son corps et les poings serrés. Je ne crois pas cette partie de votre histoire. Mais alors pas du tout !

— Soit, mais j'ai la certitude de croire que tu es ma petite-fille plus que tu ne crois le contraire. Maintenant, si tu veux bien libérer le passage…

— Ma mère est née dans une maison close ! lâcha Jamilet, comme il la contournait. C'est la fille d'une prostituée. Tout le monde le sait au village. Sa mère vendait son corps pour de l'argent, et elle est sûrement morte d'une horrible maladie qu'elle a attrapée à force de faire… ce qu'elle faisait. Rosa était une prostituée, *señor* ? C'est ça que vous voulez croire ?

L'expression interloquée du *señor* Peregrino l'encouragea à poursuivre.

— Ma mère n'est même pas son premier enfant. *Tía* Carmen est née avant et il suffit de la regarder pour savoir que ce n'est ni votre fille, ni celle de Rosa.

Le *señor* Peregrino baissa la tête d'un air affligé. Puis il la releva lentement, les yeux étincelants de détermination.

— Je ne puis me pencher sur ces vétilles à cette heure. Comment ma fille a-t-elle échoué dans un lupanar au Mexique, jamais je ne le saurai. Sans doute Jenny l'y a-t-elle placée. Dieu seul sait de quelle fourberie cette femme est capable. Ou peut-être ne devrions-nous pas chercher du côté de ta mère, mais de ton père…

— Mon père était un violeur et un ivrogne ! Sur ma vie !

Sans un mot, le *señor* Peregrino ferma la porte de la salle de bains et ouvrit les robinets, qui libérèrent, avec des crissements et des râlements, un flot d'eau couvrant tous les autres sons.

Jamilet se coinça le visage contre le montant de la porte.

— Je vous le prouverai, *señor*, et vous verrez que vous racontez n'importe quoi.

Elle écouta un instant, l'oreille collée au battant, sans percevoir d'autre réponse que le jet de la douche et, bientôt, un chant doux et déférent.

Le *señor* Peregrino attendait à son bureau, vêtu d'une chemise de lin blanc et d'un pantalon foncé, quand Jamilet lui porta son déjeuner. Il poussa alors une enveloppe scellée vers elle. S'il ne prononça pas un mot, il ne faisait aucun doute qu'il voulait qu'elle l'ouvrît.

Jamilet approcha à pas prudents. Après l'avoir laissé à sa douche, elle avait battu en retraite dans la pièce adjacente, priant pour voir cet accès de démence lui passer et le retrouver dans son état normal. Néanmoins, dès qu'elle songeait au désir du *señor* Peregrino de l'avoir pour petite-fille, elle ressentait, au creux de son estomac, un papillonnement chaud qui interférait avec son bon sens.

Elle éprouvait encore les effets de cette sensation surprenante quand elle décacheta l'enveloppe et découvrit ses papiers, ceux-là mêmes qu'elle avait perdus dans la mêlée avec le gardien. Mais ce n'était pas tout. Elle examina avec attention la dernière pièce. C'était une petite carte estampillée de neuf chiffres, semblable en tout point à celle que lui avait procurée Carmen, à ceci près que celle-ci portait son nom.

Le *señor* Peregrino s'adossa à son fauteuil avec une satisfaction évidente, les bras croisés sur sa poitrine.

— J'ai des amis à l'immigration, et assez d'argent pour me permettre de me montrer un peu audacieux à l'heure de solliciter des faveurs, ajouta-t-il, narquois.

— Je ne comprends pas, *señor*.

Il abandonna sa posture pour se pencher en avant.

— Tu peux te débarrasser de la fausse carte de sécurité sociale que ta tante t'a fournie. Celle-ci est légale. C'est une vraie.

— Pourquoi vous avez fait ça, *señor*? s'enquit Jamilet, toute confuse.

Le *señor* Peregrino se gratta le menton d'un air pensif tandis que ses yeux s'égaraient sur le plafond.

— Je t'avoue m'être posé la question quand je me suis lancé dans ces démarches, il y a plusieurs mois. Je ne possédais pas la réponse à l'époque, mais s'il est une chose que j'ai apprise, c'est que le sage obéit aux commandements de son cœur. Et puis, ajouta-t-il avec une gaieté toute pragmatique, il n'est pas aisé de voyager sans pièce d'identité, du moins en avion.

Jamilet contempla sa nouvelle carte, s'autorisant à caresser la vision qu'elle s'était escrimée à chasser de son esprit toute la matinée. Elle se vit alors à bord d'un avion à destination de l'Espagne, assise à côté du *señor* Peregrino. Tandis que l'appareil vole au-dessus de l'Atlantique, ils jettent des regards curieux par le hublot et observent les nuages qui dérivent dans le ciel en dégustant du café et en se racontant des histoires.

Jamilet s'ébroua pour chasser le brouillard de sa tête, puis replaça ses papiers dans l'enveloppe.

— *Señor*, je ne veux pas vous décevoir, mais je ne peux pas me forcer à croire des choses que je sais pertinemment fausses. Vous savez aussi bien que moi que je ne suis pas votre vraie petite-fille. Vous aviez peut-être juste besoin d'un miracle, et vous avez décidé que ce serait ça.

Les traits du *señor* Peregrino se raidirent.

— Mais c'est un miracle, Jamilet. Ne t'y trompe pas.

— Comment ça pourrait l'être? Un miracle, c'est quand le docteur dit qu'on va mourir, qu'il n'y a plus de remède et que, tout à coup, on est guéri. Ou… ou quand on n'a pas assez d'argent pour payer le loyer et qu'on trouve une enveloppe avec la somme pile sur le trottoir. Les miracles arrivent comme par magie.

— Et qui dit que les miracles arrivent comme par magie? Qui donc a établi cette règle? Toi?

— Non. C'est comme ça, tout le monde le sait.

— Eh bien, moi, je dis que nous sommes les faiseurs de nos propres miracles, déclara-t-il en lui tendant les mains. Viens ici, mon enfant.

Elle s'avança et lui donna ses mains, qu'il serra dans ses paumes.

— La magie est l'apanage des idiots de peu de conviction, alors que les miracles naissent de la foi, uniquement de la foi. Tu es ma petite-fille parce que telle est la volonté de tout mon être.

Inspirée par la force de ses mots et la chaleur de ses mains, Jamilet comprit pour la première fois la signification exacte de ses paroles.

— Comme on dit que c'est la vérité, ça le devient.

— C'est exact. Chacun doit choisir ses propres histoires et y croire de tout son cœur et de toute son âme. Il faut y croire de tout son être. Comprends-tu ce que je t'explique, Jamilet?

— Je crois que oui.

Le *señor* Peregrino libéra ses mains avant de s'éclaircir la gorge.

— J'ai conscience de ne pas être un modèle de patience. Il m'arrive d'être d'humeur changeante, certains diront difficile, mais je suis, au fond, une âme simple au bon cœur, relativement instruite qui plus est. Sous ma tutelle, tu mettras tes aptitudes en pratique de façon honorable, dit-il avant de prendre son ton le plus sincère. Jamilet, m'acceptes-tu pour grand-père?

— *Señor*, n'importe qui aurait de la chance de vous avoir pour grand-père.

— Tu acceptes donc ma proposition?

— Euh… j'imagine que oui.

— Imaginer ne suffit plus, ma chère.

Jamilet rassembla donc toute sa conviction pour en imprégner chacun de ses mots.

— Je vous accepte pour grand-père, *señor*, de tout mon cœur.

Satisfait de l'authenticité de sa déclaration, le *señor* Peregrino ouvrit le premier tiroir de son bureau pour en sortir la petite bible à reliure de cuir de Rosa, craquelée et fatiguée par les années. Il invita Jamilet à poser sa main dessus avant de l'imiter. Puis il égrena ses mots sur une même et unique note, d'une voix psalmodique dont le doux écho emplit la pièce.

— Par le pouvoir de ce Livre sacré et par l'amour et la volonté de nos âmes éternelles, je nous déclare, Jamilet et moi, Antonio, petite-fille et grand-père, à compter de ce jour et jusqu'à la fin des temps. Que la vérité du lien qui nous unit soit connue de tous les intéressés, sans exception.

Après avoir rangé la bible dans le tiroir, il dégagea un espace sur son bureau, puis leva la tête d'un air résolu, l'œil brillant.

— Bien. De nombreux préparatifs nous attendent en vue de notre voyage mais, avant toute chose, nous serions bien inspirés de déjeuner.

28

La canette de bière échappa des mains de Carmen et s'écrasa par terre.

— Tu quoi? se récria cette dernière, les yeux arrondis par l'incrédulité.

La gorge de Jamilet se serra.

— Je pars en Espagne demain soir avec le *señor* Peregrino.

— C'est une blague?

Carmen se força à sourire, mais elle savait que sa nièce n'était pas vraiment du genre plaisantin.

— Non, *tía*, on est devenus grand-père et petite-fille, expliqua Jamilet, consciente qu'il n'existait pas de meilleur moyen d'éprouver la force de sa conviction que cette révélation qu'elle redoutait tant. On a prêté serment, avec la main sur la Bible et tout. Il a dit…

— Quel foutu pervers! Depuis le début, je le vois venir. Je t'avais prévenue, pourtant! s'exclama Carmen en bondissant sur le téléphone, évitant de peu de glisser sur la flaque de bière qui s'était formée sur le sol. J'appelle les flics.

— Mais *tía*, il n'a rien fait. C'est juste un gentil vieillard qui veut croire aux miracles. Tu comprendrais tout si tu entendais son histoire. Il a marché des centaines de kilomètres pour aller à Compostelle…

— Je vais te raconter une histoire, moi, l'interrompit Carmen, une main sur le combiné. Il était une fois un vieux porc qui s'est dit : « Tiens, tiens, ce serait chouette de se payer un petit cul ! Et pourquoi je n'inventerais pas une histoire à dormir debout, je trouverai sûrement une cruche pour y croire et m'envoyer en l'air. Et si elle est vraiment très cruche, je lui ferai gober que je suis son grand-père et je l'emmènerai loin d'ici. Et si je tombe carrément sur une attardée mentale, je lui ferai croire qu'elle doit souffler sur mon engin pour que l'avion ne s'écrase pas. »

— Il ne dirait jamais des choses pareilles, tu ne comprends pas…

— Non, toi tu ne comprends pas ce qui te pend au nez ! Mais la suite de l'histoire, il ne te la dira que quand vous serez seuls !

— On a déjà été seuls.

— Non ! répliqua Carmen, le visage contorsionné. Vraiment seuls… loin de l'asile, loin de tout, espèce d'andouille.

Si Jamilet ne s'était jamais risquée à entrer en conflit avec sa tante, elle était déterminée à protéger le *señor* Peregrino et le serment qui les unissait par tous les moyens. Le sang déferlait dans ses veines.

— *Tía*, repose ce téléphone, ordonna-t-elle, le souffle court.

— Tu rêves, dit Carmen en composant les premiers chiffres du numéro. Je vais demander le service des pervers, ajouta-t-elle en enfonçant les touches avec tant de force que les doigts d'une main ordinaire se seraient brisés en morceaux. Tu ne crois quand même pas que je vais laisser la fille de ma pauvre sœur se faire la malle avec un foutu pervers ?

— *Tía*, repose ce téléphone.

Jamilet s'avança vers sa tante.

— Un pas de plus et je t'envoie en Espagne d'un coup de pied au cul, la menaça Carmen. Ce sera toujours un billet d'avion de moins à payer pour le vioque.

Jamilet se figea. Elle n'aurait pu trouver de paroles plus cruelles que celles qu'elle s'apprêtait à prononcer, mais elle n'avait pas le choix. Elle devait les formuler, pour affirmer une foi aveugle, pour permettre au miracle de s'accomplir selon les prédictions du *señor* Peregrino. Elle prit une profonde inspiration, puis expulsa les mots avec tout l'air que renfermaient ses poumons.

— Tu te fiches complètement de moi. La seule chose qui compte pour toi, c'est que je sois là pour faire la cuisine, le ménage et la lessive et... pour... chasser les rats.

Éloignant le combiné de son oreille, Carmen dévisagea sa nièce.

— Qu'est-ce que tu racontes?

— Avoue-le, *tía*. La seule chose qui te pose problème, c'est de perdre ton esclave.

Il fallut un moment à Carmen pour encaisser le choc, mais quand il fut passé, elle se mit à piétiner sur place, bouillante de colère.

— Après tout ce que j'ai fait pour toi, tu as le cran de me dire ça?

Elle enrageait, tremblait, recroquevillait les orteils. D'un grand geste du bras, elle éjecta le téléphone de la table. Jamilet recula d'un bond contre le canapé, manquant basculer par-dessus le dossier, mais elle recouvra l'équilibre à temps pour s'éloigner de sa tante, qui bousculait les meubles et chargeait comme un taureau en tempêtant.

— Parce que madame croit que tout le monde devrait s'apitoyer sur son sort à cause du truc qu'elle a dans le dos! Eh ben, ne compte pas sur moi, compris? Ta foutue pitié, ce n'est pas chez moi que tu la trouveras!

À cet instant, Louis franchit la porte d'entrée et tout le monde se pétrifia. Le canapé se trouvait en travers du salon, ses coussins jonchaient le sol et la table bloquait le passage vers la cuisine. Les poings serrés, Carmen ne quittait pas du regard Jamilet, acculée à l'autre bout de la pièce.

— Qu'est-ce qui se passe ici? demanda Louis, dont les yeux voltigèrent de l'une à l'autre. Carmen, explique-moi.

Elle secoua la tête, trop furieuse pour parler, les yeux brouillés de larmes.

— Jamilet?

Jamilet s'efforça de l'éclairer, grimaçant intérieurement en entendant son résumé, qui paraissait encore plus farfelu que la version qu'elle avait donnée à sa tante. Mais elle n'avait pas d'énergie à perdre sur des questions de crédibilité.

Louis leva les deux mains, l'une pour Carmen et l'autre pour Jamilet.

— OK! Si j'ai bien compris, toi, Jamilet, tu crois que ce vieux bonhomme à l'asile est ton grand-père, ou tu veux le croire. Il veut que tu partes en Espagne avec lui pour je ne sais pas trop quoi… je n'ai pas bien saisi ce passage.

Il se tourna vers Carmen.

— Et toi, Carmencita, tu penses que le vieux est un pervers et tu en veux à Jamilet d'avoir dit que tu la traitais comme une esclave.

Il les regarda toutes les deux avec des yeux exorbités.

— C'est ça?

Les mots de Carmen s'échappèrent de sa gorge comme du goudron noir.

— Plus ou moins. Tu peux rajouter qu'elle n'a qu'à trouver un autre endroit où crécher si elle veut jouer les ingrates.

Louis tendit les deux mains vers Carmen, massant l'air de ses paumes comme un charmeur de serpent, mais cette danse ne suffit pas à la faire revenir sur sa décision.

— Je t'ai prévenue quand tu es arrivée, ma petite, conclut-elle. Je n'aime pas les menteurs.

Jamilet tenta de se concentrer sur les paroles et le visage familier de sa tante, mais elle avait l'impression de se trouver sur une plaine désolée. Elle ne voyait rien d'autre devant elle que le chemin de Compostelle, ne reconnaissait personne d'autre que le *señor* Peregrino, n'entendait aucun autre son que sa psalmodie. Elle prit conscience qu'elle marchait à son côté depuis un certain temps déjà. Rien d'autre que leur pèlerinage n'avait de réalité à ses yeux.

Louis, lui, s'était transformé en moulin à paroles, enchaînant les incantations avec un flegme contraint qu'il espérait communiquer à Carmen. Mais celle-ci le repoussa d'un grand geste peu distingué du bras qui le fit chanceler sur un pied.

— Ça va, ça va, je n'ai pas dit qu'elle devait partir *illico presto* et passer la nuit sous un pont, déclara-t-elle en pointant le menton vers Jamilet. Peut-être que ton pépé te prendra sous son toit. Je suis sûre qu'il peut te trouver une chambre au nid de coucous. Parce que si tu veux mon avis, c'est là qu'est ta place !

— On part demain, alors est-ce que je peux rester juste ce soir ? demanda Jamilet.

— Fais ce qui te chante, lança Carmen, avant de lui adresser un rictus sarcastique. Et quand tu seras en Espagne, achète-moi des castagnettes, tu veux ?

J'ai décidé de quitter mon boulot pour devenir danseuse de flamenco. Je ne t'ai pas dit que j'en rêve depuis toujours en secret.

Elle sortit son gros ventre et leva les bras au-dessus de sa tête.

— Vous ne croyez pas que je ferais une bonne danseuse? dit-elle en avançant un pied et ployant les genoux comme un sumo. Ouvre la fenêtre, Louis, ordonna-t-elle en prenant une nouvelle pose encore plus ridicule. Je ne veux surtout pas que le chasseur de talents du ballet folklorique du Mexique me loupe quand il passera. Je suis sûre qu'il me recrutera sur-le-champ.

Malgré ses efforts pour garder son sérieux, Louis dut tousser pour couvrir son rire.

— Quoi, tu ne crois pas qu'il va venir? l'interrogea Carmen en lui donnant une petite bourrade sur le bras avant de reprendre sa pose théâtrale. Tu ne sais pas qu'il y a de la magie dans l'air? Tiens, tu devrais frotter mon ventre et faire un vœu.

Incapable de résister à cette proposition, Louis s'exécuta d'un geste prudent, ses paupières serrées si fort que ses rides creusèrent de profonds sillons autour de ses yeux.

— Je voudrais être assez riche pour tout arranger pour ma Carmencita, dit-il en ouvrant un œil pour voir comment son vœu était accueilli. Je lui construirais un château, avec une télé dans toutes les pièces et…

Carmen écarta sa main d'une tape.

— Je ne veux pas de toutes ces conneries, je veux juste mener une vie honnête, déclara-t-elle en abandonnant sa pose pour pointer un doigt dodu sur Jamilet. Il y en a qui devraient prendre exemple.

Après avoir rangé les quelques affaires qu'elle comptait emporter dans un sac à provisions en papier, Jamilet attendit d'entendre l'eau couler dans la salle de bains, signe que Carmen serait bientôt absorbée dans son bain du soir. Elle fourra alors sa boîte à chaussures sous son bras et se risqua dans le salon, où Louis somnolait sur le canapé. Il se réveilla en sursaut quand elle plaça le carton sur la table basse et, la voyant à genoux devant lui, posa un doigt tremblant sur ses lèvres avant de lui faire signe de retourner dans sa chambre.

— Ça sera passé demain, lui chuchota-t-il. En attendant, tu ferais mieux de rester hors de sa vue.

— Je veux te donner quelque chose, Louis…

— Demain, demain. Elle va être furax si elle nous surprend.

— Mais je ne serai plus là demain.

Louis téta sa moustache.

— Tu sais bien qu'elle ne te mettra jamais à la porte, c'est la colère qui a parlé.

— Je sais. Et je sais que ça a l'air fou, mais je pars vraiment en Espagne avec le *señor* Peregrino demain.

Elle poussa la boîte à chaussures sur le bord de la table, juste devant Louis.

— Ce sont toutes mes économies. C'est grâce à *tía* que j'ai pu économiser autant, parce qu'elle ne m'a jamais laissée payer le loyer ou la nourriture. Je crois qu'il y a de quoi faire passer la frontière à ta femme et tes filles. Après ça, tu pourras mener une vie honnête, conclut-elle en posant son butin sur les genoux de Louis. *Tía* sera contente.

— Je ne peux pas prendre ton argent, répliqua-t-il en jetant un coup d'œil à la porte de la salle de bains, affolé à l'idée d'avoir parlé trop fort.

— Tu ne le prends pas puisque je te le donne. Ça ne sert à rien d'avoir de l'argent si on ne sait pas quoi en faire, alors il vaut mieux que tu le prennes…

Elle se tut en entendant le gargouillis de l'eau dans la bonde de la baignoire. D'un geste précipité, Louis cacha le carton sous le canapé.

— Retourne dans ta chambre, on en parlera demain.

— Tout ce que je demande, c'est que tu arranges les choses, Louis.

Sur ce, Jamilet emprunta le couloir pour regagner sa chambre sur la pointe des pieds.

Le lendemain matin, Jamilet quitta la maison à l'heure habituelle, mais elle parcourut le chemin sans se presser afin d'apprécier pleinement cette toute dernière marche jusqu'à l'asile. Déjà un brin nostalgique, elle prit conscience qu'elle regretterait sa routine : la préparation du café du matin, le trajet jusqu'au travail, le service du *señor* Peregrino, son train-train du soir à son retour à la maison, ses soirées avec Carmen et Louis. Elle se demandait si elle travaillerait la journée entière avant leur départ pour l'aéroport. Le *señor* Peregrino avait annoncé qu'ils partiraient le soir, mais il n'avait pas précisé l'heure.

La veille, elle avait eu du mal à trouver le sommeil tant son esprit s'agitait à la perspective de l'aventure qui l'attendait. Dès qu'elle fermait les paupières, elle se voyait face à la magnificence de la cathédrale de Compostelle, avec le sentiment de n'être qu'une goutte d'eau dans un fleuve de vie, comme le lui avait décrit le *señor* Peregrino. Son existence serait forcément bouleversée par cette expérience. Peut-être même pouvait-elle espérer un miracle, le seul miracle qu'elle eût jamais souhaité.

Elle accéléra sa foulée et réussit à arriver à l'hôpital avec quelques minutes d'avance. Mais alors qu'elle s'apprêtait à pointer, comme chaque matin, elle ne trouva nulle part sa carte d'employé. Elle tâcha de ne pas s'affoler tandis qu'elle parcourait des yeux la colonne de noms, un instant effrayée à l'idée d'avoir oublié tous les précieux enseignements du *señor* Peregrino. Bientôt, elle sentit le regard furieux de Mme Clark sur sa nuque.

— Votre carte de pointage est en possession de Mme B., vous feriez mieux d'aller la voir, marmonna la réceptionniste avant de regagner son bureau, où l'attendait une pile de papiers en désordre.

Mme B. n'était pas seule lorsque Jamilet poussa sa porte. Un homme qu'elle n'avait jamais vu occupait la chaise en face du bureau. Il portait une chemise froissée, une cravate et des lunettes à monture d'écaille perchées sur un nez luisant. D'ordinaire, Jamilet aurait attendu un mot ou un signe de sa supérieure pour prendre la parole, mais la disparition de sa carte la perturbait et elle avait hâte de rejoindre le cinquième étage. Elle prit aussi conscience, face aux étranges yeux jaunes de Mme B., que c'était la première fois qu'elle se trouvait en présence de son employeuse depuis qu'elle connaissait sa véritable identité. Bien que Mme B. fût franchement désagréable, elle ne doutait pas un seul instant que Jenny l'était plus encore.

— Je ne trouve pas ma carte de pointage, lâcha-t-elle sans préambule. Et… et je vais être en retard pour le petit-déjeuner du *señor* Peregrino si je ne me dépêche pas.

— Tu n'as pas à te préoccuper de cela pour l'instant, Monica, nous avons des affaires plus urgentes à régler, répondit Mme B. en assouplissant ses doigts.

— C'est au sujet du *señor* Peregrino ?

Un râle impatient s'échappa de la gorge de Mme B.

— Je t'ai déjà dit de ne pas l'appeler ainsi. Mais oui, il s'agit bien de lui, et de l'aggravation manifeste de son état. J'espérais que ta longévité favoriserait une réaction positive, à défaut de mieux, mais il ne fait aucun doute qu'il s'enfonce dans ses délires…

Avec un toussotement, le visiteur se pencha vers le bureau.

— La situation ne justifie pas un bilan de la pathologie de M. Calderón. Je vous recommande d'aller directement à l'essentiel.

Mme B. pesa ce conseil, puis reporta son attention sur Jamilet, les poings serrés.

— J'ai reçu un appel de ta tante, tôt ce matin. Elle m'a informée de ton projet ridicule de partir aujourd'hui avec ton patient. Pour l'Espagne. C'est ce qu'elle m'a dit, il me semble.

Le sac qui contenait les affaires de Jamilet lui glissa des mains.

— *Tía* Carmen vous a téléphoné ?

— Et bien lui en a pris, observa Mme B. en jetant un regard à son visiteur, qui s'absorbait dans l'organisation des multiples documents étalés sur le bureau. Tu te souviens certainement que je t'ai informée, alors que tu prenais tes fonctions, que ton patient était libre d'aller et de venir à sa guise. J'ai cru comprendre que vous étiez devenus très… proches, observa-t-elle avec dédain. Il t'a donc sans doute expliqué que s'il ne coopérait pas à son traitement et ne montrait pas les signes d'une amélioration en quittant sa chambre de temps à autre pour les repas ou des promenades dans le jardin, il serait placé sous tutelle. Ce qui signifie que cet après-midi, aux environs de 15 heures, il perdra, aux yeux de la loi, le droit de prendre des décisions par lui-même. Maître Simpson, ici présent, y veillera.

Elle esquissa un mouvement de tête en direction du visiteur, avant de reprendre, les paupières mi-closes, comme si elle récitait le contenu d'une revue professionnelle apprise par cœur des années plus tôt.

— Les malades délirants comme M. Calderón peuvent se montrer très persuasifs, et relativement crédibles. Ils sont capables d'inventer des histoires complexes pour étayer leurs délires, expliqua-t-elle avant de ralentir son débit, comme si elle s'adressait à une idiote, qui plus est atteinte de surdité. Il leur arrive également d'associer des tiers à leurs élucubrations, et ces tiers en sont parfois aussi convaincus que les malades eux-mêmes, ajouta-t-elle, plus lentement encore. C'est ce que les professionnels appellent la « folie à deux » ou le « trouble psychotique partagé ». Cela se produit dans la majorité des cas quand un lien fort s'est établi entre le malade délirant et un tiers qui ressent un besoin similaire de croire à ses délires.

Un sourire triste teinté de condescendance se posa sur le visage défait de Mme B.

— Tous les ans, c'est la même chose. Il attend « le temps venu » pour quitter sa chambre, valise à la main, et s'envoler pour l'Espagne. N'est-ce pas, maître Simpson?

L'avocat confirma de la tête, irrité que sa cliente n'eût pas tenu compte de son conseil, et demeura concentré sur les divers documents sous ses yeux.

— Il me faut votre signature aux endroits surlignés, lui indiqua-t-il.

Mais Mme B., agitée par son discours, ne sembla pas l'entendre.

— Tu comprends maintenant pourquoi je t'ai donné l'ordre de t'abstenir de toute conversation superflue avec lui dès le premier jour. Te rends-tu compte que, pendant toutes les années qu'il a passées ici, il n'a jamais mis un seul pied hors de sa chambre ? Enfin ! Comment pourrait-il embarquer dans un avion pour l'Espagne ? Je n'ai jamais rien entendu d'aussi ridicule. S'il était seulement capable de sortir de sa chambre et… et de demander en personne à maître Simpson d'interrompre la procédure, alors oui, la situation serait totalement différente. Là oui, je voudrais bien croire que son état présente une certaine amélioration. Mais, dans les circonstances actuelles, il ne fait pour moi aucun doute que ton patient doit être mis sous tutelle afin de recevoir le traitement dont il a cruellement besoin.

Elle abattit ses doigts potelés sur son bureau avant de reprendre :

— En ce qui te concerne, tes services ne sont plus requis. Que les choses soient claires, je ne veux plus jamais te voir dans l'enceinte de cet établissement. Je te ferai envoyer ta dernière paye chez toi par courrier.

— Vous ne pouvez pas lui faire ça, protesta Jamilet en reculant vers la porte.

— Je lui ai laissé une chance, répliqua Mme B., rougissante. Il a refusé de s'entretenir avec moi ou avec son psychiatre. Et, une chose est sûre, il n'a jamais quitté sa chambre.

Jamilet eut soudain l'impression que ses poumons se ratatinaient dans sa poitrine. Comme Mme B., elle se mit à haleter avec de petits spasmes précipités. Ce n'était plus à sa supérieure qu'elle s'adressait, mais à Jenny.

— Il refuse de vous parler parce qu'il vous hait. Vous auriez dû le laisser se marier avec Rosa, rien de tout ça ne serait arrivé.

— Madame B., votre signature, je vous prie, insista maître Simpson.

Cette fois, Mme B. n'entendit pas un seul mot de l'avocat. Elle se leva de sa chaise et prit appui sur son bureau, le visage convulsé et les yeux injectés de sang par l'émotion refoulée.

— J'ai donné ma vie à cet homme, fulmina-t-elle. Je me suis occupée de lui pendant plus de quarante ans, c'est lui qui a choisi de vivre avec moi. Et maintenant, à cause d'une poignée de lettres poussiéreuses, il prétend que les quarante dernières années ne sont que mensonge !

La rage qu'elle avait étouffée en elle pendant si longtemps se mit à crépiter et bouillir à la surface. Elle brandit le poing pour l'écraser sur son bureau.

— Je ne l'admettrai pas ! hurla-t-elle.

Bondissant d'une trentaine de centimètres sur sa chaise, maître Simpson leva le nez de sa paperasse avec une expression choquée et horrifiée.

Mais Jamilet, elle, garda son calme.

— Peut-être qu'il sortira de sa chambre si vous lui dites ce qui est arrivé à son enfant. Peut-être que la vérité le guérira.

Mme B. joignit les mains, entrelaçant ses doigts en un nœud féroce.

— Tu as dépassé les bornes et j'ai fait preuve de beaucoup trop de patience avec toi. Si tu ne débarrasses pas le plancher immédiatement, je serai obligée d'appeler la sécurité pour te chasser de force !

Jamilet ramassa son sac d'affaires et se dirigea vers la porte. Elle s'apprêtait à franchir le seuil lorsqu'elle se retourna une dernière fois.

— Il n'est jamais trop tard pour se racheter, Jenny.

— Dehors ! aboya Mme B. en pointant son index sur la porte.

Jamilet sortit du bâtiment, en proie à de violentes émotions. Elle était si déroutée, si affolée par le cours des événements qu'elle faillit fondre en larmes. Mais ce n'était pas le moment de se laisser désarçonner. Ce qu'il lui fallait, c'était du temps et de l'espace pour réfléchir. D'un pas trébuchant, elle se dirigea vers le portail et, s'approchant de l'endroit où elle avait émergé des arbres avec Eddie le soir de leur première visite à l'asile, s'éclipsa dans l'ombre des branchages en attendant de trouver une idée. De sa cachette, elle distinguait une grande partie de l'édifice et avait une vue parfaitement dégagée sur la fenêtre de la chambre au cinquième étage, qu'elle avait laissée entrouverte la veille au soir. Mais le *señor* Peregrino ne se tenait pas dans son embrasure, comme elle l'espérait, à l'appeler avec de grands gestes. Elle promena le regard sur la façade, remarquant une fenêtre ouverte au rez-de-chaussée. Sans hésiter une seconde, elle remonta le sentier à toutes jambes et s'accroupit derrière un fourré pour glisser un regard à l'intérieur. Deux patients occupaient la pièce. Ils dormaient encore, mais ils ne tarderaient pas à être appelés pour leur petit-déjeuner et leur douche. Le temps lui était compté.

Après avoir tassé son sac en papier sous les arbustes, elle poussa le battant. Réveillé en sursaut par la plainte engourdie du cadre de bois, l'un des patients ouvrit les paupières alors que Jamilet était à califourchon sur le bord de la fenêtre, une jambe à l'intérieur. Elle se pétrifia, avant de lâcher un soupir de soulagement en reconnaissant Charlie. Ce dernier se mit à battre des mains à la vue de son amie, mais Jamilet réussit à étouffer son enthousiasme d'un doigt sur ses lèvres. Elle était parvenue à se glisser entièrement dans l'interstice quand des pas autoritaires retentirent dans le couloir. D'un bond, elle s'éloigna de la fenêtre, atteignant le chevet de Charlie juste quelques secondes avant que la chef de service apparût dans l'encadrement de la porte. Affichant une irritation évidente, elle ne semblait guère d'humeur à entendre des balivernes.

— Vous deux, vous devriez être passés à la douche depuis une demi-heure. Je vous ai dit…

Elle s'interrompit brusquement en apercevant Jamilet.

— Que fais-tu ici?

Jamilet lui montra rapidement son badge, que Mme B. avait omis de lui réclamer.

— Je travaille ici. Au… au cinquième étage.

L'infirmière posa ses mains sur ses hanches.

— Oui, je t'ai déjà vue dans le coin, mais ça ne me dit pas ce que tu fais ici. Je ne t'ai pas vue entrer dans le service. Personne ne circule à mon étage sans mon autorisation, affirma-t-elle en dardant un regard vers la fenêtre ouverte.

— Je voulais réveiller Charlie, je sais qu'il est toujours en retard pour le petit-déjeuner.

La chef de service se tourna vers le malade.

— Charlie, comment est-elle arrivée ici?

Les yeux de Charlie s'écarquillèrent, mais il se contenta de hausser les épaules. Elle pointa l'index sur lui.

— Charlie, dis-moi la vérité ou je peux te garantir que tu n'auras pas de cigarettes aujourd'hui. Je saurai si tu mens.

— Elle est arrivée, répondit-il nerveusement en tordant ses draps entre ses doigts tachés de nicotine. C'est tout.

— D'accord, mais par où ? l'interrogea encore l'infirmière en plissant les yeux. Par la porte ?

Charlie secoua la tête.

— Non, pas par la porte.

— Par la fenêtre, alors ? Charlie ? Est-elle entrée par la fenêtre ouverte ?

Des tremblements s'emparèrent du malade. Pour lui, comme pour la plupart des patients de l'asile, la seule idée d'une journée sans cigarettes tenait de l'insupportable. Même la mort leur paraissait un sort enviable à côté de cette menace.

— C'est bon, Charlie, intervint Jamilet, rouge de honte. Vous pouvez dire la vérité.

Charlie la contempla un long moment. Alors ses tremblements cessèrent et, avec un sourire radieux, il pointa son doigt sur le plafond.

— Elle est venue des nuages, comme un ange. Et à chaque fois qu'elle descend du ciel, elle m'apporte de la gelée et de la crème au caramel. Et parfois aussi un muffin, précisa-t-il en tournant vers l'infirmière une expression pétrie de sincérité. Aux myrtilles, c'est mes préférés.

La chef de service roula des yeux.

— Sors du lit et file à la douche, Charlie. Quant à toi, ajouta-t-elle en brandissant l'index dans la direction de Jamilet, déguerpis de mon étage avant que je fasse un rapport sur tes promenades.

Jamilet fonça jusqu'à la cuisine, où elle s'empara du plateau qui attendait d'être porté au *señor* Peregrino. Elle prit ensuite l'ascenseur jusqu'au quatrième étage avant d'emprunter l'étroit escalier menant au cinquième, tenant le plateau en équilibre avec la maîtrise qu'elle avait acquise au fil des mois. Elle était désormais assez robuste pour porter une charge deux fois plus lourde, si nécessaire.

Après avoir frappé deux coups sans obtenir de réponse, elle poussa la porte. Le *señor* Peregrino était encore couché, ses couvertures tirées sur sa tête. Jamilet enjamba sa valise pour déposer le plateau sur sa table de chevet, puis elle s'éclipsa dans la salle de bains pour commencer ses tâches matinales.

Quand elle en ressortit, les bras chargés de linge sale, il l'observait, adossé à ses oreillers, les traits si défaits qu'on l'aurait cru sur le point de fondre de désespoir. Elle le salua comme à l'ordinaire et, après avoir abandonné son fardeau au milieu de la pièce, alla ouvrir grand la fenêtre pour laisser entrer la fraîcheur de la brise matinale.

— Ils t'ont parlé? lui demanda-t-il d'une voix grave.

— Oui. Et Jenny m'a renvoyée. Elle ne sait pas que je suis ici.

Elle quitta la fenêtre pour servir le café en secouant la tête. Avec tous ces contretemps, il était à peine assez chaud pour dissoudre une cuillerée de sucre. Elle le porta malgré tout au *señor* Peregrino, qui le refusa d'une main tremblante.

— Alors que fais-tu ici? l'interrogea-t-il.

Jamilet se prépara une tasse de café avant de tirer une chaise pour s'asseoir près de lui. Après avoir bu une gorgée, elle le considéra avec des yeux limpides et curieux.

— C'est une si belle matinée, qu'est-ce que je pourrais faire d'autre que tenir compagnie à mon grand-père?

Le menton du *señor* Peregrino s'affaissa sur sa poitrine. Quand il reprit enfin la parole, Jamilet avait presque terminé son café.

— Ta compagnie s'est révélée divertissante ces derniers mois, je ne puis le nier, mais, à dire vrai… je… je me suis lassé de toi et… notre arrangement antérieur ne me paraît guère plus raisonnable. Tout bien considéré, il serait grotesque de persévérer dans cette comédie. Maintenant que tu as tes papiers, tu peux trouver n'importe quel autre travail, alors va, laisse-moi tranquille. Je ne suis le grand-père de personne, et encore moins de toi.

Jamilet posa sa tasse et se pencha vers lui.

— Je sais ce que vous faites, dit-elle d'une voix douce. Vous essayez de vous punir et de décourager votre monde. Mais ça ne marchera pas, grand-père. Vous ne pouvez pas fuir la vérité.

Le *señor* Peregrino releva la tête, s'essuyant les yeux de sa manche.

— La vérité, c'est que c'en est fini de notre petit jeu. Mon angoisse ridicule m'empêche de mettre un pied dehors, nous n'irons donc nulle part. En outre, le peu de liberté qu'il me reste me sera bientôt enlevé. Alors, vois-tu, je n'ai pas de temps à perdre avec des absurdités !

Il serra les poings, tout son corps saisi d'un tremblotement de rage.

Jamilet s'inclina plus près de lui, les yeux brillants.

— On a prêté serment. On a posé la main sur la Bible. Vous ne pouvez plus revenir là-dessus, peu importe ce que Jenny et l'avocat disent, affirma-t-elle en levant son visage vers lui. Racontez-moi encore comment se font les miracles, grand-père ?

Il lui présenta un visage sans expression.

— Je ne m'en souviens pas.

— Moi, je m'en souviens. Chacun doit concevoir ses propres miracles, chacun doit décider de sa réalité en choisissant ses histoires, et en y croyant de tout son être.

Une lueur vacilla dans les yeux du vieillard.

— Tu ignores encore tant de choses...

— Mais ce que je sais, c'est qu'en écoutant votre histoire, en passant du temps ici, avec vous, je ne me suis plus sentie seule pour la première fois de ma vie. Et je sais que si je pouvais choisir n'importe quel grand-père au monde, c'est vous que je choisirais.

Il lança un coup d'œil dans sa direction, sans oser la regarder franchement.

— Je désirais tant accomplir un miracle pour toi, pour nous deux, déclara-t-il avec tendresse.

Comme Jamilet prenait son poing serré dans sa main, ses doigts se détendirent. Elle tira doucement sur son bras.

— C'est une belle matinée. Venez avec moi à la fenêtre pour regarder par vous-même. Le soleil fait tout miroiter, ça me fait penser aux matins d'Espagne que vous m'avez décrits.

De mauvaise grâce, le *señor* Peregrino se laissa sortir du lit et guider jusqu'à la fenêtre ouverte, d'où il observa un moment le jardin en contrebas.

— Grand-père, dit Jamilet, qui se tenait à côté de lui. Le joli chant que je vous ai déjà entendu chanter, celui qui vous donnait, à tous, tant de force sur le chemin, si vous le repreniez pour moi?

Les échos de la mélopée se répercutèrent du toit au plancher, s'infiltrant dans les murs de l'édifice en plaintes lugubres qui adoucirent soudain la cruelle réalité de l'asile. Puis les notes tombèrent aussi tendrement que des larmes d'enfant, s'intensifiant dans leur chute, emplissant les couloirs d'une résonance si merveilleuse que tous, patients et soignants, s'interrompirent dans leurs occupations pour écouter avec des regards déconcertés, comme s'ils cherchaient à s'assurer qu'ils n'étaient pas victimes d'une hallucination collective.

Le *señor* Peregrino et Jamilet sortirent de l'ascenseur au rez-de-chaussée, main dans la main, tandis que le chant se déroulait devant eux comme un chemin verdoyant serpentant vers l'entrée de l'hôpital. Le *señor* Peregrino ne se tut que lorsqu'ils furent sur le seuil du bureau de Mme B.

Quand celle-ci les vit tous les deux dans l'embrasure de la porte, comme dans un cadre de portrait de famille, sa mâchoire se décrocha. Elle se leva de sa chaise, fixant avec des yeux incrédules la scène devant elle.

— Antonio, tu... tu es là. Tu as quitté ta chambre.

Maître Simpson leva des yeux surpris de ses papiers, quelque peu désappointé.

Le *señor* Peregrino se racla la gorge avant de tapoter la main de Jamilet.

— Ma petite-fille et moi prendrons notre petit-déjeuner dans le jardin ce matin. C'est une si belle journée, je suis sûr que l'air frais nous fera le plus grand bien.

Ils s'apprêtaient à tourner les talons lorsqu'il ajouta :

— Et tu peux déchirer ces papiers, Jenny. Ils ne seront plus utiles étant donné que je partirai bientôt pour la maison. Ou pour la destination de mon choix.

Sans se presser, le *señor* Peregrino et Jamilet prirent la direction du parc, où ils s'assirent sur un banc à l'ombre du plus gros arbre. Le *señor* Peregrino promena ses yeux autour de lui. Lorsqu'ils croisèrent ceux de Jamilet, leur sourire triomphant se dilata en un rire aussi léger que la brise. Quelques instants plus tard, un employé de salle leur apporta du café tandis que Mme B. les observait par la fenêtre de son bureau, le visage chiffonné par l'étonnement et l'incrédulité.

Comme le voulait la coutume, le *señor* Peregrino servit le café. Un silence paisible s'installa entre eux, jusqu'à ce qu'un mouvement attirât son regard. Il pointa alors le doigt sur la route.

— Il semble que nous soyons observés. Connaîtrais-tu ce jeune homme ?

Suivant son regard, Jamilet avisa Eddie, derrière le portail. Son cœur se mit à battre avec violence contre sa poitrine tandis qu'il lui indiquait à grands signes de le rejoindre, montrant sa montre de l'index pour lui faire savoir qu'il ne disposait pas de beaucoup de temps.

— Oui, je le connais, murmura-t-elle.

— Il semble avoir un besoin urgent de te parler. Peut-être devrais-tu aller voir de quoi il retourne.

Jamilet hésita, bouleversée. Eddie devait aller au travail, il ne pourrait pas l'attendre éternellement. Un instant, elle fut tentée de tout abandonner pour le rejoindre à toutes jambes, mais elle se ravisa.

— Je suis sûre qu'on pourra parler plus tard, répondit-elle d'une voix claire et assurée. Je passe un bon moment ici, avec vous. Le café est vraiment délicieux ce matin, vous ne trouvez pas ?

Le *señor* Peregrino sourit de plaisir avant de se rembrunir, l'air presque aussi contrarié que lorsqu'elle l'avait trouvé dans sa chambre un peu plus tôt.

— Je n'ai pas été tout à fait honnête quand je t'ai dit que j'avais terminé mon récit. Il n'est pas terminé, mais je ne t'en ai soufflé mot par honte d'avouer quel bougre de lâche je fais, déclara-t-il avant de se tourner vers elle. Après tout ce que tu as fait pour moi, tu mérites de connaître la vérité. Mais sache que tu risques de changer d'avis à mon sujet quand tu auras entendu la suite.

Encouragé par un hochement de tête de Jamilet, le *señor* Peregrino se lança, les yeux mi-clos. Sa voix s'éleva alors comme une mélopée funèbre.

Alors que Rosa et moi étions encore tous deux ivres du plaisir exquis de notre union charnelle, cette dernière nuit que nous partageâmes à Compostelle, je ne doutais pas que nous vivrions ensemble le restant de nos jours, certain que la force de notre amour triompherait de nos dilemmes présents et futurs.

Rosa me demanda alors d'allumer une bougie afin qu'elle pût retrouver ses vêtements. Je m'exécutai et, dans la lueur dansante, ma fascination se changea en horreur.

Imagine une difformité de la chair tapissant tout le dos, pareille à un habit de sang, si hideuse que nul ne peut concevoir qu'une telle monstruosité se cache sur un être humain capable de marcher, de parler et de vaquer à ses occupations comme toi et moi, encore moins sur une créature aussi ravissante que Rosa. Cette chose s'étalait pourtant sur toute la longueur de son dos et j'eus beau me faire violence, je ne trouvai pas en moi la force de prononcer un mot. Pis, mon effroi s'accrut à mesure qu'elle s'habillait et redevenait la beauté parfaite objet de mon adoration. Elle posa alors sa main sur la mienne.

— Ce soir, me dit-elle, il nous a été donné de connaître l'univers qui sépare l'obsession de l'amour et de comprendre la place que nous y occupons. Peut-être est-ce là l'unique miracle que nous puissions espérer.

Mais je pus à peine saisir ses paroles ou appréhender l'immensité de son courage. Durant les heures de torture qui suivirent, je tentai de me convaincre que mon amour pour elle était plus fort que mes peurs. En vain. Jeune et sot que j'étais, je finis par me réfugier dans un honneur mensonger.

Le *señor* Peregrino soupira.

— L'ironie veut que j'aie compris, dans mon vieil âge, que ce n'était pas la perfection de son visage ni de sa silhouette, mais sa difformité, la façon dont elle l'endurait, qui exaltait la beauté de Rosa au point qu'elle échappait à l'entendement. La tendresse et la compassion que cela lui insufflait, au plus profond de son cœur, voilà ce que j'aimais plus que tout chez Rosa. Et voilà ce qui me hante encore aujourd'hui.

Quand il se retourna vers Jamilet, il lui découvrit le visage blême et les lèvres tremblantes. Jamais encore il ne l'avait vue dans cet état.

— Je me doutais que ma confession t'affecterait profondément. Je n'aurais pas dû te raconter cela…

— Non, vous avez bien fait, l'interrompit-elle d'une voix à peine plus forte qu'un murmure.

— Dans ce cas, que t'arrive-t-il, mon enfant? Tu as une mine terrible. Peut-être qu'une autre tasse de café…

— Non merci, je vais bien. Vraiment.

Le *señor* Peregrino se resservit du café, puis reprit appui sur le dossier du banc.

— Souvent je me suis demandé si Rosa avait su me pardonner.

— D'après ce que vous m'avez raconté sur elle, c'était dans sa nature, répliqua Jamilet, encore ébranlée.

Le *señor* Peregrino accueillit sa réponse avec un hochement de tête et un regard inquiet en direction de la fenêtre de Mme B.

— Alors peut-être trouverai-je moi aussi le chemin du pardon. Une chose est sûre, je trouverai un moyen de te remercier pour tout ce que tu as fait pour moi. Je t'en fais la promesse, et je crois que tu sais maintenant que je suis, à défaut d'autre chose, un homme de parole.

Jamilet laissa son regard vagabonder au-dessus de leurs têtes, sur les branches dont les feuilles s'agitaient doucement dans le vent. Puis elle se leva et tendit les mains au *señor* Peregrino.

— Vous pouvez peut-être me remercier en m'apprenant l'un des cantiques que vous chantiez avec Rosa, pour qu'on l'entonne ensemble.

Il posa sa tasse de café avec un petit rire et se leva en douceur du banc.

— Très bien. Je t'enseignerai celui que Rosa et moi avons chanté alors que nous descendions le Monte de Gozo pour entrer dans Compostelle. Mais je te préviens, il n'est pas facile. Certaines notes sont très hautes, il te faudra travailler pour chanter juste.

S'il fallut plusieurs tentatives pour que Jamilet réussît à accompagner le *señor* Peregrino sans buter sur les notes ni le laisser diriger le chant, leurs voix se mariaient à merveille. Et bien qu'elle apprendrait, au fil des ans, quantité d'autres chants de son répertoire, son favori resterait à jamais celui qu'ils entonnèrent ce premier matin d'été où ils se promenèrent dans le parc, bras dessus, bras dessous, comme s'ils flânaient dans les montagnes de Galice.

Saint-Jacques-de-Compostelle, chemin des pèlerins.
Ta pluie nous est bénédiction,
Ton soleil, honneur divin.
Et les lieues nous ne comptons

Qui au champ d'étoiles nous mèneront.
Sur le chemin, seule rétribution,
Les heures passent en dévotion.

Saint Jacques, saint Jacques, saint frère,
Accorde-moi une prière,
À moi qui suis ton chemin
En quête de mon destin.

Saint Jacques de Compostelle, tu me fais don
D'un bourdon pour guider mes pérégrinations,
D'un chapeau pour faire de l'ombre à mon front.
Et quand à genoux tu me verras tomber,
Si les miracles éclosent comme fleur dans les prés,
Je te demande pour moi d'en garder.

Cet ouvrage a été composé
par Atlant'Communication
au Bernard (Vendée)

Impression réalisée par

BLACKPRINT IBERICA

en mai 2013

pour le compte des Éditions Archipoche

Imprimé en Espagne
N° d'édition : 254
Dépôt légal : juin 2013